L[illegible]

Née en 1957 en Carc[illegible] [illegible]ionel Shriver a fait ses études à New Yo[illegible]. Diplômée de Columbia, elle a été professeure avant de partir parcourir le monde. Elle a notamment vécu en Israël, à Bangkok, à Nairobi et à Belfast. Après *Il faut qu'on parle de Kevin* (2006), lauréat de l'Orange Prize en 2005, *La Double Vie d'Irina* (2009), *Double faute* (2010), *Tout ça pour quoi* (2012), *Big Brother* (2014), *Les Mandible, une famille : 2029-2047* (2017), *Propriétés privées* (2020) et *Quatre heures, vingt-deux minutes et dix-huit secondes* (2021), *À prendre ou à laisser* (2023) est son dernier roman traduit en français. Tous ses romans sont publiés chez Belfond. Lionel Shriver vit entre Londres et New York avec son mari, jazzman renommé.

QUATRE HEURES, VINGT-DEUX MINUTES ET DIX-HUIT SECONDES

ÉGALEMENT CHEZ POCKET

La Famille Mandible, 2029-2047

Propriétés privées

La Double Vie d'Irina

Double faute

Quatre heures, vingt-deux minutes et dix-huit secondes

Tout ça pour quoi

LIONEL SHRIVER

QUATRE HEURES, VINGT-DEUX MINUTES ET DIX-HUIT SECONDES

Traduit de l'anglais (États-Unis)
par Catherine Gibert

belfond

Titre original :
THE MOTION OF THE BODY THROUGH SPACE
publié par HarperCollins Publishers, New York

Ce livre est une œuvre de fiction. Les noms, les personnages, les lieux et les événements sont le fruit de l'imagination de l'auteure ou utilisés fictivement. Toute ressemblance avec des événements, des lieux, des organisations ou des personnes réelles, vivantes ou mortes, serait pure coïncidence.

ISBN : 978-2-266-32341-3

Dépôt légal : janvier 2023

À Jeff, dont la somptueuse lassitude
m'a épargné de vivre ce roman.
Additionnés ensemble puis divisés par deux,
nous formons une personne parfaitement équilibrée.

« La gloire liée à la souffrance est peut-être la plus grosse arnaque du genre humain et la plus recyclée. »

Melanie Reid, *The World I Fell Out Of*

« Il ne faisait aucun doute que son dieu personnel ou *chi* n'était pas fait pour les grandes choses. Un homme ne s'élevait pas au-dessus du destin de son *chi*. L'adage des anciens était faux – à savoir : si un homme disait oui, son *chi* renchérissait. Voilà un homme dont le *chi* disait non malgré ses affirmations. »

Chinua Achebe, *Tout s'effondre*

1

— J'ai l'intention de courir un marathon.

Dans une mauvaise sitcom, elle aurait recraché son café sur la table du petit déjeuner. Mais Serenata était quelqu'un de posé, alors, entre deux gorgées, elle glissa un « Quoi ? » sur un ton acerbe mais poli.

— Tu m'as très bien entendu.

Dos à la cuisinière, Remington l'examina avec une assurance déconcertante.

— Je vise celui de Saratoga Springs en avril.

Elle avait l'impression, ce qui lui était rarement arrivé au cours de son mariage, de devoir mesurer ses paroles.

— Tu es sérieux ? Tu ne me fais pas marcher ?

— Est-ce dans mes habitudes de te faire des blagues ? Je ne sais pas comment prendre ton incrédulité, sinon comme une insulte.

— C'est peut-être parce que je ne t'ai jamais vu courir, même d'ici au salon.

— Pourquoi je courrais jusqu'au salon ?

Le recours au mode littéral n'était pas une première. Se chamailler en pinaillant, c'était leur mode de fonctionnement. C'était un jeu.

— En trente-deux ans, pas une fois je ne t'ai vu faire le tour du pâté de maisons au petit trot. Et maintenant tu m'annonces le plus sérieusement du monde que tu as l'intention de courir un marathon. Tu devais te douter que je serais un peu surprise.

— Alors, vas-y. Sois surprise.

— Tu n'as pas peur… (Serenata marchait encore sur des œufs. Et puis, au diable la prudence !) … que ce soit d'une effroyable banalité ?

— Absolument pas, répondit-il sur un ton affable. C'est à toi que la banalité fait peur. Par ailleurs, si je renonçais à courir un marathon au motif qu'une foule de gens rêvent d'en faire autant, ma décision n'en serait pas moins dictée par la multitude.

— De quoi s'agit-il exactement ? D'une chose à faire dans ta *bucket list* ? Tu as écouté tes vieux disques des Beatles et tu as soudain eu la révélation que « When I'm Sixty-Four » s'adressait à toi ? Une *bucket list*, a-t-elle répété en reculant sa chaise. Où j'ai été pêcher ça ?

Le fait d'utiliser une expression à la mode était l'illustration même de ce manque d'originalité, de ce comportement moutonnier qui la mettait en rage. (Et ce n'était vraiment pas rendre justice aux moutons. Comment ces pauvres bêtes étaient-elles devenues la métaphore du conformisme ?) D'accord, il n'y avait pas de mal à adopter une nouvelle expression. Ce qui était horripilant, c'était cette façon dont tout le monde évoquait soudain sa *bucket list*, ses cent choses à faire avant de passer l'arme à gauche, sur un ton à la fois léger et entendu, pour bien montrer que l'usage de cette expression lui était parfaitement familier.

Serenata amorça un mouvement pour se lever de sa chaise, les nouvelles d'Albany qu'elle était en train de lire sur sa tablette ayant maintenant perdu de leur intérêt. Ils n'avaient emménagé à Hudson que depuis quatre mois, et elle se demandait combien de temps encore elle lirait le *Times Union* en ligne afin de « conserver un lien avec leur ancienne ville », comme elle disait.

Elle-même n'avait que soixante ans, même si sa génération était la première à ajouter un « que » à ce sinistre cap. Comme elle était restée une demi-heure dans la même position et que ses genoux s'étaient ankylosés, allonger la jambe droite se révéla délicat. Une fois le genou grippé, elle devait le détendre très lentement. Par ailleurs, elle ignorait à quel moment l'un ou l'autre genou ferait quelque chose d'étrange et de surprenant – émettre un soudain *klonk*, annonciateur d'un léger glissement hors de l'articulation, suivi d'un retour au point de départ avec un autre *klonk*. C'était le genre de pensées que ressassaient les gens de son âge et leur principal sujet de conversation. Serenata regrettait de ne pouvoir présenter des excuses rétroactives à ses grands-parents défunts dont les lamentations d'ordre médical lui avaient tant pesé lorsqu'elle était enfant. Sous-estimant l'individualisme impitoyable de leurs proches, les personnes âgées racontaient leurs bobos par le menu, persuadées que ceux qui les aimaient se sentiraient forcément concernés par leurs douleurs. Mais nul ne s'était soucié des souffrances de ses grands-parents et, aujourd'hui, personne ne s'intéresserait à celles de leur petite-fille jadis si insensible. Justice immanente.

La phase suivante – se mettre debout – fut couronnée de succès. Oh, comment en quelques années un exploit minable pouvait passer pour un triomphe ! Se rappeler le mot « blender ». Boire une gorgée d'eau sans casser le verre.

— Tu ne t'es pas dit que le moment était mal choisi pour m'annoncer cette nouvelle ? demanda-t-elle en branchant le chargeur de sa tablette.

S'occuper les mains ; la batterie affichait encore 64 %.

— Quel est le problème ?

— Moi, je ne peux plus le faire, maintenant. J'ai arrêté de courir en juillet.

— Je savais que tu ramènerais ça à toi. C'est pour ça que j'ai eu peur de t'en parler. Tu veux vraiment que je me refuse quelque chose sous prétexte que cela te rend nostalgique ?

— Nostalgique ! J'en éprouverais de la nostalgie ?

— De l'amertume, plutôt, corrigea Remington. Mais, même si je restais ligoté à une chaise jusqu'à la fin des temps, tes genoux ne s'en porteraient pas mieux.

— Tout cela est très rationnel.

— J'entends ta remarque comme une critique.

— Si je te suis, ce serait « irrationnel » de prendre en compte les sentiments de ta femme ?

— Oui, dans la mesure où me sacrifier ne soulagera pas ta peine.

— Tu y réfléchis depuis un moment, non ?

— Quelques semaines.

— Et cet engouement soudain pour l'activité physique a-t-il un quelconque rapport avec ce qui s'est passé au SDT ?

— Uniquement dans le sens où ce qui s'est passé au SDT m'a donné un peu plus de temps libre.

Cette allusion, pourtant minime, crispa Remington. Il se mordilla l'intérieur de la joue, un tic, et le ton de sa voix devint à la fois glacial et acide, avec une pointe d'amertume, comme un cocktail.

Serenata ne supportait pas les femmes qui s'activaient furieusement dans la cuisine quand elles étaient bouleversées, et pourtant elle dut se canaliser d'une façon absurde pour ne pas aller vider le lave-vaisselle.

— Si tu cherches à t'occuper, n'oublie pas pourquoi nous nous sommes installés ici. Tu n'es pas allé voir ton père depuis un bout de temps, et chez lui tout est à réparer.

— Il n'est pas question que je passe le restant de mes jours allongé sous l'évier de mon père. C'est tout ce que tu as trouvé pour me dissuader de courir un marathon ? Franchement !

— Je veux que tu fasses ce dont tu as envie, c'est évident.

— Pas si évident que ça.

L'attraction du lave-vaisselle était irrésistible. Serenata se serait giflée.

— Tu as couru pendant si longtemps…

— Quarante-sept ans, coupa-t-elle d'un ton sec. Et pas seulement couru.

— Alors… tu pourrais peut-être me donner des conseils, proposa-t-il sur un ton hésitant – il n'en avait pas la moindre envie.

— N'oublie pas de faire tes lacets. C'est tout.

— Écoute… Je sais bien que tu adorais ça. Je suis navré que tu aies dû abandonner.

Serenata se redressa et posa le bol qu'elle avait à la main.

— Je n'adorais pas courir. Voilà un tuyau pour toi : personne n'aime courir. Les gens font semblant, mais ils mentent. La seule satisfaction, c'est d'avoir couru. Sur le moment, c'est ennuyeux et pénible, dans le sens où il faut fournir un effort et non parce que c'est difficile de savoir le faire. C'est répétitif. N'espère pas y trouver la révélation de quoi que ce soit. Je suis probablement ravie d'avoir eu une excuse pour abandonner. Et c'est sans doute ça que je ne peux pas me pardonner. Mais j'ai au moins la joie de ne plus faire partie de la masse des abrutis qui soufflent de concert en pensant tous être tellement différents.

— Des abrutis comme moi.

— Des abrutis comme toi.

— Tu ne peux pas m'en vouloir de faire ce que tu as fait pendant, je te cite, quarante-sept ans.

— Tu crois ça ? lâcha-t-elle avec un sourire pincé avant de se diriger vers l'escalier. Je vais me gêner.

Remington Alabaster était un homme mince au port altier qui donnait l'impression d'avoir gardé la ligne sans avoir jamais rien fait pour. Il avait des membres naturellement proportionnés, des chevilles fines, des mollets galbés, des genoux bien dessinés et des cuisses de marbre qui, après un petit coup de rasoir, auraient été sublimes sur une femme. Ses pieds étaient de toute beauté – également minces, une cambrure marquée et des orteils allongés. Chaque fois que Serenata lui massait le cou-de-pied, elle appréciait de n'y trouver aucune trace d'humidité. Les pectoraux glabres de Remington étaient délicieusement discrets et, si d'aventure ils devaient augmenter grâce à des développés-couchés intensifs, elle considérerait la transformation comme une perte. Certes, depuis quelques années, il avait pris un tout petit peu de ventre, ce dont elle évitait de parler. Elle aurait parié que cela relevait d'un accord tacite, classique dans un couple : à moins qu'il n'aborde le sujet, ce type de changement physique ne regardait que lui. Raison pour laquelle, même si elle avait été tentée de le faire, elle ne lui avait pas demandé de but en blanc ce matin-là si la contrariété d'avoir pris du poids, pas plus de deux kilos, était à l'origine de cette affaire de marathon.

Hormis ce petit bourrelet inoffensif, Remington vieillissait bien. Il avait toujours eu un visage expressif. Le masque d'impassibilité qu'il avait porté au cours des toutes dernières années de sa vie professionnelle était une protection, un artifice dont une certaine Lucinda Okonkwo était entièrement responsable. À soixante ans, son teint était devenu légèrement grisâtre : c'est cette homogénéisation de la carnation qui rend le visage des Blancs plus vague, plus plat et d'une certaine façon moins vivant à mesure qu'ils avancent en âge, comme des rideaux dont l'imprimé jadis éclatant aurait passé au soleil. Et pourtant, en imagination, elle substituait systématiquement les traits mieux définis de son visage plus jeune à ceux d'aujourd'hui, plus vénérables, plus flous ; elle lui redessinait les yeux, lui colorait les joues comme si elle le maquillait mentalement.

Elle était capable de le voir. De le voir à différents âges d'un simple coup d'œil. Elle pouvait même, bien malgré elle, deviner dans ce visage encore énergique le frêle vieillard qu'il deviendrait. Appréhender cet homme dans sa totalité, ce qu'il était, avait été et serait, était son travail. Il s'agissait d'un travail important, d'autant plus important à mesure qu'il vieillissait, car les autres le verraient bientôt comme un vieux croûton parmi d'autres. Or il n'en était pas un. À l'âge de vingt-sept ans, elle était tombée amoureuse d'un bel ingénieur en génie civil et celui-ci était toujours là. C'était un sujet d'étonnement : les autres vieillissaient de jour en jour, constataient par eux-mêmes ces mystérieuses transformations qui n'étaient pas toutes de leur fait et savaient bien qu'ils avaient jadis été jeunes. Et pourtant, les jeunes comme les vieux voyaient ceux qui les entouraient comme des constantes immuables, à l'image des panneaux de signalisation dans un parking. Quand on avait cinquante ans, cet âge résumait ce qu'on était, ce qu'on avait été et ce qu'on serait toujours. Faire délibérément appel à son imagination était peut-être trop fatigant.

Poser un regard indulgent sur son mari faisait également partie de ses attributions. Le voir et, à la fois, ne pas le voir. Plisser les yeux pour flouter une éruption cutanée inopportune, lisser la surface – une surface Alabaster. Décréter une amnistie générale pour tout grain de beauté informe, toute marque d'érosion. Être la seule personne au monde à ne pas considérer le renflement sous sa mâchoire comme une faiblesse de caractère. La seule personne à ne pas le juger pitoyable à cause de ses tempes dégarnies. En échange, Remington lui pardonnait ses rugosités aux coudes et la ride profonde qui se creusait à la base de son nez chaque fois qu'elle dormait trop longtemps sur le côté droit – une encoche qui pouvait persister jusqu'au milieu de l'après-midi et s'incrusterait bientôt définitivement. De son côté, Remington, en admettant qu'il ait remarqué, ce qui était forcément le cas, que sa femme n'affichait plus la forme physique du jour de leur mariage, ne considérait pas que c'était un tort, voire quelque chose de moralement condamnable, et il ne lui en voulait pas de le décevoir. Cela faisait aussi partie du contrat. C'était un bon arrangement.

Cependant, Remington n'avait pas besoin de puiser dans les colossales réserves de mansuétude de sa femme pour se faire pardonner de ne pas avoir été protégé par un film plastique, comme une carte d'identité. Il portait sacrément beau pour soixante-quatre ans. Comment il était parvenu à rester aussi mince, aussi vigoureux, aussi harmonieusement proportionné sans faire d'exercice notable demeurait un mystère. Certes, il marchait pour aller d'un endroit à un autre et ne rechignait pas à prendre l'escalier quand un ascenseur était en panne. Mais il ne s'était jamais astreint à aucun de ces programmes de « sept minutes pour améliorer votre forme », sans parler de s'inscrire à un club de gym. Et il avait un bon coup de fourchette.

Avec davantage d'exercice, il allait améliorer sa circulation, renforcer son élasticité vasculaire et prévenir le déclin cognitif. Elle aurait dû se féliciter de cette page qui se tournait. Se réjouir de la perspective de le bourrer de barres protéinées et de noter fièrement dans un carnet accroché dans l'entrée le nombre de kilomètres toujours croissant qu'il parcourait.

Elle aurait pu lui apporter son soutien massif si seulement il lui avait présenté sa décision avec la contrition appropriée : « Je me rends compte que je n'atteindrai jamais les distances que tu couvrais. Pourtant, je me demande si ce ne serait pas bon pour mon cœur de courir 3 petits kilomètres, disons, deux ou trois fois par semaine. » Mais non. Il fallait qu'il coure un marathon !

Elle passa donc le reste de la journée à éviter son mari en faisant semblant d'être une professionnelle rigoureuse. Elle ne redescendit se faire du thé qu'après l'avoir entendu sortir. Ce n'était pas gentil, pas « rationnel », mais ce genre d'attitude lui ressemblait bien, et le moment choisi par Remington était cruel.

Elle aussi avait probablement commencé à courir en imitant quelqu'un d'autre – même si, à l'époque, elle n'avait pas eu cette impression. Tous deux sédentaires, ses parents étaient en surpoids et, bien sûr, avec le temps, cela s'était aggravé. Pour eux, faire de l'exercice se résumait à pousser une tondeuse mécanique, qui fut remplacée le plus vite possible par une tondeuse à moteur. Rien de mal à cela. Dans les années 1960, les Américains de son enfance adoraient les appareils ménagers. Un signe de modernité. Il était de bon ton de n'utiliser que le minimum d'huile de coude.

Analyste marketing chez Johnson & Johnson, son père était muté tous les deux ou trois ans. Serenata était née à Santa Ana, Californie, mais n'avait pas eu le temps de connaître la ville avant que la famille ne déménage à Jacksonville, Floride – puis de là à West Chester, Pennsylvanie ; Omaha, Nebraska ; Roanoke, Virginie ; Monument, Colorado ; Cincinnati, Ohio et, enfin, à New Brunswick, New Jersey, où se trouvait le siège de l'entreprise. Par conséquent, elle n'avait aucun sentiment d'appartenance régionale et faisait partie de ces rares individus dont le seul identifiant géographique était le bon gros pays lui-même. Elle était « une Américaine » sans qualificatif ni précision – car se dire « grecque-américaine » alors qu'elle n'avait jamais mangé la moindre moussaka étant petite lui paraissait pathétique.

Gamine, elle avait été ballottée d'une école à l'autre, et cela l'avait empêchée de s'attacher. Elle n'avait assimilé la notion d'amitié qu'à l'âge adulte – et encore, difficilement –, avec une tendance à perdre ses amis par pure étourderie, comme des gants qu'on laisse tomber dans la rue. Pour Serenata, l'amitié était une discipline. Elle se suffisait à elle-même et se demandait parfois si ne pas souffrir de la solitude était un défaut.

Sa mère avait réagi aux incessantes transplantations en adhérant à de multiples Églises et groupes de bénévoles sitôt la famille installée dans une nouvelle ville, comme une pieuvre sous amphétamines. À cause des continuelles réunions liées à ses engagements, sa fille unique avait été livrée à elle-même, ce qui convenait parfaitement à Serenata. Une fois en âge de préparer elle-même ses sandwichs au beurre de cacahuètes, Serenata avait consacré ce temps libre sans surveillance à développer sa force et son endurance.

Elle s'allongeait, mains posées à plat sur la pelouse, et comptait le nombre de secondes – *une fois mille, deux fois mille* – qu'elle était capable de tenir, jambes tendues à 30 centimètres au-dessus du sol (quelques petites secondes décourageantes mais ce n'était qu'un début). Elle s'accrochait à la branche basse d'un arbre et tentait de hisser le menton au-dessus bien avant d'apprendre que l'exercice s'appelait une traction. Elle avait inventé son propre programme d'entraînement. Pour réaliser ce qu'elle avait appelé une « jambe cassée », elle faisait le tour du jardin en sautant sur un pied, l'autre jambe tendue devant elle comme pour un pas de l'oie et recommençait dans l'autre sens en sautant en arrière. Exécuter un « roulé-boulé » consistait à s'allonger sur le sol, les genoux ramenés sur la poitrine, et à basculer en arrière en tendant les jambes derrière la tête ; plus tard, elle avait ajouté un « relevé de jambes au sol » à la fin de l'exercice. Adulte, elle se rappellerait avec une incrédulité teintée de tristesse que, lorsqu'elle enchaînait ses inventions en vue de ses Jeux olympiques de jardin, il ne lui était jamais venu à l'esprit d'inviter les enfants du voisinage à y participer.

Beaucoup de ses contorsions étaient stupides, mais, répétées un certain nombre de fois, elles ne l'en fatiguaient pas moins. Ce qui n'était pas pour lui déplaire, même si ces exercices farfelus – dont elle tenait secrètement le registre d'une écriture dansante dans un carnet à la couverture neutre caché sous son matelas – n'étaient pas franchement amusants. Il était possible – et c'était intéressant de s'en rendre compte – qu'elle n'ait pas eu particulièrement envie de les faire et qu'elle les ait faits quand même.

Au cours de sa scolarité, on avait attendu peu de chose des filles en matière d'éducation physique, et cette faible exigence avait constitué une des rares constantes entre Jacksonville, West Chester, Omaha, Roanoke, Monument, Cincinnati et New Brunswick. À l'école primaire, la demi-heure de récréation favorisait le kickball – et, si on était assez malin pour se lever avant que ses coéquipiers perdent le tour de batte, on avait peut-être une chance de courir les 10 mètres jusqu'à la première base. La balle au prisonnier était encore plus absurde : faire des sauts ridiculement petits à droite et à gauche. Au collège, vingt minutes sur les quarante-cinq des cours de gymnastique réglementaires étaient consacrées à se mettre en tenue puis à se rhabiller. Le professeur demandait à l'ensemble des filles de faire dix sauts bras et jambes écartés, cinq burpees, et de courir sur place trente secondes. Ces exercices de musculation étaient des ersatz, et, très injustement, en quatrième, on avait soumis ces mêmes filles à une évaluation de leur condition physique. Ce jour-là, Serenata avait dépassé aisément la barre des cent relevés de buste au test des abdos. Le professeur était intervenu et, paniqué, l'avait sommée d'arrêter. Bien sûr, au cours des décennies suivantes, elle avait continué à faire des abdos par séries de cinq cents. Abdos dont l'efficacité était toute relative, musculairement parlant, mais elle avait un faible pour les classiques.

Cependant Serenata Terpsichore – nom qui rimait avec *alligator*, même si au fil des années elle s'était immunisée contre les enseignants qui mettaient l'accent sur la première syllabe de son nom et prononçaient la dernière comme s'il s'agissait d'une tâche épuisante – n'avait pas l'intention d'embrasser une carrière de sportive professionnelle. Elle n'avait aucune envie de jouer dans une équipe de volley nationale. Ni de devenir danseuse classique. Elle ne se voyait pas participer à des compétitions d'haltérophilie ni obtenir le sponsoring d'Adidas. Elle n'avait jamais battu un quelconque record et ne s'y était jamais essayée. Pour elle, un record signifiait mettre ses propres exploits en rapport avec ceux d'autres gens. Or, elle avait beau s'être infligé volontairement des exercices frénétiques quotidiens depuis l'enfance, cela ne regardait personne. Les pompes relevaient du domaine de l'intime.

Elle ne s'était jamais identifiée à un sport en particulier. Elle courait, elle faisait du vélo, elle nageait, mais elle n'était ni coureuse, ni nageuse, ni cycliste. C'étaient des moyens de locomotion élémentaires, voilà tout. Elle n'avait pas non plus l'esprit d'équipe, comme on dit. Son parcours de course à pied idéal était désert. Elle aimait le calme d'une piscine sans nageurs. Depuis cinquante-deux ans qu'elle utilisait principalement son vélo pour se déplacer, la vue d'un autre cycliste la privait de sa solitude et la mettait de mauvaise humeur.

Dans la mesure où Serenata se serait épanouie sur une île déserte en compagnie de poissons, il était étonnant qu'elle ait été si souvent récupérée par la « multitude », pour citer Remington. Tôt ou tard, la moindre excentricité, la moindre manie ou idée fixe un peu curieuse finissait par être reprise par tout le monde.

À seize ans, sur un coup de tête, elle s'était rendue dans un obscur salon du centre de Cincinnati et s'était fait tatouer un minuscule motif sur la peau fine de l'intérieur de son poignet droit. Elle avait attrapé le motif au vol, littéralement : un bourdon. Pas débordé, le tatoueur avait pris son temps. Il avait su restituer à la perfection les ailes diaphanes, les antennes fureteuses, les fines pattes prêtes à atterrir. Le motif n'avait aucun rapport avec elle. Quand on se forge une personnalité à partir de rien, on prend ce qu'on a sous la main ; chacun d'entre nous est une œuvre d'art fruit du hasard. Et puis la décision arbitraire s'était vite transformée en marque distinctive. Le bourdon était devenu son emblème, gribouillé à l'infini sur la couverture entoilée de ses classeurs à trois anneaux.

Dans les années 1970, le tatouage était l'apanage quasi exclusif des dockers, des marins, des détenus et des bandes de motards. Pour les enfants rebelles de la classe moyenne, ce qu'on n'appelait pas encore un « tattoo » était une souillure. Cet hiver-là, elle avait dissimulé le bourdon aux yeux de ses parents sous des manches longues. Au printemps, elle avait porté sa montre au bras droit, le cadran à l'intérieur du poignet. Elle vivait dans la peur constante d'être découverte, même si le secret conférait au tatouage des superpouvoirs. Avec le recul, il aurait été plus noble de déclarer publiquement la « mutilation » et d'en assumer les conséquences, mais c'était le point de vue d'une femme adulte. Les jeunes, pour qui le temps passait avec une telle obstination que chaque instant leur apparaissait comme un sursis sans fin, attachaient beaucoup d'importance au fait de temporiser.

Naturellement, un matin, elle avait eu une panne d'oreiller. Venue réveiller la marmotte, sa mère avait découvert le poignet nu dépassant des draps. Elle avait fondu en larmes quand l'adolescente avait avoué que le dessin n'avait pas été réalisé au feutre.

Le motif de ces larmes : Serenata devait bien être la seule élève de son lycée à oser le tatouage. Aujourd'hui ? Plus d'un tiers des dix-huit-trente-cinq ans en avaient au moins un, et la superficie de peau américaine débordant de Hobbits, de barbelés, de codes-barres, d'yeux, de tigres, de motifs ethniques, de scorpions, de crânes ou de superhéros était de la taille de la Pennsylvanie. L'intrépide incursion de Serenata dans les bas-fonds allait devenir une chose banale.

À vingt ans passés, agacée de voir les mèches de son épaisse chevelure noire se prendre dans les barrettes classiques, Serenata s'était mise à fabriquer des boudins de tissu coloré à travers lesquels elle faisait passer un gros élastique. Une fois les extrémités de l'élastique attachées, les boudins étaient cousus de sorte qu'ils forment un cercle. Ces nouvelles attaches lui dégageaient le visage sans tirer sur les cheveux, tout en ajoutant une touche élégante à sa coiffure. Certaines jeunes filles de son âge avaient trouvé l'objet excentrique mais plus d'une collègue lui avait demandé où s'en procurer. Ensuite, dans les années 1990, la plupart des Américaines en avaient eu au moins vingt-cinq dans toutes les couleurs de l'arc-en-ciel. Elle s'était alors fait couper les cheveux au niveau des oreilles et avait jeté ses « chouchous », comme on les appelait, à la poubelle.

Ce devait être aux alentours de 1980 également qu'elle s'était forcée à tenter une énième fois de se faire des amis en invitant à dîner quelques collègues du service client de chez Lord & Taylor. Au cours des deux années précédentes, elle s'était essayée à la cuisine japonaise. Cet engouement était tout ce qui lui restait d'une relation sans avenir avec un garçon qui l'avait emmenée dans un minuscule établissement où se restauraient ses compatriotes expatriés. Elle avait adoré la texture, la fraîcheur, la subtilité. Plus tard, chez elle, elle avait fait des essais avec du vinaigre de riz, du wasabi en poudre et un couteau bien aiguisé. Impatiente de faire partager ses découvertes, elle avait disposé une ribambelle de plats devant ses invitées, persuadée que ce serait « canon », pour reprendre une expression qui ne serait en vogue que bien des années plus tard.

Elles avaient été horrifiées. Aucune fille n'avait supporté l'idée du poisson cru.

De nos jours, il n'était pas rare de trouver trois sushi-bars différents dans la même rue d'une ville moyenne de l'Iowa. Les étudiants à lunettes avaient une préférence pour l'anguille fraîche ou en saumure. Certes, Serenata ne pouvait s'attribuer le mérite des traditions centenaires d'un illustre archipel d'Asie. Il n'empêche, ce qui était jadis une particularité était devenu le goût dominant.

La montre qui dissimulait son péché d'autodégradation ? L'objet avait joué à merveille son rôle, car il avait appartenu au père de Serenata. Depuis lors, elle n'avait porté que des montres d'homme, surdimensionnées. Vinrent les années 2010, et là, quelle surprise : dans tout le pays, une femme sur deux s'était mise à porter une grosse montre de style masculin. Ses livres préférés faisaient peu de bruit à leur sortie, voire aucun – *La Maison au bout du monde* ou *Là-bas* –, mais étaient systématiquement adaptés au cinéma et, soudain, ces fétiches personnels appartenaient à tout le monde. Elle venait à peine de faire revivre l'art quasi oublié du quilt, assemblant des carrés de velours élimé ou de vieilles serviettes de toilette, un œil sur *Breaking Bad*, dont personne ne connaissait encore l'existence, qu'un essaim d'abeilles matelasseuses traversait tout le pays, répandant une tendance nationale. Si Serenata Terpsichore découvrait un groupe obscur qui se produisait uniquement dans les clubs miteux et les fêtes de mariage, c'était la garantie pour ces mêmes inconnus de figurer dans les meilleures ventes l'année suivante. Et s'il prenait l'envie à Serenata de porter des bottes douillettes en peau de mouton, réservées jusqu'ici à de petits groupes de surfeurs australiens et californiens, l'idéal pour supporter l'hiver à Albany, vous pouviez être sûr qu'Oprah Winfrey ferait sous peu la même découverte.

Ce genre de déconvenues était sans doute arrivé à d'autres. Il existait tant de choses à porter, à aimer, à faire. Et les gens étaient nombreux. Si bien que, tôt ou tard, ce que vous revendiquiez comme personnel était adopté par plusieurs millions de vos plus proches amis. Après quoi, soit vous renonciez à ce que vous aimiez, soit vous vous soumettiez, groggy, à l'avènement du conformisme servile. Serenata avait en grande partie opté pour la deuxième solution. Il n'empêche que, chaque fois que cela se produisait, elle avait l'impression d'être un terrain occupé, comme si une horde d'inconnus campaient sur sa pelouse.

Avec constance et de plus en plus vite au cours des vingt dernières années, le conformisme avait envahi l'activité physique sous toutes ses formes. Elle l'entendait presque, ce grondement à l'intérieur de son crâne, semblable à la cavalcade migratoire de gnous fonçant dans sa direction, la poussière s'accrochant à ses narines, le martèlement de leurs sabots tambourinant depuis l'horizon. Cette fois, les masses ne se contentaient plus d'imiter ses goûts musicaux et littéraires dans l'intimité de leurs foyers. Cette fois, on les repérait en agrégats, en foules piétinant les creux et les bosses des parcs publics, barbotant de concert dans les quatre couloirs de la piscine de son quartier, vociférant avec les fanatiques, pédalant tête baissée en nuées de cyclistes, chacun voulant à tout prix dépasser le vélo qui le précédait, pour mieux s'arrêter au prochain feu rouge – où la meute s'ébrouait, chacun de ses membres prêt à sauter sur son coreligionnaire telle une hyène chargeant une proie. Cette fois, l'incursion dans son territoire n'était pas métaphorique mais pouvait se mesurer en mètres carrés. Son cher mari avait rejoint le gros du troupeau des clones décérébrés.

2

Même si son genou droit la réprimandait chaque fois qu'elle faisait porter son poids dessus, Serenata se refusait à monter une marche après l'autre comme un enfant de deux ans. Le lendemain après-midi, après avoir descendu l'escalier en boitillant pour aller se faire un thé, elle avait découvert Remington au salon. Bien qu'elle ne se soit toujours pas habituée à le trouver là en semaine, il était injuste d'en vouloir à son mari. C'était aussi sa maison. Ce n'était ni son fait ni sa faute, pour être précis, s'il avait pris une retraite anticipée.

Son accoutrement était quand même on ne peut plus agaçant : legging, short vert satiné laissant dépasser un caleçon mauve criard et haut vert brillant avec grilles d'aération mauves – la tenue complète, l'étiquette du prix se balançant sur sa nuque. Une montre de sport neuve brillait à son poignet. Sur un homme plus jeune, le bandana rouge noué autour du front aurait pu passer pour élégant mais sur Remington, soixante-quatre ans, on aurait dit un accessoire de cinéma pour que les spectateurs puissent décrypter le sens de la scène au premier coup d'œil : ce type est cinglé. Au cas où le bandana n'aurait pas suffi, ajoutons les chaussures de running tendance, de couleur orange, avec toujours plus de finitions mauves.

Au moment où elle entrait dans la pièce, il se baissa et saisit sa cheville des deux mains. Il l'attendait.

Elle le regarda donc. Après avoir tenu sa cheville un instant, il se releva bras tendus au-dessus de la tête et répéta le mouvement avec l'autre cheville. Le voyant chanceler en équilibre sur un pied, un genou ramené sur la poitrine, elle partit préparer son Earl Grey. À son retour, il était appuyé des deux mains contre un mur pour allonger les muscles du mollet. Tout l'enchaînement fleurait bon Internet.

— Mon chéri, dit-elle, il est prouvé que s'étirer est une bonne chose, mais uniquement *après* avoir couru. Le seul avantage de le faire avant est de remettre à plus tard la partie déplaisante.

— Tu ne vas pas me louper, c'est ça ?

— C'est possible, répondit-elle d'un ton léger avant de remonter à l'étage.

La porte d'entrée claqua. Elle sortit sur la terrasse et se pencha par-dessus la rambarde pour l'épier. Après avoir tripoté sa nouvelle montre compliquée, l'intrépide Remington se lança dans son premier jogging – passant péniblement le portail avant de s'engager sur Union Street. Elle aurait pu le doubler au petit trot.

C'était mesquin de sa part mais elle vérifia l'heure à sa montre. Douze minutes plus tard, la porte claquait de nouveau. La douche de Remington durerait plus longtemps. Est-ce ainsi qu'elle traverserait cette épreuve ? Avec condescendance ? On n'était qu'en octobre. L'hiver allait être long.

— Tu as bien couru ? se força-t-elle à lui demander au cours du dîner, par ailleurs fort silencieux.

— Ça m'a revigoré, déclara-t-il. Je commence à comprendre pourquoi tu t'y es tenue pendant ces quarante-sept ans.

Mouais. Attends qu'il fasse froid, qu'il y ait du grésil et qu'un vent mauvais te souffle dans la figure. Attends que tes intestins commencent leur boulot, qu'il te reste 7 kilomètres à faire et que tu sois obligé de continuer, ramassé sur toi-même, le ventre contracté, en priant pour arriver avant qu'une explosion se produise dans ton short vert satiné. Tu verras comment tu seras revigoré.

— Et tu es allé jusqu'où ?

— J'ai fait demi-tour à Highway Nine.

Huit cents mètres depuis leur porte d'entrée. Il n'en débordait pas moins de fierté. Elle le regarda, fascinée. Il était impossible de lui faire honte.

Et pourquoi aurait-elle voulu lui faire honte ? Ce qui maintenant la mettait en rage dans cette décision de son mari de courir un marathon, décision stupide et moutonnière prise sur un coup de tête, c'était la rapidité avec laquelle ce petit désir de lui faire honte l'avait envahie après sa prouesse : courir – si on pouvait appeler cela courir (vous voyez, encore ce mépris polluant) – 1,6 malheureux kilomètre. Elle n'était pas une harpie agressive, elle ne l'avait jamais été en trente-deux ans de vie commune. Au contraire, les personnes comme elle, indépendantes et sur la défensive, une fois que les barrières infranchissables qu'elles érigeaient systématiquement entre elles et le reste du monde avaient été ébranlées, arrivaient à s'impliquer sans compter. La plupart des gens trouvaient Serenata froide et cela lui convenait parfaitement ; être perçue comme une femme qui garde ses distances lui permettait précisément de le faire. Mais elle n'avait jamais été distante avec Remington Alabaster, et ce, dès le milieu de leur premier rendez-vous. Le fait de rester dans son coin ne signifiait pas pour autant qu'on n'avait pas besoin de compagnie, comme tout être humain. C'était juste qu'on avait tendance à mettre tous ses œufs dans le même panier. Remington était son panier. Elle ne pouvait pas se permettre d'en vouloir au panier d'avoir envie de faire honte au panier ou d'espérer que le panier échoue quand le panier jetait son dévolu sur ce qui était devenu un marqueur social plutôt banal.

Elle lui était redevable du fait d'avoir transformé ce qui aurait pu être une solitude aride en quelque chose de rond, de plein et de riche. Elle avait vraiment apprécié d'être sa seule confidente quand la situation au SDT avait dégénéré – il était trop dangereux pour lui de parler à un collègue. L'indignation partagée avait créé une camaraderie qui lui manquait. Pendant toute la débâcle, il n'avait pas douté un seul instant qu'elle soit résolument de son côté. Ils avaient eu des divergences, en particulier à propos de leurs enfants qui, tous deux, étaient devenus pour le moins étranges. Il n'en demeurait pas moins que l'unité de mesure d'un mariage était militaire : un bon mariage, c'était une alliance.

En outre, quand ils s'étaient rencontrés, elle tâtonnait. Elle lui devait sa carrière.

Enfant, après des vacances à Cape Hatteras, elle avait décrété que sa seule ambition était de devenir gardienne de phare – propulsée à l'extrémité d'une pointe, perchée au-dessus d'une étendue qui pouvait vous faire vous sentir toute petite ou très grande selon l'humeur, avec les pleins pouvoirs sur un fanal géant. Elle aurait vécu dans une petite pièce circulaire décorée de bois flotté ; réchauffé des boîtes de soupe sur un réchaud ; lu (ne pas oublier qu'elle n'avait que huit ans) *Fifi Brindacier* à la lumière d'une ampoule nue se balançant au plafond et regardé (même remarque) des rediffusions de *Jinny de mes rêves* sur un poste miniature en noir et blanc comme celui de leur hôtel sur la barrière des Outer Banks. Plus tard, au cours de sa période « cheval », courante chez les filles, elle s'était imaginée en garde forestier faisant, seule, le tour d'immenses forêts domaniales à dos de cheval. Plus tard encore, inspirée par une offre d'emploi insolite parue dans un journal, elle était devenue obsédée par l'idée de s'occuper d'un domaine sur une île tropicale, propriété d'un homme très riche, qui ne viendrait qu'une fois par an en jet privé, accompagné d'un aréopage de célébrités. Le reste du temps, elle aurait le domaine pour elle seule – avec salle à manger pouvant accueillir cent personnes, salle de bal éclairée par des lustres, ménagerie privée, parcours de golf et plusieurs courts de tennis, tout cela sans l'ennui d'avoir à faire fortune et donc de monter auparavant une de ces affaires barbantes. Il ne lui était jamais venu à l'esprit qu'un accès illimité à un parcours de golf et à des courts de tennis avait peu d'intérêt sans un partenaire.

Adolescente, ses jeux d'enfant au fond du jardin ayant cédé la place à un programme d'entraînement physique secret mais exigeant, Serenata avait rêvé d'emplois susceptibles de trouver une application pratique à l'effort physique. Elle s'imaginait seule femme sur un chantier de construction, martelant de gros clous, trimballant de grandes plaques de Placoplatre et maniant un marteau-piqueur – époustouflant ses collègues masculins, qui se seraient d'abord moqués de la morveuse avant d'être amenés à la respecter et à défendre son honneur dans les bars. À moins qu'elle ne soit devenue le meilleur atout d'une équipe de déménageurs (qui se seraient d'abord moqués d'elle, avant d'être amenés à la respecter et à défendre son honneur dans les bars...). Elle avait aussi envisagé une carrière d'élagueuse. Hélas, les emplois nécessitant de la force physique étaient apparemment sous-qualifiés et sous-payés, et ses parents, issus de la classe moyenne, avaient jugés ridicules ces fantasmes herculéens.

Pendant des années, l'enfant unique avait amusé ses parents en jouant des pièces radiophoniques de son cru. Elle enregistrait tous les rôles sur une radiocassette portable en ponctuant ses œuvres d'effets sonores – claquements de porte, grincements de parquet, froissements de papier pour simuler le bruit du feu. En même temps, les rêves de profession solitaire dont elle se berçait enfant semblaient révéler une profonde connaissance de soi. En conséquence, la profession qui paraissait le plus appropriée était celle d'auteur.

Oh, ses parents avaient considéré cette ambition tout aussi irréaliste que celle de devenir ouvrier du bâtiment. Ils espéraient simplement que Serenata se marie. Cela dit, au moins, un penchant littéraire plaidait en faveur d'études supérieures, ce qui aurait pour résultat d'améliorer la qualité de ses prétendants et leur aptitude à gagner de l'argent. C'est ainsi que, avec leur bénédiction, elle était entrée à Hunter, située à un jet de pierre de New

Brunswick, et en était sortie, comme la plupart des diplômés en lettres et sciences sociales et humaines, chômeuse en puissance.

À vingt ans, Serenata n'avait pas de but dans la vie et tirait le diable par la queue. N'ayant pas les moyens d'avoir son propre appartement, elle avait dû (horreur) partager son logement avec d'autres jeunes filles de son âge qui n'avaient pas de but dans la vie et tiraient le diable par la queue. Aucun des boulots ingrats qu'elle trouvait n'exigeait un diplôme universitaire. Elle s'efforçait de trouver du temps pour son « œuvre », même si elle ne le formulait jamais de manière aussi prétentieuse. Chose terriblement gênante, chaque fois qu'elle rencontrait une de ses semblables à New York, toutes se présentaient comme des auteures et s'efforçaient également de trouver du temps pour leur « œuvre ».

C'est en assurant la permanence téléphonique du service client de Lord & Taylor que le vent avait tourné. Un jeune homme avait appelé pour savoir comment échanger une cravate hideuse qui lui avait été offerte. Il avait décrit l'article de mauvais goût avec tout un tas de détails cocasses. Il lui avait demandé la marche à suivre pour un client qui avait un reçu et pour celui qui n'en avait pas, alors qu'il appartenait certainement à l'une ou l'autre de ces deux catégories. Il était lentement apparu à l'employée qu'elle était qu'il faisait durer la conversation. Il avait fini par la supplier de répéter après lui la phrase : « Attention à la fermeture des portes. »

— Pardon ?

— Dites-le, c'est tout. Faites-moi plaisir. « Attention à la fermeture des portes. »

Comme ce qu'il lui demandait de répéter n'était tout de même pas : « Puis-je vous sucer la bite ? », elle s'était exécutée.

— Parfait, avait-il dit.

— Je ne vois pas comment on pourrait mal le dire.

— La plupart des gens le diraient mal, lui avait-il opposé avant de lui expliquer qu'il était fonctionnaire au Service des transports de la ville de New York.

Il était chargé de mettre la main sur une nouvelle voix qui enregistrerait les informations à destination des usagers des transports publics et l'avait implorée de passer l'audition. Elle s'était montrée méfiante, bien sûr. Par prudence, elle avait vérifié l'adresse du Service des transports dans l'annuaire et avait constaté qu'elle correspondait à celle qu'il lui avait donnée.

Au bout du compte, il avait été décidé en haut lieu que les New-Yorkais n'étaient pas tout à fait prêts à se soumettre à l'autorité d'une voix de femme, et Serenata n'avait pas obtenu le poste. Comme le lui avait raconté Remington par la suite, après avoir réécouté son audition, un des membres de l'équipe avait déclaré qu'un passager écoutant cette voix sensuelle n'entendrait pas le message et qu'il envisagerait surtout de se faire le haut-parleur.

Cependant, avant que la décision décevante soit prise, elle avait accepté de dîner avec lui – mais seulement après sa deuxième invitation. Elle s'était vue contrainte de décliner la première, lancée spontanément à la suite de son audition, au motif que le trajet à vélo entre son appartement situé dans l'East Village et les bureaux du SDT situés Downtown Manhattan était trop court pour « compter », or il n'était pas question d'aller dîner sans avoir fait de sport auparavant. Ils avaient convenu de se retrouver au Café Fiorello sur Broadway, un restaurant italien haut de gamme que les New-Yorkais de longue date abandonnaient généralement aux touristes. Malgré la magnificence du lieu, elle avait tenu, comme toujours, à venir à vélo.

De loin, depuis l'entrée du restaurant, Remington avait semble-t-il observé la transformation de sa Cendrillon au pied d'un panneau de stationnement alterné. En équilibre précaire sur un pied, elle s'était débarrassée d'une basket usée et avait descendu une jambe de son jean – en veillant à ce que sa jupe qui retombait en voletant continue de la couvrir de façon convenable. Il faisait encore froid en mars et son collant ivoire lui servait en outre d'isolant. Puis, d'une sacoche, elle avait retiré une paire de talons hauts vertigineux en cuir verni rouge et, se tenant à la selle de son vélo pour ne pas tomber du haut de l'escarpin, elle avait répété le même strip-tease avec l'autre jambe avant de fourrer son jean dans la sacoche. Ensuite, elle avait lissé sa jupe et s'était remis du rouge à lèvres en vitesse, la balade à vélo lui ayant procuré le coup de blush nécessaire. Elle avait retiré son casque, secoué son épaisse chevelure noire, puis avait attaché celle-ci à l'aide d'un gadget en tissu fait maison qui ne s'appelait pas encore un chouchou. Remington avait alors regagné l'intérieur du restaurant, lui permettant ainsi de laisser au vestiaire son blouson crasseux et ses sacoches, qui, jaune vif lors de l'achat, étaient désormais de la couleur lugubre et vomitive d'une olive pourrie.

Devant un plat de pâtes au homard, Remington avait réagi à ses aspirations d'auteure avec une neutralité qui devait dissimuler un certain agacement. Après tout, elle aussi se trouvait agaçante.

— C'est peut-être une solution de facilité, je le crains. Tous les gens que je croise ici veulent être auteur.

— Si c'est vraiment ce que tu veux, peu importe que ce soit devenu commun.

— Mais je me demande si c'est vraiment ce que je veux. Je reconnais que j'adore être seule. Mais je n'ai pas une folle envie de me dévoiler. Je tiens à ce que les autres ne se mêlent pas de mes affaires. Je préfère garder mes secrets. Chaque fois que je m'essaie à la fiction, j'invente des personnages qui n'ont rien à voir avec moi.

— Ah ! Alors tu as peut-être un avenir en littérature.

— Non, parce qu'il y a un autre problème. Tu ne vas pas aimer.

— Là, tu m'intrigues, avait-il dit en se penchant en arrière, abandonnant sa fourchette dans son assiette.

— Aux infos, on ne parle que de gens qui meurent de faim ou dans un tremblement de terre. Or je suis en train de me rendre compte que je me fiche de leur sort.

— Les catastrophes naturelles ont souvent lieu dans des pays lointains. Les victimes sont abstraites. Il est peut-être plus facile de s'intéresser à des gens qui vivent plus près de chez nous.

— Les gens qui souffrent ne sont pas abstraits. À la télévision, ils sont bien réels. Quant à ceux qui vivent plus près de chez nous, je m'en fiche aussi.

Remington avait ri.

— C'est une opinion dont on pourrait dire qu'elle est originale, ou révoltante.

— J'opte pour révoltante.

— Tu te fiches des autres, moi y compris ?

— C'est une exception, peut-être, avait-elle répondu prudemment. J'en fais quelques-unes. Mais je suis d'un naturel oublieux. Drôle de qualificatif pour une auteure. Par ailleurs, je ne suis pas certaine d'avoir une voix qui se démarque.

— Au contraire, tu as une voix à part. Je pourrais t'écouter réciter le bottin.

Elle avait ajouté une petite note rauque au timbre suave de sa voix.

— Vraiment ?

Remington lui avouerait plus tard qu'il avait eu une érection en l'entendant prononcer ce mot.

Ils étaient passés à autre chose. Pour être polie, elle lui avait demandé comment il avait atterri au SDT. Contre toute attente, Remington avait répondu avec passion.

— On pourrait penser que les transports ne sont qu'une histoire de mécanique, alors qu'il s'agit d'émotions. Aucun autre aspect de la vie urbaine ne suscite de sentiments aussi forts. Dans certaines rues, si on supprime une voie de circulation pour la transformer en piste cyclable, cela peut soulever une émeute. Il suffit d'un feu piéton mal réglé qui dure deux bonnes minutes pour qu'on entende les automobilistes tambouriner sur leur volant, toutes vitres fermées. Le bus qui met une heure à arriver quand la température est négative… Le métro coincé indéfiniment sous le tunnel de l'East River sans qu'aucune explication soit fournie… Une rampe d'accès à une autoroute conçue de manière aberrante parce qu'un virage empêche de voir les voitures arriver… Une signalisation pas très claire qui vous expédie sur l'autoroute à péage du New Jersey pendant 32 kilomètres sans possibilité de sortir alors qu'on voulait prendre la direction du nord et qu'on est déjà en retard. Tu te contrefiches peut-être des gens, mais des transports ? Tout le monde se sent concerné par les transports.

— C'est possible. Je prends mon vélo pour un cheval. Mon cheval adoré.

Il lui avait avoué qu'il l'avait regardée se changer sur le trottoir.

— Et si on devait aller quelque part ensemble ?

— Je te retrouverais à vélo.

— Même si je te proposais de venir te chercher ?

— Je refuserais. Poliment.

— Je m'interroge sur ce « poliment » dans la mesure où ton refus serait buté et impoli.

— Insister pour que je modifie une habitude de toujours serait également impoli.

Comme la plupart des gens rigides, Serenata se moquait de savoir si son intransigeance était une qualité séduisante. Les gens résolument obstinés ne faisaient jamais de concession. Il fallait se conformer à leur programme.

Sous la pression désarmante de l'ingénieur en génie civil, Serenata avait, en effet, passé une audition dans une agence de publicité en quête d'une voix off et avait été embauchée sur-le-champ. D'autres opportunités du même ordre en nombre suffisant lui avaient permis de démissionner de chez Lord & Taylor. Elle s'était forgé une réputation. Avec le temps, ses activités avaient englobé les livres audio et, aujourd'hui, les publicités et les jeux vidéo constituaient l'essentiel de son travail. Si ses semblables lui importaient peu, elle accordait une importance capitale à l'excellence et était toujours ravie de découvrir de nouveaux timbres ou de prolonger sa tessiture dans les aigus comme dans les graves pour interpréter un enfant grincheux ou un vieillard acariâtre. C'était un des plaisirs procurés par la voix humaine que celle-ci ne se limite pas aux notes d'une gamme musicale et Serenata savourait le nombre infini des tonalités permettant d'exprimer la déception.

Parce qu'elle avait beaucoup déménagé enfant, elle avait une diction curieusement dénuée de particularisme et fluide, ce qui était utile. À ses oreilles, les diverses prononciations des mots « main », « rose », « monde » étaient toutes correctes et toutes arbitraires. Elle pouvait facilement prendre n'importe quel accent parce qu'elle ne tenait pas particulièrement au sien – et même un enquêteur en linguistique avisé n'aurait pu déterminer l'origine de son argot.

— Je suis de nulle part, avait-elle expliqué à Remington. Il arrive que, en entendant mal mon prénom, les gens l'écrivent « Sarah Nada », Sarah Rien.

Mais, bizarrement, les premiers temps de leur relation avaient été chastes. La réserve naturelle de Serenata avait incité de précédents soupirants à essayer de franchir les remparts – avec des conséquences fatales. Il se peut que Remington ait donc répliqué astucieusement à sa retenue en se montrant réservé en retour, mais elle s'était mise à avoir peur qu'il ne la trouve pas attirante, voyant qu'il ne lui faisait pas d'avances.

— Je sais que c'est ma voix qui t'a fait craquer, avait-elle fini par lui dire. Mais lorsqu'elle a été incarnée, l'entendre en 3D t'a coupé dans ton élan ?

— Tes frontières sont sous bonne garde, avait-il répondu. J'attendais d'obtenir mon visa.

Alors elle l'avait embrassé – elle lui avait pris la main et l'avait posée fermement à l'intérieur de sa cuisse avec le formalisme requis pour tamponner un passeport. Tant d'années après, la question était : puisque Remington avait d'abord respecté de façon fascinante son sens aigu du territoire, pourquoi l'envahissait-il aujourd'hui à l'âge de soixante-quatre ans ?

— J'ai fini la salle de bains du premier, annonça la jeune fille en tirant d'un coup sec sur le poignet de ses gants en caoutchouc pour les retirer, ce qui avait l'inconvénient de les retourner complètement.

Serenata indiqua d'un signe de tête la paire de gants humides et malodorants posés sur l'îlot de la cuisine.

— Tu as recommencé.

— Oh, merde !

— Je ne te paie pas pour que tu remettes chaque doigt dans le bon sens, fit-elle remarquer, mais sur un ton humoristique.

— D'accord, disons que j'ai fini ma journée.

Après un coup d'œil à sa montre, Tomasina March – surnommée Tommy – s'attela à la tâche ardue qui consistait à pousser l'index retourné du premier gant et à le faire avancer centimètre par centimètre dans le tunnel jaune caoutchouteux et collant.

Contrairement à ses parents qui en avaient toujours eu une, avant d'emménager à Hudson, Serenata rejetait l'idée d'une femme de ménage. Oh, elle n'avait pas de problème de conscience par rapport à cette question. Simplement, elle ne voulait pas d'étrangers – d'autres gens – chez elle. Mais, à soixante ans, elle était sur la pente descendante au sens propre du terme. Du sommet, elle pouvait embrasser le déclin qui l'attendait. Soit elle décidait de consacrer une part non négligeable de cette période étonnamment courte et potentiellement précipitée de déchéance à frotter le savon aggloméré autour de la bonde de la douche, soit elle payait quelqu'un pour le faire à sa place. C'était tout vu.

Par ailleurs, même si, d'ordinaire, la proximité d'une énième forcenée de l'exercice physique l'aurait rebutée, quand elle avait vu sa nouvelle voisine de dix-neuf ans faire des séries de cent sauts bras et jambes écartés dans son jardin jonché de meubles en mille morceaux, cela avait rappelé à Serenata les « jambes cassées » et autres « roulés-boulés » de son enfance. Ravie de se faire de l'argent de poche (Serenata lui donnait 10 dollars de l'heure – si effroyable que ce soit, c'était bien payé pour le nord de l'État de New York), Tommy était une grande perche aux membres longs, un peu gauche, mince mais sans formes. Elle avait des cheveux blonds ternes et fins, et un visage ouvert et candide. La principale qualité de ce visage était d'évoquer de manière brutale le sentiment affreux d'avoir toute une vie imbécile qui vous attendait, une vie qu'on n'avait pas demandée, pour commencer, et dont on ne savait que faire. À l'âge de Tommy, la plupart des jeunes avec un tant soit peu de jugeote étaient traversés par l'impression nauséeuse que, au moment où ils auraient finalement réussi à bidouiller un plan, il serait trop tard, puisque à dix-neuf ans ils auraient déjà dû mettre la machine en marche. Pour une raison qui restait mystérieuse, les gens étaient nostalgiques de leur jeunesse. La nostalgie était pure amnésie.

— Mais où est Remington ? demanda Tommy.

— Si incroyable que cela puisse te paraître, il est sorti courir. Ce qui signifie que nous avons six bonnes minutes pour parler de lui derrière son dos.

— Je ne savais pas qu'il courait.

— Il ne courait pas. Ça date de quinze jours. Il s'est mis dans l'idée de tenter un marathon.

— Tant mieux pour lui.

— Comment ça ?

— Eh bien, répondit Tommy, concentrée sur le gant (elle n'avait toujours pas réussi à remettre l'index à l'endroit), tout le monde a envie de courir un marathon. Où est le mal ?

— C'est le fait que tout le monde en ait envie. Je sais qu'il est désœuvré mais il aurait pu choisir quelque chose de plus original.

— Il n'y a pas tant de choses que ça à faire. Quelle que soit l'idée qu'on a, quelqu'un l'a déjà eue. Être original est une cause perdue.

— Je suis méchante, dit Serenata, qui ne pensait pas à Remington – mais, bien sûr, c'était aussi envers lui qu'elle l'était. Ces gants, je ferais mieux de t'en acheter une nouvelle paire. Mais tu t'en sortirais plus vite si tu arrêtais de faire les cent pas.

Tout en continuant d'arpenter la cuisine de long en large, Tommy finit par retourner l'index avec succès.

— Je ne peux pas. Je n'en suis qu'à douze mille et il est déjà 16 heures.

— Douze mille quoi ?

— Douze mille pas, expliqua-t-elle en montrant le bracelet en plastique à son poignet gauche. J'ai une montre Fitbit. C'est une fausse, mais c'est pareil. Le problème, c'est que, pour une raison obscure, si je m'arrête, ce truc ne comptabilisera pas mes trente premiers pas. Sur le mode d'emploi, il est écrit : « Il suffit que vous vous arrêtiez pour serrer la main à quelqu'un », comme si on serrait trente fois la main de quelqu'un. Ces modes d'emploi sont rédigés par des Chinois qui ne connaissent rien aux coutumes américaines. Je ne veux pas dire du mal des Chinois, ajouta-t-elle, inquiète. C'est comme ça qu'on les appelle ? Les Chinois ? On dirait une insulte. Bref, trente pas plus trente pas plus trente pas – ça finit par faire beaucoup.

— En quoi c'est important ? Tu me donnes le tournis avec tes allers et retours.

— On poste nos pas sur Internet tous les jours. La plupart des gens en accumulent, disons, vingt mille ou plus, et cette connasse de Marley Wilson qui était en terminale avec moi en fait régulièrement trente mille.

— Ce qui fait combien de kilomètres ?

— Un peu moins de 24, déclara Tommy.

— Si elle se les tape vraiment, ça peut lui prendre cinq heures par jour. Elle a une autre activité ?

— Ce n'est pas le problème.

— Pourquoi le nombre de pas des autres t'intéresse-t-il à ce point ?

— Tu ne piges pas. Et pourtant, tu devrais. Ça t'embête que Remington ait commencé à courir principalement parce que toi, tu as arrêté.

— Je n'ai pas dit que ça m'embêtait.

— Mais c'est évident. Il est en train de te battre. Même s'il ne court que six minutes, il te bat.

— Je continue à faire de l'exercice, d'une façon différente.

— Pas pour longtemps. La semaine dernière, tu râlais parce qu'il n'existe aucun mouvement d'aérobic qui ne sollicite pas les genoux. Et quand les tiens sont trop gonflés, tu ne peux même pas nager.

C'était ridicule d'être blessée alors que Tommy ne faisait que répéter ce qu'elle avait dit elle-même.

— Si ça peut te consoler, ajouta Tommy en agitant triomphalement un gant entièrement à l'endroit, la plupart des gens qui font les marathons arrêtent de courir juste après. C'est comme les candidats du *Big Loser* qui redeviennent gros à la fin de l'émission. Ils cochent la case sur leur *bucket list* et ils passent à autre chose.

— Tu savais que cette expression n'a pas plus de dix ans ? J'ai vérifié. C'est un scénariste qui a fait la liste des choses qu'il voulait faire avant de mourir. Et il l'a appelée comme ça. Une liste sur laquelle il avait mis en premier : « Faire produire un de mes scénarios. » Il a écrit un film sur cette fameuse liste. Il a dû réussir car l'expression est devenue virale.

— Il y a dix ans, j'avais neuf ans. En ce qui me concerne, je l'ai toujours employée.

— L'expression « devenir viral » est devenue virale il y a quelques années à peine – je me demande s'il existe un mot pour ça : quelque chose qui est ce qu'il décrit.

— Tu attaches plus d'importance que moi aux mots.

— C'est ce qui s'appelle être instruite. Tu devrais essayer un de ces jours.

— Pourquoi ? Je te l'ai dit, moi aussi, je veux devenir interprète de voix off. Je lis déjà plutôt bien. Il faut juste que j'améliore le « ton », comme tu dis.

Cette étrange amitié qui faisait fi de la différence d'âge avait pris son envol après que Tommy avait découvert que Serenata Terpsichore avait enregistré le livre audio d'un de ses romans jeunesse préférés. Tommy n'avait encore jamais rencontré une personne dont le nom apparaissait sur une page Amazon. Cela avait transformé Serenata en superstar.

— Ce qui m'agace à propos de ces expressions subitement ubiquitaires…

Tommy n'allait pas demander la signification de « ubiquitaires ».

— … c'est-à-dire celles que soudain tout le monde emploie, ajouta Serenata, c'est seulement que ces gens qui balancent une expression à la mode à tout bout de champ sont persuadés d'être hyper branchés et pleins d'imagination. Or on ne peut pas être branché et plein d'imagination. On peut être ringard et sans imagination ou bien branché et conformiste.

— Pour quelqu'un qui s'en fiche, tu parles beaucoup de ce que les autres pensent et de ce qu'ils font.

C'est parce que les autres m'étouffent.

— Je t'étouffe ? demanda timidement Tommy en s'arrêtant pour de bon.

Serenata se leva – c'était une mauvaise journée côté genou – et prit la jeune fille par les épaules.

— Sûrement pas ! C'est toi et moi contre le monde entier. Maintenant que tu t'es interrompue, tes trente premiers pas sont perdus. Alors, buvons un thé.

Tommy se glissa sur une chaise avec gratitude.

— Tu savais qu'en restant assise un quart d'heure, tout ton corps change ? Ton cœur et le reste.

— Oui, je l'ai lu quelque part. Mais je ne peux plus rester debout douze heures par jour. Ça me fait mal.

— Tu sais, je ne voulais pas te mettre dans l'embarras tout à l'heure en parlant de running. Parce que, de toute façon, pour une vieille, tu es encore méchamment sexy.

— Merci – enfin, je crois. Fraise-mangue, ça te va? demanda Serenata en allumant le gaz sous la bouilloire. Même si je suis encore à peu près bien foutue, ça ne durera pas. Mon secret, c'était de faire de l'exercice. Un secret qui s'est ébruité, on dirait.

— Pas tant que ça. La plupart des gens ont une mine épouvantable. Regarde ma mère.

— Tu m'as dit qu'elle avait du diabète, dit Serenata qui, avec un très mauvais sens du timing, sortit une assiette de cookies aux amandes. Fiche-lui un peu la paix.

Tommy March n'était pas mal-aimée mais sous-aimée, ce qui était pire – de la même manière qu'un jeûne express avait une influence revigorante quand un régime interminable vous rendait irritable et faible. Le père de la jeune fille avait fui depuis longtemps et sa mère sortait rarement de la maison. Elles bénéficiaient sans doute des aides sociales. Donc, même dans cette ville où l'immobilier était en berne – à 200 000 dollars, cette grande baraque à bardeaux marron était une affaire, trois salles de bains, trois terrasses et six chambres, dont deux n'avaient pas encore d'attribution –, la mère de Tommy était locataire. Elle n'avait pas encouragé sa fille à aller à l'université. Ce qui était dommage car Tommy avait beaucoup de volonté, même si son envie de développement personnel manquait d'ancrage. Elle passait d'une toquade à l'autre comme une bille de flipper sans avoir vraiment conscience de la puissance des forces sociales qui la frappaient. Quand elle s'était autoproclamée végane (avant de se rendre compte après deux semaines de ce régime qu'elle ne pouvait pas se passer de pizzas), elle était persuadée que l'idée lui était venue comme par magie.

Typique de l'époque, le sucre mettait Tommy dans tous ses états. Comme si elle était indépendante d'elle-même, et à la façon de la langue d'un lézard sur une fourmi, la main de Tommy se précipita sur un cookie et le posa sur ses genoux.

— Et sinon, tu continues à faire ta vieille grincheuse anti-réseaux sociaux ?

— Je préfère me concentrer sur la vraie vie.

— Les réseaux sociaux, c'est la vraie vie. Bien plus vraie que celle-ci. C'est seulement parce que tu t'en tiens éloignée que tu ne le sais pas.

— Je préfère me servir de toi comme espionne. J'ai fait la même chose avec Remington pendant des années. Il fréquentait le monde du travail et me racontait ensuite. Quant à ce qu'il y a trouvé… Il me semble que la prudence impose d'y être recouvert d'une bonne couche d'isolant…

— Bon, je crois qu'il vaut mieux que tu saches… Selon les plates-formes pour les jeunes…

Tommy avait cessé de regarder Serenata dans les yeux.

— Eh bien, les Blancs qui lisent les livres audio ne devraient pas prendre des accents. Surtout ceux des personnes de couleur.

— Personnes de couleur ! répéta Serenata. Remington a toujours trouvé désopilant d'imaginer qu'un jour, au boulot, il dise « personnes colorées » à la place. Il aurait été viré. Bon, il a été viré quand même. C'est bien la peine de faire toutes ces courbettes quand on n'est pas marquis.

— Écoute, ce n'est pas moi qui fixe les règles.

— Bien sûr que si. D'après Remington, c'est parce que tout le monde obéit à ces diktats sortis d'on ne sait où que cela les renforce. Il dit aussi que les règles sciemment ignorées deviennent « juste des suggestions ».

— Tu ne m'écoutes pas ! Le problème, c'est que ton nom est apparu. Et pas en bien.

— Rappelle-moi ce qui ne va pas avec le fait de prendre un accent ? J'ai du mal à suivre.

— C'est... problématique.

— Ce qui veut dire ?

— Ce qui veut tout dire. C'est le grand méchant mot pour désigner tout ce qui est super mauvais. Maintenant tout le monde dit que les Blancs qui font semblant de parler comme les populations marginalisées font de la parodie et aussi que c'est de l'appropriation culturelle.

— Ça me déprime profondément de t'entendre parler de « parodie » et autres « appropriation culturelle » ou je ne sais quoi quand tu ne connais pas le mot « ubiquitaire ».

— Maintenant, je le connais. Ça veut dire « tout le monde le fait ».

— Non. « Omniprésent », « partout ». Donc, pourquoi mon nom apparaît-il ?

— Tu veux la vérité ? À cause des accents que tu prends dans les livres audio. Je crois que c'est parce que tu les fais super bien. Tu as une réputation. Alors quand les gens cherchent un exemple, c'est à toi qu'ils pensent.

— Si j'ai bien compris, dit Serenata, à partir de maintenant, je suis censée faire parler un dealer de coke de Crown Heights comme s'il était professeur de littérature médiévale à Oxford. « Yo, mec, c'te meuf vaut moins qu'une pute. »

Elle avait prononcé la phrase sur un ton snob d'aristocrate anglais et Tommy rit.

— S'il te plaît, n'en parle pas à Remington, implora Serenata. Jure-le-moi. Je ne plaisante pas. Il paniquerait.

— Qu'est-ce qu'il ne faut pas dire à Remington ? demanda Remington lui-même alors qu'il refermait derrière lui la porte de la cuisine donnant sur l'extérieur.

On était en novembre et il avait fait l'erreur classique de trop se couvrir alors que le danger quand on courait par des températures basses était d'attraper un chaud et froid. Il avait transpiré abondamment sous les multiples couches de ses vêtements d'hiver et il était écarlate. Son teint rougeaud était aussi illuminé par un éclat d'une nature plus intérieure. Oh, elle espérait n'être jamais rentrée d'un bon vieux running des familles avec un tel air dégoulinant d'autosatisfaction.

3

— Pour toi, j'ai fait une prise de sang, j'ai couru sur un tapis de course, on m'a couvert d'électrodes… Mais j'ai eu le feu vert, annonça Remington à peine entré.

L'idée du check-up ne venait pas de lui, il s'y était plié pour faire plaisir à Serenata.

— Le docteur Eden a repéré une petite anomalie cardiaque mais il m'a assuré que c'était courant et qu'il n'y avait pas lieu de s'inquiéter.

— Quelle anomalie ?

Il aurait sans doute préféré ne rien avoir à dire de négatif, mais, heureusement pour Serenata, son mari était un maniaque de la vérité.

— Je ne me rappelle pas le nom.

Il avait choisi de ne pas s'en souvenir pour éviter qu'elle n'aille chercher sur Google de quoi se mettre la rate au court-bouillon.

— Ce qui compte, c'est que je sois en pleine forme. Eden ne voit pas ce qui m'empêcherait de courir un marathon, à condition que j'augmente la distance progressivement et que je me tienne au programme.

— Quel programme ?

— Le programme que je suis sur Internet, répondit Remington avec trop d'empressement.

— Tu ne pouvais pas trouver tout seul comment courir un peu plus longtemps chaque semaine ? objecta Serenata tandis qu'il lui tournait le dos pour retourner à la voiture.

— Ce n'est pas si simple, dit-il en sortant deux gros sacs lourds de la banquette arrière. Il faut se fixer des objectifs, courir plus longtemps et moins longtemps entre deux. Varier l'allure. C'est une science. Tu n'as jamais couru de marathon…

— Alors maintenant tu me fais la leçon.

— Je ne comprends pas ce mépris que tu as pour tout projet qui ne serait pas le tien, soupira-t-il en déposant bruyamment les sacs au pied de la table de la salle à manger. Pourquoi serait-ce forcément un signe de faiblesse que de consulter la somme considérable d'informations qui existent sur le sujet ? Ton hostilité déclarée au reste de l'espèce humaine, voilà un signe de faiblesse. Elle te place dans une position défavorable sur le plan de l'évolution. Tâche d'être modeste et tu apprendras des erreurs des autres.

— C'est quoi, ça ?

— Des haltères. Il faut que je travaille ma sangle abdominale.

Serenata lutta contre un haut-le-cœur mental.

— Tu ne peux pas dire « torse » ? Et je te signale que j'en ai, des haltères. Tu aurais pu me les emprunter.

— Depuis le début je ne te sens pas vraiment portée sur le partage. Je préfère avoir mes propres affaires. Je pensais utiliser une des chambres inoccupées pour en faire ma salle de sport.

— Tu veux dire que tu vas réquisitionner une chambre, a-t-elle dit.

— N'en as-tu pas réquisitionné une pour tes propres cabrioles ?

— Tu as aussi ton bureau. Même si je ne sais pas bien à quoi il sert.

— Ne me dis pas que tu es en train de m'asticoter parce que je suis au chômage. Rassure-moi, tu ne pensais pas ce que tu viens de dire.

— Non. Enfin quoique, mais ce n'était pas gentil. Je déteste ce mot, « cabrioles ». Je cherchais quelque chose de blessant. Pardon.

— De plus blessant. Je retire « cabrioles ». Exercices. Appelons-les comme tu veux.

— Vas-y, prends une des chambres d'amis. La maison est grande et ce n'est pas comme si nous étions les puissances européennes procédant au découpage du Moyen-Orient après la Première Guerre mondiale.

Elle prit le visage de Remington entre ses mains et l'embrassa sur le front, pour sceller leur trêve. Il était plus de 18 heures et, au pays de Serenata, le dîner devait se mériter.

Elle monta se changer, enfila un short crasseux et un T-shirt en piteux état tout en se demandant s'il ne fallait pas se faire du souci concernant cette « anomalie cardiaque ». Le secret professionnel auquel sont tenus les médecins faisait qu'on n'arrivait pas à avoir de véritables informations. Même si elle était certaine que son mari ne mentirait pas sur le fameux « feu vert », il était par ailleurs tellement obnubilé par le marathon de Saratoga qu'il aurait pu minimiser une anomalie inquiétante.

Sa préoccupation plus immédiate était la hargne qui imprégnait leurs échanges depuis octobre, des échanges qui avaient bien peu à voir avec l'impeccable sens de la repartie dont ils faisaient preuve au début de leur mariage. Les deux derniers mois – et cela avait peut-être même commencé avant – avaient été ponctués de prises de bec minables entre deux parents qui, sans enfants dans les pattes, n'avaient plus rien en commun, même si, des années auparavant, cela avait été un soulagement de se retrouver seuls tous les deux. Elle trouvait odieux qu'on ne lui fasse pas crédit du sang-froid dont elle faisait preuve. Un peu plus tôt, en ce mois de décembre, après de nombreuses séances d'entraînement, des centaines d'heures sur l'ordinateur et près de 2000 dollars d'accessoires (elle en avait tenu la comptabilité), Remington était parvenu à courir 8 respectables kilomètres. Mais il courait encore plus lentement ! Sachant qu'il avait réussi à couvrir cette distance symbolique le samedi précédent en plus d'une heure, sa vitesse moyenne était d'un peu plus de 7 km/h. Il n'avait pas vraiment apprécié le flegme dont elle avait dû faire preuve pour ne pas se moquer de lui.

Comme toujours, elle avait du mal avec ce moment de la journée, et s'il n'avait pas été si tard, elle se serait soudainement résolue à plier le linge. Elle s'était toujours amusée de ces grosses feignasses qui vous expliquent que, voyez-vous, elles « n'aiment pas l'exercice physique ». Personne n'aime ça. D'accord, certains sports sont assez divertissants pour vous faire oublier l'effort qu'ils exigent, mais l'exercice pur est détestable et toute personne saine d'esprit l'aborde avec crainte. Ce soir, elle avait prévu une kyrielle de « cabrioles » centrées uniquement sur les jambes, que son orthopédiste lui avait recommandé de faire en douceur, une recommandation que sa patiente avait comprise comme un défi. Dans l'éventail de ses pratiques masochistes, les exercices concernant les jambes surpassaient toutes les autres en matière d'ennui pur.

Le radiateur étant fermé, il faisait un froid de canard dans la pièce – seuls les exercices allaient réchauffer la température. Quant à la télé, elle était grande, élégante, dotée d'une bonne acoustique et avait des centaines de chaînes du câble, plus Netflix, Hulu et Amazon Prime. En renfort, pour les cas d'urgence, le disque dur débordait de films enregistrés. Sans télévision, elle aurait laissé tomber ce cirque de quatre-vingt-dix minutes à base de gainage, de fentes, de tractions et de relevés de jambe, et se serait plutôt tiré une balle dans la tête.

En matière de programmes télévisuels adéquats, la fenêtre de tir était plutôt étroite. Il ne fallait pas que le sujet soit trop grave parce qu'elle ne pouvait pas se permettre de gaspiller de l'énergie à être émue. Il ne fallait pas qu'il soit trop drôle non plus parce qu'elle ne pouvait pas se permettre de gaspiller de l'énergie à rire. Les sous-titres étaient proscrits. Les documentaires convenaient assez bien, à condition qu'ils ne soient pas trop esthétisants. Ce qu'il lui fallait, c'était une bonne daube. Elle avait malheureusement terminé la dernière saison de *Crazy Ex-Girlfriend*, qui était parfaitement adaptée.

Tout en zappant paresseusement à la recherche d'une chaîne d'infos, elle enfila une bande de résistance à une de ses chevilles et accrocha l'ancrage de la bande en refermant la porte dessus. Et tandis qu'elle exécutait les quatre positions de relevés de jambe destinées à muscler les abdominaux – tirer sur la bande noire Theraband avec sa jambe tendue vers l'avant (théoriquement tendue, parce qu'elle souffrait d'un « déficit d'extension », la droite était en permanence tordue), puis sur le côté droit, puis en arrière, puis sur le côté gauche, vingt fois dans chaque direction –, elle réfléchissait au temps qu'elle avait consacré dans sa vie à ce genre de rituel monotone. Quatre-vingt-dix minutes sur les seize heures de la journée où elle était éveillée... Il était impossible de faire des calculs en comptant en même temps les séries (un, deux, trois, quatre...). Il va sans dire que le pourcentage était élevé : était-ce une source de fierté ou d'horreur ? À son dernier souffle, ferait-elle écho au râle supposé de Jackie Kennedy sur son lit de mort : « Pourquoi me suis-je imposé tous ces abdos ? » Serenata avait déjà passé une partie non négligeable de son temps disponible sur cette terre à s'ennuyer volontairement. (Jambe gauche, deuxième série.) Un, deux, trois, quatre... Elle avait également consacré une portion non moins conséquente de sa courte vie limitée dans le temps à compter. Comme une élève de maternelle.

Dans les publicités pharmaceutiques à la télévision, des seniors au visage carré et à l'épaisse chevelure poivre et sel rejoignaient des épouses avenantes en legging brillant et blouson assorti, une mèche grise dessinée par un coloriste en guise d'unique concession à la vieillesse. Dans toutes les publicités, et en dépit de l'affaiblissement provoqué par la maladie que les acteurs singeaient, les gens qui souffraient couraient le long d'une rivière, parcouraient des routes de campagne à vélo ou faisaient de la randonnée sur des chemins boisés. Ils riaient en permanence, ce qui vous amenait à vous demander en quoi cette activité trépidante était hilarante.

Jadis, dans les publicités pour les médicaments, les vieux regardaient gentiment le soleil se coucher par la fenêtre en tenant une tasse de thé en porcelaine entre leurs mains. Il s'était produit un phénomène que Serenata avait étudié avec attention. Au début, la transformation avait été progressive, voire insidieuse, puis, enfin, abrupte, et ce, partout dans le monde.

Le changement le plus frappant concernait les femmes qui, tout au long de la jeunesse de Serenata, rêvaient certes d'être minces, mais considéraient les muscles apparents sur une silhouette féminine comme laids, déplacés et hommasses. À l'époque, sa passion pour les biceps bien dessinés était jugée étrange, sinon suspecte, et lorsqu'elle portait des manches courtes, elle avait plus d'une fois été traitée de « gouine ».

Avance rapide jusqu'au présent. Les mannequins qui vantaient les mérites de produits féminins aussi classiques que du parfum portaient des brassières de running. Dans les magazines, les corps continuaient d'être amincis à grands coups de Photoshop, minces au point de ne pouvoir accueillir une paire de reins, mais on voyait apparaître de nouvelles ondulations sur les ventres nus. Sur les flancs des bus, les épaules féminines en gros plan étaient carrées, les cuisses ciselées. Sur les panneaux d'affichage, même les ravissantes créatures qui se prélassaient en nuisette laissaient dépasser des fentes de leur négligé des mollets bien musclés. Avec autant d'argent en jeu, la publicité tendait un miroir bien documenté à l'idéal moderne et, dans la représentation publicitaire de la vie quotidienne d'aujourd'hui, des jeunes femmes charmantes étaient systématiquement photographiées en train de faire du kayak, de gravir des montagnes, de faire des longueurs en piscine, de prendre des cours de cardio-vélo, de forcer sur un rameur ou de marteler un sac de sable. Serenata, plus que quiconque, aurait dû trouver que l'appétit de muscles de ses contemporaines était quelque chose d'extrêmement intéressant et, somme toute, de merveilleux. Mais cela, précisément, ne faisait que rendre plus énervants encore tous ces corps de femmes furieusement musclés placardés sur l'ensemble du paysage publicitaire.

Le pied droit posé sur une chaise en bois, elle leva le pied gauche au-dessus du sol et, en appui sur le droit, ramena son genou gauche à hauteur de poitrine. Cent sur le pied droit, cent sur le gauche en expirant à chaque relevé de genou. Le plus dur était de garder l'équilibre.

Cela dit, ces quatre-vingt-dix minutes de mise au point ne lui paraissaient pas moins nobles qu'un réglage de voiture. Les automobilistes consciencieux entretenaient leur voiture et pourtant ils n'espéraient pas de médailles en récompense d'une vidange. Elle aussi s'efforçait d'entretenir un mécanisme de façon responsable. C'était une dévotion, mais pas au sens sacré du terme. Elle était dévouée à l'entretien de son véhicule par pur intérêt personnel : il la transportait.

En retirant le Velcro des bandes lestées de quatre kilos qui entouraient ses chevilles, Serenata ressentit un élancement qui lui rappela brutalement que, si d'aventure elle avait considéré cette épreuve physique quotidienne comme le signe de qualités morales – s'élever jusqu'à l'ultime degré de l'échelle de la révélation ou se hisser à une position supérieure dans la hiérarchie sociale –, ces efforts rituels pour accéder au salut s'étaient retournés contre elle. Elle était punie. Le diagnostic du docteur

Churchwell, d'un prosaïsme insultant, l'avait rangée dans la catégorie grand-mère et mise au rancart : arthrose aux deux genoux, frottement articulaire os contre os dans les trois compartiments. Sans antécédents familiaux, Serenata s'était entendu dire que l'état de ses genoux résultait clairement d'un « usage excessif ». C'était naïf d'espérer que, à défaut de vertu, un bon entraînement serait nécessairement récompensé, mais le sentiment n'en était pas moins cuisant : ce n'était pas juste.

Au dîner, Remington avait une idée derrière la tête.

— Il ne m'a pas échappé, commença-t-il, que tu as vécu ma découverte du sport d'endurance comme quelque chose qu'on te retirait. J'aimerais donc que nous nous penchions sur ce que je ne peux appeler autrement que ton sens de la propriété sur l'exercice physique.

— En effet, c'est à moi, répondit-elle froidement.

— Tu as inventé l'exercice physique ?

— Je l'ai inventé pour moi.

— Par conséquent, les Grecs qui ont couru les 42,195 kilomètres qui séparaient la ville de Marathon de celle d'Athènes ont envoyé un émissaire qui a voyagé dans le temps pour venir te voler l'idée.

— C'est peu probable. Comme tu me l'as fait remarquer avec insistance un peu plus tôt, je n'ai jamais couru de marathon. Pourtant, j'ai souvent couru 26 ou 27 kilomètres d'une traite – comme la fois où je me suis perdue en Australie et où j'ai dû continuer à courir jusqu'à ce que je retrouve la civilisation –, j'aurais pu donc en courir 13 de plus si j'avais été motivée.

— Tu as toujours prétendu que, si un jour tu courais un marathon, tu le courrais seule.

— Exact.

— Sauf que, maintenant, tu ne le feras jamais.

— C'est ma fête ?

— Le seul moyen grâce auquel tu serais parvenue à courir 42,195 kilomètres un jour donné aurait été de participer à un événement collectif, comme tout le monde.

— Je trouve assez répugnants ces rassemblements où tout le monde fait la même chose au même endroit.

— Non, tu les trouves *très* répugnants. Mais chez les gens normaux, c'est exaltant d'être en compagnie d'un grand nombre de leurs semblables et de poursuivre un même but.

— Je suis incapable de me perdre dans une foule. Je n'ai aucune envie de me fondre dans je ne sais quelle amibe géante au cœur palpitant.

— Cela ne t'est jamais venu à l'esprit que tu ratais peut-être quelque chose ?

Serenata réfléchit.

— Non.

— Tu te crois au-dessus de gens capables d'une expérience collective.

— Sans doute. Les messes, les matchs de foot et même les concerts de rock me laissent de marbre. C'est peut-être dommage mais, de la même façon, je resterais de marbre devant une foule agitant des drapeaux avec une croix gammée.

— Pour autant que je sache, tu n'es membre d'aucune organisation, ni professionnelle ni politique ; je ne me rappelle même pas t'avoir vue t'inscrire à une bibliothèque privée. Au moins, tu es cohérente, même si ta volonté farouche de ne pas avoir de liens avec les autres est un peu effrayante. Mais revenons à ce sentiment de propriété.

— D'accord, lâcha-t-elle, conciliante.

— Réfléchis un peu à tous les sports que les gens pratiquent, et ce, depuis des générations. Tu es tellement fière de faire des « pompes », mais c'est quelqu'un d'autre qui a trouvé le terme il y a longtemps. Les livres de records débordent de prouesses qui dépassent ton entendement, comme celle de la première femme à avoir traversé la Manche à la nage. Le vélo sur lequel tu m'avais rejoint au Café Fiorello et que tu as absolument tenu à utiliser pour te rendre dans tous les restaurants depuis : ce vélo, tu ne l'as pas inventé...

— La propriété est une sensation. Je sens que je possède quelque chose même si je n'ai pas reçu de titre de propriété.

— Mais se dire propriétaire de l'exercice physique n'est pas simplement irrationnel, c'est dingue. Je dirais même que, pour toi et moi aujourd'hui, le fait que tu arpentes ce domaine comme une cinglée est extrêmement problématique.

— Oh, n'utilise pas ce mot. D'après Tommy, « problématique » est aujourd'hui l'étiquette à apposer sur les appropriations culturelles des Blancs, qui sont le mal absolu.

— Des Blancs, point. Le fait qu'ils soient le mal absolu va sans dire.

L'espace d'un instant, ils étaient du même bord.

— Tu comprends les choses bien mieux que tu ne le prétends, dit-elle. Évidemment que des tas de gens avant moi ont couru, sauté et pédalé – mais jamais autant que pour celui qui découvre le vélo aujourd'hui. Évidemment qu'il existe aussi des athlètes professionnels – mais ce n'est pas ce qui nous occupe. Tu allumes la télé et soudain tout le monde est en salle de gym. Au cours des dernières années, les sujets favoris sur le site du *New York Times* avaient forcément quelque chose à voir avec l'activité physique. Les rares articles capables de détrôner ceux qui vous incitent à faire de l'entraînement en fractionné sont ceux qui louent les vertus du vin rouge sur la santé. En attendant, les magazines regorgent de portraits de figures incontournables qui courent 80 kilomètres par jour, ou 120, ou 160. Les marathons, mon trésor, c'est dépassé. Tu es censé courir un bon vieux marathon avant le petit déjeuner.

— Tu ne m'aides pas beaucoup.

— Ce n'était pas mon intention. J'essaie de t'expliquer ce que je ressens. Et je remarque que le fait que tu aies choisi le sport, soit par désir d'absolution, soit pour avoir un but dans la vie, t'a été imposé par l'extérieur. C'est viral, comme l'herpès. Tu as toujours été plus influençable que moi.

— Si d'après toi tout le pays est soudain obsédé par la forme physique, comment se fait-il que les Américains soient de plus en plus gros ?

— Parce que la question au cœur de ce tsunami ne concerne pas les résultats mais plutôt les aspirations des gens. Tout le monde se fiche désormais de voir l'Italie avant de mourir ou de lire *Moby Dick*. Et je crois que les gens n'ont même plus envie d'écrire un roman. Pour eux, il s'agit essentiellement de sauter sur le premier événement sportif un peu exceptionnel, après quoi ils pourront sans doute s'asseoir à la droite de Dieu le Père.

— Je pense que la popularité croissante des sports d'endurance te chagrine parce que tu es battue à ton propre jeu. D'autres amateurs que toi repoussent leurs limites au-delà de celles que tu as jamais atteintes. N'ai-je pas raison ?

— Ai-je le sentiment d'être humiliée avec mes petites cabrioles par rapport à eux ? Oui, sans doute.

— Dans ce cas, si je parviens à boucler ce marathon en avril, une distance que d'après toi tu aurais pu courir pendant des années – et je suis assez d'accord, même si tu n'as pas fait l'essai et que, donc, maintenant, on ne le saura jamais –, ton propre mari t'humilierait.

— C'est ton intention ?

— Non, pas du tout. C'est une des raisons pour lesquelles je souhaitais avoir cette conversation : je voulais corriger cette fausse impression.

— Jusqu'ici, j'avais plutôt l'impression d'un interrogatoire.

— Ce qui t'énerve dans la glorification de l'activité physique, c'est que ce phénomène se développe au moment où tu es en train de devenir – assez précocement, à soixante ans – de plus en plus handicapée.

— Bravo, Sherlock.

— Je disais ça avec mansuétude.

— Vraiment ? Mais, en admettant que tu essaies de me battre à mon propre jeu – même si tu prétends que non –, triompher d'une infirme, c'est tricher.

— Au contraire, si tu avais eu les cartilages idoines, je t'aurais peut-être proposé de courir ensemble ce marathon au printemps.

— Menteur, répliqua-t-elle. Tu veux gagner des points avec ta gentille idée mais si tu me fais cette proposition, c'est uniquement parce que c'est impossible.

— Qui sait ce qui sera possible après que tu auras finalement pris sur toi pour te faire opérer des genoux.

— Est-ce que tu sais en quoi ça consiste ? Je me suis forcée à vérifier. On te scie pour de bon l'extrémité des os. Dans les vidéos sur YouTube, les médecins et les infirmières portent des masques de soudeur pour se protéger des éclaboussures de sang. Un type qui a refusé l'anesthésie générale a raconté en ligne que tout son corps vibrait et qu'il entendait le grincement assourdissant de la lame, il se serait cru sur un chantier de construction et non à l'hôpital. On te retire la rotule et on la remplace par un bout de plastique. On jettera mes genoux à la poubelle et on m'enfoncera des rivets en métal dans les tibias et les fémurs, *bam*, *bam*, *bam*, comme on enfonce un coin dans une bûche pour fendre le bois.

— L'opération des genoux est devenue très courante…

— Ce n'est pas parce qu'on fait souvent quelque chose que ce n'est pas grave. Ces opérations ne se passent pas toujours comme prévu non plus, c'est le cas pour toute intervention chirurgicale d'importance. Je pourrais souffrir ensuite de douleur chronique, d'inflammation chronique ou d'une infection catastrophique.

Remington soupira.

— Je suis navré que tu risques d'en passer par là.

— Oui, oui, je sais, dit-elle en lui prenant la main. Mais si l'opération rate, ma vie sera gâchée.

— Tu n'exagères pas un peu ?

— Non, répondit-elle sans hésiter. Je serais contrainte de devenir quelqu'un d'autre. Nous serions obligés de faire un deuil. Donc, si Churchwell a raison, tu as dix mois maximum pour profiter de la compagnie de la femme que tu as épousée.

— Tu resteras la femme que j'ai épousée même avec des moignons au bout des cuisses.

— Si seulement c'était vrai ! Malheureusement, l'amertume et l'aigreur sont des sentiments qui se propagent comme la rouille sur les pommes de terre. Déjà, quand je lis des articles sur ces superhéros qui courent des ultramarathons à longueur de journée, je me dis : attendez un peu, en moins de deux, vous finirez sur un brancard au pied d'une scie chirurgicale, bande de nazes ! Cette vision m'enchante.

— C'est vrai que tu as un côté méchant.

— Un côté ? Je ne pense pas que ça se limite à un côté.

Derrière les portes closes, s'accorder mutuellement la permission d'être odieux était une des joies de leur mariage.

Ils se levèrent pour débarrasser leurs assiettes dont les restes s'étaient figés depuis longtemps.

— Cette récente obsession pour la forme physique est un phénomène d'une nature particulière, reprit Serenata. Tu dis qu'on « glorifie » la pratique sportive. Le terme est pertinent. Mais moi, je n'ai jamais considéré l'exercice comme quelque chose de glorieux. C'est du ménage biologique, comme passer l'aspirateur sur le tapis du salon. De nos jours, on atteint un état de grâce en s'épuisant. Tous ces petits nouveaux ont l'air de croire qu'ils ont fait le grand saut du statut d'homme à celui de dieu.

Ces… airs de petits saints, cette… suffisance ont commencé à me dégoûter de mes propres pratiques, comme ce goût métallique que j'avais dans la bouche quand j'étais enceinte. Je m'inquiète donc que… Je ne veux pas que tu sois contaminé par ce narcissisme pseudo-nazi sacralisé.

— Tu as peur que je devienne un con, résuma Remington. Mais, ma chère femme, et je le dis avec autant d'affection que possible : c'est toi, la conne.

— Je ne suis pas sûre qu'on puisse dire ça avec affection, mon cher mari.

— Une activité physique régulière et énergique contribue à maintenir un poids de forme. Elle peut faire passer un diabète de type 2 en rémission, réduire le risque de cancer et même avoir un effet bénéfique sur des maladies comme Parkinson. Elle améliore le sommeil. Elle joue en faveur de la longévité et elle est souvent plus efficace que les médicaments pour traiter la dépression…

— C'est à cause de gens comme toi que ces articles sur le sport et la santé figurent en tête de liste des sites de tous les journaux du pays.

— Sans compter, poursuivit-il, que tu risques de trouver le corps tonique de ton mari plus séduisant. Mais tu réagis au regain d'activité physique de tes compatriotes par le désespoir. Tu veux avoir le monopole des bienfaits tirés de tes habitudes de toujours. Quand c'est toi qui l'exerces, c'est une discipline sage, réfléchie, et quand ce sont les autres, c'est un engouement révoltant. Par conséquent : c'est toi, la conne.

Serenata rit.

— D'accord, je suis la conne. Sauf que ce que je ressens n'a pas d'importance. Je peux bouillir de rage en silence en voyant soudain un sinistre essaim de cyclistes m'entourer à un carrefour. Aucun d'entre eux ne renoncera aux bienfaits du vélo sur la santé et ne renverra l'engin à sa place à la cave sous prétexte qu'ils ont intercepté des vagues d'hostilité étranges et terrifiantes émanant d'une vieille folle agrippée à son guidon. Les émotions, comme les opinions, sont de l'ordre du divertissement. Si, au contraire, je chantais les louanges de cette révolution sportive, est-ce qu'un seul Américain de plus soulèverait de la fonte ? Non. Et je ne suis pas du genre super enthousiaste. Du coup, ça m'amuse d'être aigrie à la place.

— Mais c'est vraiment important, ce que tu ressens pour moi, dit Remington, soudain grave, en posant une main humide d'eau de vaisselle sur la joue de Serenata.

En janvier, Serenata se décida, sur la base de la théorie selon laquelle c'était surtout après les vacances que les personnes âgées se sentaient seules. Leur famille pouvait être tentée de ne pas venir pendant un certain temps, après les avoir chouchoutées à Noël.

En parcourant des yeux les rues sur le court trajet jusque là-bas, elle se demanda pour quelle raison Hudson donnait une telle impression de dépérissement. Certaines clôtures métalliques, pas toutes, étaient rouillées. Dans une rue donnée, il pouvait n'y avoir qu'une maison condamnée, mais elle contrastait tout de même brutalement avec l'atmosphère économique et esthétique d'une autre rue où aucun bâtiment n'avait été abandonné. Sur Warren Street, plusieurs boutiques pimpantes avaient ouvert récemment – avec une certaine prédilection pour les jeux de mots vaseux, comme « Tifs Annie » ou « À fleur de peau » – mais l'optimisme qu'elles affichaient semblait délirant. Il suggérait plutôt une forte incertitude quant à leur réussite. Les vitraux des églises étaient masqués par des plaques de Plexiglas qui les rendaient noirs, voire hostiles, comme si des jeunes mal élevés à l'avenir bouché allaient lancer des pierres. Plus d'une église ayant été désacralisée et réaffectée, on se doutait que les fidèles de celles encore en activité étaient âgés et en voie d'extinction.

La petite ville d'environ six mille habitants s'en sortait mieux que la plupart des autres de la région. Si vous saviez quels cafés sympas étaient encore ouverts, vous pouviez vous faire servir un cappuccino correct. Et on pouvait manger de façon passable dans plusieurs restaurants vraiment chics. L'Hudson Line desservait la gare, ce qui permettait d'arriver directement à New York après un voyage pittoresque le long du fleuve ; c'est ainsi que la ville profitait de la présence de visiteurs du week-end ou de New-Yorkais fortunés qui venaient dans des maisons de vacances avec des amis, et pouvaient s'attarder pour boire un verre ou chiner chez les antiquaires avant de s'échapper vers les terrasses avec vue des Berkshires. Néanmoins, Hudson, ville où l'on restait plutôt qu'on ne passait, donnait l'impression d'être en difficulté, comme toute localité dont l'économie de base dépendait presque essentiellement d'un hôpital.

Remington avait grandi à Hudson. Les petites villes suscitent deux attitudes : soit on les agonit et on s'enfuit, soit on les idéalise – une fois parti. Son mari avait commis l'erreur de faire les deux. La province étouffante ne devenait charmante qu'à distance. Même adolescent, Remington sautait sur le moindre prétexte pour filer au sud vers la civilisation. Lorsqu'ils avaient dû quitter Albany, Hudson leur était apparu comme un refuge familier et rassurant où ils seraient en sécurité pour panser leurs plaies. Avec le recul, il était sans doute prévisible que Remington soit déjà en train de perdre les pédales. Pour avoir goûté à toute la gamme de la géographie de son pays, Serenata était indifférente à l'endroit où elle se trouvait ; elle était son propre lieu. Mais quiconque se retrouvait exactement là où il avait commencé sa vie ne pouvait s'empêcher de redouter de n'être allé nulle part entre-temps. Elle regrettait que son mari ne soit pas capable de comprendre que cette impression d'immobilisme, voirc dc malédiction était tout ce qu'il obtiendrait en courant un marathon, une fois son rythme cardiaque stabilisé et ses baskets extravagantes débarrassées de leur odeur toxique. Regarde, te voilà où tu as commencé et rien n'a changé.

— Ne vous levez pas, s'il vous plaît ! cria Serenata à travers la porte. J'ai la clé. Je sonne uniquement pour vous prévenir.

L'avertissement n'eut aucun effet. Griff Alabaster n'avait toujours pas renoncé aux protocoles de l'hospitalité – non qu'il ait jamais été à cheval sur la politesse, mais il refusait d'être traité comme un invalide. Le temps qu'elle arrive du vestibule, il s'était débrouillé pour se lever et amorçait la course d'obstacles que constituait la traversée de son salon encombré. Se refusant à l'indignité d'un déambulateur, son beau-père plantait sa canne devant lui et tirait. Oscillant avec l'instabilité de la haute mer, il franchissait les lattes du parquet comme s'il manœuvrait une barque à l'aide d'une perche.

— Tu es toute seule aujourd'hui, mon chou ?

— Oui, je crains que vous ne soyez coincé avec moi, dit-elle avec un sourire tout en sortant le parmentier de mouton de son cabas.

Elle se demandait s'il ne préférait pas qu'elle vienne seule. Il avait toujours eu un faible pour elle, de façon assez gênante, à vrai dire. Son épouse, Margaret, avait été une femme travailleuse mais effacée. Elle n'avait poussé ses études que jusqu'à l'école de secrétariat (elle avait choisi le nom du fabricant de machines à écrire aux accents distingués comme prénom de son plus jeune fils). Avant l'effondrement de l'industrie à Hudson, elle contribuait aux maigres revenus de la famille en nettoyant du poisson. Margaret, cette femme terne qui se dénigrait de manière compulsive, avait été jalouse de sa bru mince et bohème.

— Je jure que je voyais le gamin plus souvent quand vous deux habitiez à Albany, et non à six pâtés de maisons à l'est de chez moi, déclara Griff.

— Vous savez avec quel sérieux il se prépare au marathon d'avril ! avança-t-elle avec un enthousiasme forcé en emportant le plat à la cuisine.

Elle avait payé Tommy pour faire le ménage deux jours auparavant et les plans de travail étaient à nouveau dégoûtants.

La maison n'était pas vraiment en désordre, mais rien n'y changeait jamais, si ce n'était de cette façon constante et inexorable, invisible à l'œil nu précisément parce que vous la contempliez jour après jour. Les rideaux à fleurs délavés étaient souvent tirés dans la journée pour éviter de s'embêter à les ouvrir et à les refermer. Les reproductions médiocres de grands maîtres dans leur cadre en bois fait maison s'étaient décolorées au point que la peinture à l'huile avait désormais l'aspect de l'aquarelle. Il ne serait jamais venu à l'esprit de Griff d'acheter de nouveaux coussins, encore moins de nouveaux meubles, et pourtant tous les rembourrages s'étaient aplatis et dégageaient une poussière irritante quand on les retapait. Le gros manteau en cuir qu'il portait pour travailler par temps froid était toujours accroché dans la buanderie-débarras à côté de la cuisine, mais le vêtement s'était raidi au point de ressembler à une sorte de trophée de chasse. Des années de feux de cheminée avaient noirci les murs du salon ; dans certains coins, la cuisine était constellée de taches que Tommy jugeait difficiles à atteindre. Même si les bibelots qui envahissaient toutes les surfaces disponibles n'étaient pas du goût de Griff – figurines de laitières en porcelaine –, ils avaient été choisis par sa défunte épouse et, plus important encore, avaient toujours occupé une place précise, où ils resteraient donc à jamais. Si, en faisant la poussière, Tommy déplaçait le sucrier en opaline de 5 centimètres, Griff l'abreuvait de reproches.

Le beau-père de Serenata ne supportait pas qu'on puisse lui parler de maison de retraite, mais qu'il conserve son indépendance était aussi de l'intérêt de Remington et du sien. L'installer dans une maison de retraite nécessiterait de vendre sa maison, dont les profits seraient engloutis par les loyers mensuels. Les parents de Serenata étaient morts endettés, comme de bons Américains. Que Griff meure chez lui était leur seule chance d'obtenir un modeste héritage dont ils pourraient avoir besoin – la pension de Remington avait été réduite de façon punitive, le travail en free-lance de Serenata était précaire, la baisse de l'immobilier avait minoré la valeur de la maison d'Albany et il y avait le gouffre creusé par deux grands enfants qui n'avaient toujours pas l'air de vouloir se prendre en main.

— De mon temps, lui cria son beau-père du salon, on était payé pour se fatiguer !

— L'épuisement est devenu une industrie, lui répondit-elle, de retour de la cuisine. Imaginez un peu, tout ce bois que vous manipuliez et ces poutres métalliques que vous hissiez autrefois, vous pourriez maintenant demander aux gens de le faire à votre place, et même leur demander de vous payer pour ce privilège. Il suffirait de changer « chantier de construction » en « salle de sport ». Il faudrait aussi trouver un nom qui claque – au lieu de Pilates ou CrossFit, on pourrait appeler votre discipline… « Érection ».

Griff partit d'un rire sifflant avant de s'affaler dans son fauteuil inclinable marron défoncé.

— Tu as l'esprit bien mal tourné, gamine.

— Je trouve « Érection » génial. Vous pourriez déposer la marque – il suffit de mettre un *k* à la place du *c* – et démarrer une franchise. Les membres de votre club, avides d'exercice, creuseraient les fondations, monteraient les charpentes, dégageraient les routes d'accès à la main avec de toutes petites pelles – tout en payant un abonnement mensuel carabiné. Vous bâtiriez une fortune. Les revenus obtenus par la vente des bâtiments eux-mêmes feraient figure de petite monnaie.

— Autrefois, les gens regardaient de haut les travailleurs manuels, dit Griff au moment où elle s'installait dans la bergère autrefois réservée à sa femme. Gagner sa croûte en se cassant le dos vous condamnait à une mort prématurée et, en plus, personne ne vous respectait. À commencer par mes fils, j'ai le regret de le dire.

— À quatre-vingt-huit ans, Griff, on ne peut pas parler de mort prématurée. Mais, bon, je ne pense pas que le travail manuel inspire plus de respect aujourd'hui. C'est pourquoi « Érektion » ne marcherait sans doute pas ; maintenant, s'épuiser au point de s'effondrer n'est méritoire qu'à la condition que, ce faisant, on n'accomplisse absolument rien.

— Tu peux parler.

— En effet, et j'ai les genoux pour le prouver.

— J'oublierai jamais le jour où tu as franchi le seuil de cette maison pour la première fois. Tu as filé à l'étage mettre ce petit short rouge, dit-il, et ce n'était pas la première fois qu'il évoquait ce souvenir. T'es sortie en trombe sans un mot et ce pauvre Remy a dû donner une explication – avec le poulet qui fumait sur la table. Margaret était furieuse.

Sa femme n'avait pas été la seule furieuse – Griff avait poussé un fameux coup de gueule quand la petite amie était revenue de son running de 15 kilomètres. Au fil du temps, l'anecdote s'était émoussée.

À l'image de Griff lui même. Le père de Remington, aux avant-bras puissants et balafrés, avait été un homme robuste prompt à piquer des colères. Gros buveur (qui continuait d'écluser plus de bière que ses médecins ne le lui autorisaient), il avait distribué son lot de châtiments corporels à ses enfants et, à l'époque où Serenata lui avait été présentée, l'homme faisait toujours preuve d'une franchise brutale, à l'image de sa ceinture à outils mise au rancart qu'il prenait autrefois pour battre ses fils.

Elle l'avait trouvé intimidant. La facilité avec laquelle ils se parlaient aujourd'hui avait été gagnée de haute lutte.

En même temps, il était devenu beaucoup moins imposant. Après quarante ans d'un travail physique éreintant, sa santé défaillante l'avait obligé à prendre sa retraite ; ses articulations étaient en miettes et il souffrait d'un mal de dos chronique. Au cours des dix dernières années, Griff avait rétréci comme un char de défilé gonflable affligé d'une fuite insidieuse – une impression renforcée par le fait qu'il tenait absolument à porter sa vieille combinaison de travail vert foncé de chez Hudson Valley Construction, ce qui le rapetissait davantage. Son air jadis hargneux avait, avec le temps, laissé la place à une expression méfiante – la même émotion mais inversée. Il n'avait aucun intérêt à s'aliéner les gens qui s'occupaient de lui et, dans une certaine mesure, son tempérament aujourd'hui plus affable était calculé.

Serenata regrettait un peu l'époque où elle avait peur de lui. Griffith Alabaster avait été un homme redoutable et bien qu'il ne soit jamais allé à l'université – ce qui avait fort peu d'importance, l'université n'étant une évidence que pour ceux qui l'avaient fréquentée –, il était intelligent. Même aujourd'hui, il avait beau avoir des trous de mémoire, il n'était pas près d'être sénile.

— Mais quelle mouche a piqué Remy ? Des années à l'aménagement urbain, aux transports en commun et à la circulation et, soudain, je n'entends plus parler que de running. Cette histoire invraisemblable au SDT a sûrement quelque chose à voir là-dedans.

— En partie. Il a besoin de distractions. Et, en la matière, courir est sans doute préférable à la taxidermie ou à l'alcoolisme. Maintenant que j'y pense, la taxidermie m'intéresserait plus. Des renards naturalisés saisis les babines retroussées à la cave ? Je serais ravie.

— Pire que le travail, déclara Griff, c'est de ne pas travailler.

— Sauf qu'il ne trouvera pas d'autre poste à soixante-quatre ans. Or Remington peut vivre encore trente ans. C'est horrible d'imaginer que ses trente prochaines années ne seraient que du temps à tuer.

— Ne m'en parle pas.

— Il joue les indignés. Mais, d'une certaine façon, il a honte. Personne ne veut quitter son boulot la queue entre les jambes. Je suis certaine qu'il se sent mal à l'aise par rapport à ce qui s'est passé et qu'il a peur de m'avoir déçue. De vous avoir déçu aussi.

— Pour être franc, j'ai été soulagé d'apprendre que le garçon avait du tempérament.

— Il n'était pas comme ça, autrefois. Tellement posé, le roi de l'équanimité.

En effet, la plus éprouvante des prouesses professionnelles de Remington était d'avoir appris à se taire. Mais le sang-froid faisait partie de ces qualités qui, paradoxalement, étaient difficiles à contrôler. Les dernières années à Albany, il était devenu laconique, même à la maison, comme si dire ce qu'il avait sur le cœur allait ouvrir la porte à de mauvaises habitudes. Et quand il parlait, il enrobait toutes ses remarques de douceur, si bien que, de la pièce voisine, on ne savait jamais s'il regrettait d'avoir perdu une chaussette dans la dernière lessive ou s'il vous disait au revoir avant d'aller se faire sauter le caisson.

— Il s'est conduit comme un homme pendant cinq secondes et il l'a payé, dit Griff. L'autre jour, j'allume la télé et il y a tous ces types qui se font couper le zizi parce qu'ils se sentent filles. Tu m'étonnes. Ils se conduisent comme des filles. Les vrais hommes se font rares.

— Hum, lâcha Serenata de façon évasive. Il est possible que certains hommes ne se sentent pas toujours capables d'endosser le costume du responsable, de l'expert, de l'autorité. De celui qui doit être fort et sûr de lui. Toujours le protecteur, jamais le protégé. C'est beaucoup demander. De nos jours, les femmes ont le choix. On pousse des cris d'orfraie en découvrant un cafard dans la cuisine et on demande à un homme de nous en débarrasser mais, d'un autre côté, on monte sur nos grands chevaux et on se sent insultée si quelqu'un met en doute notre courage. On est gagnantes des deux côtés, quand on y réfléchit. On peut se classer parmi les meilleurs, diriger des entreprises, et soutenir en même temps qu'une main sur le genou constitue un traumatisme si d'aventure jouer les désarmées est politiquement utile. Les hommes n'ont pas vraiment ce choix. De quelque manière qu'on les présente, ils finissent toujours par apparaître comme décevants. C'est parce que la masculinité en tant qu'idéal est ridicule. Et si, contre toute attente, ils parviennent à se montrer forts, intrépides et impassibles quelles que soient les horreurs qu'ils traversent – piliers de la force, du droit et du pouvoir, tuant tous les dragons qui se présentent –, cela nous semble normal. Perdants sur tous les tableaux. Ce n'est pas étonnant que tant d'hommes aient envie de mettre des robes.

— Remy veut mettre des robes ?

— Non, en tout cas pas depuis la dernière fois que j'ai regardé dans ma penderie.

— Mais alors il trouve qu'être un homme est une terrible croix à porter ?

— Non, je pense qu'il a supporté le poids de son sexe avec pas mal de légèreté. En revanche, il trouve injuste que le climat actuel veuille que, quoi qu'on fasse, on ait tort. Optez pour la douceur et vous êtes une poule mouillée. Continuez à faire votre part de boulot d'homme et vous êtes non seulement une brute, mais un vestige du passé.

— Je me suis tapé des longues journées de boulot pour nourrir ma famille et je n'ai jamais considéré ça comme un choix. Je ne m'apitoyais pas sur mon sort non plus.

— Remington non plus. Sous son vernis de calme et de placidité, c'est un tueur. Et il tuerait bien quelqu'un en particulier.

— Mais il ne tue personne. Il court 32 kilomètres. Qu'est-ce que ça prouve ?

— 42,195 kilomètres, corrigea-t-elle. Au fait, vous avez dû remarquer qu'il avait perdu quelques kilos.

— La belle affaire.

Griff en avait perdu vingt-deux sans faire exprès.

— J'aurais meilleure opinion de sa forme s'il maigrissait en rentrant du bois pour moi, poursuivit-il. La semaine dernière, j'en étais réduit aux branchettes, jusqu'à ce que Tommy passe.

— Elle a dû sauter sur l'occasion.

— Comment tu le sais ?

— Davantage de pas, répondit Serenata de façon énigmatique. Maintenant que vous en parlez…

Elle sortit à l'arrière de la maison et rapporta deux brouettes de bûches, prenant soin de ne pas oublier le petit bois.

— Est-ce raisonnable de continuer à faire du feu ? demanda-t-elle d'un ton mal assuré en empilant les bûches sur le côté de la cheminée. Avec les étincelles qui volent… et si vous vous endormiez ?

— J'ai fait plus de feux dans ma vie que tu n'as préparé de repas. C'est le seul intérêt de l'hiver. Et puis je mets ce pare-feu que tu vois là. Je suis vieux, pas idiot.

— Vous voulez que je vous en prépare un ? Il commence à faire sombre.

— J'aime mieux pas. J'ai ma façon à moi de mettre les bûches et toi, tu les empiles autrement…

— Et vous m'arracheriez la tête.

— J'ai pas grand-chose à faire. Préparer le feu pour le soir, c'est une éclaircie dans ma journée. Ça me plaît.

— Remington n'ayant jamais été vraiment sportif… commença Serenata, les yeux fixés sur ses mains tandis qu'elle tapotait ses vêtements pour se débarrasser de la poussière, envisageriez-vous de vous risquer à un commentaire élogieux, comme, disons, « Tu m'as vraiment surpris, mon fils ! » ou « Belle performance, fiston ! » voire…

— Non et je ne le ferai pas, la coupa-t-il avec une vigueur qui la surprit. Tu es une mère, tu devrais le savoir. C'est franchement gonflant d'avoir des enfants qui attendent continuellement qu'on leur tapote la tête pour je ne sais quel truc qu'ils pensent dignes de notre admiration. Ne jamais oublier que, si tu ne dis pas le bon truc – et demande à Remy, j'ai dû en dire, des trucs qu'il ne fallait pas –, ils iront brailler dans leur coin et tu t'en mordras les doigts. Alors, quand ils sont petits, tu leur fais plaisir. Tu mets leurs gribouillages sous un aimant sur le frigo. Mais, une fois qu'ils sont grands, ils ne peuvent pas s'attendre à être traités comme des adultes et espérer dans le même temps recevoir encore les compliments creux que tu leur balançais quand ils étaient gamins. Remy a dû vivre avec ma franchise et faire avec. J'ai été impressionné quand il a fixé une limite au SDT. Ça, c'est du respect accordé librement. Mais, à mon âge, je devrais avoir dépassé le stade où, juste parce que je suis son père, je devrais faire semblant, histoire de ne pas le blesser. Aucun homme de plus de soixante ans ne devrait continuer à attendre l'approbation de son papa. Dis, mon agneau, toi aussi, tu trouves ces foutaises de marathon ennuyeuses au plus haut point ?

Elle prit une inspiration et choisit ses mots avec soin.

— Si c'est important pour mon mari, alors je lui souhaite bonne chance. Mais, en ce qui concerne l'activité qui doit l'occuper dans cette nouvelle étape de sa vie, je trouve le sport d'endurance un peu… mince.

Elle était sur le point d'en dire davantage mais s'arrêta net.

— C'est stérile, déclara Griff.

— Au moins, la course lui donne un but.

Cette phrase était probablement une tentative courageuse pour défendre son mari.

— Je parle pour moi, dit-elle, mais avoir soixante ans est un passage difficile. Je suppose que tous les âges sont difficiles. Et peut-être qu'avoir votre âge est encore plus dur. Mais Remington et moi n'avons pas grand-chose à attendre de l'avenir.

— On surestime les attentes qu'on a. Pendant des années, je n'ai pensé qu'au jour où je pourrais faire la grasse matinée. Je peux dormir autant que je veux depuis 1994 et pourtant je me lève toujours à 5 heures.

— Mais notre génération vivra sans doute jusqu'à quatre-vingt-dix ans, sinon cent ans. Affronter toutes ces années de déclin… L'avenir me semble horrible. Certains jours, l'appréhension ne me quitte pas – je me demande quelle maladie m'attend au coin de la rue et ce que je suis censée faire dans le tout petit laps de temps qu'il me reste avant qu'elle se manifeste. Je suppose que Remington remue le même genre de pensées.

— Il croit qu'il peut arrêter le temps.

— Voire lui faire faire marche arrière. Le laisser à ses illusions ne nous coûte pas grand-chose.

— Un mensonge coûte toujours quelque chose.

— Cela dit, il ne reste que trois mois à passer, fit remarquer Serenata en se levant pour aller chercher son manteau. Oh, j'allais oublier, ajouta-t-elle en fouillant dans son sac, je vous ai apporté plusieurs CD. Mais il faudra bientôt changer de lecteur, parce que ce format est dépassé. C'est mon dernier livre audio. Un thriller, mais vous n'êtes pas difficile.

— La plupart du temps, je n'arrive pas à suivre, pourtant tu sais que je le finirai.

Griff n'avait jamais été un grand lecteur. Cependant, nombre de ses amis étaient morts. Alors il aimait bien écouter les enregistrements de Serenata pour avoir de la compagnie et savourer le son de sa voix.

— On dit souvent que perdre un enfant est contre nature, reprit-elle tandis qu'il insistait pour la raccompagner à la porte. Mais voir ses propres enfants vieillir me paraît presque aussi anormal.

— À mes yeux, Remy et toi êtes toujours de jeunes tourtereaux, frais comme des gardons.

Elle leva l'index.

— Attention à ce que vous dites ! Un mensonge coûte toujours quelque chose.

Sur le perron, elle se baissa légèrement, de sorte qu'il puisse l'embrasser sur la joue pour lui dire au revoir.

— Oh, une dernière chose, ajouta-t-elle. En avril, Valeria et sa famille s'entassent dans leur monospace et, ensuite, nous allons tous ensemble à Saratoga Springs pour assister au marathon. Si ça vous dit…

— Pour l'amour du ciel, pourquoi aurais-je envie d'aller tout au nord de l'État regarder une bande de crétins passer devant moi en maillot numéroté en serrant dans leurs mains des petites bouteilles d'eau ?

— Parce qu'il se trouve qu'un de ces crétins est votre fils. Je suis sûre que ça compterait beaucoup pour lui de vous voir l'applaudir sur la ligne d'arrivée.

Voilà, elle avait fait son devoir.

4

Elle aurait pu le prévoir. Il était rigoureux, méthodique et, il y a peu encore, habitué à assumer les responsabilités importantes du bon fonctionnement matériel d'une capitale américaine de taille moyenne. Elle ne pouvait même pas qualifier de disproportionné le sérieux avec lequel il s'était attaqué au projet. Elle savait que les responsabilités importantes liées au bon fonctionnement matériel d'une capitale américaine de taille moyenne lui avaient été arrachées, et que son marathon bien-aimé avait pris une place prépondérante dans sa vie.

Son assiduité à un programme d'entraînement en ligne inventé par on ne sait quel crétin ignorant n'en était pas moins surprenante pour Serenata. Avant ce soir de juillet au cours duquel ses genoux s'étaient mis à gonfler pour atteindre la taille de pamplemousses, événement tristement fondateur, elle sortait courir ses 15 kilomètres réglementaires avec une telle discrétion que Remington n'aurait même pas remarqué son absence avant son retour. Ce parcours le long du Normans Kill était un rituel à caser dans sa journée, après une séance d'enregistrement, programmée avec un œil sur la météo, et ce moment de solitude était précieux car il lui donnait l'opportunité de réfléchir à d'autres sujets (par exemple : si elle avait été un tout autre genre de mère, les problèmes rencontrés avec Valeria auraient-ils été différents ?). Quant à son mari, depuis octobre, le running ou la séance de musculation prévus au programme constituaient sa journée, dans laquelle des distractions comme faire les courses ou rendre visite à son père étaient priées de trouver leur place – et curieusement, bien trop souvent, aucune place n'était disponible. À sa grande surprise, lorsqu'elle lui avait demandé à quoi il pensait en battant le pavé, il avait répondu sans hésiter :

— Au fait que je suis en train de courir, bien sûr.

— Mais quelles réflexions peut bien susciter le fait que tu es en train de courir ? avait-elle demandé, sincèrement interloquée.

— Cadence, déroulé du pied, respiration, avait-il énoncé avec impatience.

Désormais, la condescendance était de mise des deux côtés.

Naturellement, il y avait les smoothies. Les grosses tranches de viande bien méritées. Les packs d'eau gazeuse vitaminée. Et les compléments alimentaires ! Les bouteilles en plastique qui se multipliaient à toute vitesse cernaient le grille-pain et s'empilaient du plan de travail au sommet du micro-ondes. À l'étage, Remington avait tout un ensemble de pommades. Après sa douche, il se massait avec une mixture grasse en y mettant une telle ardeur que, de son côté du lit, les draps étaient plus foncés. Il avait entrepris de marcher dans la maison avec des poids de deux kilos et demi à chaque cheville – le bruit assourdissant de ses pas faisait vibrer les vieilles lattes du plancher et amplifiait leurs grincements. Le poids supplémentaire envoyait brusquement le pied en avant avec un mouvement de balancier, *pa-foum*, *pa-foum*, imprimant un caractère définitif même à un déplacement jusqu'au réfrigérateur.

Elle aurait pu le prévenir que courir l'hiver quand on habite l'État de New York était parfois déplaisant et, au début, elle avait espéré qu'il se rendrait compte des innombrables conditions météorologiques désagréables que sa femme avait supportées pendant des dizaines d'années sans vraiment se plaindre. Mais Remington était si intensément focalisé sur sa propre béatification que les vicissitudes passées de sa femme n'arrivaient pas jusqu'à son cerveau. Une fois, en janvier, en rentrant de son running, il avait refermé la porte derrière lui et posé les mains dessus comme pour empêcher un monstre de le suivre à l'intérieur.

— Vent, annonça-t-il après un silence appuyé.

Apparemment, les changements de la météo étaient une découverte personnelle de son mari. S'il en était ainsi, le génie allait retourner dans sa lampe : il commanda un tapis de course.

Et pas n'importe lequel. Une monstruosité dernier cri en acier brossé avec son *surround* et écran 32 pouces qui permettait de suivre ses progrès en réalité virtuelle dans un décor de vallons et de collines verdoyantes, bêlements de moutons compris. À moins de choisir la forêt de conifères dont les aiguilles vous caressaient les joues tandis que vous serpentiez sur des chemins montagneux boisés ; elle n'aurait pas été surprise si la machine avait diffusé un parfum de résine avec une note acide de feu de forêt portée par le vent. D'un clic au menu, on pouvait opter pour un horizon aquatique et trotter dans le clapotis des eaux d'une plage au coucher du soleil. Sur la bande audio du programme océanique, d'énormes vagues roulaient et se brisaient dans le fond tandis que, au premier plan, un pied nu claquait sur le sable au milieu des éclaboussures chaque fois que votre chaussure touchait le sol ; pour ce qu'elle en savait, la machine vous giflait les joues avec une brise tonique et vous piquait la bouche avec du sel.

Elle détestait la chose, qui était énorme et bruyante. Le son assourdissant était bien pire que celui des poids de chevilles et faisait trembler toute la maison. Lorsque Remington choisissait la musique plutôt que les effets spéciaux, il avait tendance à privilégier les symphonies pompeuses ou une sélection de tubes disco innommables qu'il n'aurait même pas écoutés dans les années 1980. L'acquisition était venue s'ajouter au nombre des dépenses exorbitantes, Remington étant désormais la proie de cette impulsion typiquement américaine qui consistait à dépenser beaucoup sans en avoir les moyens.

Le pire était les longues courses dont, au moins, il s'acquittait à l'extérieur. La veille, il se couchait ostensiblement à 9 heures, ce qui les obligeait à dîner à 5 heures. Le petit déjeuner était ecclésiastique, une serviette blanche amidonnée étalée sur les genoux, pareille à un linge d'autel. Perdu dans une rêverie sacerdotale, Remington prenait chaque bouchée de ses œufs avec solennité, en la mâchant longuement. Il buvait son jus d'orange par petites gorgées respectueuses, comme s'il s'agissait d'un vin de messe. Puis passait quarante-cinq minutes dans la salle de bains. Après avoir enfilé son habit sacré, il tirait sur les lacets de ses chaussures orange du bas jusqu'en haut, vérifiait qu'elles étaient bien serrées en faisant les cent pas d'un air inspiré, tirait sur le nœud et réglait à nouveau la tension des lacets. Puisque Serenata avait rejeté le rituel, il procédait à une demi-heure d'étirements, voire plus. Quand il marchait enfin vers la porte, il prenait congé avec une telle gravité qu'on aurait pu penser qu'ils ne se reverraient jamais.

— Souhaite-moi bonne chance, ordonnait-il d'un ton lugubre en remettant une mèche de cheveux de Serenata derrière son oreille.

— Bonne chance, disait-elle sans discuter – allez savoir ce que cela pouvait bien vouloir dire.

À deux semaines de l'échéance, Remington réussit finalement à parcourir la distance véritablement exigeante de 32 kilomètres. Il était resté absent cinq heures et demie – durant lesquelles sa femme s'était demandé si tout ce programme d'entraînement n'était pas une supercherie et si, en réalité, il ne faisait pas des mots croisés au café du coin en buvant déca sur déca. À vrai dire, elle était estomaquée que son mari parvienne à courir cette distance, à quelque allure que ce soit – même marcher 32 kilomètres était remarquable.

À son retour, cet après-midi-là, il s'était étalé de tout son long sur le tapis d'Orient du salon, les bras écartés, ses grandes jambes tendues, croisées au niveau des chevilles, laissant retomber sa tête sur le côté d'un air triste, et il avait gardé la pose de la crucifixion horizontale pendant une bonne heure.

Oh, elle l'aurait chouchouté de bonne grâce des jours comme celui-ci, s'il ne s'était pas déjà chouchouté lui-même. La glorification dont il entourait ses exploits sportifs amenait Serenata à un état d'insouciance qui passait pour de l'indifférence. Leurs points de vue contraires à l'endroit de son projet grandiose étaient en train d'ouvrir une brèche entre eux, ce qui, à leur âge, n'aurait pas dû être possible. Ce sentiment de séparation ne s'était pas manifesté depuis leurs dissensions au cours de l'adolescence tumultueuse de Deacon, leur fils. (Les solutions proposées par Remington étaient de plus en plus autoritaires, quand Serenata restait persuadée qu'une sévérité excessive se retournerait contre eux; Remington l'accusait de proposer de ne rien faire, ce qu'elle reconnaissait, oui, c'était sans doute vrai: impasse.) Longtemps heureuse en ménage, et faisant preuve d'une autosatisfaction que personne ne soupçonnait, elle avait oublié ce que c'était de ne pas savoir ce qui trottait dans la tête de Remington. L'idée que si d'aventure elle connaissait ses pensées, elle ne les aimerait pas la rendait paranoïaque.

Il était inutile de le dissimuler, du moins en ce qui la concernait: elle trépignait d'impatience de voir le marathon se terminer.

— Parfois, je me demande s'il n'y a pas quelque chose qui cloche chez moi, sachant que je redoute l'arrivée de ma propre fille.

Tous les préparatifs pour accueillir leurs hôtes – faire les lits, décider des menus, stocker les provisions – étaient désormais de son ressort et cela augmentait la colère de Serenata.

— La triste vérité est qu'elle redoute probablement aussi de venir dans notre maison impie, répliqua Remington.

Il lui restait une semaine d'entraînement. La date du marathon approchant, il avait relâché ses efforts afin de mieux garder son énergie pour le grand jour. Aujourd'hui, Remington avait parcouru les 16 misérables kilomètres qu'elle s'imposait autrefois. De ce fait, il se tenait vraiment droit, même s'il avait passé ses bras autour des deux chaises qui l'entouraient à la table de la salle à manger, les mains relâchées à partir du poignet en signe de fatigue autorisée. Au début de sa retraite involontaire, il avait proposé de faire la cuisine. Depuis octobre, il s'était détourné de son devoir et Serenata était de retour aux fourneaux.

— Valeria prétend qu'elle ne fait pas de prosélytisme, déclara-t-elle en fouettant un roux. Mais elle en fait et avec acharnement. En nous assenant ses conneries de « Pourquoi ne vous abandonnez-vous pas à Jésus ? », elle nous oblige à la rejeter. Encore et encore.

— Ce qui confirme sa version des faits, dit-il. Parents méchants et froids ; enfant aimante ayant vécu un long calvaire. Mais tu ne peux pas être nostalgique des jours où elle n'était pas beaucoup là.

— Pas des jours, des années. Et disparaître complètement est bien pire que « ne pas être beaucoup là ». Elle a un sacré culot de parler de notre « maltraitance ». Une gamine qui déserte de l'âge de vingt-cinq à vingt-neuf ans, sans même une carte postale : ça, c'est de la maltraitance.

— Ne recommence pas à t'énerver alors qu'ils arrivent demain.

— Oui, je ne devrais pas ressasser de vieux sujets de contrariété. Après tout, c'est le rayon de Valeria.

En fait, toute honte bue, Serenata était en train de se servir de leur fille difficile pour réveiller un sentiment de camaraderie entre eux. Ils s'étaient sentis tous les deux maltraités, avaient tous les deux été sidérés par le sombre grief que leur fille entretenait contre eux et tous les deux désespérés de son adhésion à l'Église du Sentier lumineux, dont les fondateurs ignoraient certainement qu'il s'agissait du nom d'une organisation terroriste péruvienne. Unis dans la consternation, ils n'en demeuraient pas moins unis, et elle ne se sentait même pas coupable d'étaler effrontément l'histoire inconséquente de Valeria pour faire émerger une solidarité. Les chagrins devaient avoir leur utilité.

— Elle a fait tout un plat du pardon qu'elle nous accordait, soupira Remington.

— Qu'elle m'accordait, à moi. C'est adorable de t'associer, mais on sait tous les deux que le problème, c'est moi.

— C'est simplement que cette histoire de pardon doit marcher dans les deux sens.

— Je n'ai aucune envie d'être pardonnée. Je n'ai rien fait. Cette gamine propose son pardon comme on tend un piège à un ours. La remercier pour sa mansuétude ? Je t'ai eue. Je plaide coupable.

— Peut-être que tu l'as cherché. Avec tes conneries du style « Je me fiche des autres »…

— Mais c'est vrai.

— Non, c'est une posture et c'est faux. Tu es souvent très tendre. Pense à la façon dont tu t'occupes de mon père. Pense à Tommy qui t'adore. Tu as même été plutôt gentille avec moi, dit-il avec un effort manifeste.

Puis, se rattrapant, il ajouta :

— La plupart du temps. Et tu étais bien plus une mère poule que tu veux bien te le rappeler. Mais Valeria, depuis que tout concorde avec l'histoire qu'elle se raconte…

— Le récit qu'elle se raconte, corrigea Serenata.

« Récit » avait remplacé « histoire », comme « sangle abdominale » avait remplacé « torse », comme « troublant », mot sobre et faussement pudique, avait remplacé « abominable » dans un paysage politique qui, jusqu'à preuve du contraire, était fébrile. Ces substitutions étaient strictes. Tout aussi strict, comme dans le cas de la soudaine prolifération de la *bucket list*, était le délai qu'on vous accordait pour reconnaître que vous n'aviez jamais utilisé d'autres mots.

— Mais, bien sûr : le récit. Elle prend allégrement au pied de la lettre la description que tu fais de toi-même, à savoir celle d'une misanthrope froide et égoïste. Alors, tu ferais bien d'arrêter de coller à cette caricature idiote.

Malgré sa fatigue grandiloquente, Remington se leva pour déposer un baiser sur la nuque de sa femme penchée au-dessus de la cuisinière.

— Il est temps d'affronter la terrible vérité, dit-il. Serenata Terpsichore est quelqu'un de sympathique.

Elle n'était pas sympathique et n'avait pas la moindre intention de l'être. Son authentique hostilité à l'égard du graal de son mari – ces fameux 42,195 kilomètres – n'était certainement pas sympathique. Il est vrai que, en apparence, elle avait cessé de lutter contre son entraînement ostentatoire. Elle avait seulement hâte que son passage sur la ligne d'arrivée serve de tremplin pour le jour d'après, quand ils pourraient à nouveau être un couple. Elle lui rendrait même son petit ventre à force de brownies maison, parce qu'ils se faisaient vieux et que l'un des rares points positifs de la vieillesse était de s'accorder mutuellement la permission de ne pas être parfaits.

L'idée était que Valeria et les deux aînés des petits-enfants viennent de Rhode Island passer quelques jours chez eux, puis, le vendredi, ils iraient tous ensemble à Saratoga Springs. (Heureusement, son mari, un homme stupide, restait à la maison pour garder les plus jeunes ; il était coincé et sermonneur et, lorsqu'il se sentait mal en société, il se mettait à l'écart et lisait dévotement le Nouveau Testament.) Le marathon avait lieu le dimanche, mais Remington tenait à arriver deux jours plus tôt pour « prendre ses marques » et vérifier le parcours. Une nuit supplémentaire pour tout leur groupe coûterait des centaines de dollars, une journée de plus sur place à manger au restaurant, plusieurs centaines encore. Mais l'occasion était unique et leur laisserait donc à l'avenir de nombreuses années pour économiser. Ils pourraient peut-être vendre le tapis de course dernier cri. Cela dit, si l'intuition de Serenata se révélait exacte, le marché américain du tapis de course d'occasion – et des StairMaster et des vélos elliptiques et des rameurs – était saturé.

Valeria avait été une petite fille peureuse, en surpoids, et elle l'était encore, ce qui avait créé quelques tensions avec sa mère, mince comme un fil. Pour Serenata, le fait que sa fille soit un peu ronde n'avait pas grande importance mais elle n'allait pas prendre trente kilos pour lui faire plaisir – si tant est que cela puisse jamais avoir un tel effet. À trente et un ans, Valeria avait un joli visage, rond et creusé de fossettes, et des couleurs régulières avaient ravivé les boucles dorées de son enfance. Mère et fille partageaient une certaine ressemblance, mais il fallait avoir l'œil. On pouvait avoir du mal à discerner cette apparence commune venue de la génétique à cause de leur faible ressemblance à bien d'autres égards.

Ballottée d'une ville à l'autre à une fréquence frénétique, Serenata était depuis son plus jeune âge une unité indépendante, comme une machine à laver sur roulettes dont les tuyaux seraient rangés sous le châssis. À l'adolescence, elle était déjà solitaire par choix – alors que les difficultés de Valeria à se faire des amis étant gamine avaient été (ainsi que sa mère s'en était rendu compte beaucoup plus tard) source de souffrances. Serenata avait toujours été bonne élève, même si elle ne sortait pas du lot. Simplement, les établissements publics américains n'étaient pas très exigeants et dépasser des barres ridiculement basses ne lui avait demandé aucun effort ; c'est seulement à l'université qu'elle avait compris le sens du verbe « étudier ». Bien que le niveau de l'enseignement n'ait fait que baisser davantage, Valeria avait eu du mal. Elle s'était refusé à dire quand elle ne comprenait pas quelque chose et s'était vite retrouvée à la traîne. Mais elle était calme, pas chahuteuse, le genre de laissés-pour-compte de l'éducation que les professeurs peuvent négliger.

En tant que fille, Serenata avait apprécié le peu de pression que ses parents exerçaient sur elle. Elle aurait même souhaité qu'ils lui permettent de rester encore plus longtemps seule dans sa chambre à élaborer des bruitages pour ses pièces radiophoniques et à tenter de pulvériser son record en position du poirier. Par conséquent, pour élever sa fille, elle s'était efforcée d'être le genre de mère qu'elle aurait voulu avoir.

Ce qui était une erreur. Entre-temps, la mode en matière d'éducation avait changé et requérait de s'impliquer. Plus personne ne lâchait ses enfants dans la nature « pour jouer ». Les parents étaient censés être encore plus contrariés que leur progéniture quand cette même progéniture était ostracisée dans les bacs à sable le samedi. Par conséquent, Valeria aurait sans doute préféré que sa mère, au lieu de la laisser à ses problèmes de poids, procède à des pesées, lui fixe des objectifs, dessine des courbes. Punie par une disparition vengeresse de quatre ans afin de réfléchir à ses péchés, Serenata était finalement arrivée à la conclusion que ce qui pour elle relevait de la liberté était pour Valeria pure négligence.

Ce fut le jeune frère de Valeria qui se tailla la part du lion de l'attention parentale, et ce, pour toutes les mauvaises raisons. Deacon aurait bien aimé qu'on fasse moins attention à lui : plus pratique pour préparer un mauvais coup. La psychologie contemporaine du développement affirmait que, chez les enfants, le mensonge était un signe d'intelligence ; dans ce cas, Deacon était un génie. En contraste avec la faible perception d'elle-même qu'avait sa sœur, Deacon savait très bien qui il était ; simplement, il était résolu à dissimuler à tout le monde sa véritable nature. Il volait – et quand il se faisait prendre, les objets qu'il avait piqués ne se révélaient d'aucune utilité pour lui : un poudrier, le CD d'un groupe qu'il méprisait ou un ours en peluche alors même qu'il avait largement passé l'âge. Il préférait voler ses proches et ses connaissances plutôt que de pratiquer le vol à l'étalage – dont les auteurs imaginent toujours, dans leur esprit un peu tordu, qu'il ne fait pas de victimes – car la convoitise de biens matériels n'avait rien à voir là-dedans. Il volait pour voler. Il aimait la sensation. À l'adolescence, il était passé au vandalisme, à la dégradation pour la dégradation. Pourtant, il faisait preuve d'une politesse vernissée dont, curieusement, ses professeurs comme le personnel administratif étaient dupes. Incapable d'enfumer Serenata, il lui lançait des « Comment vas-tu, chère mère, aujourd'hui ? » avec un sourire ironique. Et elle avait appris très tôt qu'on ne laissait pas Deacon sans surveillance dans une pièce ou un jardin, ou alors cela vous coûtait cher ; pire, cela coûtait cher à quelqu'un d'autre. Non que cela ait fini par avoir de l'importance, mais elle l'avait vraiment gardé à l'œil. Lorsqu'un de vos enfants est obéissant, morose et effacé alors que l'autre est continuellement convoqué chez le directeur, exclu de l'établissement et plus tard, arrêté, c'est le fauteur de troubles qui pompe tout votre temps. On dit que la vie n'est pas juste ; les familles non plus.

Valeria et Deacon n'avaient rien en commun et, enfants, ils n'étaient pas proches. Bouleversant la dynamique classique portée par le rang de naissance, leur fille avait longtemps eu peur de son petit frère. Gamine, chaque fois qu'elle le submergeait de cadeaux, sa générosité apparaissait comme un geste d'apaisement. Plus singulier encore, Deacon avait, semble-t-il, peu en commun avec l'un ou l'autre de ses parents. Oh, il tenait de son père son charme dégingandé, mais n'avait pas son caractère contemplatif ni son sang-froid. Et Serenata ne se reconnaissait pas non plus dans le garçon. Là où elle était solitaire, Deacon était secret, et cela faisait une grosse différence. Là où s'entourer d'une foule de gens ne l'intéressait pas, Deacon semblait souhaiter que l'humanité tout entière tombe malade, ce qui faisait une différence encore plus grosse. De manière générale, sur le plan génétique, le fait que ces deux personnes soient le fruit de parents avec lesquels ils paraissent n'avoir aucun lien était déconcertant et Serenata n'aurait jamais imaginé que ce type de familles existait avant de se réveiller, ébahie, dans l'une d'elles.

Quant à la récente conversion de leur fille au christianisme, Serenata était capable de résoudre la question comme on résout un problème de maths, mais pas par le biais d'une compréhension intuitive. Ces mouvements chrétiens avaient leur propre environnement social et leurs membres n'étaient pas regardants. On n'avait pas besoin d'être intelligent, ni vif, ni aimable, ni séduisant, ni drôle ; il suffisait d'accepter « Jésus comme son Sauveur ». Cette allégeance de pacotille était un prix modeste à payer pour une fille qui s'était sentie tellement rejetée pendant sa scolarité. Laissée trop libre de se débrouiller par elle-même, ainsi qu'il était apparu, Valeria avait toujours semblé instable. Elle se prenait de soudaines tocades – la salsa, Hello Kitty – qu'elle laissait tomber rapidement et ses enthousiasmes étaient toujours attrapés chez quelqu'un d'autre, comme la grippe. Plus tard, elle avait renoncé à aller à l'université, et ce n'était pas seulement parce qu'elle ne savait pas vers quelles études se tourner. Puis, à dix-neuf ans – oh, comme ce serait agréable qu'un enfant prenne un tournant tout à fait nouveau, amusant, surprenant –, elle était tombée enceinte. Pour faire suite à la première erreur, elle l'avait réitérée trois ans plus tard. On vous rebat les oreilles de la responsabilité parentale, mais on fait peu de cas de l'impuissance parentale. On peut offrir des opportunités à ses enfants mais on ne peut pas les façonner – ce qui signifie qu'on ne peut pas leur donner ce que la plupart des enfants appellent de leurs vœux. S'il avait été possible d'acheter de la passion, de la volonté, de la détermination et du caractère à sa fille – ou n'importe quel autre terme pour qualifier le fait d'« être une personne en particulier » –, Serenata se serait précipitée au magasin d'Identité avant que Valeria ait dix ans.

Les évangéliques procuraient donc à Valeria ce qu'une mère ne pouvait lui procurer : un moule pour le flan qu'elle était. En une nuit, ô surprise, une jeune femme indécise avait adopté des lignes directrices solides et autant de règles pratiques pour régir sa vie. Et surtout, pour une convertie comme elle, qui ne s'était pas illustrée à l'école, n'avait jamais eu de vocation professionnelle et s'était toujours sentie injustement traitée, la brigade de Jésus conférait une supériorité grandiose sur les barbares ignares qui n'avaient pas vu la lumière – comme ses parents.

Serenata ne comprenait pourtant pas du tout l'attrait de ces évangéliques. S'engager pour qu'on vous dise quoi faire, quoi penser, quoi dire ? Total gâchis de l'âge adulte.

Ce qui avait provoqué la disparition de Valeria n'avait jamais été très clair. Quelque six ans auparavant, Remington et Serenata étaient des parents à la réputation irréprochable, du moins l'imaginaient-ils, quand ils s'étaient rendu compte qu'ils n'avaient plus de nouvelles de Valeria depuis des mois. Ils l'avaient appelée sur son portable et avaient constaté que le numéro avait été réattribué à un certain Lee Fong, au demeurant fort sympathique mais qui ne parlait pas anglais. Serenata avait tenté de la contacter via son dernier numéro de ligne fixe à Buffalo, où elle avait travaillé à temps partiel dans une onglerie. Hors service. Les e-mails leur étaient retournés : « Utilisateur inconnu ». Une lettre débordant de nouvelles envoyée à Buffalo était revenue dans leur boîte avec la mention « Retour à l'envoyeur » gribouillée par quelqu'un qui n'avait pas l'écriture ampoulée de leur fille. L'hypothèse selon laquelle Valeria les contacterait en temps voulu, ne serait-ce que pour les informer de sa nouvelle adresse, s'était révélée erronée. Les mois avaient passé. Ils étaient sur le point de déclarer sa disparition quand Deacon, venu une fois de plus leur demander de l'argent, avait reconnu avoir eu de ses nouvelles : elle ne souhaitait pas être retrouvée, en tout cas, pas par ses parents. Il avait ajouté joyeusement que sa sœur semblait avoir « un compte à régler », puis avait refusé d'en dire davantage, se délectant du pouvoir de l'intermédiaire. Remington et Serenata n'avaient pas insisté pour obtenir les coordonnées de Valeria. Au moins, elle était en vie.

Serenata trouvait cruel de couper les ponts sans explication et de leur soustraire leurs deux seuls petits-enfants ; même si elle ne le disait pas, elle pensait que c'était dénué de charité chrétienne. Mais en tant que punition, le stratagème était malin. La disparition de Valeria leur coûtait quotidiennement de façon subtile même si sa désertion proprement dite n'était pas au cœur de leurs pensées ; et, avant qu'elle ne réapparaisse, le boycott parental menaçait d'être indéfini. Plus futé encore avait été de leur infliger un châtiment pour un crime sans nom, ce qui faisait peser un doute kafkaïen sur l'éducation de Valeria. Personne n'avait marqué l'enfant au fer rouge. Alors qu'avaient-ils fait de si terrible ? Hormis cette impression ambiguë de ne pas avoir été assez dans ses pattes, Serenata n'en avait toujours pas la moindre idée. Elle avait cependant réussi à éclaircir un point : Valeria voulait qu'ils aient fait quelque chose d'affreux et d'assez puissant pour justifier aujourd'hui qu'elle ait réécrit l'histoire familiale de A à Z.

À une date tout aussi arbitraire, environ deux ans auparavant, Valeria avait appelé ses parents à Albany. Serenata avait décroché et s'était dit qu'elle avait toutes les raisons d'être en colère, un sentiment voisin de celui qu'on éprouve à un jeu d'arcade quand le trésor oscille au bout du crochet. Elle se souvenait d'avoir marché sur des œufs. Avec une raideur qui sentait la répétition, Valeria avait expliqué que, à l'issue d'une thérapie, elle avait trouvé Jésus. Après avoir consulté ses médecins et prié abondamment pour l'obtention de conseils divins, elle avait décidé de pardonner à ses parents ce qu'ils lui avaient fait. Désormais, elle avait cette force. En accord avec les principes de sa foi, elle projetait de tendre l'autre joue et de faire preuve d'une générosité que seule la communion directe avec Notre-Seigneur rendait possible, parce qu'il était maintenant dans l'intérêt de sa « guérison » de se détacher du passé. Valeria aurait parlé urdu, sa mère n'aurait pas trouvé plus de sens à ce qu'elle disait, mais Serenata était patiente et l'avait laissée parler. Vingt minutes s'étaient écoulées avant que Valeria annonce en passant que, oh, au fait, elle s'était mariée et avait deux autres enfants.

Comme il est étrange que ces couples dotés d'une famille nombreuse soient souvent les moins à même de subvenir à leurs besoins. Cette réflexion, Serenata l'avait gardée pour elle et elle avait continué de n'en rien dire – même quand Valeria était de nouveau tombée enceinte huit mois plus tard. Depuis que Valeria s'était rappelée au bon souvenir de ses parents, ses visites avaient été empreintes de la même prudence empoisonnée qui avait saisi Serenata lorsque Remington lui avait annoncé qu'il courrait ce marathon à la noix. Son mari et elle semblaient être en sursis avec mise à l'épreuve. Compte tenu de la nature provisoire des relations renouées, Serenata n'avait pas insisté auprès de Valeria pour qu'elle formule ce que ses parents étaient censés lui avoir fait.

Étant donné la fragilité de la situation, lorsque leur fille avait manifesté un enthousiasme surprenant à l'idée d'aller à Saratoga Springs, Serenata l'avait encouragée à venir soutenir son père. Et pourtant, la présence de Valeria était vouée à exercer plus de pression encore sur Serenata pour qu'elle se montre irréprochable. Artifice, performance, dissociation : figures imposées pour pouvoir endosser la panoplie d'épouse, de mère et de grand-mère, l'ensemble ayant constitué une des raisons pour lesquelles elle avait eu de prime abord quelques réticences à fonder une famille.

Ce lundi-là, Valeria gara son monospace le long du trottoir aux environs de 4 heures, cette heure de la journée peu propice, trop tard pour faire une promenade ou même déjeuner, mais trop tôt pour commencer à préparer le dîner. Ne restait que le temps de recevoir, une aptitude dans laquelle Serenata n'excellait pas, même avec les hôtes les plus sympathiques et encore moins avec une fille grenouille de bénitier qui en voulait à la terre entière. En traversant rapidement le jardin pour aller à leur rencontre, elle ne savait pas comment ils allaient se sortir des heures qui venaient, sans parler de la semaine suivante où se prolongeait la visite. Impossible d'aborder la politique actuelle. Demander comment l'aîné s'adaptait à la cinquième était inutile dans la mesure où les enfants de Valeria étaient scolarisés à la maison. Une fois le sujet de la météo et celui du psoriasis de l'avant-dernier épuisés, ne resteraient que les sujets qui fâchent.

Elle les attendit à l'écart, leur faisant signe de la main pendant que Valeria prenait son temps, triturait les ceintures de sécurité, criait des ordres aux enfants et libérait son bébé de son rehausseur sur le siège arrière. Serenata n'avait pas compris que sa fille amènerait aussi le plus jeune de la couvée.

D'un autre côté, pourquoi se serait-elle privée d'un bouclier aussi efficace ? Valeria hissa le bébé de sept mois sur sa hanche plantureuse comme on met un six-coups dans son holster. On ne pouvait pas critiquer une mère avec un bébé, on ne pouvait rien dire de déplaisant en présence d'une mère avec un bébé et on ne pouvait poser aucune question gênante, indiscrète ou provocatrice à une mère avec un bébé – car la Madone à côté de la Dodge Grand Caravan irradiait la propreté, la sainteté et l'abnégation, ce qui plaçait la propriétaire du bébé au-dessus de tout reproche.

Tout le monde devrait avoir un bébé.

— Salut, mama, dit Valeria en évitant de croiser le regard de sa mère, laquelle était en proie au doute quant à la manière d'embrasser sa fille et s'arrêta finalement sur une bise qui atterrit maladroitement à proximité de son oreille gauche.

Avant de jouer à cache-cache pendant quatre ans, Valeria appelait ses parents « m'man » et « p'pa ». À partir de la réconciliation, ils étaient mystérieusement devenus « mama » et « papa », comme le groupe pop des années 1960. Quelle que soit l'origine de son retour au christianisme, Valeria donnait l'impression d'avoir oublié leurs noms.

— Bonjour, mamie.

L'adolescente de douze ans jeta un coup d'œil inquiet à sa grand-mère, les mains pieusement croisées sur son entrejambe. En raison soit d'un rituel personnel, soit d'un tic nerveux, elle n'arrêtait pas de soulever les talons puis de les reposer par terre. Il faisait doux pour un printemps dans le nord de l'État de New York, mais elle avait l'air transie de froid.

— Coucou, Nancee, lança Serenata. Bonjour, Logan. Ça fait plaisir de vous revoir.

Nancee était la victime d'une manie de tout classer à côté de laquelle l'incapacité à bien orthographier n'était qu'une manifestation d'originalité.

— Alors, ma chérie, vous avez fait bon voyage ?

— Bien sûr, répondit Valeria en sortant fébrilement des paquets de couches, des fourre-tout et autres sacs bruyants remplis de provisions pour la route.

Trois grossesses quasi coup sur coup avaient laissé des traces ; on lui aurait donné quarante-cinq ans au lieu de trente et un.

— Nous avons chanté tout le long du trajet. Montre à mamie comment nous avons passé le temps, Nancee.

Chante « Jésus m'aime » à mamie. C'est une de tes préférées.

Regardant droit devant elle, Nancee commença à chanter faux et à toute vitesse, sans la moindre trace d'empathie…

— LespetitsLuiappartiennent, ilssontfaiblesmaisIl-estfort…

Au grand dam de sa grand-mère, Nancee moulina l'intégralité des cinq strophes, sans oublier le refrain – soulevant les talons au rythme de sa chansonnette chrétienne monocorde aux accents soviétiques, dont la ligne mélodique avait toujours semblé un rien menaçante en raison de son authentique bêtise et dont les paroles enseignaient aux enfants non seulement à être des automates endoctrinés mais également à ne pas avoir d'estime de soi. Au moins, l'effroyable prestation permit à Serenata de détailler la gamine. Elle avait l'air encore plus sous-alimentée que la dernière fois. Son teint était gris, ses épaules étroites et pointues. Elle avait les bras et les jambes comme des brindilles et, à l'encolure de son T-shirt moulant floqué de muscles en polyester, ses os dessinaient la calandre d'une Cadillac Coupe DeVille. À l'image de sa mère, qui n'avait pourtant pas la moindre fibre sportive, Nancee portait un legging en nylon qui s'arrêtait sous le genou, frappé du logo Nike, un sweat-shirt pastel zippé et des chaussures de running améliorées – en somme, une tenue « athleisure », mot-valise qui avait tout de l'oxymore. Son langage corporel exprimait la nervosité – les enfants de Valeria avaient développé une hypervigilance de tous les instants –, mais dans ses yeux brillait un calme que Serenata reconnaissait.

Par contraste, à neuf ans, son frère était mou, bien en chair, comme sa mère. Logan était le seul à ne pas être habillé comme pour se rendre dans une salle de sport. Il portait un jean informe et une veste en velours – cela faisait des années que Serenata n'avait pas vu un enfant dont la veste ne lui donne pas l'air de vouloir conquérir l'Everest. Sachant que les enfants américains modernes ne mettent que des chaussures de sport, il avait dû sacrément chercher pour trouver ces mocassins en cuir. Plongé dans son téléphone, le gamin se voûtait avec une provocation qu'elle ne pouvait qu'approuver. Une des questions sans réponse concernant ces familles converties était la suivante : pourquoi les enfants disaient-ils si rarement à leurs parents de se carrer Jésus-Christ Notre-Seigneur et Sauveur dans le fion ?

Remington se précipita pour aider à porter les bagages au moment où Nancee entonnait son dernier « Car la Bible me le di-i-it ».

— Papa ! s'exclama Valeria avec enthousiasme. Mon Dieu, tu es si fort et si mince ! Je ne t'aurais pas reconnu dans la rue ! Loués soient les saints, tu as dû t'entraîner comme un fou !

— J'ai suivi un programme en ligne, indiqua-t-il avec modestie.

— Je suis fière de toi ! Je suis… impressionnée ! Tu as dû faire appel à une telle force intérieure, j'ai du mal à imaginer ! J'espère que tu ne le prendras pas mal, papa, mais, Seigneur ayez pitié de moi, j'ignorais que tu avais cela en toi !

Inutile de préciser que Valeria n'avait pas toujours parlé de cette façon. Toutes ses phrases étaient parcourues d'un positivisme évangélique joyeux par le biais de points d'exclamation allusifs, avant de se terminer sur une note émerveillée. Elle était forcément consciente que cette liesse programmée rendait ses parents dingues.

Ils trimballèrent leurs affaires dans la maison, et bientôt manteaux, chaussures, sacs en plastique et paquets de couches encombraient toutes les surfaces. Serenata se demanda pourquoi Tommy et elle s'étaient donné la peine de ranger. Valeria en fit des tonnes pour prouver son autorité, harcelant les enfants pour qu'ils montent leurs bagages à l'étage et se lavent les mains et mettent leurs verres vides au lave-vaisselle et n'oublient pas de remercier mamie pour le jus de pomme et Logan, je te prie, tiens-toi droit et tire les épaules en arrière, voilà qui est mieux. Ne t'avise pas de jouer avec cette saleté de téléphone quand tu es invité chez quelqu'un, c'est impoli. Ces instructions incessantes asseyaient sa domination totale sur un fief composé de trois individus, compensation habituelle de parents cloués chez eux qui ne commanderaient pas grand-chose autrement.

— Alors, mama, ces genoux, ils vont comment ? demanda Valeria d'un ton désinvolte en s'installant à la table de la salle à manger avec le bébé.

— Mieux certains jours que d'autres.

— Papa m'a dit que tu avais dû arrêter de courir. Quel dommage.

— Je peux encore courir sur place en levant les genoux sur un bout de tapis.

— Mais ce n'est pas pareil. Ce n'est pas vraiment courir, si ?

— Pas exactement.

— Je suppose qu'il vaut mieux être philosophe. Tu commences un tout nouveau chapitre – le dernier. Et tu l'as bien cherché, d'une certaine façon.

— Tu veux dire que je le mérite ?

— Je veux dire que Dieu nous donne ce dont nous avons besoin.

— Je croyais que c'était Mick Jagger dans « You Can't Always Get What You Want ».

Valeria lui lança un regard noir.

— En vieillissant, il faut s'inspirer du concept biblique de grâce. Se retirer et laisser la place à ceux qui ont plus d'énergie.

— Tu t'y connais drôlement en personnes âgées pour une fille de trente et un ans.

— Tu devrais peut-être considérer le fait que… comment dire… tu rates une opportunité. Celle de devenir une personne meilleure. Tu découvrirais sans doute que ne plus être parfaite en tout point te rendra aussi plus compatissante à l'égard des travers des autres. Mon guide spirituel dit que, quand on se demande pardon à soi-même, on est plus enclin à pardonner aux autres.

— Ma chérie, je crois que tu devrais garder ton pardon pour quelqu'un qui en a vraiment besoin. Le meilleur traitement pour guérir l'arthrose n'est pas la bienveillance mais le remplacement des articulations.

— Tu n'as jamais couru de marathon, n'est-ce pas ? Je m'en souviendrais.

— Non, mais franchement, ma chérie, dit Serenata en tapotant la main de sa fille, je ne suis pas particulièrement accablée parce que je n'ai jamais couru 42,195 kilomètres d'une traite.

Serenata, ravie de fuir, s'excusa pour aller dans le bureau au premier étage vérifier le mot de passe du routeur, que Logan réclamait. N'étaient-ce pas les enfants qui devaient normalement supplier et faire des pieds et des mains pour s'échapper des réunions de famille, ou pour être autorisés à aller jouer ? Au moment où elle passait dans l'entrée, Nancee, qui venait d'arriver en bas de l'escalier, fit demi-tour avant de remonter en quatrième vitesse.

— Tu as oublié quelque chose ? lui demanda sa grand-mère.

— Non, pas vraiment, répondit Nancee en se figeant sur le palier.

Au mécontentement de son mari, Serenata avait installé leur petit-fils dans sa salle de gym, qui disposait d'un futon ; de toute façon, Marathon Man était censé se la couler douce les jours précédant la course. Mais en cherchant le garçon pour lui donner le mot de passe, elle le découvrit assis par terre dans la chambre d'appoint sans meubles qu'elle avait attribuée à Nancee.

— Tu préfères cette chambre ? Ça m'est égal.

— Nancee voulait celle avec les poids et tous les trucs, dit-il en entrant le mot de passe.

— Ta sœur n'a pas vraiment l'air de soulever des poids.

— Mais si. Et plein d'autres trucs. Abdos en se touchant les pieds. Et j'en passe. Cynthia, la voisine, et elle font des concours avec des listes. Je trouve ça idiot. Je ne sais même pas comment elle arrive à suivre qui gagne, elle est incapable d'additionner 1 et 1.

— Le sport, ce n'est pas ton truc.

— C'est ennuyeux. Il faut faire tous ces machins et après on n'a pas gagné un rond ou appris quoi que ce soit de nouveau. Je ne comprends pas ce qu'elle y trouve.

— Tu préfères lire ou regarder la télé ?

— On n'a pas le droit de regarder la télé, lâcha-t-il d'un air sombre.

— Tu ne peux pas regarder la télé mais ta maman te laisse aller sur Internet ?

Il finit par lever les yeux, pour la jauger.

— Elle croit que mon téléphone a le contrôle parental.

— Ne t'inquiète pas, je ne dirai rien.

— C'est hyper facile à faire sauter. Des fois, c'est une vraie chance que les gens vous croient stupide.

— Ce sera notre secret. Je ne dirai pas non plus à ta mère que tu es un génie.

— Merci.

En retournant d'un pas lourd vers sa visiteuse – merde, il n'était encore que 5 h 15 –, Serenata retomba sur Nancee qui descendait l'escalier au petit trot. Sa petite fille s'arrêta en bas et pivota avant de remonter comme une flèche. En découvrant sa grand-mère sur le palier, elle se figea de nouveau en pleine ascension, comme si elle avait été surprise en train de faire une bêtise.

— Tu montes l'escalier en courant, déclara Serenata.

La gamine acquiesça à regret.

— Autrefois, je montais l'escalier en courant. C'est moi qui ai inventé la course d'escalier. Quand j'étais à l'université, ma chambre d'étudiante se trouvait au douzième étage. Je n'ai jamais pris l'ascenseur. À force de faire des allers et retours entre les cours, il m'arrivait de monter cet escalier en courant dix fois par jour. C'était comme grimper au sommet de l'Empire State Building.

Après mes vingt ans, j'utilisais la sortie de secours de mon immeuble quand il neigeait, par exemple. J'ai réussi à monter deux cents marches en une fois.

— Deux cents ? répéta Nancee avec un coup d'œil sceptique.

Peut-être que monter des escaliers en courant ne faisait pas très grand-mère. Plus probable, même une adolescente de douze ans sous-alimentée détestait que quiconque pulvérise ses records personnels.

Au rez-de-chaussée, Remington avait rejoint Valeria à la table de la salle à manger – un endroit inapproprié pour se réunir car cela créait l'illusion que le dîner était pour bientôt, ce qui n'était pas le cas. De toute façon, ils n'avaient rien à attendre avec impatience puisque Valeria interdisait à ses parents de boire du vin en présence des enfants – accepter de recevoir des ordres de leur fille dans leur propre maison était une preuve de la fragilité de leurs relations. Plus tard, tout le monde se réjouirait de ne pas avoir sauté trop tôt sur l'opportunité que représentait le dîner, car sinon le temps avant d'aller se coucher aurait semblé infini.

— On se demande de quoi il vit, disait Remington.

— Ça me sidère que mama et toi soyez aussi naïfs concernant Deacon, objecta Valeria.

— Oh non, protesta Remington. Je pense que grâce à Deacon, nous n'avons plus aucune naïveté en nous.

— Disons que, commença-t-elle en vérifiant derrière son épaule qu'aucun enfant n'était susceptible de l'entendre et en baissant la voix, avec tous ces accros aux opioïdes dans le pays, il faut bien que quelqu'un leur vende le truc.

— C'est ce que tu supposes qu'il fait ou c'est ce qu'il t'a dit ? demanda Serenata en s'asseyant.

— C'est évident, répondit Valeria. Mais je n'espère pas que vous me croyiez.

— Je n'ai pas dit que je ne te croyais pas, dit Serenata. Après tout, c'est assez plausible.

— Absolument. Parce que Deacon est détruit. Comme moi.

Serenata lança un regard de mise en garde à son mari : ne mords pas à l'hameçon.

— Ma question est : dans ce cas, pourquoi continue-t-il à venir nous demander une aide financière ? demanda d'un ton sec Remington à sa femme. S'il fait ce boulot, comme l'affirme Valeria ? C'est un boulot, à ce qu'on dit, bien rémunéré mais qui place le bonhomme dans une tranche d'imposition curieusement basse.

— Je suppose qu'il peut être considéré comme un acteur de l'« économie collaborative ». Horaires de travail imprévisibles, revenus tout aussi imprévisibles et pas de couverture santé. Ne pas oublier non plus les coûts élevés de sa capitalisation.

— Vous trouvez ça drôle, ce que fait Deacon ? s'exclama Valeria. Il fricote avec Satan !

Tandis que Valeria se redressait, offusquée, en protégeant le bébé, Serenata eut soudain une révélation : les échanges courtois qui étaient le ciment de l'amour entre ses parents constituaient une des sources principales de l'antipathie de leur fille à leur égard. De tout temps, Remington et elle s'étaient imaginé que la repartie dont ils faisaient preuve à table charmait leurs enfants. Ça, c'était de la naïveté.

— Je ne trouve pas ça drôle, dit Serenata. Mais le défaut de base de Deacon est d'être méprisant. Vendre des drogues abrutissantes est le genre d'activité susceptible de plaire à quelqu'un qui méprise ses propres clients. J'ai l'horrible intuition qu'il s'y entend très bien.

— Je lui ai parlé sincèrement au téléphone, j'ai essayé de le convaincre que Dieu aime tous les pécheurs, à condition qu'ils se repentent. Il vit dans les ténèbres. Comme toi et papa. Si seulement vous vous incliniez devant le Seigneur et ouvriez vos cœurs, et arrêtiez de jouer au plus malin, vous connaîtriez la même joie sans bornes que moi.

Serenata avait appris, comme un automate, à ignorer le martèlement biblique comme on ignore le bruit sourd d'une ligne de basse qui passe par les lattes du parquet depuis un autre appartement. Si ce que sa fille dégageait était une joie sans bornes, alors elle choisirait l'abattement, merci.

— Je voulais te dire, commença Serenata en changeant de sujet, même si je ne veux pas m'en mêler…

— Mais tu le fais quand même, l'interrompit Valeria.

— Non, pas vraiment. Ça ne t'inquiète pas, que Nancee soit si mince ?

— C'est juste qu'elle est difficile. Et puis, c'est une vraie pile. Elle ne tient pas en place, répondit Valeria en faisant sauter le bébé sur ses genoux, même si celui-ci n'avait pas l'air de beaucoup apprécier.

Cette manière agressive d'élever ses enfants semblait proclamer : voilà ce que c'est, être une bonne mère, mama.

— As-tu essayé les boissons protéinées ? s'enquit Remington. Elles se vendent en plusieurs parfums qui doivent plaire aux enfants – fraise, chocolat, banane.

— Nancee ne toucherait pas à ce genre de choses. Pas si c'est vendu pour prendre du poids.

Les réponses de Valeria étaient incohérentes. Mais Serenata n'insisterait pas.

— Jacob n'est pas de tout repos, fit remarquer poliment Serenata en désignant le bébé, sans compter les quatre autres à surveiller. Brian et toi, vous pensez vous arrêter à cinq ?

Valeria scruta le visage de sa mère, sans doute pour y discerner des critiques, même si Serenata avait posé la question avec toute la neutralité dont elle était capable.

— Si Dieu juge utile de nous accorder encore de nouvelles et précieuses vies, le moins qu'on puisse faire, c'est d'accueillir tous Ses petits dans le monde. La taille de notre famille ne repose pas entre nos mains.

Quelques plaquettes de pilule contraceptive entre ces mains auraient pu faire des merveilles sur la capacité d'agir de sa fille, mais Serenata tint sa langue.

— Votre situation n'était-elle pas en train de devenir un peu… difficile ? demanda Remington. Je veux dire financièrement.

— Ne t'inquiète pas, le Seigneur y pourvoira. Il l'a toujours fait.

Les cinq enfants bénéficiaient de la couverture santé Medicaid. Les parents de Brian les « aidaient » et avaient acheté la Dodge Grand Caravan. Remington leur avait glissé des chèques conséquents lors des trois précédentes visites. Valeria disait alors sur le ton de la plaisanterie qu'elle avait « manqué pas mal de Noëls et d'anniversaires » pendant sa pause familiale. Serenata se demandait secrètement si ce qui avait fait pencher la balance pour que leur fille se décide à reprendre contact n'était pas tant les prières ou la thérapie, mais l'argent. Jusqu'ici, le Seigneur avait fort peu pourvu.

— Tu as dit que Brian avait du travail... ? reprit Remington.

— Il a un boulot à temps partiel chez Wal-Mart, mais il ne peut pas assurer plus d'heures parce qu'il lui faut du temps pour ses études.

— Oh ! dit Remington. Je n'avais pas compris que Brian avait repris des études. Quelle bonne nouvelle ! Dans quel domaine ?

— Des études bibliques, évidemment. Et puis, il y a notre mission. Répandre la Bonne Parole. Je n'ai pas pu beaucoup m'investir à cause des enfants, bien sûr, mais aussi en raison de mon parcours émotionnel personnel. Qui m'a pris énormément de temps et m'a demandé un travail colossal. Mon thérapeute et mon guide spirituel me disent tous deux que je devrais considérer mon auto-guérison comme un boulot à plein temps. Mais ça signifierait que Brian devrait sonner à deux fois plus de portes pour nous acquitter de notre part en faveur de l'Église.

Serenata et Remington échangèrent un regard : notre gendre est ce type sur le perron dont on se cache en prenant garde de ne pas allumer la lumière ou faire marcher le moulin à café.

— Alors ! Papa ! lança Valeria en changeant de sujet. Raconte-moi ton entraînement ! Je suis folle de joie pour dimanche ! Il faut que tu m'expliques comment tu t'es préparé pour courir tout un marathon. Tu ne t'en rends peut-être pas compte, mais je parie que tu tires ta force d'un pouvoir supérieur. Apprends à canaliser ce pouvoir, branche une rallonge dans le ciel et tu verras, tu auras des moteurs à tes chaussures ! Je te jure que tu as l'air d'avoir dix ans de moins ! Alors, comment tu as commencé ?

Remington lui détailla avec enthousiasme la progression des distances, les séquences d'entraînement à la vitesse, le travail sur sa sangle abdominale. Serenata jeta un coup d'œil discret à sa montre.

— Pardon, dit-elle doucement en se levant. De peur que cette conversation ne m'épuise, je vais, moi-même, faire un peu d'exercice.

Valeria devint subitement aigre.

— J'aurais dû m'en douter. Juste au moment où tout le monde commence à avoir faim, où mes enfants sont sur leurs réserves. Après une longue route avec beaucoup de circulation. Mais ça ne fait rien, on poireautera pendant que tu sautilles à qui mieux mieux. J'ai déjà passé une bonne partie de mon enfance à mourir de faim et à m'ennuyer à périr en attendant que tu finisses de faire de l'exercice, alors qu'est-ce que deux heures de plus ?

Pour une fois, Serenata ne fut pas tentée par la procrastination, ni sujette à l'appréhension. Elle n'avait jamais été aussi heureuse de faire cinq cents abdos et en aurait fait mille de plus avec bonheur.

— Alors, c'est quoi, le programme de demain ? demanda-t-elle au moment de se coucher.

Elle s'était juré de se montrer plus intéressée pendant sa dernière semaine d'entraînement.

Bien entendu, Remington n'interpréta pas de travers la question : il ne s'agissait pas de ce qu'ils allaient bien pouvoir faire de Valeria et des petits-enfants pendant toute la journée. Mais il répondit de façon distraite.

— Quarante minutes à petite vitesse, entrecoupées de quatre fois une minute d'accélération.

En se déshabillant un instant plus tard, il ajouta :

— Tu viens d'une famille plutôt aisée. Ton père a connu la réussite professionnelle d'un Américain de sa génération. Ta mère a travaillé bénévolement, mais c'était courant dans les années 1960. Tu es parvenue par tes propres moyens, après un ou deux faux départs, à te faire une place comme interprète de voix off de renom, tu travailles régulièrement et produis des enregistrements de qualité dont tu devrais être fière. Certes, mon père nous battait, mais il était de la vieille école, à l'époque ça se faisait, et il a toujours été un type solide, il respectait ses engagements. À ses yeux, ne jamais recevoir un *cent* de l'État était un signe de noblesse, comme il a dû te le seriner plus d'une fois ; la Sécurité sociale étant son argent, il disait que ça ne comptait pas. Nombre de bâtiments qu'il a construits sont encore debout. Ma mère tapait des factures et, plus tard, elle a nettoyé du poisson, elle rentrait tous les soirs à la maison en empestant le poisson juste pour avoir de quoi acheter des habits propres et neufs à ses enfants. J'ai été le premier de la famille à aller à l'université et je me suis hissé au-dessus de ma classe sociale à la force du poignet, avec une carrière dans la fonction publique que je qualifierais d'éminente, en dépit de la fin. Mais nos enfants… dit-il en s'arrêtant pour retirer son caleçon, ce sont des cas sociaux.

5

Ils avaient prévu de partir à Saratoga Springs le vendredi en fin de matinée, mais les enfants avaient fait des histoires pour manger. Après la préparation et le débarrassage de multiples petits déjeuners, Valeria décréta qu'il était l'heure de déjeuner.

Malgré les inquiétudes de Serenata quant à la nature des activités qui leur permettraient de remplir les trois jours précédents, cette désorganisation domestique avait été la norme chaque fois qu'une sortie avait été décidée – un tour au musée des Pompiers (elle avait imaginé que cela plairait à Logan ; mais pas du tout), une promenade en bateau le long de l'Hudson (ils avaient manqué le dernier départ), ou une visite de la demeure historique du docteur Oliver Bronson avec son célèbre escalier hélicoïdal (des horaires de visite contraignants nécessitaient de quitter la maison à une heure précise ; impossible) ; hélas, la sortie la plus agréable du coin, une dégustation de vins, n'était pas autorisée par l'abstinente dévote et, de toute façon, désormais, Remington buvait peu. Chaque fois que le bébé avait été changé, nourri et baigné, les enfants étant habillés en fonction de la météo, et les intestins comme les vessies de la maisonnée ayant été vidés, il était temps de s'alimenter et de s'hydrater à nouveau, pour mieux pisser et chier. Cette vie épouvantable était sans doute caractéristique de Valeria : une frénésie de prétendue activité tout en faisant du surplace – la seule façon de courir que Serenata elle-même pouvait s'autoriser désormais, par intermittence, sur un tapis, en rebondissant sur l'extrémité du pied, elle connaissait donc par cœur ce que c'était de déployer tant d'efforts répétés pour que le paysage ne change jamais. Jusqu'ici, le seul bénéfice de la visite de Valeria était la plus grande compassion que Serenata éprouvait à l'égard de sa fille. Avec cinq moteurs à immobilisme qui pompaient l'oxygène de leur mère comme des hottes aspirantes, on pouvait difficilement attendre de la jeune femme qu'elle fasse beaucoup de progrès, y compris dans son autoguérison « super dure » et « super chronophage ».

Bien entendu, quand Remington sortait accomplir les runnings plus courts et plus faciles prescrits pour sa dernière semaine d'entraînement, il ne s'attirait que des « T'inquiète, c'est tout bon, champion » délirants, pendant que sa femme faisait ses exercices à l'étage, porte fermée, de peur de provoquer une autre explosion de la rancœur que Valeria nourrissait depuis toujours. Serenata s'était bêtement imaginé que, pendant le séjour de la famille, elle pourrait consacrer quelques heures à l'infomercial Logitech. Cependant, les gens qui ne travaillaient pas – une cohorte dont, à son grand désarroi, Remington faisait désormais partie – ne pensaient souvent jamais à autre chose qu'à manger, à faire le ménage et les courses. La seule fois où elle essaya de s'excuser pour aller travailler dans son bureau, elle aurait annoncé qu'elle filait chez la pédicure, le résultat aurait été le même. Aux yeux de Valeria, le travail de sa mère était une coquetterie.

Elle avait eu le même problème au mois d'août précédent, à une plus grande échelle, lorsque la naissance de Jacob avait coïncidé avec l'enregistrement d'une tétralogie fantastique. Typique du genre, les romans étaient énormes. Le studio de Manhattan était réservé, les six semaines de travail bien payées et elle s'était engagée avant d'apprendre qu'une nouvelle « précieuse vie » était prévue. Quand elle avait expliqué à Valeria qu'elle ne pouvait tout simplement pas passer des semaines à Rhode Island pour soulager la jeune maman en s'occupant de ses quatre autres enfants, Valeria avait explosé. Le « travail », peu importe en quoi il consistait, n'était pas considéré comme une excuse valable, surtout pour les indépendants, qui pouvaient probablement coincer leur activité futile et facultative entre le remplissage du lave-vaisselle et le brossage des dents. Elle avait accusé sa mère d'égoïsme. Et donc, en plus de séances d'enregistrement assez longues pour qu'elle n'ait plus de voix en fin de journée, Serenata avait dû affronter le sentiment d'être une mauvaise grand-mère tandis qu'elle rentrait lugubrement en train… dans une maison vide puisque le bon grand-père jouait les remplaçants.

Ils ne s'entassèrent dans le monospace de Valeria qu'en milieu d'après-midi. Ce qui aurait dû être un trajet de quatre-vingt-dix minutes s'éternisa alors : entre les automobilistes qui rentraient du travail le vendredi et ceux qui venaient en week-end, l'I-87 était saturée. Rouler plus longtemps n'aurait pas été un problème sans la torture prolongée de chants bibliques qui en découla – « Cette petite lumière qui est la mienne », « Il a le monde entier dans Ses mains » et le pire de tous : « J'ai de la joie, joie, joie, joie dans mon cœur », que les enfants chantèrent trois fois. Touchée d'avoir été invitée, Tommy participait de bon cœur, mais Serenata vécut comme une trahison de l'entendre fredonner. Les infatigables « Joie, joie, joie, joie » lui martelaient le crâne comme un marteau-piqueur. C'était sûrement pervers de se servir de ce déchaînement d'une incroyable allégresse comme d'une matraque. Qui au juste aimait vraiment ces chansons ? Elle n'avait pas encore découvert si Nancee et Logan étaient réellement endoctrinés ou s'ils imitaient diaboliquement bien les enfants endoctrinés. Elle avait le même problème lorsqu'elle analysait la *vox populi* nord-coréenne.

Saratoga Springs était une ville riche plantée d'arbres vénérables où se dressaient des maisons majestueuses datant du XIXe siècle avec des porches imposants, maisons construites à l'époque où les nantis venaient prendre les eaux. Toujours très dépendante du tourisme – Remington et elle y avaient parfois célébré des anniversaires –, la ville avait acquis des références culturelles importantes, un Centre des arts qui accueillait le New York City Ballet l'été, des théâtres, une université assez prestigieuse pour qu'aucun de ses enfants n'y ait été admis, à supposer qu'ils aient voulu s'y inscrire, et une colonie d'auteurs dont la prétention absolue ne faisait pas regretter à Serenata d'avoir changé de voie à vingt ans. Broadway, l'artère où flâner, portait bien son nom avec ses franchises de chaînes haut de gamme hébergées dans de sages bâtiments en briques rouges. Bien sûr, pour la plupart des gens, la ville était synonyme de son illustre hippodrome.

Nancee tendait le cou par la vitre pour voir les écuries, frustrée que l'hippodrome n'ouvre pas avant juillet.

— Où sont les chevaux ?

Dilapidant des ressources toujours plus limitées pour une activité humaine qui, jadis, ne coûtait rien, Serenata avait renoncé aux motels abordables en périphérie de la ville – lesquels lui auraient fait courir le risque d'apparaître modérément enthousiaste – et réservé trois chambres au Hilton de Broadway. Avantage personnel : l'hôtel disposait d'une salle de fitness.

Le hall était une mer de tenues de sport. La majorité des concurrents n'arriveraient que le lendemain, ce n'était donc qu'un début.

Serenata attendait à la réception pendant que les autres tournaient pour trouver une place de parking quand une femme derrière elle dans la queue, étonnamment longue, lui demanda :

— Vous avez des réservations ?

Serenata acquiesça.

— Parce que, enchaîna la femme, le nombre de coureurs admis cette année a été relevé à cinq mille. Je trouve ça cynique – plus de frais d'admission et, bien sûr, la ville est avide de ces touristes supplémentaires. Comme pas mal de concurrents viennent accompagnés d'une flopée de supporters, la pression sur les hôtels est énorme. Oh, désolée, je croyais que vous étiez marathonienne.

— Non, répondit Serenata.

— Ça alors ! J'espère que vous le prendrez comme un compliment, mais vous avez l'air d'en être une. Une vraie coureuse. Pas une de ces traîne-lattes.

Serenata était à la fois flattée et abattue.

— Traîne-lattes ? demanda-t-elle d'un air absent.

La femme baissa la voix.

— Les traînards. Connus également sous le nom de marcheurs-coureurs. Plus marcheurs que coureurs. Les types qui courent pour une association et ceux attirés par la nouveauté sont déjà assez moches comme ça. Mais, aujourd'hui, tous ces (elle baissa encore la voix) gros mous qui cochent les cases de leur *bucket list* mettent sept à huit heures pour finir le parcours et se permettent d'affirmer ensuite qu'ils ont couru un marathon. Ce qui nous met le kilomètre à douze minutes trente. Putain, à Honolulu, où aucune limite de temps n'est imposée, les traîne-lattes s'arrêtent pour déjeuner. Ils dévalorisent le sens même de la course. Désolée, je parle pour moi. J'imagine que mon point de vue n'est pas très démocratique. Peut-être que la frontière entre faire partie de l'élite et être élitiste est ténue.

La femme avait justement cette allure devenue maintenant reconnaissable. Habillée de Lycra et d'un pull en polaire dont la fermeture éclair était baissée, elle était filiforme, avait le cuir tanné et les cheveux coupés très court. Elle avait aussi un petit creux sous la cage thoracique que même les femmes ménopausées bien conservées finissaient par remplir. À l'image de Nancee, elle ne tenait pas en place, soulevant une Adidas puis l'autre, secouant chaque jambe sur le côté à tour de rôle. À au moins cinquante-cinq ans, elle était sans aucun doute persuadée de ne pas les faire, même si sa silhouette anguleuse témoignait de chaque année passée. Hélas, à l'âge de Serenata, on ne pouvait se dire ce genre de choses d'une autre femme sans que la réflexion vous revienne dans la figure comme un boomerang. Serenata non plus ne pensait pas faire soixante ans.

— Je suis surprise que cette course se soit autant développée, dit-elle en s'efforçant d'être aimable. C'est une manifestation de seconde zone. Rien à voir avec New York ou Boston.

— Autrefois, si on voulait attirer les touristes, on créait un Salon du livre. Aujourd'hui, il n'y a pas une ville qui ne parraine un marathon. Ça attire beaucoup plus de monde. Quelle que soit la limite des inscriptions à Saratoga, ils continueront de refuser des concurrents. Les débutants aiment les courses modestes parce qu'elles n'exigent pas de temps de qualification.

— Vous en courez beaucoup ? demanda Serenata, dont l'intérêt était feint.

— Le truc le plus sympa avec tous ces nouveaux marathons, c'est que je peux aller d'une course à l'autre tout au long de l'année. Je fais celles de Floride, d'Arizona et de Californie l'hiver. Je m'inscris toujours à la loterie pour celle de Londres, mais, jusqu'ici, je n'ai pas eu de bol. Les probabilités sont contre moi. Quarante mille personnes seulement sont autorisées à participer et deux cent cinquante mille s'inscrivent.

— C'est vrai ? s'étonna Serenata. Il y a autant de personnes qui veulent courir le marathon de Londres ?

— Ça augmente tous les ans, confirma la femme d'un air sombre.

— Et ce circuit ne vous coûte pas trop cher ? demanda Serenata avec un signe de tête en direction de la réception.

— Je croirais entendre mes enfants ! Mais je ne vais pas rester couchée au lit avec des chats, juste pour qu'ils touchent un héritage. Ils ont l'air d'oublier que c'est encore mon argent. Quand j'ai commencé à m'intéresser à la course, je me suis rendu compte que c'était *moi* qui l'avais oublié ! À quoi d'autre sert une retraite anticipée ? Le loto, ce n'est pas mon truc.

— Vous n'avez pas peur de vous blesser ?

Elle eut un petit sourire pincé.

— Ce serait trop long à expliquer. Hé, c'est votre tour.

Une fois les autres arrivés et installés, Serenata s'éclipsa vers la salle de fitness avant le dîner, mais l'endroit était bondé. Il y avait la queue devant toutes les machines et une liste d'attente rédigée à la main était scotchée sur chaque vélo fixe. Le spectacle était dégoûtant. Résignée à faire ses exercices devant CNN, elle remonta dans sa chambre par l'escalier et, même dans l'escalier, d'ordinaire désert dans les hôtels, à part un rare agent d'entretien, elle dut se faufiler entre les clients qui montaient et descendaient à toute allure.

Serenata s'était surpassée pour donner l'impression qu'elle se surpassait. Le dîner du lendemain soir avait été réservé tôt, de sorte que Remington n'ait pas de problème pour s'endormir à 8 h 30 et être sur place avant le coup d'envoi à 7 h 30. Ils avaient un lit plus grand que certaines piscines d'hôtel, de sorte qu'elle ne devrait pas le réveiller en se couchant plus tard. Le lendemain étant jour de repos, il avait prévu le matin de faire le tour du parcours au volant du monospace de Valeria pour se familiariser avec les « topographies difficiles » avant que les routes ne soient fermées à la circulation. Et, l'après-midi, elle lui avait réservé un bain minéral et un massage au Spa Roosevelt.

Pendant que Remington se faisait malmener, elle avait offert à Valeria un enveloppement d'algues détoxifiant ainsi qu'un soin du visage à la mûre arctique au même endroit (l'option anticellulite lui avait semblé malvenue). Les prestations du Spa s'élèveraient à elles seules à plus de 700 dollars. Serenata jugeant secrètement que ces papouilles et autres onguents étaient de la foutaise, au moins elle ne gonflerait pas la facture en marinant elle-même dans des algues. Le vrai cadeau qu'elle faisait à Valeria était de s'occuper des enfants pendant que la jeune femme se faisait prétendument dorloter durant trois bonnes heures. Si Valeria avait un tant soit peu ressemblé à sa mère, elle aurait trouvé non seulement étrange mais envahissant que des mains étrangères lui tripotent tout le corps. Mais elle n'aurait pas osé le dire. Les femmes étaient programmées pour considérer les soins du visage, les massages et les enveloppements comme le summum des petits plaisirs, et Valeria n'avait pas l'originalité de se fier à sa déception.

S'y étant prudemment prise à l'avance, puisque cinq mille autres groupes étaient censés arpenter le centre-ville en quête d'un endroit où dîner à l'issue du grand jour, Serenata avait réservé au 15 Church, où Remington et elle avaient fêté leur trentième anniversaire de mariage ; si le dimanche la performance de son mari se révélait catastrophique, elle pourrait toujours annuler. Le restaurant était cher et il ne faisait aucun doute que les enfants n'apprécieraient pas les huîtres croustillantes au babeurre, ponzu et beurre de foie gras. Mais les oripeaux des réjouissances remplacent souvent les réjouissances elles-mêmes. Il est rare qu'une fiesta fasse mieux que simuler une célébration, c'est une sensation si pénible à vivre sur le moment que la plupart des commémorations ne se produisent vraiment qu'après l'événement, lorsque le lauréat contemple quelques photos avec tendresse. D'un autre côté, Serenata pourrait peut-être se réjouir, elle. Ces âneries festives seraient bientôt terminées et son mari et elle rentreraient à la maison, au propre comme au figuré.

Pourtant, malgré ses bons offices de loyale épouse, le vendredi soir, en se mettant au lit, Remington lui déclara calmement :

— Tu ne trompes personne.

Il refusa de s'expliquer, parce qu'il n'avait pas à le faire.

Pendant que Remington repérait le parcours, ce qui, même en voiture, nécessitait une heure, Serenata prenait tranquillement un petit déjeuner tardif dans la salle à manger de l'hôtel en compagnie de Tommy, qu'elle avait installée dans une chambre double avec Nancee. Elles semblaient avoir un point commun – qui se révéla un problème.

— Abdominaux, se désespérait Tommy en mangeant un toast. Élévations, planches, relevés de bassin. Plus tout un tas de moulinets et de sauts ridicules sans doute de son invention. J'ai l'impression de partager la chambre de l'ouragan Sandy. Hier soir après dîner, je lui ai dit que je sortais pour accumuler des pas mais, en réalité, j'ai fait le tour des salles juste pour lui échapper.

— « Accumuler des pas », ce n'est pas du même acabit ? Quelle est la différence ?

— Tu sais comment ça marche. Celui qui fait moins d'exercice que toi est un débile et celui qui en fait plus est un dingue.

— Alors, Nancee est une dingue.

— Elle est boulimique d'activité physique.

— Tu l'as surprise en train de vomir ? demanda abruptement Serenata.

— Elle vomit de l'énergie.

— Je trouve qu'elle a l'air malade.

— Elle ne mange pas assez pour développer un muscle. Toutes ses acrobaties ne mènent à rien.

— Et toi, où te mène cette expérience avec ta Fitbit ?

— Attention ! C'est toi qui prétends que tout le monde te copie. Où t'ont menée tes cinquante ans de fitness frénétique ?

Songeuse, Serenata ajouta du beurre sur son muffin miniature aux cranberries.

— Quand j'étais plus jeune, je me testais. Je me fixais des objectifs et je les dépassais. Le problème, c'est qu'on ne peut pas continuer indéfiniment à se battre soi-même.

— C'est comme avec la Fitbit, dit Tommy. Une fois que tu as accumulé trente mille pas en un jour, les pas que tu fais moins…

— En moins, corrigea Serenata.

Tommy lui jeta un regard furieux.

— Ces pas « en moins » ont l'air pathétiques.

— Les records personnels te tyrannisent. Tu cours 10 kilomètres et le lendemain, il faut que tu en coures 11 – ou 10 mais plus vite. Le problème ne se cantonne sans doute pas au sport.

— Clairement, la solution est de rester nul en tout.

Serenata rit.

— Peut-être. Mais en essayant de se surpasser, on frôle toujours une limite. Celle de son corps mais aussi de l'intérêt pour la chose.

— Oui, j'ai ce sentiment avec la Fitbit aussi, dit Tommy. Ce n'est qu'un jeu, au cas où tu aurais cru que je prenais ça au sérieux. Je veux battre Marley Wilson. Mais je commence tout doucement à n'en avoir plus rien à foutre. À cause de ce que tu as dit. Le truc sur la limite. Et une fois que tu commences à approcher la limite, ça cesse d'être intéressant.

— Et c'est reconnaître que ça ne l'a jamais été.

— Tu sais quoi, je ne comprends toujours pas pourquoi tu ne veux pas que Remington coure. Je trouve ça méchant.

— Je me fiche qu'il coure seul. C'est cette connerie de masse que je ne supporte pas.

— Tais-toi, chuchota Tommy en désignant les autres convives. C'est pas correct. Cracher sur les marathons et ne pas soutenir quelqu'un qui veut en courir un... Je ne vois pas ce qu'il pourrait y avoir de moins cool. C'est presque pire qu'être raciste.

— Merci du tuyau.

— Tu n'as aucune idée de ce qui se passe sur Internet en ce moment. Les gens postent les poids qu'ils soulèvent, le nombre de squats qu'ils font, la lenteur de leur rythme cardiaque. Sur Instagram, c'est bourré de photos hyper léchées de filles avec des tablettes de chocolat, toutes luisantes et musclées qui posent en brassière de running. Les normes continuent de grimper. Ce qui était super l'an dernier est totalement bidon aujourd'hui. C'est déjà quelque chose de ne plus pouvoir se surpasser, comme tu dis. Mais c'est bien pire de se faire battre par tout le monde.

— Beaucoup de ces choses postées sur Internet sont sûrement exagérées.

— Peut-être. Mais il y en a qui passent vraiment toute la journée et tous les jours à la salle de gym. Tout ce que j'ai, c'est mon bout de jardin. Griff et toi allez devoir salir trois fois plus si je veux prendre un abonnement mensuel à 125 dollars chez BruteBody toute l'année.

— Tu n'as pas mieux à faire de tes économies ?

— Sans ces machines, je ne peux pas suivre. L'an dernier, ma copine Anastasia a fêté ses dix-huit ans chez BruteBody. En guise de fête, on a fait tout un tas d'exercices hyper durs et compliqués, style entraînement intensif, sur de la musique techno-rap. Toutes les filles épiaient celles qui n'arrivaient pas à suivre pour ensuite se payer leur tête. Il n'y avait même pas de gâteau. Le clou, c'était un concours ; à celle qui sauterait le plus longtemps à la corde sans foirer. Je me suis bien débrouillée mais je n'ai pas gagné. Toi, par contre, l'accusa Tommy, tu te crois supérieure à tout le monde.

— C'est faux ! Je ne veux pas avoir affaire à la plupart des gens. Ça ne veut pas dire pour autant que je me sente supérieure à eux.

— Menteuse. C'est évident, rien qu'à ta manière de te tenir. Toute droite et de toute ta hauteur, toujours un peu à l'écart, et quand il y a des gens que tu n'aimes pas beaucoup, tu ne parles pas et je sais ce que tu penses.

— Tu penses que je me crois supérieure à toi ?

— Ben… Je n'aime pas trop quand tu me reprends sur la grammaire et d'autres trucs.

— J'essaie seulement de t'aider. Tu veux que j'arrête ?

Tommy croisa les bras et réfléchit à la question.

— Non. C'est agaçant mais au moins tu t'intéresses. Personne d'autre ne m'écoute. Quand tu fais ta maîtresse d'école, je sais que tu fais attention à moi.

Cernée par de sages yaourts, Serenata se sentit obligée d'aller chercher un deuxième muffin.

— Tu sais, avec le temps, dit-elle à son retour en jetant un œil critique au gâteau, les raisons pour lesquelles je fais de l'exercice ont changé. À ton âge, bien sûr, je voulais être belle – et forte, pas seulement mince. Mais depuis des années… je m'astreins à cette routine quotidienne pour conserver un sens de l'ordre. Ordre et contrôle. Je le fais parce que je l'ai toujours fait. Je suis convaincue que, si j'arrêtais un jour de m'entraîner, tout dans ma vie s'effondrerait. Instantanément. Et de façon désastreuse.

— Genre, tu deviendrais héroïnomane et alcoolique et tu serais aux allocs et tu fumerais ?

— Et je volerais dans les magasins. Et je me servirais dans la tirelire de la Croix-Rouge à la sortie.

— Alors, tu devrais peut-être tenter d'arrêter, dit Tommy avec un sourire. Tu t'amuserais enfin.

Ce soir-là, ils dînèrent à une heure barbare, 5 h 30. Valeria fit toute une histoire à propos de la commande de son père pour son « dernier repas » – se gaver de glucides n'était plus à la mode –, au point que Serenata l'interrompit finalement.

— Ma chérie… ton père ne va pas être exécuté.

De retour dans la chambre après un dernier petit verre rebelle – au cours du dîner abstinent, les morales contraignantes de Jésus et du sport s'étaient chevauchées –, elle avait trouvé Remington au lit mais agité. À ses coups d'œil fréquents au réveil, elle reconnut le comportement qu'il avait les derniers jours au SDT, quand il avait peur de ne pas arriver à l'heure au travail et peur de ce qui l'attendait une fois arrivé. Il fallut qu'elle lui caresse le dos, l'embrasse dans la nuque et pose un bras sur sa poitrine pour qu'il se calme. Ils s'étaient toujours bien accordés. Même si, ces derniers mois, le tracé plus net de sa silhouette amincie était agréable à voir, il était sec au départ, et elle avait l'impression réconfortante que son corps nu au repos n'avait pas changé. Mettre le réveil à 5 heures paraissait extrême, mais pour cette fois, se dit-elle en s'endormant, elle ne verrait pas d'inconvénient à se lever avec lui par solidarité.

Faux.

Avec une violence paranormale, le réveil sonna au moment où elle dormait le plus profondément. Jusqu'à cet instant, le week-end avait affiché la nonchalance d'une escapade, comment se faisait-il alors qu'elle tâtonnait dans le noir complet pour trouver l'interrupteur de la salle de bains ? Une fois bien réveillée, elle fut stupéfaite d'être prise d'un accès de colère. Toute cette entreprise était stupide. Pendant des mois, elle avait feint le contraire et, maintenant qu'elle devait continuer de faire semblant à peine un jour de plus, elle n'allait pas y arriver. Sa prétendue acceptation de ce cirque, ou, du moins, sa tolérance jusqu'à ce que l'engouement de son mari ait fait son temps, se heurtait fatalement, comme on dit chez les marathoniens, à un mur.

Pendant que Remington protégeait ses irritations aux pieds avec de la moleskine, Serenata découvrit Tommy déjà en train d'arpenter le hall, habillée et prête à partir. Soucieuse de ne pas se faire dépasser, Nancee ne la lâchait pas d'une semelle, sautant sur un pied derrière elle.

— Vingt-deux mille pas ! annonça Tommy en levant son poignet orné du bracelet turquoise. C'est ce que j'appelle prendre une longueur d'avance sur la journée.

Toute pimpante, la jeune fille ne semblait pas le moins du monde contrariée par la brutalité de l'heure.

En dépit des encouragements enthousiastes que leur fille avait prodigués à son père les jours précédents, dans la chambre au bout du couloir, Valeria ne répondit ni aux premiers *toc*, *toc*, *toc* polis ni aux coups violents assenés sur la porte. Les yeux mi-clos et les cheveux en bataille, elle apparut finalement, drapée dans le peignoir gaufré de l'hôtel.

— Bon Dieu, m'man, c'est la pleine nuit, merde !

Elle avait oublié qu'elle n'invoquait pas le nom de Dieu en vain. Elle avait oublié qu'elle ne disait pas « m'man ». Elle avait oublié qu'elle ne jurait pas. Si Valeria se levait à l'aube plus souvent, peut-être finiraient-elles par bien s'entendre.

Serenata lui emprunta les clés du monospace et promit de revenir chercher les marmottes. Compte tenu de l'allure de Remington, sa fille et ses petits-enfants le verraient sûrement franchir la ligne d'arrivée, même s'ils dormaient jusqu'à 11 heures et commandaient des œufs Bénédicte.

Dans le hall, des groupes grignotaient des barres énergétiques ; la salle à manger de l'hôtel était fermée. Habillé dans ce nylon vert et mauve qui avait vu le commencement de cette folle course de six mois, Remington proposa son propre sac de friandises : bananes, gels énergétiques de la couleur de jouets en plastique, Red Bull et quelque chose appelé « gommes ». Mais Serenata voulait du café, merci, or tous les cafés sur Broadway étaient également fermés.

— Tu pourrais faire preuve d'un peu plus de gaieté, dit Remington alors qu'ils rejoignaient la voiture.

— À cette heure de la journée ? Je me contenterais de « civilité », si j'étais toi.

Lorsque, à 6 heures, ils arrivèrent au Centre des arts dans le Spa State Park, l'effervescence était palpable. Les membres de l'équipe, bouillonnant d'énergie, arboraient des T-shirts rose vif marqués : SARATOGA SPRINGS VOUS DONNE UNE LONGUEUR D'AVANCE ! Avec respect, Remington accrocha son numéro de dossard en noir sur fond blanc à son T-shirt : 3788, et clipsa à sa cheville le bracelet qui enregistrerait son temps au centième de seconde près quand (si) il franchirait la ligne d'arrivée. Le nombre de spectateurs et de concurrents augmenta rapidement.

Serenata abhorrait les foules. En outre, le record mondial pour cette distance était d'environ deux heures et ce marathon en particulier avait fixé la limite à huit heures. Il n'y avait pas la moindre raison de faire commencer la course à 7 h 30. On aurait pu faire partir le premier groupe, les hommes de dix-huit à vingt-quatre ans, à midi, auquel cas, elle aurait été bien reposée et fortifiée par tout un tas de muffins aux cranberries.

Cette heure de départ dès potron-minet était de la poudre aux yeux. Car l'humanité se divisait en deux camps hostiles : les mufles qui sautaient hors du lit et les couche-tard. La distinction dépassait le seul emploi du temps. Le couche-tard renvoyait à l'idée de rouerie, d'imagination, de rébellion, de transgression, d'anarchie et d'excès, sans parler de drogues, d'alcool et de sexe. Le lève-tôt évoquait les valeurs traditionnelles protestantes, il était obéissant, assidu, discipliné et économe mais aussi, en accueillant le jour nouveau avec une telle joie, il faisait preuve d'une détermination militante, fasciste même, à toujours voir le bon côté des choses. En bref, les lève-tôt étaient écœurants, et se faire bousculer par tous ces coqs de basse-cour donnait l'impression d'être piégé dans un remake d'un film de Hitchcock. Ces gens survoltés adoraient leur départ à 7h30, qui clamait le sérieux et l'ascétisme, et toute tentative pour le repousser à midi l'année suivante provoquerait une émeute.

Par bonheur, avec le jour qui se levait, les kiosques ouvrirent, Serenata acheta des doughnuts pour les deux filles et un café pour elle. Le breuvage était de la lavasse et avait un goût de terre, mais le café du matin relevait davantage de l'idée que de la boisson – une idée de normalité et de droit –, c'est ainsi que le gobelet en carton la fit passer de la colère à la mauvaise humeur. Quand une jeune supportrice la bouscula et que ledit café se renversa sur son T-shirt, au lieu de s'excuser platement, la jeune femme lui décocha un sourire empreint d'une bienveillance échevelée.

— Tout cela n'est-il pas excitant ?

— Pourquoi ? demanda Serenata d'un ton morne. En quoi est-ce excitant ?

— Vous avez intérêt à changer d'attitude, lâcha la jeune femme avant de s'éloigner, outrée.

Serenata et Remington se frayèrent un chemin dans la foule pour atteindre le drapeau sous lequel se rassemblait le groupe de sa tranche d'âge. Une sous-section distincte de ces concurrents âgés exerçait une fascination nauséeuse sur le public : des hommes de plus de soixante-dix, voire de plus de quatre-vingts ans, maigres au point de paraître lyophilisés, les membres pareils à de la viande de bœuf séchée. Ils se baladaient torse nu en dépit du froid du matin, bronzés en avril. Dans leurs yeux brillait le feu de leur mission. Ils s'étiraient avec l'air gêné de ceux qui se savent observés. Tous portaient des montres voyantes : jadis experts ou P-DG, ils avaient grimpé un nouvel échelon à la retraite. Serenata surprit des bribes de leurs conversations, qui tournaient toutes autour du même sujet : « Moins de cinq, s'il y a un Dieu » ; « Si je cours le kilomètre en moins de six minutes, je dormirai bien ce soir » ; « À New York, j'ai fini en quatre heures, vingt-deux minutes et dix-huit secondes, mais cette course est devenue une foire d'empoigne ». Les immortels rabougris ne se lançaient que des regards en coin, avec cette réticence à considérer l'autre comme un individu à part entière, réticence propre aux compétiteurs les plus enragés. Si Remington attrapait vraiment le virus, était-ce un aperçu de ce qui attendait Serenata ? Car l'élite des vioques partageait un autre point commun : elle était d'une compagnie exécrable.

À présent, plusieurs centaines de jeunes hommes s'étaient massés derrière la ligne de départ. Après le discours de bienvenue d'un édile, le coup partit à 7 h 30 pile. Les spectateurs rugirent, crièrent, brandirent des pancartes (« Avec toi, Leonard ! »). Les hommes s'élancèrent en masse, occupant toute la chaussée d'un bord à l'autre à partir du Centre des arts, comme des corpuscules dans une veine. Certes, elle ne trouvait pas le spectacle exaltant, mais elle devait reconnaître, quitte à ce que ce soit avec mauvaise humeur, que ces ardents participants ne faisaient de mal à personne.

Plus précisément, Remington ne faisait de mal à personne, à elle non plus. Il s'était donné entièrement à ce marathon, qui plus est, dans le contexte cauchemardesque de ces dernières années. Cette course était importante pour lui et ce n'était pas à elle de décider à sa place ce qui l'était ou pas. Bien qu'il ait un don pour choisir son moment, ce n'était pas la faute de Remington si elle avait détruit ses genoux. C'est ainsi que, à 8 h 40, lorsque les hommes entre soixante et soixante-quatre ans furent appelés par haut-parleurs, elle prit le visage de son mari entre ses mains et le regarda droit dans les yeux. La petite pointe d'ironie dans sa voix certifiait le caractère sincère de sa déclaration :

— Vas-y ! Casse la baraque !

Ce n'était pas un soutien sans conviction, et pour lui prouver qu'il faisait la différence, il l'embrassa plus longuement qu'il ne pouvait se le permettre, les heures de départ par tranche d'âge étant strictes. La vache ! Depuis quand ne s'était-elle pas montrée tendre ? Il avait dû être en manque.

Parcourant la foule des yeux en quête des filles, elle repéra Tommy qui traînait brutalement Nancee par le poignet.

— Elle n'arrête pas de vouloir rejoindre les coureurs, annonça Tommy quand elles se retrouvèrent. Les gens trouvent ça trop mignon. Je lui répète sans arrêt qu'elle est ici uniquement pour regarder.

— Non mais regarde tous ces vieux croûtons ! pleurnicha Nancee. Si eux y arrivent, je peux aussi, les doigts dans le nez !

— Il faut payer l'inscription, expliqua Serenata, et avoir plus de dix-huit ans.

— C'est pas juste ! Je suis cent fois plus rapide que ces débris. Laissez-moi y aller et je vais vous montrer !

— Nancee, chérie, je ne doute pas que tu sois la plus rapide de ton quartier…

— Pas seulement rapide ! Je peux courir, très, très, longtemps ! Bien plus longtemps que toi.

À ce jour, l'affirmation de la fillette était affreusement vraie.

En raccompagnant les filles à l'hôtel peu après 10 heures, Serenata trouva Valeria, Logan et le bébé attablés devant leur petit déjeuner dans la salle à manger de l'hôtel.

— Regarde, mama, dit Valeria, si tu télécharges cette appli, tu entres le numéro de dossard de papa et tu peux savoir exactement où il se trouve dans la course !

Sur l'appli, le parcours traçait une longue diagonale rectiligne sur Ballston Avenue, dont le paysage sur plus de 18 kilomètres avait été décrit par Remington comme « abusivement monotone ». Le trajet du retour dessinait deux pics – de Goode Street à droite dans Charlton, puis à gauche dans Middleline et enfin à droite dans Geyser pour effectuer les 6 derniers kilomètres qui vous ramenaient au Spa State Park ; la décision de fermer au public une telle longueur de chaussée pour le seul bénéfice d'un passe-temps égoïste réservé à la classe moyenne était scandaleuse.

— Génial ! s'écria Valeria. Ils viennent de déclarer le vainqueur !

— On s'en tape, marmonna Logan.

— Mince, dit Valeria, notre numéro 3788 a encore 32 kilomètres à parcourir. En fait, c'est une bonne nouvelle. Les enfants, ça nous laisse plein de temps pour aller visiter la maison de Notre-Seigneur.

Les enfants restèrent impassibles. Ils ne se tortillèrent pas, ne donnèrent pas de coups de pied agacés dans la table ni même ne fusillèrent leur mère du regard. Fascinant.

— Papa court pour la gloire de Dieu, même s'il ne s'en rend pas compte, dit-elle en regardant sa mère. C'est la journée idéale pour que tu lèves ton visage vers la lumière. Pourquoi tu ne viendrais pas avec nous ? On ne sait jamais ce qui peut se passer.

— J'en ai une idée assez précise, répondit Serenata. Mais après la messe, tu devrais chercher sur l'appli les endroits où encourager ton père. Ça lui ferait plaisir.

— Tu ne comptes pas venir ?

— Je crois que je vais garder mon enthousiasme pour la ligne d'arrivée.

— Quel enthousiasme ? persifla Valeria d'un ton aigre.

— Et toi ? demanda Serenata à Tommy après que la famille se fut précipitée vers un quelconque machin évangélique béat. Tu veux te planter le long du parcours et crier : « Vas-y, Remy ! » ?

— La vérité ? dit Tommy. Regarder d'autres gens faire du sport, c'est pas mon idée du fun.

— Voyons voir…

Serenata pianota sur la calculette de son téléphone.

— Même s'il conserve une vitesse moyenne de 1 kilomètre en douze minutes trente, Remington n'aura pas terminé le parcours avant 4 heures. Puisque mon mari se sacrifie pour nos péchés, je ne vois pas pourquoi on ne se ferait pas plaisir.

Était-elle résolue, elle aussi, à s'adonner à une séance d'entraînement rigoureuse, pour prouver qu'elle était toujours dans la course ? Au contraire. De ce drôle de petit conflit intérieur émergeait un bien-être, une légèreté, une libération. Les jours d'avant, elle avait casé ses exercices devant des épisodes de *Frasier* et ne se rappelait pas la dernière fois qu'elle avait séché la gym. Pourquoi pas aujourd'hui ? Elle prendrait un jour de congé.

La conscience aiguë de savoir Remington, en ce moment même, en train de marteler la chaussée de Ballston – s'efforçant de calmer sa respiration, les yeux fixés sur le coureur devant lui afin de conserver une allure qui ne lui convenait pas tandis que la panique le gagnait car il ne voyait toujours pas le premier virage à droite – incita sa femme à prendre ses aises sur sa chaise, les bras paresseusement passés sur les dossiers voisins. Elle avait rarement été dans un tel état de repos. Oh, elle se sentait comme une star de cinéma. Tout semblait terriblement agréable.

Le dimanche, on pouvait bruncher jusqu'à 13 heures. De nombreux clients de l'hôtel participaient à la course ou y assistaient, si bien que le somptueux buffet était à peine entamé. Serenata papillonna le long de l'immense table blanche pour se concocter une assiette alléchante : une brioche et son frisottis de saumon fumé, une tranche de melon surmontée de trois framboises. Un morceau de bacon grillé à la perfection – pas mollasson, mais assez souple. Une tarte au citron miniature décorée d'une feuille de menthe fraîche. Tommy et elle recommandèrent du café tout juste passé, un café fort, chaud et qui n'avait pas le goût de terre. Chaque bouchée était délicieuse. Elles se resservirent.

D'une manière générale, Serenata optait pour la même formule vestimentaire : legging foncé ou jean noir, haut à encolure ronde dans des tons sourds, boots noires et blouson en cuir noir hors d'âge ; Remington trouvait que, dans cette tenue, elle avait l'air d'une de ces héroïnes de thriller expertes en kick-boxing. Par conséquent, elle s'achetait rarement des vêtements. Pourtant, aujourd'hui, cette distraction banale lui parut enivrante. Elle guida Tommy le long de Broadway, d'une démarche paresseuse qui rendait le simple fait de marcher aussi somptueux et soyeux que son saumon fumé. Sur ses joues, l'air était vivifiant mais pas glacé au point de devoir se recroqueviller pour lutter contre le froid. À l'âge vénérable de soixante et un ans, elle fit se retourner un type qui disposait des souvenirs hippiques sur une table en plein milieu du trottoir. Ses genoux prenaient une de leurs pauses capricieuses dans leur entreprise de torture. Les doigts posés délicatement sur son legging bleu marine, elle suivit les ondulations des muscles de sa cuisse. Étrange qu'elle ait consacré une si grande partie de sa vie à travailler son corps, à le pousser, pousser, mais une si petite à en profiter.

Tommy la regarda d'un air méfiant.

— Pourquoi tu es si contente ? Je pensais que le marathon te mettrait de mauvaise humeur. On dirait presque que tu es saoule.

— Éteins-la.

— Quoi ?

— La Fitbit. Éteins-la.

Consternée, Tommy s'arrêta.

— Pourquoi ?

— Fais ce que je te dis. Ensuite, on ira dans cette boutique te chercher une tenue qui claque.

Serenata attendit que le bracelet turquoise émette son bip-bip avant de se remettre en marche.

Tommy qui, au début, ne savait pas si elle devait accepter les largesses de sa voisine, se laissa vite emporter par l'esprit de leurs folies. Ensemble, elles lui trouvèrent une robe en coton blanche doublée sans manches ; le drapé à la taille basse gommait le côté empoté de la silhouette de la jeune fille. Serenata repéra un cache-poussière qui allait jusqu'aux talons, dans un tissu doux bleu denim, avec des manches longues – le tombé idéal pour le petit vent de la mi-journée et un accessoire sensationnel pour mettre la robe en valeur. Des chaussures en cuir blond complétèrent le look. Pour elle-même, Serenata choisit un long pardessus noir en soie artificielle noué à la taille comme un trench avec le même touché souple qu'elle recherchait pour ses hauts.

— Eh bien, il ne me manque plus qu'un revolver, déclara-t-elle devant le miroir.

À la place, elle acheta un feutre noir insolent. Un chapeau de paille orné d'un ruban étrangement assorti au bleu de son cache-poussière convint davantage à Tommy. Les bleus, dit Serenata à sa protégée avec autorité, avaient tendance à détonner.

Puis elles déjeunèrent. Il va sans dire que la salade de roquette aux copeaux de parmesan, accompagnée d'une bruschetta à la tomate, constituait un net progrès par rapport aux « gommes » de Remington.

— J'aimerais bien savoir… (Sa nouvelle tenue lui conférant une sophistication inhabituelle, Tommy tenait son gressin comme on tient un porte-cigarettes.) Est-ce que tu fais semblant ?

— Est-ce que je fais semblant de ne pas être jalouse et malheureuse ? Qu'en penses-tu ?

Tommy toucha la caponata aux olives du bout de son gressin comme on fait tomber de la cendre.

— Si c'est un numéro, c'est drôlement bien fait.

— Je ne vois pas pourquoi je serais jalouse que mon mari s'essouffle dans les rues de Saratoga alors qu'on passe un si bon moment. Quoi qu'il en soit, comment s'en sort l'intrépide ?

— Il ralentit, répondit Tommy en vérifiant sur son téléphone. Il lui reste encore 16 à 17 kilomètres à parcourir. Ne le prends pas mal, mais son temps est nul.

Serenata s'étira.

— Si on rentrait nager à l'hôtel ?

— Ça ressemble à une rechute. C'est du sport. Tu n'en fais pas aujourd'hui.

— Je n'ai pas envie de m'entraîner, j'ai juste envie d'être dans l'eau.

La piscine couverte était déserte. Serenata descendit lentement l'échelle, prenant le temps de s'acclimater. D'ordinaire, elle aurait commencé tout de suite à faire des longueurs. Incroyable, elle ne se rappelait pas être jamais entrée sereinement dans l'eau pour le seul plaisir de la sensation. Faire la planche, les yeux fermés. Glisser sous la surface, toucher le fond et remonter à l'air libre comme un dauphin. Fendre l'eau de quelques brasses amples, non pour répondre à une exigence personnelle rigoureuse, mais pour sentir la pression contre le creux de ses mains, l'eau clapoter sur sa nuque.

Mais Tommy restait dans le petit bain. Malheureusement, personne ne lui avait jamais appris à nager. Pendant leurs vingt dernières minutes, Serenata soutint la jeune fille pour lui apprendre comment respirer en nageant le crawl. Si l'injonction habituelle de nager 1 ou

2 kilomètres l'avait emporté, elle n'aurait jamais eu le temps de donner cette leçon.

Après une longue douche dans sa chambre, Serenata se sécha rapidement les cheveux avec une serviette, enfila le pardessus fluide en soie artificielle et fourra sa tignasse humide sous son feutre. Sur la ligne d'arrivée, Tommy et elle seraient les seules spectatrices à ne pas être en tenue de sport solidaire. À 15 h 30, elle retrouva Tommy dans le hall et appela Valeria.

— Tu attends vraiment le dernier moment, grogna sa fille.

— Pas particulièrement. D'après l'appli de Tommy, Remington n'approchera pas la ligne d'arrivée avant 16 heures. Tu pourrais peut-être venir nous chercher et on l'accueillerait ensemble. Tu as pu l'encourager sur le parcours ?

— À vrai dire, ça n'a pas été simple. Trouver chaque fois une place pour se garer. Changer et nourrir Jacob à l'arrière de la voiture. Nancee n'arrêtait pas de marcher à côté de lui à la même vitesse et j'ai peur qu'elle l'ait démoralisé. Et puis, au dernier endroit où on l'a attendu, il y avait cette femme…

Valeria ne finit pas sa phrase.

— On sera à l'entrée de derrière, à côté du parking.

En arrêtant le monospace, la jeune femme, stressée, lança un regard malveillant à sa mère, svelte, élégante, fraîche et dispose : l'image même de ce que les trois heures de soins au spa la veille n'avaient pas réussi à faire de Valeria.

— C'est le jour le plus ennuyeux de ma vie, râla Logan à l'arrière. Quand je serai grand, jamais je n'irai applaudir une bande de gens sous prétexte qu'ils courent. J'ai mal aux mains. Quand quelqu'un m'applaudira, ce sera parce que j'aurai vraiment fait quelque chose.

— Papy est archilent, dit Nancee. À l'heure qu'il est, j'aurais pu courir trois fois ce marathon. Ça fout la honte. Des tonnes d'autres vieux ont fini depuis des heures.

— Écoute, ma puce, intervint Valeria. Rappelle-toi *Le Lièvre et la Tortue*.

— Sauf que c'est pas en « se hâtant avec lenteur » qu'on gagne une course, répliqua Nancee. C'est un autre type qui l'a gagnée et papy est pratiquement dernier. En plus, cette histoire est stupide. Tout le monde sait que le lapin est cent fois plus rapide et personne n'a franchement envie d'être la tortue pourrie.

Trouver une place au Centre des arts fut un jeu d'enfant. La plupart des coureurs et de leur entourage avaient débarrassé le plancher en début d'après-midi. La foule était si clairsemée que leur groupe put se placer tout près de la ligne d'arrivée. Le sol était jonché de confettis, de ballons éclatés et de crécelles abandonnées. Attachés à ce que chaque coureur soit salué, quelques membres de l'équipe en T-shirt rose avaient pris position à côté de la bannière. Chaque fois qu'un retardataire approchait, la section des bénévoles de l'encouragement boxait l'air en criant : « Bravo ! » ou : « Plus que quelques mètres, mec ! » ou : « T'as gagné ta bière ce soir, mon pote ! » L'assortiment limité de félicitations était régulièrement recyclé. Chaque fois qu'un autre marathonien franchissait la ligne d'arrivée, courir 42,195 kilomètres semblait un peu moins incroyable.

En queue de peloton, nombre de participants couraient déguisés pour une association caritative. Parmi les costumes de Batman et d'Underdog achetés dans le commerce, plusieurs créations maison couraient en titubant : une tour Eiffel en papier mâché, un opossum, une machine à calculer, une tranche de fromage géante. Entre les coureurs costumés, des adeptes de la marche rapide se faufilaient, menton levé bien haut, coudes écartés.

À 16 h 10, Remington abordait la dernière ligne droite. Un temps total d'environ sept heures vingt-cinq qui se traduisait par une moyenne de douze minutes pour 1 kilomètre – ce qui était épouvantable. Serenata réfléchissait à ce qu'elle pourrait lui dire pour lui remonter le moral et être sûre qu'il accepte son rôle d'invité d'honneur le soir même au 15 Church. Elle n'avait aucune envie d'annuler la réservation. Après six mois d'entraînement, il méritait mieux qu'un sandwich au jambon du room-service.

Si elle regrettait pour lui que son temps ne soit pas un peu meilleur, elle était sincèrement étonnée qu'il ait terminé la course, à quelque vitesse que ce soit. Il n'empêche qu'elle savourait la perspective des mois à venir, au cours desquels Remington deviendrait progressivement moins susceptible au sujet de ce cirque, jusqu'à ce qu'ils en rient et se roulent sur le lit en se remémorant cette drôle de période de leur mariage, et qu'enfin il admette avec tristesse que, oui, bon, d'accord… il n'était pas très bon en sport d'endurance.

— Le voilà ! cria Valeria qui venait de repérer l'homme épuisé en tenue mauve et verte. Vas-y, papa ! Tu peux le faire ! Jésus t'aime, que tu le saches ou non ! Gloire soit rendue à Notre-Seigneur ! Tu leur as montré ! Vas-y, fonce ! Tu y es presque ! Vas-y ! Vas-y ! Oui ! Oui ! Oui ! Hourra ! Hourra ! Hourra !

Sa fille était porteuse d'un gène qui manquait à Serenata. Peut-être sautait-il une génération : cette capacité déconcertante à être emportée par la ferveur d'une foule. Résistant pour une fois à l'envie pressante de traiter sa fille de « suiveuse », Serenata trouva adorable cette rare manifestation de loyauté filiale.

Parce qu'elle ne voulait pas être désagréable, chaque fois qu'un autre « traîne-lattes » terminait la course, Serenata joignait les mains et *clap*, *clap*, *clap*. Cela dit, alors que Remington abordait les 100 derniers mètres, ses formules d'encouragement auraient sans doute sonné faux. Elle laissa retomber ses mains et choisit de sourire. C'était un sourire chaleureux, un sourire intime – un sourire de trêve, d'excuses muettes de s'être montrée hargneuse comme les femmes peuvent l'être ; un sourire de bienvenue, de félicitations et de réparation pour tout ce qui s'était détraqué au cours des six derniers mois. C'était le sourire d'une épouse.

Toutefois, Remington n'avait l'air ni exténué ni pétri d'une reconnaissance éternelle d'arriver presque au bout de l'épreuve. Il était ravi. Plutôt que de parcourir des yeux les quelques spectateurs éparpillés à la recherche de sa femme, il regardait vers la gauche, hochait la tête, parlait tout bas et riait. Même lorsqu'elle cria : « Remington ! », il ne se tourna pas vers elle.

Piquée, Serenata laissa retomber son sourire. Contrairement à ce qu'elle pensait, cette concurrente ne doublait pas Remington, mais bavardait avec lui en prenant des airs de conspiratrice. Le fait que sa copine de course se cale sur son allure de tortue était bizarre, car cette femme était un lièvre. La trentaine bien tassée, elle avait le genre de corps qui servait d'argument de vente pour une carte d'abonnement dans une salle de gym – le genre de corps que personne n'avait réellement, le genre de corps qui figurerait sur une publicité pour le CrossFit seulement après avoir été retouché. Strié de lignes qui se croisaient à la perfection, ce corps rappelait les planches de musculature humaine dans les manuels d'anatomie. La femme avait l'air d'un écorché.

Elle avait les épaules larges et découpées, les avant-bras parcourus de veines. Bandés sous une brassière de sport couleur lavande, ses seins étaient fermes et hauts. Un pli révélateur d'une dingue d'abdos gâtait son ventre plat. Son short était assez échancré pour qu'on voie si elle s'était fait épiler le maillot ou pas. Des chevilles et des genoux étroits ponctuaient des cuisses denses et des mollets bombés. Sautillant au côté de Remington, elle était en train de transformer le fait de courir à 5 km/h en une sorte de ballet. Ses cheveux clairs étaient illuminés par un balayage gris très tendance, avec une coupe courte élégante sans doute récente. Elle avait peut-être le cou un peu épais et n'était pas très grande. Mais il fallait se rendre à l'évidence : elle était jolie.

Serenata reprit ses timides applaudissements. Au moment où ils franchirent la ligne d'arrivée, Remington et son amie de petite taille se tapèrent dans la main. Tandis qu'elle serrait Remington fort dans ses bras, la planche anatomique se balançait d'un pied sur l'autre. Serenata avait craint qu'il ne soit dégoûté par sa piètre prestation. Au contraire, il était fou de joie. Il étreignit Valeria, puis Tommy. Il accepta la poignée de main mollassonne de son petit-fils. Il souleva Nancee. Il embrassa le bébé. C'était déjà tout à fait humiliant de faire partie du comité d'accueil, pas besoin, en plus, d'être la dernière dans la file.

— Félicitations, dit-elle solennellement avant de l'embrasser sur la joue.

— Merci, répondit-il joyeusement. Serenata, je te présente Bambi Buffer. Je n'aurais jamais réussi à parcourir les 8 derniers kilomètres sans elle.

« Bambi » lui donna un coup de poing dans l'épaule.

— Mais si, tu y serais arrivé.

Elle avait une voix de gorge, grave, avec des accents rauques, or Remington avait un faible pour les voix ; Serenata était bien placée pour le savoir.

— Je n'arrête pas de te le dire, mec, t'as l'étoffe !

Si elle accorda à peine un signe de tête à l'épouse, celui-ci était de ceux qu'on adresse à des personnages secondaires qui ne jouent tout simplement pas.

Il ne fut pas question d'annuler la réservation au restaurant. Tout le monde s'entassa dans le monospace de Valeria – y compris « Bambi », qui séjournait dans le même hôtel qu'eux et que Remington avait invitée à partager leur dîner.

Remington se doucha sans cérémonie, puis il mit un réveil.

— Tu ne dis pas grand-chose, fit remarquer Serenata.

La grâce et l'élan qui l'avaient transportée avaient disparu.

— Ce n'est pas un jour pour parler, répondit-il, allongé sur le lit, les yeux fermés.

Il avait pourtant bien parlé avec cette « Bambi ».

Il dormit comme une bûche jusqu'à 19 h 15 et se réveilla ragaillardi. Il enfila un costume sombre et une chemise blanche impeccable dont il garda le col ouvert. Elle ne se rappelait pas avoir jamais regretté que son mari soit toujours un homme séduisant à presque soixante-cinq ans.

Quand un grand groupe s'installe autour d'une table, on prend toujours un temps pour trouver sa place à côté de la personne avec laquelle on a envie de parler et Serenata n'en tira pas profit. Elle atterrit sans le vouloir dans un coin, à côté d'une chaise où aurait dû se trouver Remington mais sur laquelle trônait maintenant Bambi.

Dans un fourreau moulant rouge cerise dont le col montant dissimulait son seul défaut physique, la pique-assiette savait comment porter son corps. Car ce qu'elle portait, c'était son corps. La robe était un ajout. Elle portait « Bambi ».

— Je suis surprise que vous ayez été en queue de course aujourd'hui, dit Serenata, s'efforçant d'éviter toute référence ouverte au physique de la jeune femme.

— C'était mon deuxième tour, répondit Bambi en regardant attentivement les entrées sur le menu. Je fais souvent une longueur supplémentaire pour encourager les petits nouveaux qui ont du mal.

Alors, comme ça, un marathon était une « longueur ».

— C'est très altruiste.

— Hum, pas tout à fait. Dis, Rem, tu es déjà venu ici. Tu penses quoi des huîtres ?

Leur hôte commanda grassement – pas seulement une entrée et plusieurs accompagnements. La femme moderne étant notoirement effrayée par la nourriture, l'appétit chez celles qui l'avouaient était séduisant ; en tout cas, il suggérait d'autres appétits, de nature différente. Bambi n'avait pas les yeux plus gros que le ventre, en vérité. Elle humait chaque assiette qui se présentait devant elle et pilla la corbeille à pain. Bien se tenir à table n'était pas son point fort. Elle mangeait comme un porc.

— J'ai essayé de te le dire, mon pote, pérora-t-elle à l'intention de Remington en dépiautant des cuisses de grenouille. Ta grosse erreur, c'est de t'être entraîné tout seul pour cette course. Je l'ai vérifié un milliard de fois : si tu exploites l'énergie d'autres athlètes qui croient en toi, qui te soutiennent et t'aident à faire ressortir le meilleur de toi, ta véritable personnalité, le super-toi – le Dieu à l'intérieur de chacun –, tes performances s'améliorent à cent pour cent, je blague pas.

Les accents faubouriens de Bambi – « Je blague pas » – n'étaient originaires d'aucune région, Serenata avait l'oreille. D'un éclectisme dépourvu de racines, sa façon de parler véhiculait une dureté teintée de rusticité et de franchise que n'importe qui pouvait qualifier de « bien de chez nous ».

— Je suis très réceptive à cette idée, tout le monde a un petit bout de Dieu en soi quelque part, dit Valeria. Ce grain divin est ce qui nous relie à Dieu lui-même – comme une carte Sim nous connecte à un satellite.

Serenata ne put s'empêcher de réagir :

— Si d'après vous les gens améliorent leurs performances physiques au contact d'autrui, ne voulez-vous pas juste dire qu'ils répondent à la concurrence ?

— Quelle façon perfidement négative de présenter les choses, rétorqua Bambi. Je parle du gigantesque pouvoir du nombre en comparaison du pouvoir minable de l'individu. Rem, tu devrais en essayer une. Je te l'échange contre une coquille Saint-Jacques.

— Sur le moment, je n'ai pas réfléchi au fait que je m'entraînais seul, avança Remington en ajoutant de la pancetta et des copeaux de truffe à la coquille Saint-Jacques pour l'offrir à Bambi. Il se peut que, sans le vouloir, j'aie été influencé par Serenata. Ma femme ne croit pas au groupe, n'est-ce pas, ma chérie ? Les marathons, par exemple, dit-il en la citant avec malice, la dégoûtent.

— Et c'est dommage pour toi, chéri, commenta Bambi en ne faisant qu'une bouchée de la coquille Saint-Jacques. Tu vois, Rem, tu t'es coupé de la communauté des athlètes et ça t'a désavantagé. Place-toi au centre du mouvement et tu pourras te nourrir d'une force incroyable, un peu comme une conscience collective. En plus, comme je te l'ai dit lorsque tu étais bloqué mais que tu as réussi à te surpasser, au final, ce n'est pas une question de corps. Ça n'a rien à voir avec le corps. Je peux prendre le corps de n'importe quel type sur terre et en faire un David de Michel-Ange, à condition qu'il ait le truc, mec.

— Et les gens en chaise roulante ? demanda Logan.

— T'as qu'à regarder les Jeux paralympiques un de ces jours et tu verras que c'est qu'une question de cœur. Une question de vérité. Devenir ce que le destin a choisi pour nous. Une question de volonté de grandeur.

— La volonté de puissance ? dit Serenata. Il me semble que Nietzsche a déjà réfléchi au sujet.

Bambi l'ignora.

— Hé, on pourrait peut-être se choper deux autres bouteilles de ce cabernet-sauvignon ? lança-t-elle en indiquant la bouteille vide, vendue 76 dollars. Il fait soif.

— J'ignorais que les accros au fitness picolaient autant, fit remarquer Serenata à Tommy à sa droite.

— Quand on travaille, on travaille, quand on s'amuse, on s'amuse, décréta Bambi. Vous qui glandez sur les lignes de touche, vous pouvez bien picorer et boire du bout des lèvres, mais nous, les athlètes, faut pas nous en promettre.

Serenata avait commandé la première bouteille au risque d'encourir la désapprobation de Valeria. Si la soirée se transformait en beuverie, elle reprocherait aux grands-parents leur influence délétère. Mais Bambi était une telle force de la nature que, à l'arrivée de la deuxième bouteille, Valeria se servit un demi-verre.

En attendant, Tommy était l'image même du malheur. La tenue achetée dans l'après-midi s'était subtilement réorganisée – le cache-poussière bleu denim avait glissé le long d'une épaule ; la robe était tirée de côté –, de sorte qu'elle avait l'air de porter une de ses tenues habituelles qui lui donnaient un air triste et perdu. Bambi était sûrement à l'origine de son abattement, incarnant tous ces modèles d'Internet qui faisaient monter inlassablement les enchères chaque fois que Tommy était sur le point de les atteindre. En revanche, en pâmoison de l'autre côté de la table et anormalement timide, Nancee était tombée amoureuse.

— Je n'aurais jamais dû éteindre ma Fitbit, dit Tommy entre ses dents en tripotant le bracelet turquoise. Maintenant, je n'arriverai jamais à faire mes pas d'aujourd'hui.

— Alors, Bambi, quel est votre métier ? demanda Serenata.

— Je suis coach sportif, répondit-elle la bouche pleine.

— Quel choc, fit Serenata, impassible.

— Et toi ? s'enquit Bambi laconiquement.

— Je suis interprète de voix off. Je…

— Waouh, trop passif pour moi. Être assise toute la journée.

— En fait, enregistrer des jeux vidéo est curieusement physique…

— Ce n'est pas très orthodoxe, la coupa Bambi en se tournant vers Remington, mais je ne suis pas partisane de la récupération après un marathon. Bien sûr, demain, tu te reposes. Mais, ensuite, tu te remets tout de suite en selle. Il faut que tu maîtrises ton corps, que tu lui apprennes qui est le chef.

En retenant sa respiration émotionnelle, Serenata avait réussi à aller au bout de l'infernal marathon de Remington. De la même manière, afin d'entrer dans le glorieux restant de ses jours au cours desquels elle ne poserait plus jamais les yeux sur cette insupportable connasse, il lui suffisait d'aller au bout de ce dîner. Histoire de faire la conversation, elle demanda :

— Où habitez-vous ?

— Ben, c'est pour ça que Rem et moi, on était destinés à faire équipe. Parce que tu sais quoi ? On habite tous les deux à Hudson !

Officiellement, le moment où le couple retournait dans sa chambre d'hôtel était censé marquer le début de la vie normale restaurée que Serenata appelait de ses vœux depuis octobre.

— Alors, dit-elle en refermant la porte sur beaucoup plus que seulement le couloir, le marathon. Après tous ces entraînements. Ça valait le coup ?

— Bien sûr, répondit froidement Remington en retirant sa veste. C'était intéressant.

— C'est drôle, « intéressant » est exactement le terme que je n'aurais pas employé.

— Tu n'as fait que regarder. Et uniquement à la fin, je dois ajouter. Tu es une spectatrice nulle.

Elle balança son feutre sur une chaise avec dégoût.

— Je n'arrive pas à croire qu'elle s'appelle Bambi Buffer.

— C'est manifestement un pseudo de travail.

Toute la soirée, Remington avait été au mieux de sa forme. Ce n'est qu'une fois seul avec sa femme que son extrême fatigue transparut.

— Comme un nom de scène, dit-il.

— Ce qui est pire. Elle ne peut même pas en vouloir à ses parents.

— Ses encouragements m'ont prodigieusement aidé à la fin de cette course. Je n'ai pas imaginé une seconde que tu verrais un inconvénient à ce que je l'invite à dîner.

— Pourquoi y aurais-je vu un inconvénient ? Parce qu'elle est complètement conne ?

— Ce n'est pas digne de toi. Je ne me rappelle pas l'avoir entendue dire quelque chose d'idiot.

— Tous ces « trouver Dieu en soi » ? J'appelle ça de la connerie.

— Tu sais ce qu'elle m'a dit quand on est revenus à la voiture ? « Ta femme est plutôt sombre. »

— Et le devient de plus en plus. Jadis, ça te plaisait.

Serenata tenta de se contrôler. Ce n'était pas le soir à se disputer.

— De toute façon, il faudra bien que tu t'habitues à Bambi, je l'ai engagée.

Serenata se détourna brusquement de sa trousse de toilette.

— Pour quoi faire ? La course est terminée.

— Parce que tu avais raison sur un point.

— Ah, tu m'intéresses.

— Dès le début, tu m'as dit qu'on ne pouvait plus prétendre à la célébrité en terminant un marathon, que c'était un cliché. Bambi aussi trouve que le marathon est dépassé.

— Ça reste quand même un exploit…

— Le triathlon, dit-il. Le triathlon, ça, c'est le truc à faire.

6

— Tu as remarqué dans ces émissions culturelles, nota Remington au mitan de l'été alors qu'ils faisaient la vaisselle du déjeuner en écoutant en fond sonore NPR, la radio de service public, le nombre de fois où tu entends : « On ne pourrait plus dire ça aujourd'hui » ? Alors qu'on parle généralement d'un film ou d'un spectacle de stand up qui n'a pas plus de trois ou quatre ans. « On ne pourrait plus dire ça aujourd'hui. » Bientôt, on ne pourra même plus dire ce qu'on n'a plus le droit de dire. On sera persuadés que s'exprimer est extrêmement risqué et l'espèce deviendra muette.

— N'oublie pas qu'il existe un certain contingent de la population qui ne se sent pas du tout concerné par cette réprimande.

— Oui, c'est aussi le problème. Le résultat, c'est que maintenant, quoi qu'on dise, on a l'impression d'énoncer des abominations.

— Pourquoi tu boites ?

— Ce n'est rien du tout. Un tendon.

— D'après mon expérience, un tendon, ce n'est pas rien du tout. Tu peux mettre des mois à récupérer.

— D'après Bambi, on doit continuer à fonctionner malgré ses blessures. On ne peut pas se laisser abattre par ça.

Serenata ne pourrait jamais s'habituer au sérieux que son mari arrivait à garder quand il prononçait le pseudo ridicule de cette femme.

— Dans un combat avec le corps, le corps gagne toujours.

— Seulement si on le laisse faire. Bambi préconise d'imaginer qu'on est de retour dans la savane, poursuivi par un lion. Est-ce que tu t'arrêterais pour poser ta jambe sur une branche d'acacia et masser ton pauvre tendon douloureux à la graisse d'hippopotame en demandant au lion de reprendre sa traque dans trois mois quand tu pourras vraiment être pris en chasse, sinon dans trois mille ans, après l'invention de l'ibuprofène ?

— Alors, je devrais « fonctionner » malgré des genoux sans cartilage ? Je devrais reprendre la course de fond malgré la crépitation osseuse et la rotule qui ressort du genou droit et les douleurs qui remontent dans mes cuisses, parce que céder à la douleur est un signe de faiblesse ?

— Tu cherches la bagarre. Je pourrais ajouter : encore une fois.

C'était vrai, mais il n'avait pas répondu à sa question.

— Tu sais, je commence à en avoir marre de m'entendre dire que je suis « privilégié », lança-t-il un instant plus tard, faisant allusion à l'interview d'un dramaturge militant qu'il venait d'entendre sur NPR. Marre d'entendre que « en tant que membre du patriarcat blanc hétéro », j'ai tout pouvoir. Je suis soi-disant omnipotent et pourtant je vis dans la peur, moins comme un homme que comme une souris. Je pèse mes mots trois fois avant de leur permettre de franchir mes lèvres. Au moins, quand je m'entraîne, je me tais. Je peux m'effondrer mais je ne serai pas arrêté par la police.

— Ça frise la paranoïa.

— Non. J'ai été informé en des termes on ne peut plus clairs qu'il était possible qu'elle ait engagé des poursuites. Des poursuites judiciaires pour menaces physiques.

— Mon chéri, dit Serenata avec appréhension, ne recommençons pas avec ça.

— Nos émotions sont déjà criminalisées. Crime haineux. En plus, tu écopes d'une peine lourde uniquement pour avoir ressenti une émotion. Je suis convaincu que la plupart des Américains sont aujourd'hui persuadés qu'être raciste est illégal. On pourrait t'envoyer en prison non pas parce que tu as commis des actes racistes ou que tu as tenu des propos racistes, mais parce que tu *es* raciste.

— Dans ce cas, toute la population devrait être derrière les barreaux.

— La colère est en bonne voie d'être criminalisée, aussi. Si tu manifestes ne serait-ce que de l'impatience face à un agent de sécurité dans un aéroport, tu risques d'être arrêté, pour de bon. Quant à tous ces étudiants, si tu les apostrophes, ils ne se sentent pas « en sécurité ». La colère fait trop peur. Elle doit être évacuée à raison de cours particuliers qui t'apprennent à entrer en contact avec ta chatte intérieure. Aujourd'hui, la colère est considérée comme une forme d'agression. C'est une émotion trop masculine pour les poules mouillées qui trouvent que la masculinité est une autre forme d'agression. Ça ne me surprend pas du tout qu'un homme de mon âge explose la fenêtre de sa chambre d'hôtel et mitraille un festival de country.

La chose avait commencé quelques années plus tôt : Remington avait adopté ce ton monocorde de robot, surtout quand il débitait ce qui autrement aurait été considéré comme un coup de gueule. L'absence d'intonation était plus effrayante que la colère. Il ne croisait pas le regard de sa femme. Il s'adressait à l'évier.

— Quand tu cours, quand tu nages, quand tu fais du vélo, je ne crois pas que tu penses à ce que tu fais, dit Serenata. Je crois que tu penses à Lucinda Okonkwo.

— Je pense à ne pas penser à Lucinda Okonkwo. Ça exige de la vigilance. Mais tu as l'air d'insinuer que se concentrer sur le fait de se déplacer d'un point à un autre est creux. Dans ce cas, la vie est creuse. La vie n'est finalement rien de plus que le déplacement du corps à travers l'espace. L'affirmation avait des airs de mantra.

— Par conséquent, si je reste parfaitement immobile, je suis morte.

— Il est impossible de rester parfaitement immobile, ce qui devrait t'éclairer sur ce que c'est qu'être vivant. Pourquoi crois-tu que j'aie choisi de travailler au Service des transports ? Parcourir une distance. C'est tout ce qu'il y a à faire. Ce n'est guère différent pour nous et pour une mouche qui zonzonne dans la pièce, fait des petits bonds contre une vitre, puis meurt.

— Alors, pour toi, un triathlon, c'est faire des petits bonds contre une vitre.

— Oui.

— Ton amie Bambi semble pencher pour une version plus magnifiée du projet.

— C'est son travail de présenter l'entreprise en des termes plus avenants.

Trouver la nature exacte du « projet » était le projet de Serenata. Elle dressait secrètement la liste des objectifs de son mari. 1. Tuer le temps – massacrer systématiquement les mois vides qui l'attendaient, comme un grand chasseur blanc des temps modernes. 2. Adopter le silence et ainsi adopter une attitude de défi passive. Le souffle coupé sur une piste, immergé dans une piscine, face au vent sur un vélodrome, il ne pouvait pas parler, ce qui était une maigre protection. Même si ce n'était pas impossible, il était plus difficile de brûler des hérétiques pour ce qu'ils n'avaient pas dit. 3. Ne pas réprimer sa colère au point de souffrir d'une fatigue chronique trop excessive pour la laisser éclater. 4. Redevenir un homme, mais en faisant preuve d'une folle futilité qui contiendrait les particularités dommageables de son sexe à l'intérieur du périmètre sécurisé d'une roue de hamster.

À l'évidence, la nomination de Lucinda Okonkwo à un poste qui faisait d'elle sa supérieure hiérarchique directe avait été un choc. À cinquante-cinq ans, Remington Alabaster avait supposé avec insouciance qu'il serait promu chef du service, comme il aurait pu l'être plus tôt si son collègue Gary Neusbaum n'avait pas mis du temps à prendre sa retraite. Bien sûr, c'était une question de salaire mais surtout de fierté. Lucinda Okonkwo avait vingt-sept ans.

Remington l'avait décrite comme manquant de confiance en elle et il se peut qu'elle ait eu de bonnes raisons de n'avoir pas confiance en elle. À l'université, elle avait suivi un cursus non pas en aménagement du territoire ni en génie civil ou même en urbanisme, mais en études de genre ; et elle n'avait aucun diplôme. Naturellement, le conseil municipal n'aurait jamais rien avoué de tel, mais l'« intersectionnalité » affichée par Lucinda, digne d'un rond-point en sept sorties, avait dû rendre cette nouvelle recrue irrésistible.

— Elle est noire, avait annoncé Remington à sa femme le soir après qu'il avait appris la nouvelle. Je veux dire, elle est africaine-américaine…

— Laisse tomber, avait dit Serenata. On est entre amis. Par ailleurs, je ne suis pas certaine que le terme te fasse encore gagner une médaille en chocolat.

— Non, mais Lucinda est africaine-américaine africaine, ça lui donne des points supplémentaires. Elle appartient à la deuxième génération de Nigérians, ce qui signifie qu'elle peut aussi s'attribuer le mérite d'être une immigrée. Elle est…

— Attention, tu peux même avoir des ennuis à cause des pronoms. Essaie : « Cette personne est… »

— Ou « cet individu », dit Remington. Mais, à la rubrique « mixité » de son dossier de candidature, il paraît qu'elle a répondu à toutes les questions concernant le genre et la sexualité par : « Ne se prononce pas. » Ce qui a terrifié la direction des ressources humaines de la mairie. On ne peut pas se protéger contre des poursuites pour discrimination quand on ne sait même pas de quelle discrimination on est coupable.

— Quoi d'autre ? Laisse-moi deviner. Elle est en chaise roulante. Peut-on encore dire « chaise roulante » ? À moins que ce ne soit « char roulant » ? J'ai du mal à suivre.

— Non, elle n'est pas une personne à mobilité réduite. C'est plutôt le contraire et, s'il te plaît, ne le prends pas mal. Elle est très, très belle. Ce qui veut dire qu'elle est un cas de harcèlement sexuel en puissance. Si un jour ce devait être sa parole contre la mienne ? Un regard à cette silhouette à une époque où on est censés « croire les femmes » même si elles sont dingues, et tout le monde supposera que je n'ai pas pu me contrôler.

— Mais d'après ta description, elle n'a aucune qualification pour le poste. Tu m'as dit que sa seule expérience professionnelle était d'avoir travaillé dans un centre d'accueil pour victimes de violences conjugales.

— Tu as parlé de médailles en chocolat ? Ça, c'en est une. Quand j'ai posé ma candidature pour mon premier poste au SDT d'Albany, j'avais travaillé au SDT de la ville de New York : banal et normal. Aujourd'hui, je n'aurais jamais pu décrocher le poste.

En effet, il n'aurait pas été tout à fait exact de dire de Lucinda Okonkwo qu'elle s'était élevée à son niveau d'incompétence selon le principe de Peter, en vogue à l'adolescence de Serenata. Après avoir sauté les multiples marches de la compétence qui précédaient généralement l'ultime stade de l'incompétence – stade auquel, selon la théorie, les directeurs stagnaient indéfiniment –, Lucinda avait été hélitreuillée à son niveau d'incompétence. Par conséquent, pour être honnête, qu'elle ne sache absolument pas ce qu'elle faisait n'était pas sa faute.

En homme rationnel, Remington n'avait pas tenu Lucinda pour responsable de l'erreur du conseil municipal. Nourrissant une opposition qui n'avait pas dû aller de soi compte tenu du fait que Lucinda avait à peine plus de la moitié de son âge, il prétendait avoir approché sa nouvelle cheffe dans un esprit confraternel. Mais, de façon compréhensible, sa jeunesse et son inexpérience mettaient Lucinda sur la défensive, or la défense passait souvent pour de l'agression. Animée du désir pressant de prouver qu'elle était la patronne, elle ne devait pas avoir entièrement conscience qu'elle était *déjà* la patronne.

Serenata avait rencontré Lucinda à plusieurs reprises. La jeune femme avait une poitrine généreuse, des hanches pleines et des pommettes hautes. Son allure était sculpturale. À l'âge mûr, elle allait grossir sans doute, mais dans toute la gloire de sa jeunesse, sa masse était merveilleusement répartie et ne faisait que la rendre plus impressionnante encore. Elle avait l'habitude de regarder les gens droit dans les yeux sans ciller, comme si elle visait à travers une mire ; même Serenata avait baissé les yeux en premier. Née aux États-Unis et scolarisée dans des établissements privés, Lucinda parlait avec un accent américain dont les intonations issues de la communauté noire étaient fluctuantes (avec les Blancs, elle utilisait le langage de la rue ; avec les employés noirs, elle avait des accents aristocratiques). Dans le service, tout le monde avait peur d'elle.

Remington avait également fait la connaissance de ses parents, quand ils étaient venus de New York voir où travaillait leur fille. Il les avait trouvés prodigieusement polis et chaleureux. Tous deux parlaient un anglais musical au rythme africain. La mère était mince et assez belle, elle aussi, en corsage aux couleurs vives et aux motifs qui faisaient écho à son pays d'origine, mais sa jupe droite était occidentale. Le costume gris anthracite du père, également beau, était de coupe classique. Pourtant, bien qu'il soit le subalterne de Lucinda, Remington était plus âgé que ses parents, qui lui avaient donc accordé le respect que leur culture exigeait vis-à-vis des anciens. Curieusement, compte tenu de leur nationalité, Lucinda était fille unique et peut-être l'avaient-ils trop gâtée. Mais, de toute façon, le problème de Remington par rapport à Lucinda n'avait rien à voir avec le fait qu'elle soit d'origine nigériane. Le problème était qu'elle était américaine. Bien trop américaine.

Lucinda Okonkwo était cultivée, dans une veine particulière. Le moment venu, Remington avait eu toutes les raisons de se documenter sur son activisme à l'université en feuilletant d'anciens numéros du *Columbia Spectator*. Serenata s'était parfois demandé ce que devenaient ces provocateurs estudiantins – qui passaient leur premier cycle à brandir des pancartes, à faire campagne pour la décolonisation des programmes d'études et le renvoi de professeurs qui regardaient ostensiblement des vidéos d'extrême droite sur YouTube – une fois que ces excités, adeptes des tempêtes dans un verre d'eau, étaient lâchés, diplôme en main, dans une nature à la météo autrement plus tourmentée. Maintenant, elle savait.

Au début, les initiatives de sa nouvelle supérieure avaient laissé Remington de marbre – toilettes non genrées ou obligation de se présenter en précisant son « pronom de prédilection ». Déclarer : « Je m'appelle Remington Alabaster et on peut me dire "il" » ne lui faisait ni chaud ni froid ; il était capable de trouver cela comique ; et les fonctionnaires étaient habitués aux lapalissades. Les ateliers de sensibilisation au harcèlement sexuel et à la conscience raciale étaient l'occasion de mettre à jour ses notes de frais. Chose curieuse, en tant que responsable adjoint du Service des transports, il réservait son zèle aux questions de transport. Tant que Lucinda se concentrait sur la justice sociale, Remington pouvait continuer à faire son travail.

Gary Neusbaum et lui avaient déjà transféré la gestion de l'éclairage public d'Albany, jusque-là confiée à un fournisseur privé, à la municipalité, dans le but de réduire à la fois les émissions de CO_2 et les factures d'éclairage de l'agglomération en passant à un système plus moderne. De plus en plus appréciées des bureaucrates à travers tout le pays, les diodes électroluminescentes consommaient beaucoup moins que les lampes à vapeur de sodium jaunes et duraient trois fois plus longtemps. Il restait toutefois un certain nombre de questions subsidiaires à régler : ce nouvel éclairage à LED était-il protégé sur le dessus pour éviter qu'un halo dirigé vers le haut ne perturbe la faune ? Fallait-il également le protéger sur les côtés pour que sa lumière invasive ne perce pas les fenêtres des habitations ? La ville investirait-elle dans des lampadaires et des boîtiers rétro et décoratifs en harmonie avec l'architecture particulière d'Albany ou achèterait-elle un produit plus simple et plus économique ? Et, surtout, quel kelvin choisir ?

Le gros du travail de Remington était arithmétique : obtenir le nombre exact de voitures qui empruntaient chaque jour une petite rue dont les riverains avaient réclamé la fermeture à la circulation par pétition ou évaluer la fourchette basse du nombre de voyageurs empruntant une ligne de bus dans la perspective de réduire la fréquence des passages. Mais les recherches concernant les lampadaires à LED que Remington venait d'entreprendre au moment où Lucinda entrait en fonction étaient vite devenues la source d'une passion qu'on associerait non pas à des maths, mais plutôt à de l'art.

Porté par sa découverte, il s'était jeté sur Serenata qui venait à peine de rentrer à la maison après une séance d'enregistrement tardive, pressé de lui montrer une série de photos sur la tablette familiale. Sur toutes figurait la même scène au bord d'une route éclairée par des LED au kelvin différent: 2,3 ; 2,7 ; 3 ; 3,5 ; 4 ou 5.

— Regarde, avait-il dit, je reconnais que le 2,3 est un peu terne, mais le 2,7 est très agréable. On pourrait pique-niquer sous cette lumière. On pourrait embrasser sa petite amie sous cette lumière ou même la demander en mariage. C'est une LED, mais elle diffuse une lumière humaine. Elle reste chaleureuse, avec une pointe de doré. Elle brille avec bienveillance, avec gentillesse. Si tu étais l'une des personnes sur la photo et que quelqu'un t'envoyait la photo par e-mail, tu ne serais pas flippée. « Oh, non, c'est quoi, toutes ces taches sur ma figure ? » Au contraire, tu te dirais: « Il me va drôlement bien, ce haut rouge. » Mais, maintenant, regarde les kelvin 4 et 5. Tu pourrais t'ouvrir les veines sous cette lumière. Encore mieux, tuer quelqu'un. Pourquoi pas, d'ailleurs, la personne sur la gauche a déjà l'air d'un cadavre. C'est éclairé par ce genre de lumière qu'on avoue sous la torture être un terroriste. C'est avec cette lumière qu'on éclaire ces films où des femmes enceintes sont kidnappées et retenues prisonnières dans une cave, enchaînées et sans nourriture. Quand j'ai appris que, dans certaines agglomérations, les gens s'étripaient au sujet de l'éclairage public, j'ai d'abord eu pitié, je me suis dit : non mais, les gars, vous n'avez rien de mieux à faire ? Mais maintenant, j'ai pigé. Les LED au kelvin élevé sont en train de détruire l'ambiance nocturne des villes dans tout le pays. Franchement, les LED spectre bleu sont une forme de vandalisme émotionnel. Il ne s'agit pas seulement de l'aspect qu'elles donnent aux choses. Mais de ce que les gens ressentent sous cette lumière. Un profond malaise.

— Je suis d'accord, avait dit Serenata en faisant défiler les photos. La différence d'atmosphère entre ces éclairages est extraordinaire.

— Les diodes au kelvin bas sont un tout petit peu plus chères et un tout petit peu moins efficaces sur le plan énergétique. Mais l'énorme contrepartie en matière d'ambiance compense largement le sacrifice.

Méthodique, Remington Alabaster avait l'habitude de réfléchir en termes de systèmes de verrouillage. Il avait toujours aimé résoudre le rébus que constituait la régulation des flux de circulation, mais le plaisir était silencieux, comme celui d'un horloger – la satisfaction secrète de voir un mécanisme fonctionner. Pourtant, son attachement aux diodes à kelvin bas au rayonnement enveloppant et doux et son aversion pour les diodes dont le spectre bleu déversait une lumière brutale et morbide auxquelles trop d'agglomérations exposaient les habitants – souvent en dépit d'une opposition locale virulente – marquaient son premier véritable engagement professionnel et il le défendait avec une ferveur de croisé. Pour une fois, sa préoccupation principale ne concernait pas la fonctionnalité ni le coût, mais l'esthétique. Il était intimement convaincu que la lumière bleue était laide, et donc qu'elle était profondément nuisible à la vie quotidienne de millions d'Américains, du dangereux halo de laquelle il pourrait personnellement sauver une infime partie. De plus, il croyait dur comme fer que l'esthétique question-

nait non seulement la psyché, mais aussi l'existence. Soumise à l'interrogation du rayon froid et indiscret d'une diode à kelvin élevé aux relents pseudo-soviétiques, la vie elle-même semblait lugubre.

Durant ces mois où Remington avait effectué ses recherches sur l'éclairage public, leur mariage avait connu une embellie tardive. La distance qui séparait leurs deux mondes professionnels avait diminué. Serenata évoluait dans un univers de tonalités – nuance, humeur, suggestion, silences qui en disaient plus que les mots. Le récent engagement de son mari en faveur de la couleur au sens visuel du terme se conjuguait de façon ineffable à son propre engagement en faveur de la couleur au sens vocal du terme. Jusqu'ici, il avait laissé sa femme prendre la plupart des décisions concernant la décoration de la maison. Serenata avait donc été ravie de découvrir qu'il avait du goût pour la beauté, qui s'était traduit par un goût renouvelé pour son épouse. Ils faisaient l'amour plus souvent. Quand il avait enfin rendu son volumineux rapport, tous deux avaient été un peu perdus.

Lucinda Okonkwo avait réagi par un silence sans appel. Quand, après des mois de non-prise en compte de ses recommandations, Remington lui avait demandé si elle avait trouvé le temps d'examiner ses conclusions, elle lui avait répondu quelque chose comme : « Vous ne seriez pas en train de m'expliquer comment faire mon travail, par hasard ? » Non, non, certainement pas ; c'est simplement que son avis l'intéressait bigrement. « J'ai des tonnes de problèmes plus urgents à régler. Vous ne seriez pas en train de me demander de privilégier votre rapport – qui vous a pris un temps étrangement long à rédiger, si vous voulez mon avis –, sous prétexte qu'un

fonctionnaire blanc qui s'incruste depuis des années dans le service s'est entiché de loupiotes ? » Évidemment, Remington avait reculé.

Hélas, c'est à peu près au même moment que Lucinda s'était trouvée à court d'idées pour remédier aux terribles injustices qui affligeaient l'Albany d'aujourd'hui, pour redresser les torts historiques et grotesques de son coupable pays et pour sauver la planète. Elle avait déjà commandé un rapport sur l'écart de rémunération entre les hommes et les femmes du service. Elle avait déjà interdit le plastique à usage unique dans les bureaux – ce qui signifiait que les employés picoraient leur déjeuner à l'extérieur du bâtiment avant de se débarrasser des barquettes du traiteur dans la poubelle publique du coin de la rue. Elle avait déjà introduit un système à points « changement climatique », récompensant les employés qui venaient travailler à vélo ou à pied et qui restaient chez eux pendant les vacances ; les vainqueurs gagnaient une bouteille de chardonnay sans alcool. Dans un parc en bordure de route, elle avait déjà ordonné le décrochage d'une plaque en hommage à un philanthrope local du XIXe siècle, depuis qu'une correspondance archivée avait révélé qu'il jugeait l'homosexualité dépravée. Parce que les voies secondaires de la ville étaient encombrées de noms « d'un trop grand nombre de présidents blancs morts », elle avait déjà rebaptisé Buchanan Street en Robert Mugabe Terrace et Roosevelt Street en Jacob Zuma Way. Hélas, il ne restait qu'un petit territoire sur lequel exercer son pouvoir de décision, autrement dit, l'organisation des transports publics d'Albany elle-même.

Dans un geste coûteux en direction d'un avenir moins pollué, elle avait ordonné la construction de pistes

cyclables des deux côtés de la route 20/Madison Avenue. Cette initiative était modeste et aurait pu être très pratique pour peu qu'elle ait procédé à une étude préalable. Ces pistes cyclables étaient séparées des voies réservées aux voitures par de larges banquettes en béton et leur construction avait duré huit mois, entraînant des bouchons de plus de 1 kilomètre aux heures de pointe. Une fois ouvertes, elles avaient continué de provoquer un goulot d'étranglement pour les voitures. Elles ne s'étendaient pas sur plus de 200 mètres, après quoi les cyclistes rejoignaient la route principale à un endroit dangereux. En pratique, les deux-roues les fuyaient. Remington était persuadé que les projets envahissants purement symboliques de cette nature ne faisaient que rendre les automobilistes plus critiques à l'égard des cyclistes qu'ils ne l'étaient déjà, or pas plus les automobilistes que les cyclistes n'avaient besoin d'être encouragés à se mépriser mutuellement.

Afin d'obliger les véhicules à modérer leur vitesse, Lucinda avait commandé des ralentisseurs destinés à équiper des dizaines de croisements du centre-ville. Chacun était composé de milliers de petits cubes de granit fragiles. Mais la pente des ralentisseurs était trop faible pour que les automobilistes modèrent un tant soit peu leur vitesse. Pire, elle avait consacré la plus grande partie du budget de ce projet à ces matériaux chics et avait rogné sur la main-d'œuvre. Mal jointoyés, les pavés avaient commencé à branler à chaque passage de voiture au bout de seulement quelques jours. Trois mois après la fin du chantier, les pavés se descellaient, se renversaient et finissaient en morceaux.

L'intervention de Lucinda sur le réseau de voies uniques s'était révélée catastrophique en ce qui concerne le pont du Dunn Memorial. Les matériaux innovants non testés qu'elle avait choisis pour le revêtement des rues avaient commencé à s'abîmer la première fois qu'une camionnette de livraison UPS s'y était aventurée après les travaux, emportant sous ses pneus des bouts collants de macadam couleur terracotta. Et son passe gratuit pour le bus à destination des immigrés récents, des personnes défavorisées et autres groupes « vulnérables » avait été largement dévoyé et avait creusé un trou gigantesque dans le budget.

Trois ans après que Remington avait rendu ses conclusions sur l'éclairage public, Lucinda avait annoncé l'air de rien lors d'une réunion du service, parmi d'autres sujets, que la conversion aurait lieu comme prévu. Après la réunion, Remington s'était arrêté à son bureau. Le soir même, il avait rapporté leur conversation à Serenata du mieux qu'il avait pu.

— Alors, vous avez trouvé le temps de jeter un œil à mon rapport ?

Lucinda ne l'ayant pas invité à s'asseoir, il était resté debout.

— Je l'ai parcouru rapidement, avait-elle répondu. Le truc est assez épais pour servir de rehausseur à un gosse. Beaucoup trop d'arbres, Alabaster. Le temps presse. Il me faut des forêts.

— J'ai pensé qu'il était important d'être minutieux. C'est un investissement à long terme…

— Être trop minutieux revient à bâcler. Je ne peux pas passer mes journées à lire des rehausseurs.

— C'est que le rapport soulève un certain nombre de questions qu'il convient de résoudre avant d'opérer la conversion. Par exemple, R&M commercialise des réverbères et des luminaires de style XIXᵉ siècle diffusant une lumière semblable à un bec de gaz qui, même s'ils sont un peu chers, valent la dépense dans la mesure où ils ajouteraient une touche historique dans le quartier du capitole…

— Les contribuables d'Albany ne veulent pas de mobilier urbain bourgeois. C'est une ville américaine moderne, pas un décor pour un film de Sherlock Holmes. Si votre femme et vous avez un faible pour les antiquités, je peux vous indiquer une boutique dans Learned Street. Mais pas sur les deniers du service.

— Pour ne parler que de l'essentiel, avait poursuivi Remington, la question de la protection est à étudier. L'association Dark-Sky a récolté des données sur la faune nocturne souffrant des faisceaux lumineux verticaux. J'ai annexé leur compte rendu à mon rapport. Quant aux faisceaux latéraux, dans d'autres agglomérations, il y a eu des revendications massives de la part d'habitants gênés par la pénétration intrusive dans leur habitation des LED puissantes qui équipaient les lampadaires…

— Ils n'ont qu'à acheter des rideaux. Vous l'avez, votre protection. Les lampadaires sont censés être lumineux. C'est pour ça qu'ils sont faits. Pour y voir. Vous avez fini, Alabaster ? J'ai l'impression que vous rendez les choses plus compliquées que nécessaire.

— Non, je n'ai pas fini. Le problème le plus important est à l'évidence le kelvin. Je reconnais qu'il y a débat concernant la gamme moyenne.

— Monsieur, je suis une femme occupée.

— Mais je militerais en faveur d'un kelvin le plus bas possible. Un nombre considérable de données étayées prouvent que la lumière spectre bleu contrarie la production de mélatonine et perturbe les rythmes du sommeil…

— C'est encore une de vos inquiétudes pour les ratons laveurs, c'est ça ?

— Les rythmes du sommeil humain. C'est une perturbation du sommeil similaire à celle provoquée par la consultation d'écrans avant d'aller se coucher. En tant que femme, je pensais que vous seriez particulièrement réactive au fait avéré qu'une exposition prolongée à une lumière spectre bleu puisse augmenter de façon significative les risques de cancer du sein…

— Vous croyez que je vais céder parce que vous me cirez les pompes et qu'à condition que vous continuiez à me balancer du cancer du sein je vais tout accepter ? J'appelle ça de la manipulation de merde. C'est une forme de misogynie, si vous voulez tout savoir. De la condescendance sexiste.

— Je vous prie de m'excuser. Je n'aurais pas dû émettre ce postulat.

— Non, vous n'auriez pas dû.

La réponse était typique. Chaque fois qu'on lâchait du terrain, elle s'en emparait.

— Vous savez, l'exposition à la lumière spectre bleu augmente aussi les risques de cancer de la prostate.

— Alors, maintenant c'est un problème d'homme, donc important.

Remington avait avoué qu'à ce stade, il s'était senti coincé.

— Et puis il y a un sujet intangible, mais non secondaire, je dirais, avait-il repris, mal assuré. Celui de l'ambiance de la ville la nuit. Lorsque les habitants sont enthousiastes à l'idée d'aller dîner au restaurant ou de sortir en boîte, cela stimule l'économie. Or nous voulons que nos concitoyens soient heureux, non ? Qu'ils se sentent bien.

— Là, je ne vous suis plus du tout, Alabaster. Le bonheur de nos concitoyens ne fait pas partie des attributions du SDT ou alors j'aurais commandé cinquante caisses d'antidépresseurs au lieu d'un container entier de lampadaires à LED de Guangzhou.

— Pardon ?

— J'ai essayé de vous le dire, mais vous étiez en boucle sur vos lampes à gaz gnangnans et le cancer du sein et la protection. La commande est passée. Les lampadaires sont stockés et prêts à être installés. Et je ne les ai pas achetés sur Amazon. C'est pas comme si je pouvais imprimer une étiquette de retour et rapporter le paquet à la poste. C'est fait.

— Quelle sorte avez-vous commandée ?

— Standard, basique, le moins cher possible. C'est mon boulot. Le budget du service est en dépassement. Il faut faire des économies et c'est un deuxième coup dur. La facture d'électricité des lampadaires explose.

— Et quel kelvin avez-vous choisi ?

Lucinda avait croisé le regard de son subordonné avec un air de défi.

— Le 5.

Serenata n'avait pas été obligée de remplir les blancs du procès intenté contre son mari par son employeur.

En raison d'une méfiance qui s'était révélée justifiée, Remington avait actionné la fonction enregistrement de son téléphone.

Selon la description qu'en avait faite Remington Alabaster, employé municipal d'Albany, convoqué devant une instance disciplinaire en raison d'une accusation de comportement menaçant, agression à caractère racial et, facteur aggravant, sexuel, les autres rôles principaux étaient :

CURTIS PEPPER : Homme blanc de moins de quarante ans. Costume au bleu nacré intéressant, veste manches trois quarts ; T-shirt vert à col en V sorti du pantalon. Chaussures en cuir sombre, pas de chaussettes. De toute évidence, c'est lui le président de la commission « diversité et égalité » des ressources humaines, mais il a tendance à se faire damer le pion par sa collègue beaucoup plus incisive.

BRANDON ABRAHAM : Homme noir de plus de cinquante ans. Tenue relâchée, costume gris sans prétention avec cravate nouée à la va-vite – mais cravate tout de même. Quelques kilos en trop sans importance. Exprime la disponibilité, éprouve des difficultés à croiser le regard de l'accusé. A l'air fatigué. Regarde souvent sa montre en douce.

TRINITY CHASE : Femme blanche, la trentaine. Cheveux courts hérissés et décolorés en blanc, ce qui la vieillit. Pas laide mais trapue ; interroge la réputation de douceur de son sexe. Porte de façon déconcertante des vêtements qui ne vont pas ensemble et sont censés passer pour tendance : haut à col roulé et à manches longues en velours bleu vif, bas de survêtement écossais dont le turquoise jure avec le haut en velours et tennis compensées non lacées. Piercing de nez du meilleur goût. Port farouchement droit, compromis par une tendance à se pencher vers l'accusé avec des airs de prédatrice. Impétueuse mais zélée. Prend une flopée de notes.

CURTIS : Avant de commencer, j'aimerais reconnaître devant cette commission que je suis un peu gêné d'avoir été désigné président – pardon, pour présider –, parce que je suis douloureusement conscient de représenter le patriarcat blanc. Néanmoins, je m'identifie comme bi, par conséquent j'ai une certaine sensibilité aux problèmes que rencontrent les populations marginalisées, grâce à ma fréquentation de l'espace LGBTQIA. Mais, pour ma part, je considère qu'ici nous sommes tous trois au même niveau. En tant qu'homme blanc privilégié, j'aurais plutôt moins le droit de m'exprimer et je me sens petit au regard des déséquilibres de pouvoir social auxquels vous êtes comparativement plus exposés. Maintenant, Remington – puis-je vous appeler Remington ?

REMINGTON : Ce tribunal est abject, être appelé par mon prénom est donc le cadet de mes soucis.

TRINITY : Ce n'est pas un « tribunal », Mr Alabaster. Il s'agit d'une audition informelle au cours de laquelle nous aimerions entendre votre son de cloche. Je suis troublée par votre attitude accusatoire. La seule chose qui nous intéresse ici, c'est la vérité.

CURTIS : Vous avez conscience que, euh… (*bruit de papier*) le remplacement des lampadaires équipés de lampes au sodium haute pression par la technologie

LED pourrait réduire l'empreinte carbone d'Albany de façon significative et, de ce fait, avoir une incidence positive sur le changement climatique. Vous avez conscience aussi que, vous savez que… malgré des coûts initiaux élevés, la conversion est aussi de l'intérêt économique à long terme de la ville.

REMINGTON : Sachant que vous êtes en train de lire la préface de mon rapport, il est évident que j'ai conscience de ces sujets.

CURTIS : Mais d'après Lucinda Okonkwo, qui a témoigné devant cette commission la semaine dernière, vous êtes devenu réticent au projet en question, qu'elle vous avait confié.

REMINGTON : En fait, c'est Gary Neusbaum qui me l'a confié. Mais ma prétendue « réticence » aux LED en général est une interprétation erronée.

TRINITY : Selon Lucinda Okonkwo, vous avez abordé la conversation dans un « esprit d'obstruction », vos échanges avec votre supérieure à ce sujet ont été « antagonistes » et votre intérêt pour les moindres détails de la mise en œuvre de la conversion a frôlé « l'obsession maladive ».

BRANDON : Comme Lucinda semble le penser, vous avez vu tout un tas de problèmes là où il n'y en avait pas d'après elle. Si bien que vous vous êtes, comment dirais-je, mis à dos l'un l'autre. J'ai déjà vu ce genre de choses. Au lieu de discuter rationnellement de différences d'opinion, ça tourne au conflit personnel. Personne ne veut revenir sur ses positions parce que tout compromis apparaît comme une capitulation. C'est comme ça que ce genre de cas se retrouvent devant cette commission.

REMINGTON : Mais au départ, je n'ai pas abordé cette conversation comme une confrontation, Mr Abraham. J'ai simplement identifié une série de problèmes qui avaient donné lieu à des protestations, des protestations parfois très organisées et très virulentes, dans d'autres villes. Je me suis rendu compte qu'on pouvait couper court à ces objections en choisissant le bon boîtier et le bon luminaire.

CURTIS : Mais selon Lucinda Okonkwo, les produits que vous préconisiez étaient trop chers. Et moins efficaces sur le plan énergétique. Ce qui, en premier lieu, contrevenait à l'objectif de la conversion : faire des économies et préserver l'environnement.

REMINGTON : Ils étaient un tout petit peu plus chers et un tout petit peu moins efficaces, ce dont je m'explique en détail dans l'annexe de mon rapport. Amortis au cours de la durée de vie des produits, le coût marginalement supérieur et la réduction minime d'économies d'énergie étaient largement compensés par toute une série de contreparties avantageuses.

TRINITY : D'après Lucinda Okonkwo, tout ce qui vous importait était que les nouvelles lumières soient « jolies ».

REMINGTON : Voilà une manière dévalorisante de présenter les choses. Mais, oui, je pense vraiment que la ville devrait prendre en considération l'impact esthétique puissant de l'éclairage public. La lumière spectre bleu est fortement associée à la dépression…

TRINITY : Vous ne trouvez pas horriblement classe moyenne, voire élitiste, de se préoccuper d'éclairage d'ambiance ? Est-ce que la préoccupation première et principale des populations pauvres et marginalisées de cette ville est l'apparence de leur agglomération ?

BRANDON : Ce n'est pas parce qu'on est fauché qu'on ne sait pas ce qui est merdique.

TRINITY : Je précise que j'ai dit : « préoccupation première et principale » – les populations pauvres et marginalisées ne sont-elles pas plutôt susceptibles de s'inquiéter de l'usage qui est fait de leurs impôts ?

REMINGTON : Les « populations pauvres et marginalisées » ne paient pratiquement pas d'impôts. Vu les sommes considérables consacrées aux petits revenus prélevées sur les impôts des autres contribuables, je doute que ces populations se soucient qu'on fasse des économies.

— Tu n'aurais pas dû dire ça, avait fait remarquer Serenata en arrêtant l'enregistrement sur le silence horrifié.

— Mais c'est la vérité, avait protesté Remington.

— Raison pour laquelle tu n'aurais pas dû le dire.

CURTIS : Vous ne vous rendez pas service, Remington.

BRANDON : Arrête, Curtis. Statistiquement, il a raison.

TRINITY : On n'est pas en train de parler de statistiques mais d'attitude. De plus, les populations vulnérables pour lesquelles vous affichez un tel dédain, Mr Alabaster, sont particulièrement concernées par la sécurité. Par conséquent, les lampadaires que Lucinda Okonkwo a préférés…

REMINGTON : Ceux qu'elle a achetés. Carrément, sans consulter personne.

TRINITY : Les lampadaires qu'elle a achetés sont très appréciés des quartiers à forte criminalité parce que leur brillance procure aux habitants un sentiment de sécurité.

Remington : Un sentiment de plus grande sécurité…

Trinity : Vous vous fichez de ce que ressentent les personnes vulnérables ?

Remington : Dans les faits, ils ne sont pas plus en sécurité – ou ne sont pas moins vulnérables. Comme je l'ai indiqué dans mon annexe D, il n'y a pas de corrélation entre les diodes à kelvin élevé et une réduction du taux réel de criminalité.

Brandon : On ne pourrait pas simplement dire qu'on n'est pas d'accord et continuer ?

Curtis : Alors, Remington… quand vous avez appris que Lucinda Okonkwo, votre supérieure hiérarchique qui, après tout, n'avait pour seule obligation que d'examiner vos conclusions, mais qui ne devait pas nécessairement suivre vos conseils…

Remington : Je pense que Lucinda Okonkwo a consulté le rapport que je lui ai remis il y a trois ans dans l'unique but de faire exactement le contraire de ce que je préconisais. À chaque stade depuis qu'elle est en poste, ses décisions ont été purement réactives. Je lui ai peut-être rendu un fier service. Sa stricte adhésion à une posture d'opposition – elle a fait tout ce que, de mon point de vue, elle n'aurait pas dû faire et a refusé de faire ce que, de mon point de vue, elle aurait dû faire – a sauvé sa gestion de notre service d'un chaos complet.

Trinity : Vous semblez avoir un problème d'hostilité, Mr Alabaster.

Remington : Effectivement. Finement observé.

BRANDON (*dans sa barbe*) : Cette Lucinda peut se montrer très chatouilleuse.

Serenata avait de nouveau arrêté l'enregistrement.

— C'est juste de la curiosité. Ce Curtis en fait des caisses en t'appelant « Remington », il t'en a même demandé la permission, et cette Trinity s'applique à te donner du « Mr Alabaster ». Ça veut dire quoi ?

— Sur le moment, je ne l'ai pas remarqué, avait répondu Remington. Mais maintenant que je le réécoute, je pense que, de façon commode, l'un ou l'autre de ces choix est une insulte. « Remington » insinue de manière présomptueuse une notion de copinage, comme si on était tous amis, ce qui, vu les circonstances, questionne mon intelligence. « Mr Alabaster » est dépersonnalisant et artificiellement solennel, sachant que, dans la pratique, plus personne n'utilise de titres et de noms de famille en situation professionnelle. « Mr Alabaster » me fait passer pour plus âgé et plus poussiéreux que je ne le suis, mais confère à la procédure un grain furieusement judiciaire qui contredit l'évidence : toute cette affaire d'audition est absurde. En revanche, tous ces « Lucinda Okonkwo » accordent à ma prétendue supérieure une révérence et un respect qui donnent une légitimité aux membres blancs de la commission.

— Finement analysé, avait dit Serenata en appuyant sur « play ».

REMINGTON : Si vous voulez un autre exemple de son opposition systématique, prenez la modification des feux tricolores dans toute la ville, à laquelle j'étais violemment opposé. Désormais, le réseau est délibérément décalé. Vous vous arrêtez à un feu rouge pour être de nouveau arrêté au suivant. Et au suivant. Les chauffeurs de taxi sont furieux.

BRANDON : Nom de Dieu, ne me dites pas que c'est fait exprès ! Je vous jure que mon trajet me prend dix minutes de plus à force de m'arrêter à chaque croisement.

REMINGTON : Tout ça pour « décourager les automobilistes de prendre leur voiture ».

CURTIS : Ce n'est pas le cas ?

REMINGTON : Le seul résultat, c'est que les moteurs tournent au ralenti comme des fous et que tous ces arrêts et redémarrages aggravent la pollution de l'air.

TRINITY : À moins qu'il n'y ait plus de voitures du tout.

REMINGTON : Pardon ?

TRINITY : À moins que Lucinda Okonkwo n'ait raison et que les automobilistes agacés ne se tournent vers d'autres moyens de transport.

REMINGTON : Ça fait plus de trente ans que je suis dans ce service et, croyez-en mon expérience, à court terme, les automobilistes agacés appuient sur leur klaxon. Et, à long terme, ils votent l'éviction de l'ensemble du conseil municipal qu'ils remplacent par des conseillers qui rétabliront le phasage initial des feux de signalisation.

CURTIS : Écoutez, Remington, pouvons-nous revenir à notre ordre du jour principal, s'il vous plaît ? Lorsque Lucinda Okonkwo vous a parlé de la commande des LED, qu'avez-vous fait ?

REMINGTON : J'ai frappé du poing sur son bureau.

CURTIS : Et pourquoi avez-vous fait cela ?

REMINGTON : Parce que je me suis emporté.

CURTIS : Et diriez-vous que vous avez « frappé » très fort ?

REMINGTON : C'est ce que le mot « frapper » est supposé communiquer, oui.

CURTIS : Et diriez-vous que le bruit que votre main a fait était extrêmement fort ?

REMINGTON : Assez fort.

CURTIS : Et comment a réagi Lucinda Okonkwo ?

REMINGTON : Je pense qu'elle a été surprise. Je l'étais aussi. Je me mets très rarement en colère.

TRINITY : Si vous pouviez tout recommencer, Mr Alabaster, garderiez-vous votre calme ?

REMINGTON : (*silence*) Je n'en suis pas certain.

TRINITY : Les conséquences de ce comportement inapproprié peuvent être sérieuses, Mr Alabaster. Et vous n'êtes pas certain de vouloir le retirer ?

REMINGTON : Ce fut un soulagement. Je n'en ferais pas une habitude. Mais exprimer mes sentiments profonds... Comme je viens de vous le dire, ce fut un soulagement. Et ainsi, grâce à ce geste, mieux que par n'importe quelle parole, Lucinda Okonkwo a pu avoir une idée plus limpide de mon opinion quant à sa décision capricieuse.

BRANDON : Aucune chance que nous réglions le problème avec de simples excuses ? Parce que j'ai l'impression que cet incident est en train de prendre des proportions énormes. Alabaster que voilà a pété les plombs. Vous seriez d'accord pour dire à Lucinda que vous regrettez ?

REMINGTON : Je ne regrette pas mon opposition énergique à quasiment toutes ses décisions politiques. Mais, à la réflexion, je crois que je regrette de m'être laissé aller à la colère, même brièvement. Parce que, ce faisant, j'ai donné à cette jeune femme exactement ce qu'elle voulait.

TRINITY : En raison de la façon dont se déroule cette procédure, je crains qu'on soit loin de pouvoir effacer ce qui s'est passé avec de simples excuses. Surtout avec des excuses comme celles que nous venons d'entendre et dont le manque de sincérité est insultant.

CURTIS : Selon Lucinda Okonkwo, depuis les tout débuts de son entrée en fonction, vos rapports ont été « curieusement prudents ». Elle a dit que vos échanges étaient rigoureusement « millimétrés », que vous étiez « retenu, enfermé » à l'intérieur de vous-même. « Comme s'il me regardait de très loin. » Vous lui avez semblé « plus anglais qu'américain ». Est-ce que cette description vous paraît juste ?

REMINGTON : J'ai été prudent. Mais je ne dirais pas « curieusement ».

TRINITY : Pourquoi avez-vous ressenti le besoin d'être prudent ?

REMINGTON : (*silence*) J'avais le sentiment que Lucinda Okonkwo m'attendait au tournant.

TRINITY : Vous attendait au tournant pourquoi ?

REMINGTON : Juste… qu'elle m'attendait au tournant. J'avais l'impression que, quoi que je dise, quoi que je fasse, j'étais scruté. Que je devais me tenir à carreau.

— Tu n'aurais pas dû t'embarquer dans cette voie, avait dit Serenata.

— Ce sont eux qui m'y ont contraint. Et peu importe quelle voie j'aurais pu prendre, avait répliqué Remington avec impatience. Dans une parodie de justice, le prévenu peut gesticuler tant qu'il veut, voire faire le mort. C'est sans importance. Son destin est scellé.

CURTIS : Ce qui expliquerait pourquoi Lucinda Okonkwo vous décrit comme « méfiant », « sur vos gardes », « réticent », avec une tendance à « ne parler que lorsqu'on s'adresse à lui ».

REMINGTON : J'ai essayé d'être cordial. Il m'est arrivé de discuter avec elle de sa famille. Mais pouvez-vous m'expliquer à quoi riment ces questions, s'il vous plaît ?

CURTIS : Quand quelqu'un fait autant d'efforts pour se contrôler, on ne peut s'empêcher de se demander ce qu'il continue de cacher.

TRINITY : Exactement. On ne peut s'empêcher de se demander ce que vous êtes si résolu à ne pas exprimer. Quelles choses inquiétantes vous auriez faites ou dites si vous ne vous étiez pas senti « scruté ».

REMINGTON : Que les choses soient claires. Vous m'avez traîné devant cette commission parce que j'ai perdu mon sang-froid l'espace de deux secondes. Et maintenant je me fais passer un savon parce que le reste du temps, je me contrôle ?

CURTIS : Vous considérez-vous comme raciste, Remington ?

REMINGTON : Non. Même si je n'ai encore jamais entendu quelqu'un dire qu'il n'était pas raciste sans avoir l'air de l'être.

CURTIS : Et vous considérez-vous comme misogyne ?

REMINGTON : Je ne vois pas comment je pourrais être « misogyne » et avoir épousé une femme beaucoup plus intelligente et talentueuse que moi.

— Flatteur, avait dit Serenata. Tu savais que je l'écouterais.

BRANDON : Vous devriez rencontrer ma femme. Elle me donne l'air d'être un génie. Les gens pensent : si ce type est marié à une dame aussi pointue, il doit sûrement couver quelque chose.

CURTIS : Et, Remington, avez-vous un problème avec les immigrés ?

REMINGTON : Lucinda Okonkwo est née dans ce pays et, aux dernières nouvelles, cela fait d'elle une Américaine et non une « immigrée ». Il faut choisir.

TRINITY : Mais y a-t-il un risque que certaines des pensées que vous avez été si décidé à étouffer parce que vous vous sentiez « scruté »... Sachant les angoisses concernant le terrorisme soulevées par le 11 Septembre... Si vous faisiez un véritable examen de conscience, est-ce que certaines des pensées dangereuses que vous avez réprimées pourraient être qualifiées d'islamophobes ?

REMINGTON : Je ne parviens pas à percevoir la pertinence de votre question.

TRINITY : Je crains qu'elle ne soit ô combien pertinente. Depuis 2001, les crimes haineux antimusulmans n'ont cessé de se multiplier dans ce pays. Dans ce climat, pensez-vous vraiment que votre propre comportement n'a pas été influencé par les insultes et par l'amalgame qui est fait avec les djihadistes partout sur les réseaux sociaux et sur Internet…

REMINGTON : Ms Chase, Lucinda Okonkwo et toute sa famille sont chrétiens.

— Ha ! s'était exclamée Serenata en arrêtant l'enregistrement sur le silence embarrassé. Ils étaient partis du principe qu'elle était musulmane.

— C'était encore une case que leur recrue issue de la diversité était censée cocher, avait répondu Remington. Je suis sûr qu'ils étaient sérieusement déçus. À peu près la moitié du Nigeria est chrétien, par conséquent, leur supposition concernant Lucinda prouvait une ignorance crasse… Mais bon, chaque fois que je les déstabilisais, le pire m'attendait.

REMINGTON : Puis-je m'exprimer librement ?

CURTIS : J'espère que vous vous êtes exprimé librement, Remington.

REMINGTON : Lucinda Okonkwo est belliqueuse, despotique et incompétente. Elle est également paresseuse. Mais elle ne manque sans doute pas d'intelligence, ce qui la rend particulièrement coupable.

TRINITY : Et vous ne vous considérez pas comme raciste.

REMINGTON : Sa commande autoritaire de nouveaux lampadaires pour toute la ville en est un exemple frappant – sans essai à petite échelle, sans consulter la population ni ses propres collègues et sans considération pour mon rapport, si ce n'est un rapide coup d'œil qui lui a permis de choisir l'exact opposé des produits que j'avais préconisés. J'aimerais avancer qu'elle m'en veut en raison de ma longue carrière dans le service, de l'expérience qui en résulte dans des domaines où elle est sous-informée, et de mon bagage universitaire sur le sujet…

TRINITY : La vérité n'est-elle pas plutôt que vous lui en voulez d'avoir obtenu le poste de chef de service il y a quatre ans, et pas vous ?

BRANDON : Elle vous a eu, là, mon pote. Vous aviez carrément l'ancienneté. Si j'étais vous, je lui en aurais voulu, moi.

REMINGTON : Bien sûr que je n'ai pas apprécié. Mais je n'aurais jamais nourri de grief si le nouveau chef de service – ou la nouvelle cheffe – avait été compétent – ou compétente – et avait abordé ses employés dans un esprit de collaboration. Je me suis magnifiquement entendu avec Gary Neusbaum pendant des dizaines d'années.

TRINITY : Pas étonnant. Encore un autre mâle blanc hétéro vieillissant.

REMINGTON : Ce que je veux dire, c'est que je n'aime pas ma supérieure immédiate, je le reconnais, c'est vrai – mais pas parce que je suis raciste ou sexiste ou anti-immigrés. Pas parce que je suis quelque choso-phobe. Je ne l'aime pas personnellement. En tant qu'individu. Est-ce encore possible ? Est-il légal de nourrir de l'animosité à l'égard d'une personne en particulier qui s'avère appartenir à une « population marginalisée » ?

TRINITY : Les préjugés sont profondément ancrés et se développent à un niveau inconscient. Je ne vois pas comment vous pourriez faire la différence entre votre prétendue animosité personnelle et votre propre intolérance.

REMINGTON : Alors, la réponse est non. Non, on ne peut plus ne pas aimer quelqu'un personnellement.

TRINITY : La réponse est que votre prétendue animosité personnelle va paraître suspecte à cette commission.

CURTIS : Je crains que nous ne devions nous concentrer sur l'accusation principale d'agression violente de la part d'un subordonné sur son lieu de travail.

REMINGTON : Mais je ne l'ai pas touchée. Comment pouvez-vous parler de violence ?

CURTIS : D'après la description qui en a été faite, vos gestes étaient violents.

REMINGTON : (*grésillements, le téléphone ayant été bougé*) Selon le dictionnaire en ligne, « violence » signifie : « comportement impliquant la force physique dans le dessein de faire du mal, d'endommager ou de tuer quelqu'un ou quelque chose ». Je n'ai même pas endommagé son bureau.

CURTIS : Oui, mais c'est la définition du dictionnaire.

REMINGTON : Je crois avoir précisé que c'était la définition du dictionnaire. Y en a-t-il d'autres ? Je ne veux pas vous faire la morale, mais les mots doivent signifier quelque chose de particulier, faute de quoi il est inutile d'utiliser le langage pour communiquer.

TRINITY : Votre supérieure s'est sentie menacée. Elle a craint pour son intégrité physique et même pour sa vie…

REMINGTON : C'est une blague ?

TRINITY : Menacer des membres du personnel constitue un motif de licenciement.

REMINGTON : Ce n'est pas parce qu'elle s'est sentie menacée qu'elle l'était en réalité.

TRINITY : Je crains que si. On ne peut pas discuter ce que ressentent les gens.

REMINGTON : Mais le fait qu'elle vous ait dit qu'elle se sentait menacée ne signifie pas pour autant qu'elle l'ait réellement ressenti.

TRINITY : Comment savoir ce qu'elle a ressenti autrement que par ce dont elle nous a fait part ? On n'est pas dans *Star Trek*, on ne fait pas fusionner les esprits. Elle se sent menacée, c'est son expérience vécue.

REMINGTON : Excusez-moi, mais quelle est la différence entre « expérience vécue » et « expérience » ?

BRANDON : Est-ce qu'on peut s'en tenir au sujet ? Ce truc est en train de s'éterniser.

REMINGTON : Pardon, Mr Abraham, mais je ne pense pas m'éloigner du sujet. À savoir que vous suivez un scénario dont vous n'avez pas créé les mots. Le vocabulaire que vous employez de concert comme des robots sous-entend une adhésion à une orthodoxie rigide qui fausse la nature de ce dossier.

TRINITY : Notre référentiel sont les mœurs modernes progressistes, or vous semblez vous accrocher au passé, à cette époque où vous et d'autres gens comme vous dominiez toujours. Les temps ont changé.

REMINGTON : Ce qui n'a pas changé – ce qui a toujours été le cas avec les êtres humains –, c'est que les « sentiments » ne sont pas plus sacro-saints dans les faits que toute autre forme de témoignage. Par conséquent, on *peut* « discuter ce que ressentent les gens », parce que les gens mentent sur ce qu'ils ressentent. Ils décrivent mal ce qu'ils ressentent, parfois avec maladresse. Ils confondent les sentiments. Ils n'ont souvent aucune idée de ce qu'ils ressentent. Il leur arrive de définir leurs émotions de façon erronée par calcul – par exemple, pour diffamer un homme qui vous « menace », c'est vrai, mais seulement par ses compétences professionnelles relatives.

TRINITY : Êtes-vous en train de nous dire que Lucinda Okonkwo nous a menti ?

REMINGTON : Je pense qu'elle a rapporté ce qui s'est passé avec justesse. En revanche, je doute de sa sincérité en ce qui concerne la nature de notre échange. Je ne crois pas l'avoir effrayée. Au contraire, comme elle s'était efforcée de me pousser à la colère pendant des années, je suis persuadé qu'elle a été prodigieusement satisfaite.

TRINITY : Elle nous a dit qu'elle avait été effrayée. Par quel autre moyen pourrions-nous savoir ce qu'elle a ressenti ?

REMINGTON (*faiblement*) : Mais les gens mentent sur ce qu'ils ressentent…

— Ne me dis pas que vous avez tourné en rond comme ça toute la journée ! s'était exclamée Serenata.

BRANDON : Vous savez ce que je ressens ? De la fatigue. Je sens qu'on ne va nulle part et qu'on sera encore là à minuit.

REMINGTON : Toutes mes excuses, Mr Abraham, mais que faites-vous de mes sentiments ? Par exemple, je me sens persécuté. Cela signifie-t-il *ipso facto* que je suis persécuté ?

TRINITY : Mr Alabaster, vous êtes un privilégié. Vous avez toutes les cartes en main. Vous êtes un homme blanc âgé qui s'en est pris à une jeune personne de couleur…

REMINGTON : Juste pour savoir, qu'est-il advenu du terme « Africain-Américain » ?

TRINITY : « Personne de couleur » est le terme consacré privilégié par les ressources humaines.

REMINGTON : Ne trouvez-vous pas un peu humiliant cette ronde éternelle de la terminologie raciale ? On devrait sûrement en tirer de quoi faire danser les petits Blancs. (*rires*)

— Qui a ri ? avait demandé Serenata.

— Brandon, avait répondu Remington. En fait, Brandon est le seul qui ait jamais ri.

TRINITY : Il est inutile d'être insultant, merci.

REMINGTON : Honnêtement, Mr Abraham, quand vous êtes avec d'autres personnes de couleur, juste vous et les copains, est-ce que, entre vous, vous vous appelez « personnes de couleur » ? Ou d'ailleurs, « Africains-Américains » ?

BRANDON : Ce qu'on se dit entre nous… je ne peux pas le répéter ici.

REMINGTON : Vous voyez ? Ce roulement d'euphémismes est à l'usage unique des petits Blancs et pour communiquer avec les petits Blancs. Mais avez-vous remarqué que le mot pour désigner un homme blanc ne change jamais ? Même si le terme est sommaire et fourre-tout d'un point de vue génétique. Toute ma vie, le mot « blanc » est resté simplement là. Court, sans trait d'union, pas glorieux et minuscule.

TRINITY : Et alors ? Vous vous sentez négligé ? Vous voulez un nouveau mot spécial ? Une majuscule ? Dans ce cas, pourquoi ne pas mettre le Nationalisme Blanc en capitales ? Il a le vent en poupe. Ça vous ferait plaisir ?

REMINGTON : Je voulais simplement dire que… si on doit continuer inlassablement à laver les étiquettes pour faire partir le stigmate qui est immédiatement associé au dernier « terme consacré », cela prouve bien que la correction linguistique ne nous sauvera jamais du préjugé racial.

BRANDON : Moi, je n'ai pas de problème avec le mot « Noir », si ça peut aider. Est-ce qu'on pourrait revenir à notre sujet ? Ma femme m'attend pour dîner.

REMINGTON : Entendu, je suis d'accord et je vous prie de m'excuser pour les digressions, Mr Abraham. Mais, parce que cette étiquette semble disqualifier mes sentiments et impliquer que je n'ai aucune espèce de droits, pouvons-nous nous attaquer à cette affaire de « privilégié » ?…

TRINITY : Les hommes blancs hétéros n'ont jamais eu que des droits, par conséquent, si la balance penche un peu de l'autre côté…

REMINGTON (*persévérant*) : Lucinda Okonkwo a fait une prépa dans un établissement privé, le Horace Mann. Elle a été étudiante à Columbia et a payé l'intégralité de ses frais de scolarité parce que son père avait fait fortune dans le pétrole au Nigeria, ainsi qu'elle me l'a expliqué avec fierté lorsque je lui ai demandé quel était son environnement familial. À Lagos, les Okonkwo font partie de la grande bourgeoisie, ce qu'elle s'est employée à souligner à mon intention, dans un esprit que je ne peux qualifier autrement que de vindicatif. Aujourd'hui, sa famille vit dans un quartier de Manhattan que je ne pourrai jamais m'offrir, ni mes parents par le passé. J'ai grandi dans une maison exiguë et moche au milieu de nulle part à Hudson, ville peu recommandable de l'État de New York. J'ai été le premier de ma famille à aller à l'université. Mon père était ouvrier du bâtiment et ma mère nettoyait du poisson. Qui est vraiment privilégié ?

TRINITY : Lucinda a été en butte à une discrimination raciale qu'il vous serait impossible d'imaginer.

REMINGTON : Mais à vous, oui.

TRINITY : Imaginer ce que vivent les gens comme Lucinda Okonkwo, c'est le travail de ma vie, mais je m'en remets toujours à l'expérience vécue. Quelle que soit la situation économique de sa famille, Lucinda Okonkwo aura grandi en butte à la discrimination…

REMINGTON : Et cette parodie de procès n'est-elle pas discriminatoire ? Nous ne serions pas ici si c'était Lucinda qui avait donné un grand coup sur mon bureau.

TRINITY : Je vous en prie. Elle subit la discrimination, fruit du plus grand crime contre l'humanité perpétré par l'Amérique, l'asservissement de son peuple. En comparaison de quoi, votre mère et ses poissons sont des broutilles.

REMINGTON : Pardon d'être tatillon – peut-on encore dire « tatillon » ? Mais les aïeux de Lucinda Okonkwo sont nigérians. Au moins douze pour cent des esclaves…

TRINITY : Nous préférons l'expression « personnes réduites en esclavage ». Ils ne l'étaient pas par essence…

REMINGTON : Douze pour cent des personnes réduites en esclavage exportées aux États-Unis ont été capturées et vendues par des Nigérians. C'était une action conjointe. Puisque nous examinons à présent les péchés des pères à l'égard de leurs fils – et filles –, Lucinda figure parmi les oppresseurs.

BRANDON (*tout bas*) : Vous savez qu'ils se croient supérieurs à nous, non ?

TRINITY : Voilà un exemple frappant de tactique consistant à faire porter la responsabilité à la victime, Mr Alabaster.

REMINGTON : Vous êtes au courant que Lucinda Okonkwo a traîné en justice son précédent employeur – je devrais dire son seul autre employeur – pour racisme ?

TRINITY : Cela ne fait que renforcer mon propos. Lucinda Okonkwo aura été systématiquement…

REMINGTON : Cela démontre un schéma.

TRINITY : Deux exemples ne font pas un schéma.

REMINGTON : Si. Surtout quand on a embauché une recrue si jeune et si inexpérimentée que tout ce qu'on a entre les mains se résume à deux exemples. De plus, il s'agissait d'une association à but non lucratif qui ne disposait que de maigres ressources. Ils ont opté pour un règlement à l'amiable mais, par la suite, ils ont été contraints de mettre la clé sous la porte.

CURTIS : J'aimerais que nous revenions aux accusations à l'étude : menaces sur un membre du personnel, agression violente potentiellement criminelle, insubordination, intimidation…

REMINGTON : Intimidation ? C'est un peu exagéré. Sur un ring, on miserait sur cette femme à trois contre un face à une demi-portion comme moi.

Trinity : Donc, non seulement vous êtes un suprémaciste blanc…

Remington : (*il rit*) Maintenant je suis un suprémaciste blanc ? L'exagération est le signe d'un argument qui ne tient pas.

Trinity : Et non seulement vous êtes misogyne mais vous êtes xénophobe car vous imputez la responsabilité de leur assujettissement aux personnes de couleur.

Remington : Puisqu'on en est à se faire traiter de tous les noms en vogue, je n'aime pas beaucoup le mot mais, dans ce cas, parlons d'âgisme. Toute cette procédure a pour but d'évincer un dinosaure dont l'ancienneté dans l'encadrement fait de son salaire une charge pour la commune, c'est bien ça ? Encore mieux, si vous me virez avant que je prenne ma retraite, vous réduirez ma pension à que dalle. Je vous rappellerai que licencier injustement un employé qui est inopportunément plus âgé est illégal. Lors de la prochaine audition où nous nous retrouverons, il se peut que ce soit vous qui soyez sur la sellette.

Trinity : Ainsi cela ne vous suffit pas d'être accusé de crime haineux ? Vous menacez aussi cette commission.

Remington (*élevant la voix*) : Crime haineux ? Sommes-nous arrivés au moment où on promet de m'envoyer dans un camp de rééducation en Sibérie au lieu de me faire exécuter, à condition que j'avoue ?…

Curtis : (*bruit de coup*) Il nous faut absolument en revenir aux allégations principales !

(*silence prolongé*)

Remington (*d'un ton pince-sans-rire*) : J'aimerais que soit noté dans le rapport que Mr Curtis Pepper vient de frapper la table.

(*silence*)

REMINGTON : Je suis terrifié.

(*bruit de papier*)

TRINITY (*à voix basse*) : Curtis, je crois que nous avons entendu tout ce dont nous avions besoin, non ? (*plus haut*) Mr Alabaster, vous pouvez partir.

(*dossiers qu'on empile sur la table, pieds de chaise qui raclent le sol, claquements de chaussures qui s'éloignent*)

BRANDON (*dans sa barbe*) : Mec, désolé pour tout ça. Ce machin a complètement dérapé. Mais ils étaient déjà bien organisés avant que je me fasse embarquer. Et puis vous savez, je ne me fais aucune illusion : je suis dans la commission pour faire joli.

REMINGTON (*dans sa barbe aussi*) : Ne vous inquiétez pas, je savais que les carottes étaient cuites avant d'entrer dans cette pièce.

BRANDON : Cette femme… C'est un cas, vraiment.

REMINGTON : Trinity ?

BRANDON : Elle aussi. Mais je parlais de Lucinda.

— Tu crois que ton ironie en fin de séance t'aidera ? avait demandé Serenata.

— Elle ne fera qu'aggraver les choses, avait répondu Remington. Je les ai mis mal à l'aise, personne n'aime ça. Par conséquent, le niveau d'hostilité ne fera que redoubler.

— S'ils finissaient par te virer…

— Je pense que ma lettre de licenciement passera dans la machine à affranchir demain à midi.

— Dans l'obscurité, sûrement.

mais ce n'était pas Peudront où ils auraient imaginé passer leur retraite – si tant est qu'ils aient jamais imaginé prendre leur retraite, ce que, comme la plupart des gens éternellement jeunes, ils n'avaient pas fait.

Par conséquent, à la suite de son licenciement, le mari de Serenata s'était senti insulté, humilié et dévirilisé. Il s'était senti puni de manière disproportionnée compte tenu de son « crime » et dévalorisé au regard des trente ans de bons et loyaux services auprès de la ville d'Albany. Il avait eu l'impression de ne plus avoir d'attaches. Il avait espéré faire profiter ses collègues de sa longue expérience encore dix ans au moins. Il était donc déçu. Il avait honte de lui et doublement honte de lui d'avoir honte de lui. Il avait grand besoin d'estime personnelle, or il était désormais évincé du cercle qui la lui avait toujours prodiguée. La retraite anticipée lui donnait l'impression d'être vieux. Ainsi que Serenata s'était efforcée de l'expliquer à son père, il n'avait pas grand-chose à espérer et, en l'absence d'objectifs concrets, ignorait complètement comment il allait pouvoir traverser les décennies qui éventuellement l'attendaient. À y repenser, son endoctrinement était inévitable. Il n'aurait pu constituer meilleure cible pour le triathlon MettleMan.

mais ce n'était pas l'endroit où ils auraient imaginé passer leur retraite – si tant est qu'ils aient jamais imaginé prendre leur retraite, ce que, comme la plupart des gens éternellement jeunes, ils n'avaient pas fait.

Par conséquent, à la suite de son licenciement, le mari de Serenata s'était senti insulté, humilié et dévirilisé. Il s'était senti puni de manière disproportionnée compte tenu de son « crime » et dévalorisé au regard des trente ans de bons et loyaux services auprès de la ville d'Albany. Il avait eu l'impression de ne plus avoir d'attaches. Il avait espéré faire profiter ses collègues de sa longue expérience encore dix ans au moins ; il était donc déçu. Il avait honte de lui et doublement honte de lui d'avoir honte de lui. Il avait grand besoin d'estime personnelle, or il était désormais évincé du cercle qui la lui avait toujours prodiguée. La retraite anticipée lui donnait l'impression d'être vieux. Ainsi que Serenata s'était efforcée de l'expliquer à son père, il n'avait pas grand-chose à espérer et, en l'absence d'objectifs concrets, ignorait complètement comment il allait pouvoir traverser les décennies qui éventuellement l'attendaient. *A posteriori*, son endoctrinement était inévitable. Il n'aurait pu constituer meilleure cible pour le triathlon MettleMan.

Remington l'avait regardée sans comprendre.

— Arthur Koestler, *Darkness at Noon*[1]. Tu as la trouille. Tu ne reconnais même pas tes propres allusions.

— Je n'aurais jamais dû faire référence au stalinisme. La comparaison était historiquement obscène. Combattre l'exagération par davantage d'exagération, c'est rouler dans la boue avec les idiots.

— J'ai trouvé que tu gardais drôlement bien le cap, sauf à la fin. Mais, histoire de leur rendre la monnaie de leur pièce, tu devrais poster ton enregistrement sur YouTube. Certains électeurs – pas forcément ceux que tu aimerais – feront en sorte qu'il se répande comme une traînée de poudre. Et pas à l'avantage du service des ressources humaines de la ville. Surtout, avec Curtis qui tape sur la table, ils seront la risée de tout le monde.

Remington était de la vieille école et il avait considéré que le stratagème était indigne. Il n'empêche que réécouter des morceaux choisis de l'enregistrement était devenu un incontournable des dîners entre amis dans les semaines qui avaient suivi et les quelques proches qui lui apportaient leur soutien avaient trouvé l'interrogatoire désopilant. Mais la perte du salaire de Remington n'était pas drôle, la réduction drastique de sa pension de retraite n'était pas drôle et l'abjection qui était associée à l'ensemble des préjugés dont il était accusé n'était pas drôle non plus – car dans le climat fébrile de l'époque, la seule preuve requise pour vous qualifier de raciste était que quelqu'un vous ait traité de raciste. Certains de

1. Littéralement : « l'obscurité à midi », roman antistaliniste dont le titre français est *Le Zéro et l'Infini*. (*N.d.T.*)

ses amis moins proches et de ses collègues avaient quitté le cercle de leurs connaissances.

Le couple était resté à Albany assez longtemps pour que la première tranche des lampadaires à kelvin élevé de Lucinda soit installée. Le remplacement des lampes à sodium en LED avait commencé par le quartier de Pine Hills, où son ancien subordonné habitait, et cette décision de Lucinda n'était sans doute pas une coïncidence. Les nouveaux luminaires hurlaient à travers leurs bow-windows, s'insinuaient dans chaque fente pour fendre la moquette comme un sabre de *Star Wars* même après que Serenata avait accroché des rideaux occultants. Ils transperçaient la vitre au-dessus de la porte d'entrée, frappant le mur d'en face d'un carré blanc-bleu aveuglant, semblable à un arrêté d'expulsion. Ils brûlaient à travers les lattes étroites des stores en bois de leur chambre, imprimant des rayures parallèles sur leur couvre-lit, comme les lacérations d'un prédateur. Après le coucher du soleil, les lampadaires crachaient une deuxième journée. Leur rue arborée ressemblait à une cour de prison et, en entrant ou en sortant de la maison, ils avaient l'impression d'être observés. L'atmosphère inquisitoriale de leur rue la nuit n'était pas sans rappeler l'interrogatoire du service des ressources humaines et, après quelques mois, ils avaient mis la maison en vente. Il n'est pas impossible que la marche guerrière de l'avancée technologique ait amputé le prix de vente définitif de quelques milliers de dollars car les visites de nuit étaient profondément déprimantes. Choisir de revenir à Hudson, la ville natale de Remington, était raisonnable sur le plan financier et bienveillant vis-à-vis de son père affaibli,

7

— Tu te rends bien compte que le sport d'endurance organisé est une industrie, fit remarquer Serenata l'air de rien en préparant le dîner, un peu plus tard cet été-là.

— Les sodas aussi sont une industrie, répliqua Remington. Et on achète quand même de l'eau gazeuse.

— Ils profitent de tes aspirations spirituelles.

— L'eau gazeuse profite de ma soif. Pourquoi Mettle-Man ne pourrait-il pas tirer profit de mes autres soifs ? N'importe qui en ferait autant.

— Parce que ce que ta déshydratation mentale leur rapporte, c'est de l'argent qu'on ne peut pas se permettre, nous, de dépenser.

— Nous sommes horriblement déçus par nos enfants, ce qui nous soulage de l'obligation de leur laisser un héritage. On est vieux. Il n'y a pas d'avenir. Ça me donne l'impression d'être libre.

— Non, ça te panique. En plus, on pourrait tout à fait vivre encore trente ans.

— Regarde mon père, dit-il. Je n'ai pas envie de ça.

— C'est facile à dire.

— Tu as raison, répliqua-t-il. C'est très, très facile à dire.

— Dois-je en déduire que tu envisages ce projet comme une forme de suicide ? demanda-t-elle d'un ton léger. Parce que je considérerais ça comme un abandon.

Pour mieux faire sortir du lot sa franchise, MettleMan avait allongé les distances de son interminable triathlon, une légère augmentation par rapport aux standards établis précédemment : au lieu de nager 3,8 kilomètres, on nageait 4,2 kilomètres ; au lieu de parcourir 180 kilomètres à vélo, on en parcourait 186 ; au lieu de courir 42,195 kilomètres, on en courait 42,5 – une épreuve après l'autre, avec à peine le temps de changer de tenue dans l'affolement entre deux. (Même les distances d'origine avaient un je-ne-sais-quoi de pervers dans leur précision. Quel mal y avait-il à nager 3 kilomètres ou à rouler à vélo 160 kilomètres ?) Et pour se rapprocher encore du calvaire du quadrathlon, la cerise sur ce gâteau démentiel était une unique traction à la barre fixe sur la ligne d'arrivée – un modeste exploit, serait-on tenté de dire, pourtant un ultime effort physique qui, selon la rumeur, se révélait inatteignable pour un certain nombre de concurrents, en particulier les femmes, qui s'effondraient en pleurs sous la barre tout en sachant qu'aucun animateur ne crierait dans le haut-parleur : « Vous êtes… MettleMan ! » et qu'elles ne recevraient pas leur trophée, un mug orange fluo.

Serenata n'avait jamais été séduite par les marathons, même si la certitude qu'elle aurait pu venir à bout de cette distance pendant sa période faste était ébranlée par le fait de n'en être jamais venue à bout en pratique. Pendant des années, elle avait eu l'habitude de nager 3 kilomètres.

Idem pour le vélo : elle avalait sans problème 160 kilomètres, distance qu'elle avait souvent dépassée entre vingt et trente ans ; quand elle rendait visite à une amie à Woodstock, elle enfourchait sa bicyclette et prenait la passerelle pour piétons du pont George Washington, juste pour économiser le ticket de bus.

Certes, après avoir nagé 3 kilomètres, elle s'allongeait toujours vingt minutes sur le bord de la piscine, parfaitement inerte, chaque muscle essoré. Même après un de ses bons vieux runnings ordinaires de 16 kilomètres, il lui arrivait de piquer du nez à côté de Remington, les paupières lourdes au milieu du dîner. Quant à rouler à vélo plus de 160 kilomètres, elle ressentait toujours une obsession hystérique pour la nourriture après l'exercice. Un jour, après avoir parcouru la distance requise et alors qu'elle était partie tard vers Amherst, elle s'était retrouvée dans un des rares déserts commerciaux du Connecticut – pas de restaurant, pas de point de vente de restauration rapide ni de supérette. Elle s'était arrêtée, contrariée, dans un bois en bordure de route pour manger les vestiges de son déjeuner, un demi-roulé à l'oignon rassis et un bout de sandwich au beurre de cacahuètes, avec une frénésie qui aurait pu alimenter un groupe électrogène de bonne taille.

Chaque épreuve était indépendamment réalisable. Enchaîner les trois sans interruption semblait à la fois franchement impossible et totalement déraisonnable. Tommy avait raison : les gens qui faisaient moins d'exercice que vous étaient débiles et ceux qui en faisaient davantage étaient dingues. Doutant que, même à l'époque où elle était au mieux de sa forme, elle aurait eu le niveau pour un MettleMan, Serenata ne pouvait se fier au dédain que la chose lui inspirait. Face à la folle aspiration de son mari, elle était horrifiée, intimidée et complètement dépassée. Par conséquent, elle devait se taire.

D'après Bambi – et tout le catéchisme de Remington était désormais « d'après Bambi » –, pour un « Mettle de fer », il fallait s'entraîner au minimum neuf mois. Le client que la coach avait harponné avec succès à Saratoga Springs en avril n'aurait jamais pu être prêt à temps pour le MettleMan annuel de Lake Placid deux mois plus tard. Résultat, Remington s'était fixé comme objectif le mois de juin de l'année suivante.

Serenata allait devoir tenir sa langue pendant une longue période.

Aucune importance, car avec le boucan qui envahissait leur maison quand Remington rentrait de son entraînement en compagnie du reste de son club de triathlon – oui, il existait bien des clubs de triathlon et assez de fanatiques de sport même dans une agglomération aussi modeste qu'Hudson, État de New York, pour y adhérer –, elle avait rarement l'occasion d'en placer une.

Remington était le plus sociable des deux, habitué à la compagnie de collègues, sans lesquels il s'était senti coupé du monde. Adhérer au club de triathlon d'Hudson avait rétabli en lui le sentiment de partage d'une mission commune. Comme il avait vingt-cinq ans de plus que les autres, il donnait aux jeunes athlètes de l'espoir quant à leur avenir sans pour autant risquer de les doubler à vélo. S'acquittant de sa cotisation avec une autodérision désinvolte, il s'adapta avec bonheur à son rôle de représentant des vieux croûtons et, en un rien de temps, devint une sorte de mascotte. À l'instar des autres membres du club, il s'inscrivit à BruteBody, où il restait des heures, passant sans doute d'un appareil de musculation à l'autre dans un cliquetis de métal, et papotait aussi avec ses tout nouveaux amis tout en sifflant d'un trait des boissons énergétiques.

Serenata ne les détestait pas au sens strict du terme ou, du moins, elle ne les détestait pas tous. En revanche, elle les détestait en tant qu'agrégat et armée d'invasion. Ils s'étaient mis à l'appeler « Sera », ce qui, quelle que soit la façon de l'orthographier, s'entendait « Sarah », or ce n'était pas son prénom. Même la joviale Cherry DeVries, avec ses improbables kilos en trop, qui, elle, était une vraie femme au foyer, la traitait comme l'Épouse. À chaque raid de l'équipe, quand ils rentraient tous outrageusement épuisés, Serenata était supposée pendre les manteaux, aller chercher de quoi boire et bricoler en vitesse un dîner improvisé. Certes, elle aurait pu se réfugier à l'étage. Mais, de plus en plus, Remington vivait sa vie loin d'elle. Servir sans un mot des tournées de « gin-to » comme une quelconque barmaid lui permettait au moins d'espionner, malgré l'humiliation.

Car qui dirigeait cette bande hétéroclite de superhéros de seconde zone ? Qui décidait des distances, du sport de la journée et traçait la voie ? Qui était leur inspiration, leur sauveur et leur chef tyrannique, à la fois crainte et respectée, voire idolâtrée ?

— Tu es sûr qu'elle sait ce qu'elle fait ? finit par demander Serenata à son mari quand, à force de solliciter son tendon, celui-ci n'avait pas pu – ô surprise ! – guérir.

— Évidemment. Tu n'as qu'à la regarder.

— Oui. J'ai remarqué que toi aussi tu la regardais beaucoup. Pour vérifier ses qualifications ?

— Toi et moi sommes fidèles, mais ça n'empêche pas de se rincer l'œil. Or, de nos jours, c'est un soulagement de trouver une femme qui apprécie d'être regardée…

— Et comment, marmonna Serenata.

— Le « regard masculin » est censé être une insulte. Mais Bambi ne se sentirait insultée que si les hommes détournaient le regard. Son corps est sa carte de visite. C'est aussi sa création, son œuvre d'art.

— Je ne vois pas d'art, mais un égocentrisme dément. Je vois des heures et des heures à la salle de gym tous les jours sans faire grand-chose d'autre.

— C'est son boulot.

— C'est un boulot débile.

— Rien ne t'empêche de t'inscrire à BruteBody pour renforcer les fléchisseurs de tes avant-bras si les siens te rendent jalouse.

— J'ai un vrai métier. J'ai fait pas mal d'efforts pour ne pas tomber complètement en ruine, mais c'est une activité secondaire. Je m'efforce de garder un sens des proportions.

Du moins, c'est ce qu'elle prétendait. Néanmoins, Serenata avait peu à peu été convaincue que cette culture du corps à l'exclusion de toute autre avait d'une certaine façon poussé sur le terreau de son péché originel. N'affirmait-elle pas souvent, même si c'était de façon ironique, que le reste du monde la « copiait » ? Par conséquent, avec ses innombrables 16 kilomètres le long du fleuve, elle avait semé dans la maison les graines du fondamentalisme sportif. Elle ne pouvait décourager son mari sans avoir l'air d'être hypocrite. Elle avait créé un monstre.

— Ma coach croit en moi.

— Tu achètes sa croyance en toi. Arrête de lui régler ses 1 200 dollars d'honoraires mensuels et tu verras combien de temps durera sa foi en tes aptitudes sportives.

Même si Serenata avait un don pour deviner ce qui faisait vibrer les gens, elle ne parvenait pas à cerner les motivations de Bambi Buffer. À l'évidence, l'appât du gain était un moteur. Peu d'amateurs dans cette petite ville un rien déprimée pouvaient se permettre de verser des honoraires d'un tel montant. Mais enfin, leur foyer non plus ne pouvait pas se l'offrir. Nonobstant, même une coach grassement payée n'était pas obligée de passer chez son client cinq fois par semaine pour poser les pieds sur la chaise en face d'elle et masser le renflement que formaient ses quadriceps en béton ou pour récompenser un des rares traits d'esprit de Remington d'un rire de gorge disproportionné au regard de la modeste plaisanterie. Son indulgence semblait renfermer une part sinon de sentiment maternel, du moins de possessivité. Remington était devenu sa créature.

Tout aussi terrible : depuis la leçon improvisée le jour du marathon, Serenata avait appris à nager à Tommy March à la piscine du YMCA. Comme la plupart des adultes qui n'avaient jamais acquis cette technique essentielle de survie, Tommy était paniquée à l'idée de ne plus avoir pied. Il avait fallu lui faire surmonter cette terreur primitive, un défi psychologique intéressant, sachant que céder à la panique provoquait exactement ce dont on avait peur, et que se retrouver sur le point de couler renforçait cette peur. La clé avait finalement été les tonalités apaisantes du registre le plus bas de la voix de Serenata, qui pouvaient conduire à un état proche de l'hypnose.

Ainsi, en juillet, la grande tige s'était transformée en véritable triton. La récompense de son entraîneuse ? En août, Tommy s'était inscrite au club de triathlon.

Les absences prolongées de Remington permettaient à Serenata de disposer de suffisamment de temps pour rattraper le retard qu'elle avait pris dans ses enregistrements. Mais c'était une chose d'être délaissée et une autre de se sentir délaissée. Plutôt que de se plonger dans la lecture d'un scénario, elle jetait des coups d'œil trop fréquents à la pendule de l'ordinateur. Déstabilisée, elle arrêtait l'enregistrement pour filer au rez-de-chaussée et découvrait qu'elle ne se rappelait plus la raison qui l'avait poussée à descendre.

Quand sonnait l'heure de faire ses exercices, son appréhension du rituel devenait plus intense. C'était déjà assez dur comme ça de ne plus sortir de la maison pour courir, de rouler à vélo avec des hordes de « camarades » cyclistes enthousiastes qui vous gâchaient le plaisir, de voir la piscine du YMCA envahie par les membres du club de triathlon, dont l'ego la dégoûtait de faire ses longueurs de la même façon que des effluves en provenance des toilettes d'un restaurant pouvaient vous dégoûter de votre repas. Mais maintenant, les exercices à la maison qu'elle avait substitués à tout ce « déplacement du corps à travers l'espace » n'étaient pas seulement ennuyeux, mais minables. Comparées à l'entraînement du club de triathlon, ses séances étaient une plaisanterie. Se sentir éclipsée était si désagréable qu'il lui arrivait d'être tentée de tout bonnement sécher ses exercices. Mais elle refusait que ces forcenés contrôlent sa vie.

C'est ainsi que, par une fin d'après-midi ensoleillée au début du mois de septembre, à l'heure prévue, Serenata entreprit son fractionné intensif en s'efforçant de chasser de son esprit le fait que, au même moment, le club de triathlon de Remington était en train de parcourir 112 kilomètres en vélo cyclo-cross. Elle s'appliqua à bien rester sur sa double couche de tapis de bain moelleux pour lever les genoux jusqu'à la taille, à garder une cadence soutenue dont le rythme se heurtait à la musique répétitive du générique de début de chaque épisode de *The Big Bang Theory*, l'un à la suite de l'autre, à réprimer son agacement quand les tapis de bain ne cessaient de se séparer et à ignorer résolument l'inflammation qui gagnait son genou droit. Avec quinze séries de mille foulées, entrecoupées de cent pas de récupération entre chaque série, sa course sur place en levant les genoux dura en tout une heure et cinquante-huit minutes… et paraissait toujours aussi dérisoire.

Il lui restait quatre séries à faire quand elle entendit des voix à la porte de la cuisine donnant sur l'extérieur. Comme le vacarme augmentait au rez-de-chaussée, elle accéléra le tempo pour rejoindre la bande au plus vite. Il est tout de même curieux qu'un groupe dont vous ne voulez pas faire partie vous procure cependant un sentiment d'exclusion.

Lorsque Serenata entra enfin dans la spacieuse cuisine rustique, elle trouva face à elle le club de triathlon au complet, tout de Lycra vêtu – ce qui n'était pas à l'avantage de Cherry DeVries. Elle n'était pas obèse, mais une tenue de sport moins moulante aurait été plus indulgente, d'autant qu'elle avait acheté un short hors de prix une taille trop petit. En revanche, la tenue d'occasion de

Tommy était trop large et avachie, et elle n'arrêtait pas de remonter son short, puis de fourrer le surplus à l'intérieur le long des cuisses. La mode du short cycliste, peu seyant sur tout le monde, restait un mystère.

Pardon, le short cycliste était peu seyant sur *presque* tout le monde. Le short jaune canari de Bambi Buffer moulait les os saillants de ses hanches, sur lesquels on aurait pu poser en équilibre une règle graduée sans que celle-ci touche la peau entre les deux. Il faisait ressortir le côté dur et haut perché de son cul. Chaque fesse s'assombrissait dès qu'elle faisait un pas et que ses fessiers se contractaient. Sans manches, avec une encolure en V, son blouson moulant bleu pastel dont la fermeture éclair était remontée comprimait ses seins, la plus intéressante partie du muscle pectoral, pour dessiner un semblant de décolleté. Elle avait formidablement bronzé pendant l'été. Le soleil avait éclairci ses cheveux blond vénitien et sa coupe à la garçonne venait d'être rafraîchie.

— Je ne te dis pas le soulagement de ne plus être la seule femme du club, avouait Cherry à Tommy. Cette balade m'a mis le « tu vois ce que je veux dire » en feu. Mycose. Les gars ne comprendraient pas.

— Hé, qu'est-ce que tu racontes, tu étais la seule femme ? s'étonna Bambi en retirant une bouteille de vin rouge du casier.

Une bouteille vide traînait déjà sur le plan de travail.

— Tu ne comptes pas, Bam-Bam. Qui que tu sois, tu ne corresponds pas à ce bon vieux mot de « femme ».

Dégingandé, la quarantaine et le seul vétéran de MettleMan du club autre que leur Chère Guide, Sloan Wallace s'était fait tatouer deux M identiques sur son biceps droit : quatre chapeaux pointus orange côte à côte, comme une chaîne de montagnes dessinée par un enfant. Si on ne reconnaissait pas le symbole, c'est qu'on n'était pas un initié ; on était un pauvre type.

— Tu devrais te procurer une selle plus large, Cherry, lui conseilla Bambi en débouchant la bouteille.

— Je pourrais aussi jeter un coup d'œil à la hauteur et à l'inclinaison, offrit Chet Mason, le technocrate du club. Les os de ton cul doivent toucher l'arrière de la selle. Il se peut que tu t'assoies trop en avant sur la langue centrale…

— La vache ! s'écria Hank Timmerman, le type louche du club. T'as pas dû t'ennuyer pendant la course !

Remington déposa un baiser distrait sur la joue de sa femme.

— Dis, on n'a pas des trucs à grignoter ? Tout le monde meurt de faim.

Ces réunions désormais fréquentes avaient conduit Serenata à investir, bien malgré elle, dans des sachets d'huile de palme solidifiée. La saloperie croustillante ne marquait que le début.

Bambi indiqua le short en coton miteux de Serenata d'un signe de tête.

— Alors, elle a fait sa petite gym à la maison ?

Elle avait tendance à s'adresser à l'Épouse à la perpendiculaire, avec un étrange regard de côté, paresseux et englobant, comme si elle lançait une balle de softball par en dessous.

— Oui, avec une vidéo de Jane Fonda, répondit Serenata. Je sais bien qu'elle a plus de quatre-vingts ans mais je n'arrive toujours pas à son niveau. Et je trouve ça un peu dégueulasse de transpirer.

— La transpiration, c'est le Chanel du tri, chérie, assena Bambi froidement en avalant une gorgée distraite de vin servi dans un verre à orangeade.

Elle avait réussi à mettre la main sur leur dernière bouteille d'un coûteux syrah de la Napa Valley.

— Bam-Bam a droit à plus de chips, décréta Sloan, puisqu'elle a fait plein d'allers et retours pour voir où en était Rem. Nous, on s'est fait 112 kilomètres mais si t'ajoutes le baby-sitting, je parie que Bam s'est tapé le double.

— Vous êtes au courant que je roule avec le frein ? rigola Remington avec bonne humeur. Histoire que Bambi fasse vraiment de l'exercice.

— Tu devrais pas exciter le monstre, lâcha Sloan. Vu que Bam est maso, elle en redemande.

— Il faudrait que tu envisages de remplacer ton vieux clou, Rem, suggéra Chet. Il y a tellement peu de friction sur les vélos de triathlon en titane que le seul risque, c'est de pioncer.

Contrairement à l'antiquité de Serenata qui datait des années 1990, le « vieux clou » de Remington à 1 300 dollars n'avait que cinq mois.

— Rem m'a dit que t'avais fait un peu de vélo, toi aussi ? demanda Bambi à leur hôtesse tandis que celle-ci allait chercher une énième bière pour Sloan.

— Par-ci, par-là.

Il était hors de question qu'elle cède à la vulgarité de dérouler son CV sportif.

— À ton âge, Sera, pourquoi tu te prends pas un vélo électrique ? suggéra Bambi. C'est ce que je conseille tout le temps à mes clients âgés. Ça leur permet de rester en selle même avec des… articulations pourries.

— J'y ai pensé, répondit gaiement Serenata. Mais, vu le prix, autant acheter directement un scooter pour handicapé.

Et sur ce, elle battit en retraite vers les fourneaux, où se trouvaient les autres femmes.

— Tu n'es pas obligée de faire chaque fois à manger pour tout le monde, lui dit Cherry. On peut toujours commander des plats à emporter.

— Oh, faire des pâtes, ce n'est pas grand-chose, répondit Serenata en sortant leur plus grande casserole.

La livraison à domicile avait été testée, elle connaissait le topo : obtenir correctement la commande de tout le monde était exténuant et Remington et elle finissaient par payer la note.

— Tu veux que je coupe quelque chose ? demanda Tommy en se levant d'un bond.

— Tu n'es pas fatiguée ?

— Un peu, reconnut-elle, puis baissant la voix : Ce connard de Sloan en fait toujours des caisses en prenant la tête alors que je fais à peine du quarante sur le plat et du trente-deux en montée. Je n'arrive pas à tenir la moyenne. Ensuite, je ralentis et je me sens comme une fille.

— Ne le dis à personne mais tu es une fille, chuchota Serenata. Si tu dois faire partie d'un club multisport, sois un peu indulgente avec toi-même.

— Mais, toi, tu n'es pas fatiguée ? s'inquiéta Tommy alors que Serenata remplissait la casserole d'eau. Je t'ai entendue au premier en arrivant. Le fractionné est horriblement difficile.

— Oui, mais contrairement à d'autres, je pense que ça ne regarde que moi. Tiens, hache le persil.

Tandis que les trois femmes faisaient ce que les femmes finissent presque toujours par faire, les hommes se rabattaient sur un sport ancestral : se payer la tête d'Ethan Crick, l'absent, qui avait imploré d'être dispensé d'entraînement de vélo à la dernière minute.

— C'était quoi, l'excuse de Crick, cette fois ? demanda Hank.

— Il s'est cogné le doigt de pied, suggéra Sloan. Et ça a tellement gonflé qu'il n'a pas pu enfiler sa chaussure de vélo.

— Il s'est rasé les jambes pour avoir moins de prise au vent, dit Remington, et maintenant, il a des poils incarnés.

— Il a fait des abdos zans la clim, ajouta Hank en feignant un zozotement, et il z'est écroulé à cause du coup de chaud.

— Oh, c'était bien plus créatif que ça, dit Bambi. Vous connaissez Ethan. Un truc comme quoi un certain muscle du dos a fait des nœuds et après, chaque fois qu'il tournait la tête, une douleur paralysante lui vrillait la nuque. Ce crétin ne peut jamais avoir juste un mal de tête.

— Mais je vois très bien ce qu'il veut dire, intervint Serenata qui était en train d'équeuter des tomates cerises. À force d'être penché pendant des heures sur le guidon, un muscle de l'épaule se contracte et pince un nerf. La douleur monte directement dans la nuque, comme une piqûre d'abeille.

— C'est drôle, commenta Bambi du bout des lèvres. C'est exactement ce qu'Ethan a dit : « comme une piqûre d'abeille ».

Serenata aurait mieux fait de ne pas s'en mêler, mais mettre en pièces Ethan Crick était devenu une vilaine habitude du club, cela leur donnait l'impression d'être, en comparaison, plus robustes. Serenata était soulagée que Remington ait échappé au rôle de souffre-douleur. Malgré tout, cet ophtalmologiste à l'air doux était le seul membre à résister à l'approche provocante de Bambi vis-à-vis des blessures. Il n'avait pas le moindre désir de détruire son corps en travaillant à le perfectionner. Cela dit, l'inclination d'Ethan pour la modération pouvait effectivement mal le préparer à MettleMan, dont le site Internet affirmait que la modération était pour les idiots.

— Week-end après week-end, dit Sloan, Crick fait pile l'entraînement qu'il lui faut. C'est un NPF en puissance.

— Qu'est-ce qu'un NPF ? voulut savoir Serenata.

Et tous de s'exclamer en chœur avec une horreur feinte :

— N'a Pas Fini !

— J'ai entendu parler de plusieurs NPF MettleMan qui s'étaient éliminés eux-mêmes, ajouta Sloan. Tu parles de doubles losers.

Bambi donna un coup sur l'épaule de Remington.

— Et toi, fais gaffe ! Aucun de mes clients n'a jamais été un NPF. Tu finis ou je ne te laisse pas commencer. Sloan a raison. J'ai vu des mecs avoir le moral bousillé à vie – à vie – parce qu'ils sont arrivés en boitillant à cette barre fixe après minuit.

— C'est le temps limite de la course ? demanda Serenata.

— Comme Cendrillon, dit Bambi. Aux douze coups de minuit, retour à la misère.

— Je pense que les dégonflés devraient être marqués, proposa Chet. Faudrait leur tatouer NPF sur le cul au fer rouge. Qui veut dire aussi : Nabot Paniqué Faiblard.

Âgé d'environ vingt-cinq ans et toujours plein d'énergie, des yeux de chiot et le cheveu châtain mou, Chet était un jeune du coin. Il avait fréquenté un IUT où il avait étudié un truc vague et ennuyeux, comme la communication, et il en était à peu près au même stade que lors de son inscription. À l'heure actuelle, il était barista dans un café Internet d'Hudson et vivait toujours chez ses parents. Drogué au sport, il avait développé un physique ramassé qui n'était pas totalement séduisant. Dernièrement, il s'était accroché à l'idée de devenir triathlète pro. Il avait certainement le talent qu'il fallait. Toutefois, ce genre d'événements attirant des dizaines sinon des centaines de milliers de participants, il était peu probable qu'un grand fabricant d'articles de sport raque pour les tenues, les dépenses et le salaire d'un triathlète qui mesurait à peine 1,75 mètre.

Sloan Wallace, lui, avait le physique pour. Tout en jambes, mince et léthargique, il devait bien mesurer 1,92 mètre. Mais Serenata le voyait mal affronter une élite intimidante pour obtenir le sponsoring de Nike. Concurrent pas très ambitieux, il avait laissé tomber la folie de Wall Street et était venu s'installer à Hudson afin d'entamer une nouvelle vie comme restaurateur de voitures anciennes. Il était semble-t-il assez doué et vivotait en s'attaquant aux ambitions adolescentes de retraités fortunés. Dans un trou paumé comme Hudson, il faisait l'admiration de jeunes provinciaux qui pensaient tous que refaire les chromes de la calandre d'une Pontiac Bonneville de 1957 était le boulot le plus cool du monde. Sloan avait du prestige dans la région, et ses manières suaves attiraient les femmes comme un aimant.

Il était divorcé, naturellement – il faisait partie de ces hommes qui cherchent toujours mieux –, et, dans l'univers du sport d'endurance, sa vantardise éhontée était un atout.

— Est-ce que tes gosses sont à fond avec toi sur le triathlon ? demanda Tommy à Cherry qui était devant un brocoli. Ou c'est le genre : « Qu'est-ce qu'on mange ce soir ? »

— Les enfants me soutiennent vraiment, répondit Cherry. Quand je rentre de l'entraînement, ils m'apportent des coussins et une tisane.

— Et ton mari ?

Cherry resta le couteau suspendu au dessus du brocoli.

— Sarge, c'est une autre histoire.

— Il n'aime pas l'idée ?

— Pour être franche, il trouve ça ridicule. Pas le triathlon lui-même, mais que j'en fasse un. Il pense que j'essaie juste de perdre du poids. Que je n'ai pas l'ombre d'une chance de finir et donc que je me prépare à une défaite. Et, ensuite, que je mangerai pour compenser et que je serai encore plus grosse.

— Tu essaies de perdre du poids ?

— Bien sûr. Mais ce n'est pas la seule raison pour laquelle je me suis embarquée là-dedans. On s'est mariés très jeunes – même si on pensait qu'on n'était pas si jeunes que ça, tu sais comment c'est ou tu le sauras d'ici quelques années. Je me suis occupée d'un magasin d'alimentation juste après le lycée, mais je n'ai jamais eu de vrai boulot, parce que j'ai été tout de suite enceinte – ce qui est formidable, j'adore Deedee. Mais je voudrais faire quelque chose qui me rende fière, tu vois. Je suis fière de mes trois enfants, mais ils ne sont pas ma réussite personnelle. Ce sont des individus avec leur propre réussite. Sarge a le magasin d'antiquités et, même s'il a traversé des moments difficiles, il peut quand même dire qu'il a fait tourner une affaire. Je veux avoir la possibilité, moi aussi, de dire que j'ai fait quelque chose.

— Tu espères prouver à Sarge qu'il t'a sous-estimée ? demanda Tommy.

— Mieux vaut y croire ! Mais, d'un autre côté, j'ai peur que, si je devenais un jour triathlète, ça le rende furieux.

— Il n'est pas déjà furieux ?

— Si. Plutôt. Il trouve que vis-à-vis de lui je suis dans une position de sur-mec – si tant est que le mot existe.

— S'il n'existe pas, il faudrait l'inventer, intervint Remington, venu chercher une énième bouteille de rouge. Les femmes se masculinisent et les garçons veulent tous mettre des robes.

— Qu'ils en mettent ! s'écria Cherry. Moi, je préfère le Lycra respirant.

Un jour, Serenata avait émis l'hypothèse que Cherry DeVries tenait compagnie à Remington en queue de peloton. Remington l'avait détrompée – Cherry conservait une place solide au sein du peloton. Cette idée qu'une femme forte soit à la traîne dénotait un certain préjugé, mais sa masse corporelle devait forcément être un inconvénient – cela amplifiait son tirant d'eau, augmentait l'attraction de la gravité sur le vélo et l'obligeait à propulser davantage de poids en courant. Si elle tenait le même rythme que Tommy, Cherry était l'athlète la plus impressionnante du groupe.

Serenata s'activa à blanchir le brocoli et à faire fondre les anchois dans de l'huile d'olive chaude, tout en se disant que personne ne l'avait forcée à préparer ce repas. Rien n'était plus insupportable que ces gens qui choisissent de faire quelque chose de leur plein gré, puis changent d'avis et finissent par s'énerver. Mais, après sa séance de fractionné, son genou droit hurlait. La pire des activités pour des articulations dans cet état n'était pas de marcher ou de courir mais de rester debout – autrement dit, de faire la cuisine. Entre aller chercher les biscuits apéro, resservir à boire et préparer un dîner pour huit personnes, cela faisait trois heures qu'elle était debout. Au moment de couper les olives, elle fit reposer tout son poids sur la jambe gauche. Inutilisé, le genou droit se raidit et, en traversant la pièce pour aller saler l'eau des pâtes, elle dut traîner sa mauvaise jambe toute raide. Alors que Bambi s'étirait à la table en croisant gracieusement ses fines chevilles – elle avait eu la présence d'esprit d'apporter des ballerines pour se changer –, Serenata remarqua que ses genoux avaient de nouveau enflé. Le gonflement s'était étendu à la base des cuisses, créant un désastreux effet visuel de tube. Depuis l'enfance, ses jambes avaient toujours été son point fort. En désespoir de cause, elle plongea la main dans un tiroir pour prendre un tablier plus long, non pour protéger sa tenue de sport miteuse des projections de graisse d'anchois, mais pour dissimuler son « point fort » aux yeux critiques des membres du club de triathlon, y compris ceux, scrutateurs, de son mari.

— Tu boites, chuchota Tommy.

— Je le sais bien, rétorqua Serenata. Pourquoi crois-tu utile de me le signaler ?

Tommy eut aussitôt les larmes aux yeux. Elle n'avait que vingt ans. On ne se défoulait pas sur sa seule alliée quand on était entourée d'ennemis potentiels.

Serenata s'empressa de poser la main sur le bras de Tommy.

— Pardon. Merci de l'avoir remarqué. Tu es la seule.

— Tu as programmé l'intervention ? demanda Tommy d'un ton sévère.

— Non, répondit Serenata en retournant aux olives. Elle n'aurait pas dû en acheter avec des noyaux.

— Pourquoi ?

— Je gère.

— Non, tu ne gères pas. C'est en train d'empirer. Tu continues à forcer dessus tous les jours en faisant ta gym et, après, tu as du mal à marcher.

— Je ne veux pas me faire remplacer les rotules. Sur Internet, les gens disent qu'il vaut mieux se faire opérer des deux en même temps parce que, une fois que tu as découvert à quel point c'était horrible, tu ne veux plus qu'on touche à l'autre.

— Mais tu ne peux pas attendre d'être disposée à le faire. Tu ne le seras jamais. Il va arriver un moment où tu ne pourras plus du tout faire d'exercice et, là, tu le regretteras.

— Je regrette déjà. J'ai vu des photos des cicatrices, elles sont hideuses.

— Les cicatrices, on s'en fout. Tu vieillis. Tu fais ta princesse, là.

— Je n'ai pas à recevoir de leçons d'une petite dinde.

— La petite dinde te pousse à le faire parce que personne d'autre ne s'y colle, à ce que je vois. Pourquoi

Remington ne remarque pas que tu boites ? Pourquoi Remington ne te met pas un téléphone dans la main pour t'obliger à fixer une date ?

— Parce que désormais Remington se fiche de tout ce qui me concerne.

Ces paroles avaient été prononcées avant que Serenata puisse les retenir. Elle avait failli annoncer encore plus clairement : « Parce que désormais Remington se fiche de moi. »

— Mais c'est ton mari, dit Tommy, déconcertée.

Serenata eut un petit sourire pincé.

— Dis donc, on enfonce les portes ouvertes ce soir ? Je voulais simplement dire qu'il ne pense pas à mes problèmes en ce moment. Si un jour tu restes mariée très longtemps, tu découvriras que les conjoints s'éloignent. Ça ne signifie pas pour autant qu'ils soient infidèles. Leur attention s'égare, puis elle revient.

Tommy avait l'air sceptique. Serenata non plus ne trouvait pas cette version des événements très convaincante. Ébranlée, elle versa le kilo de fusillis dans la casserole alors que l'eau ne bouillait pas encore à gros bouillons – à l'image du malaise dans son couple.

Cette fois, quand ils s'installèrent pour dîner, Serenata posa fermement son verre à vin à côté de la place habituelle de Remington au bout de la longue table en bois. Ce qui n'empêcha pas « qui vous savez » de prendre la chaise de l'autre côté mais, au moins, Serenata n'était pas exilée à l'autre extrémité, à côté de Hank, qui n'avait pas lésiné sur le gin-to et commençait à être sévèrement torché.

— Regarde tous ces gens qui rentrent du boulot à vélo, dit Bambi en touchant le poignet délicat de

Remington, après que le plat de pâtes avait été ratissé. Ils sont toujours *choum*, *choum*, *choum*, à pédaler comme des fous en descente puis à relâcher en montée. Mais ce qu'on veut, c'est un usage de la force constant et fluide. N'oublie pas d'y aller mollo sur la chaussure à crampons. On ne veut pas de pics de puissance variables.

C'était un miracle que l'écolier de base sache monter à bicyclette à six ans, vu la complexité de la chose.

Serenata était restée silencieuse pendant tout le repas pendant que Chet s'emballait à propos de marques de combinaisons de plongée, que Cherry avouait ses fuites urinaires gênantes quand elle courait longtemps et que Bambi reprochait à Hank de prendre trop d'avance et de s'épuiser trop tôt. La passivité étant aussi débilitante que la conversation, Serenata finit par mettre son grain de sel.

— Je me demande, commença-t-elle prudemment, si beaucoup de personnes âgées arrivent à pratiquer un sport d'endurance justement parce qu'elles n'étaient pas particulièrement actives étant jeunes.

Bambi leva brusquement les yeux.

— Où as-tu été pêcher ça ? Tu veux dire que rester assis le cul sur sa chaise est la meilleure façon de se préparer à un marathon ?

— À Saratoga Springs, j'ai parlé à des marathoniens âgés, raconta Serenata. Tous avaient découvert le sport à la cinquantaine ou même à la soixantaine, comme Remington.

— Ce n'est pas surprenant, dit Bambi. C'est un truc d'époque. C'est un mouvement qui balaie tout le pays et, bientôt, on va voir débouler toute une super-race…

— Bien sûr, il y a une tendance dans la société. Mais ce qui rend possible d'exiger autant d'efforts d'un corps vieillissant, c'est qu'on ne l'a pas encore épuisé.

— L'exercice physique n'épuise pas, chérie. Il construit.

— Seulement jusqu'à un certain point, avança Serenata. Le corps est un mécanisme avec des pièces mobiles qui s'abîment à force d'être utilisées. Certaines de ces pièces se cassent, comme les pièces d'une voiture quand on conduit trop vite.

— Le corps est un organisme, pas une machine, déclara Bambi. Le mettre sous pression le fait se développer. Plus tu lui en demandes, plus tu en as. Tu ne lui as peut-être jamais demandé assez.

— Serenata lui a demandé beaucoup, intervint Remington.

Sa défense était touchante, mais Bambi l'ignora.

— Il y a des limites, reprit Serenata.

— C'est le truc le plus débile que j'aie jamais entendu. Tu sais ce que j'en fais, de tes limites ? Les limites sont dans ta tête. Tu vois ce que je te disais, Rem.

— Pensées négatives, acquiesça Remington.

— Toutes ces conneries de : « Il va s'user comme une bagnole. » C'est la frousse qui te dicte ça. Mais je suppose que c'est le genre de mentalité qu'on a quand on gagne sa vie en parlant.

— C'est tout moi, fit Serenata. Bla, bla, bla.

— Ma femme est une interprète de voix off accomplie, insista Remington en enfonçant son index dans le bras de sa coach. Il faut que tu écoutes ce qu'elle fait.

— Bon, Bambi a raison pour les limites, dit Cherry. Au début, je croyais que je n'arriverais jamais à courir jusqu'au bout de la rue. Mais j'ai été abasourdie par ce que j'ai été capable de faire à la fin ! Il faut se répéter sans cesse de ne pas faire le bébé.

— Mais il arrive que ce « bébé », objecta Serenata, ait conscience qu'on est en train de lui faire du mal, qu'on en fait trop.

Tommy sourit.

— Bambi pense que ça n'existe pas d'en faire trop.

— La vogue du sport extrême est assez récente, fit remarquer Serenata. Y a-t-il des études sur ce que deviennent ceux qui s'y sont adonnés année après année ? Voire des dizaines d'années ?

— Tu veux savoir ! s'écria Chet depuis l'autre bout de la table. À l'âge de Rem, j'irai jusqu'à la lune en triathlon !

— Ça, ou on te poussera sur un brancard et tu auras un tube enfoncé dans la gorge, lui rétorqua Serenata gentiment. C'est la question.

— Rem m'a appris un super mot l'autre jour, dit Bambi. Tu sais que ton mec en a, là-dedans.

— Après trente-cinq ans, il se peut que je l'aie remarqué.

— Catastrophisme, énonça Bambi avec délice. Voilà ce que tu fais et ce qui contamine mon client. Continue ton catastrophisme et tu vas ruiner tout le mal que je me suis donné.

— Je croyais que c'était Remington qui se donnait du mal.

— Efforts conjoints, chérie. Cette bande se fait les muscles en équipe. Et tu sais quel est le muscle le plus important ? Pas les fessiers, pas les quadriceps mais le mental. Tu connais l'expression « Il a un muscle à la place du cerveau » ? C'est censé être une insulte.

Mais ce n'en est pas une. L'esprit est un muscle, et le cerveau de ton mec, avec l'aide de ses amis, est en train de devenir gros et dur.

— Avec un certain cul sur la selle devant lui, lança Hank, il n'y a pas que son cerveau qui va devenir gros et dur.

— Quand j'étais au lycée, poursuivit Serenata en fermant les yeux sur les grivoiseries juvéniles, les sportifs étaient considérés comme des abrutis. Maintenant que les gens instruits ont découvert les vertus de l'activité physique, le sport exige soudain de vastes facultés cognitives.

— On peut toujours décortiquer le triathlon, c'est sûr, dit Bambi, mais en avoir dans le melon reste un avantage. Rem, par exemple, a parcouru sa distance chaque fois. Il est un peu plus lent que nous autres…

— Tu es trop généreuse, la coupa Remington. Je suis *beaucoup* plus lent.

— … mais pas une fois ce mec ne s'est arrêté brusquement alors qu'il n'avait pas fini son parcours. T'étais au courant de ça ?

— Bien sûr, assura Serenata avec désinvolture.

En réalité, elle n'en savait rien.

Bambi donna un nouveau coup sur l'épaule de Remington ; c'était une manie.

— Tu as la détermination. Je peux te coacher sur la technique, te faire un programme, mais la férocité doit être là dès le départ.

— Certaines formes de détermination sont dangereuses, déclara Serenata.

Dans un gros rire, Bambi se servit un énième verre de rouge, puis elle remplit celui de Remington jusqu'à ras bord. Si Serenata en avait voulu, il aurait fallu qu'elle ouvre une autre bouteille.

— Tu vaux vraiment le déplacement, ma vieille. J'ai presque envie de faire imprimer « CERTAINES FORMES DE DÉTERMINATION SONT DANGEREUSES » sur les T-shirts du club.

Serenata jugea bon de s'expliquer.

— Je m'inquiète pour son tendon.

— Crick et toi, dit Bambi, vous êtes des angoissés.

À l'autre bout de la table, Chet parlait à Sloan de son avenir de triathlète professionnel.

— Une fois que tu attires les sponsors, ils te donnent plein de trucs gratos ! Des chaussures de running, des cyclistes, des lunettes de natation, ce que tu veux ! Et surtout, si tu décroches un titre ou deux, certains contrats incluent un gros paquet de blé en plus. Alors, j'aimerais bien une de tes grosses cylindrées. Plutôt bien vu, non ? Comme la Pontiac GTO de 1964.

— Je ne devrais pas te dire ça, répondit Sloan, conciliant – il était impossible que ce type croie en l'avenir pro de Chet. Mais, d'un point de vue mécanique, c'est de la merde. Tu serais mieux loti avec le modèle de 1967.

— Chet, demanda Serenata, as-tu d'autres ambitions ? Un plan B ? Parce que, même si tu passes pro, ça doit être dur de rester au top niveau plus de quelques années dans un sport aussi épuisant.

Bambi tapa sur la table assez fort pour être virée du service public de la ville d'Albany.

— Ma puce, tu produis plus de mauvaises *vibes* qu'une machine à brouillard de cinéma. Ça doit être drôlement lugubre dans ta tête, je ne sais même pas comment tu te lèves le matin.

— Les plans B, c'est pour les losers, affirma Chet. Une solution de repli, c'est la porte ouverte à l'échec.

— Oui, faut pas laisser ce genre de pensées entrer dans ta tête, renchérit Tommy. Comme le dit le sticker de MettleMan que j'ai collé près de mon lit : « NE PAS DOUTER ».

— On dirait une parole de la Bible, fit Serenata. De Moïse peut-être.

— Si c'est ton idée de la dérision, dit Bambi, va falloir que tu bosses un peu plus. Le tri est un système de croyance, d'accord. Mais de croyance en soi-même.

— Mais si tout ce en quoi tu crois, c'est toi, ce n'est pas un peu mince ? objecta Serenata. Ça me paraît affreusement nombriliste. Et, s'il n'y a rien d'autre, solitaire.

— Regarde autour de toi, fit observer Bambi. On est au milieu de plein de potes. C'est toi qui as l'air seule.

Serenata fut coupée dans son élan. Effectivement, elle se sentait seule.

— Le tri m'a sauvé, dit Hank qui avait dépassé l'étape exubérante de l'ébriété et amorçait la phase larmoyante. Cherry s'étant extirpée du bras qu'il avait passé autour de ses épaules en prétextant d'avoir besoin d'aller aux toilettes, il s'était rabattu sur Chet.

Si Cherry était beaucoup trop lourde pour le sport d'endurance, Hank était beaucoup trop maigre. Ses cheveux noirs en épis avaient toujours l'air sales. Ses jambes rachitiques étaient couvertes de touffes de poils noirs déplaisantes. Il était toujours blanc comme un linge au début du mois de septembre. Sa gamme d'expressions allait de lubrique à désespéré. Il devait avoir vingt-huit ans et avait fait de la prison au moins une fois pour possession de stupéfiants.

— Quand j'étais en taule, le seul truc qui m'empêchait de devenir dingue, c'était la salle de muscu, poursuivit Hank. Je m'étais promis que, cette fois, à ma sortie, je serais clean, OK ? Je ne ferais pas les mauvais choix. J'avais compris que j'étais malade, OK ? Et que la maladie est en moi mais que je ne suis pas la maladie, OK ? Alors le premier truc que j'ai fait à ma sortie, je suis allé chez BruteBody faire un mois d'essai gratis. Au trou, ils n'arrêtaient pas de me dire qu'il fallait que je me persuade que j'étais capable de changer ou alors je deviendrais un danger pour moi-même. Eh bien, ça ne faisait pas plus d'une semaine que j'allais à la salle tous les jours quand j'ai commencé à remarquer des signaux inquiétants. Des pensées incontrôlables. Des pensées intrusives. En gros, je n'arrêtais pas de penser à l'héro. Je savais que j'étais à deux doigts de m'en procurer. Et c'est là que Bambi m'a sauvé. Au lieu d'aller m'acheter une dose, je me suis retrouvé dehors à courir avec elle, mec. Quand j'y repense, c'est drôle vu que ça ne devait pas être plus de 8 kilomètres ou même moins, mais ça m'a paru durer une éternité, mec. J'ai cru que j'allais crever. Alors que maintenant je peux courir 20 ou 25 kilomètres, sans problème, tu vois ? J'ai un but dans la vie. Je ne suis plus accro à l'héro, je suis accro au fait d'aller m'éclater dehors, mec, sur la route et dans la piscine. C'est une défonce complètement différente, une défonce clean. Donc, faut que je vous remercie tous. Ma vie, c'est tri, tri, tri, tri en boucle, mec.

Serenata avait déjà entendu ce témoignage. Le mélodieux « tri, tri, tri, tri » lui rappelait le « Joie, joie, joie, joie dans mon cœur ! » de Nancee pendant le voyage en voiture jusqu'à Saratoga Springs.

Tommy se leva pour aider Cherry à débarrasser.

— À 10 dollars de l'heure ?

La remarque de Serenata avait des accents tristes.

— Non, pour toi, ce sera 7,50 dollars, répondit Tommy.

Le débarrassage des assiettes libéra la place pour que Bambi et Remington se livrent à un bras de fer. Malgré tout le vin rouge, Bambi n'aurait aucun mal à l'emporter, quand bien même elle ferait en sorte que cet homme plus âgé ne perde pas la face. En outre, la pression exercée sur le bras de Bambi faisait ressortir les contours éblouissants de son biceps.

Serenata regardait la scène sans réagir, sa chaise légèrement en retrait de la table même si elle se sentait beaucoup plus loin que cela. Les rares fois, à une époque révolue, où Remington et elle avaient convié des connaissances à dîner, leur plus gros problème était qu'ils finissaient toujours par échanger entre eux de façon vive et joyeuse, ce qui excluait leurs invités. Ils n'avaient jamais trouvé personne à inviter avec qui ils auraient aimé parler autant. Pendant que les visiteurs attendaient que le fromage leur soit servi, ils passaient trop de temps à s'affronter sur une question sans qu'aucun veuille céder du terrain, comme ces deux-là en ce moment – si ce n'est qu'eux s'y adonnaient avec un littéralisme que l'ancien Remington aurait trouvé crasse.

Le reste du club les encourageait avec force cris, et les trois hommes attendaient leur tour. Lorsque Bambi abaissa le bras de Remington, elle ne le cogna pas contre la table, non, mais, avec une pointe de tristesse, elle lui fit décrire un arc gracieux avant de toucher le bois. On aurait pu penser qu'un mari se serait réjoui d'avoir trouvé quelqu'un à sa mesure, et, du point de vue de la rhétorique, leur mariage était un match nul. Mais peut-être faisait-il partie de ces hommes étranges pour qui il est plus érotique d'être battu.

Hank était le suivant et il n'avait aucune chance.

— Je te laisse gagner, dit-il en prenant mollement la place peu enviable. C'est plus… chevalier.

— Ce serait plus chevaleresque de ma part, dit Bambi, et même plus professionnel de t'empêcher de participer à une compétition sportive quand tu es bourré.

— Tu peux parler, dit Hank d'un air sombre.

— Le vin rouge coule dans mes veines, répondit-elle. Et je tiens bien l'alcool.

Bien qu'il ait manifestement trouvé l'exercice plus difficile que prévu, après une brève lutte, Chet, quant à lui, aplatit le bras de Bambi.

Les yeux de la coach lancèrent des éclairs avant qu'elle ne dissimule sa fureur sous la vantardise.

— Si tu n'arrivais pas à battre une fille après toute la fonte que tu as soulevée, je dirais que tu as besoin d'une nouvelle coach !

Elle parvenait même à faire d'une défaite une réussite personnelle. Elle n'aimait vraiment pas perdre.

Lorsque ce fut le tour de Sloan, les compétiteurs formaient un attelage assorti. Ils avaient tous deux les membres naturellement bien dessinés des sportifs-nés et les silhouettes allongées des avatars de jeux vidéo. Les yeux plantés dans ceux de l'adversaire, chacun semblait appuyer de plus en plus fort et pourtant rien ne bougeait ; la tranche de leurs mains devenait de plus en plus blanche. Au bout d'une minute, il devint évident que Sloan la retenait à peine.

— Tu veux faire durer ça combien de temps ? demanda-t-il d'une voix détendue.

— Tu n'es qu'un sale petit con condescendant.

— Je suis un homme.

— C'est pareil.

Bam ! L'avant-bras de Bambi heurta la table.

— Une sacrée force, tout compte fait, reconnut Sloan.

Bambi se frotta la main.

— Tu l'as dit. J'ai eu l'impression de faire un bras de fer avec un mur.

Sloan rit.

— De ta part, être comparé à du béton est un compliment.

Bambi leva l'index.

— Planche en appui sur les coudes ! Ça met tout le monde à égalité, question genre.

Et les voilà partis au salon, le public à leur suite. Serenata regardait le spectacle d'un œil vague depuis le pas de la porte. Les deux spécimens s'allongèrent côte à côte sur le tapis d'Orient, en extension sur les orteils et les coudes, les avant-bras posés à plat sur le sol devant eux. Chet mit son chronomètre en marche. Ce jeu de salon était à l'évidence de mauvais goût. Raison pour laquelle leur hôtesse n'était pas près de signaler qu'elle tenait elle-même en planche cinq bonnes minutes. En outre, parmi les membres de la « super-race », ses pauvres cinq minutes seraient sujettes à dérision.

Un concours de celui qui tiendrait une position stationnaire le plus longtemps possible était ennuyeux. En roue libre, Chet et Hank se mirent à mesurer leur force en soulevant des meubles. Serenata essaya de croiser le regard de Remington pour qu'il les décourage, mais son mari était occupé à tenir un fauteuil au-dessus de sa tête. Finalement, Sloan s'effondra sur le tapis et roula sur le dos.

— Neuf minutes et vingt-quatre secondes ! annonça Chet.

— T'as gagné, ma salope, dit Sloan. T'es contente ?

Mais Bambi garda la position.

— Dis-moi quand j'en serai à dix, demanda-t-elle d'une voix étranglée.

Ce n'est qu'après l'annonce des dix minutes qu'elle s'écroula à son tour avant de se retourner sur le dos, le souffle coupé.

— Tu aurais dû le savoir, Superman, j'ai des abdos en béton, dit Bambi, encore essoufflée.

— Ça t'a pris combien de temps pour arriver à tenir dix minutes ? demanda Remington.

— Ces petits bébés, c'est le boulot d'une vie, mon pote, répondit Bambi. Tu sais que les gens veulent toujours toucher le ventre des femmes enceintes ? Eh ben, c'est ce qui m'arrive dans les salles de gym, sauf que j'ai pas le gosse.

— Vraiment ? s'étonna Remington. Et tu les laisses faire ?

— Parfois, répondit Bambi d'un air faussement pudique.

Elle souleva son blouson bleu pastel et contracta ses abdominaux.

— Tâte.

Remington posa une main hésitante sur le ventre de sa coach.

— Stop !

Tout le monde se retourna vers le pas de la porte. Remington retira sa main.

— Ça suffit comme ça, dit sobrement Serenata avant de retourner à la cuisine aider les deux autres femmes à finir de nettoyer.

Ce coup de semonce dénué d'humour mit un terme aux pitreries de la soirée et, en l'espace de quelques minutes, leurs invités avaient quitté les lieux. Elle regretta que Tommy s'en aille. Se retrouver seule avec son mari était une perspective moins emballante que d'habitude.

Serenata s'assit au bord du lit en lui tournant le dos. Des époux ne se sentent pas proches en permanence. Remington et elle vivaient à fond chacun sa vie séparément pour mieux se la raconter ensuite. L'intensité de ces moments où ils étaient absorbés par d'autres questions, leur capacité à se sortir de la tête l'existence de leur conjoint pendant des heures, voire des jours, venaient d'un sentiment de sécurité – une satisfaction joyeuse. Cette fois, c'était différent.

Remington était en train de se sécher les cheveux avec une serviette après sa douche de minuit. Il avait laissé son peignoir en éponge ouvert. Au cours de l'année écoulée, il était devenu plus à l'aise avec la nudité. Alors que Serenata le devenait de moins en moins. Elle s'était déshabillée, et elle avait conscience que le relief du couvre-lit allait s'incruster dans son cul, comme les chaussettes avaient dessiné un sillon sur ses chevilles, gâchant ce qui restait de la pente jadis séduisante de ses tibias. Le vernis couleur pêche sur ses orteils était en partie écaillé ; cette étourderie dans son rituel beauté était peut-être le signe précoce d'un laisser-aller. Aux endroits où le vernis manquait, des stries verticales hideuses liées au vieillissement de la kératine étaient visibles. Comprimés dans des chaussures de course éculées pendant des décennies, ses orteils s'étaient tordus, formant une bouillie de doigts qui se chevauchaient, comme s'ils étaient en glaise et que quelqu'un avait marché dessus. C'était en position assise que la grosseur formée par l'os à l'intérieur du genou droit était le plus visible. Le changement était assez subtil – il était peu probable que les écoliers la montrent du doigt dans la rue en riant –, mais appelons un chat un chat: c'était une difformité. Ses seins étaient tombés depuis longtemps; en contractant ses pectoraux devant la glace, elle avait constaté que, en fait, ses muscles s'empilaient comme une deuxième paire de miniseins au-dessus de la première, comme si elle était un monstre ou avait des tumeurs. Ses épaules s'étant autant affaissées que ses seins – ce soir en particulier, l'acharnement que toute sa vie elle avait mis à se tenir bien droite semblait être en bout de course –, une petite masse de chair avachie drapait son ventre, détruisant toute impression que ses muscles étaient en béton. Elle faisait attention à ce qu'elle mangeait, mais elle avait eu des bébés, ce pour quoi les femmes étaient à coup sûr punies deux fois.

D'ordinaire, ils n'étaient pas gênés par le silence. Cela signifiait seulement qu'ils n'avaient rien à dire. Mais ce silence-là, il fallait impérativement le combler, car, s'il se prolongeait, quelque chose empirerait ou quelque chose d'horrible arriverait peut-être. Il se pouvait que quelque chose d'horrible arrive de toute façon.

— Tu n'avais pas l'air en forme ce soir, dit-il.

— Je me demande bien pourquoi.

— Ce ne sont pas de mauvaises personnes.

— Je n'ai jamais dit ça.

— Tu peux te montrer très critique.

— J'exerce mon jugement. Contrairement à certains.

— On chahutait. C'était inoffensif.

— C'était gênant.

— Tu étais la seule à être gênée.

Serenata se força à se redresser.

— Mon chéri, je regrette d'avoir à le dire, mais ton obsession pour le sport d'endurance a rendu ta conversation un peu pénible. Autrefois, tu parlais de politique ou de plans d'urbanisme ou même des émissions qu'on regardait quand on était gamins – et j'adorais me rappeler ces enfants stars insupportables qui jouaient dans *Flipper le dauphin*. J'aimais analyser les raisons pour lesquelles on regardait tous les deux des émissions qu'on détestait et pourquoi les enfants méprisent si souvent les autres enfants à la télé. Mais, maintenant, tu ne parles plus que de techniques pour retirer ta combinaison de natation le plus vite possible à la première transition. Si je n'avais pas l'air en forme ce soir, c'est surtout parce que je m'ennuyais.

— Le sujet de la forme physique ne t'a jamais ennuyé quand c'était toi qui faisais du sport.

— Tu as tort. Il m'ennuyait à mort. Ce qui explique que j'en parlais rarement, au cas où tu ne l'aurais pas remarqué.

— Tu en parlais plus que tu ne crois.

— Dans ce cas, je te prie de m'excuser de t'avoir ennuyé. Tu sais, tu m'as dit que je n'étais pas en forme ce soir comme une accusation. Comme si je refusais d'être en forme.

— Tu n'es pas vraiment entrée dans l'esprit de la soirée.

— Quel esprit était-ce ?

— Se détendre après une course à vélo difficile. Faire preuve d'une rivalité de bon aloi. Comparer ses impressions sur un projet long et exigeant.

— Ce n'est pas mon projet.

— Tu t'es exclue de ce projet et tu as donné ton opinion dessus.

— Tu m'as à peine parlé de toute la soirée.

— On avait des invités.

— Oui. Et j'ai fait des efforts considérables pour engager le dialogue avec ta coach.

— Tout ce que tu disais était critique.

— Et ce qu'elle disait, elle ?

— Tu l'as poussée dans ses retranchements.

— Tu trouves intéressant que tous les membres du club soient blancs ?

— Pas vraiment. La majorité de la population d'Hudson est blanche.

— En fait, un peu plus de la moitié est blanche, rectifia-t-elle. Un quart noir et bientôt dix pour cent de Latinos. J'ai vérifié.

— Ça n'a rien de surprenant de fonder un petit club cent pour cent blanc, même si la ville est majoritairement non blanche.

Avec son débit monotone et sans nuance, Remington était revenu à la neutralité éprouvante qu'il choisissait lorsqu'on abordait des sujets sensibles.

— Il se peut que politiquement ce soit gênant, mais la plupart des gens se sentent plus à l'aise en compagnie de ceux qui leur ressemblent. Ils se répartissent ainsi souvent inconsciemment. Les Noirs, les Hispaniques et les Asiatiques font la même chose. Ce n'est pas exactement du racisme. C'est plutôt le désir naturel de se reconnaître et de pouvoir se détendre. Ces bandes de copains affichant leur parfaite « diversité », comme une pub Coca-Cola, pour apprendre au monde à chanter… c'est une fiction inventée par la télévision.

— Mais j'ai jeté un œil à tes vidéos de triathlon. Les participants sont majoritairement blancs. Je pense que ça veut dire quelque chose.

— Tu es en train d'insinuer que le sport d'endurance est réservé aux riches ?

— Pas du tout. Il se peut qu'Ethan gagne correctement sa vie comme ophtalmologiste, mais il ne deviendra jamais riche dans une ville de cette taille. Sloan a eu de l'argent mais restaurer des voitures demande beaucoup de temps et je parie qu'il doit avoir du mal à boucler ses fins de mois. Les autres font ce qu'ils peuvent, et même Bambi ferait pareil si tu n'étais pas là. Hank, lui, hésite entre deux carrières, toxicomane ou professionnel du crime.

— Alors, où veux-tu en venir ?

Serenata n'avait rien prémédité et lorsqu'elle s'était engagée dans cette voie, elle ne savait pas du tout où elle voulait en venir. Arrivée presque à destination, elle avait envie de faire demi-tour.

— Je sens une… régression, un… rétrécissement, un… repli. Un retrait. Un affadissement des horizons. Une contraction des aspirations. Un matérialisme nouveau, mais qui ne s'étend même pas aux meubles de jardin. Le matériel est le corps. Je sens une réduction au minimum de ce que tu es, sans être mort. Une fermeture des écoutilles, un plongeon dans un trou.

— Je n'ai absolument pas ce sentiment. Devenir plus fort physiquement se traduit directement par des forces de différente nature.

— C'est une forme particulière d'épanouissement, qui se fait au détriment des autres. Ta coach a beau vanter la résistance mentale du triathlon, c'est anti-intellectuel. Ce qui est bizarre en ce qui te concerne. As-tu remarqué que tu avais arrêté de lire ? Des magazines de sport, des manuels d'entraînement, oui. Mais je ne parviens pas à me rappeler la dernière fois que tu t'es attaqué à un de ces volumes sur la politique actuelle dont tu avais l'habitude de souligner certains passages au feutre rouge.

— Tu passes manifestement ton temps à surveiller ce que je fais du mien et je ne vois pas en quoi c'est mieux.

— Et puis… Tu as remarqué qu'on ne faisait pratiquement plus l'amour ?

— J'ai soixante-cinq ans. Et, après l'entraînement, je suis souvent fatigué. Es-tu en train de me proposer qu'on fasse quelque chose pour y remédier… genre, ce soir ?

Le rire de Serenata fut involontaire. Le trajet entre l'endroit où ils étaient arrivés à l'instant précis et le fait de se retrouver en train de faire l'amour équivaudrait à courir un marathon émotionnel avant l'extinction des feux.

— Je me demandais si ça te manquait.

— Bien sûr. Mais ma puissance sexuelle… Il nous faut peut-être accepter qu'elle soit sur le déclin.

— En ce moment, tu es exclusivement concentré sur ta puissance physique, dont tout porte à croire qu'elle est en plein développement.

— Écoute, dit-il avant de faire le tour du lit pour venir lui toucher l'épaule. Je n'ai pas de liaison avec ma coach.

Un an auparavant, elle n'aurait jamais imaginé que cette phrase digne d'un film de série B serait prononcée dans leur chambre.

— Puisque je n'ai jamais songé un instant que ce puisse être le cas, ton besoin de clarifier ce point me rend un peu perplexe.

— Tu te focalises sur Bambi Buffer pour donner un visage à ta jalousie. Mais ta jalousie dépasse cette seule femme. Tu es jalouse de tout le lot – le club, le programme d'entraînement, mes acquis, mes objectifs, le projet. Là-dessus, je ne peux pas t'aider.

— Ce « projet » n'est pas digne de toi et je ne peux pas faire semblant de penser quelque chose de plus gentil.

— Pourquoi faut-il toujours que tu rabaisses ce projet ?

— Je n'ai pas besoin de le rabaisser. Il est déjà petit.

— Franchir une barrière mentale et faire encore dix longueurs alors que tu es à bout… Ce n'est pas petit.

— C'est un petit exploit. Un exploit ordinaire. En fait, c'est tout sauf un exploit.

— La plupart des choses sont ordinaires et ne constituent pas de grands exploits. J'ai été viré. Je suis à la retraite. Comment veux-tu que je passe mon temps autrement ?

— Je ne sais pas du tout, reconnut-elle avec honnêteté. Mais pas comme ça, en tout cas.

— Ton opposition à ce projet dès le départ a été une terrible erreur.

— C'est la question justement. Qui commet l'erreur ?

— Tu te mets entre moi et la réalisation de mon potentiel…

— Je t'en prie. Le langage du positivisme à tous crins, c'est pire que « intersectionnalité » et « micro-agressions ».

— Si notre foyer a peut-être souffert de quelque chose, c'est d'un excès d'ironie. C'est une maladie propre aux gens cultivés. Cette drôlerie condescendante masque une certaine mollesse et de la passivité. C'est la peur de prendre des risques.

— Tu en as pris beaucoup. C'est pour ça que tu as été viré.

— Demande à n'importe quel Américain qui de nous deux se fourvoie, et il répondra que c'est toi.

— J'en ai conscience. Mais on ne le lui demande pas. Je te le demande à toi. Qui l'emporterait si tu devais choisir ? Triathlon (les membres du club disaient rarement « un triathlon » ou « le triathlon », préférant utiliser juste « triathlon », ce qui rendait la chose plus majestueuse, comme une prodigieuse force de la nature, comme le magnétisme ou la gravité, une force qui n'était pas simplement une série d'événements sportifs distincts mais quelque chose d'énorme et d'invisible, à l'image d'autres fidèles d'autres religions qui ne faisaient pas référence à « un Dieu » ou « le Dieu » mais simplement à « Dieu ») ou notre mariage ?

— C'est un faux choix et il est indigne de toi. J'ai pour règle de ne jamais remettre notre mariage en question. Une règle tacite, ce qui la rend encore plus sacro-sainte. En outre, cela fait trente-trois ans qu'on est mariés et on est vieux.

— Assez vieux pour rester ensemble par paresse. Par manque d'imagination.

— Tu me menaces ?

Il criait. Elle se tut alors.

— J'essaie de te parler, reprit-elle.

— Parce que si quelqu'un devait menacer l'autre, ce serait plutôt moi ! N'est-ce pas toi qui, implicitement ou explicitement, as dévalorisé mon objectif depuis un an ? Ne serait-ce pas à moi d'avoir atteint ma limite ?

— D'après ton gourou, la limite n'existe pas.

— Je préférerais ne pas voir notre mariage comme un sport d'endurance.

— Tu devrais peut-être, dit Serenata. Dans ce cas, tu t'y intéresserais davantage.

8

— Je ne dis pas qu'on va se séparer, lâcha-t-elle à son beau-père en mars, après un énième silence douloureux.

Parce qu'ils avaient épuisé tous les sujets de conversation, elle avait fini par s'épancher précisément sur ce sur quoi elle n'aurait sans doute pas dû s'épancher. Mais le seul matériau non épuisé sur lequel elle pouvait mettre la main était ses pensées les plus intimes.

— On a toujours aimé être ensemble. Or, aujourd'hui, je n'apprécie pas sa compagnie. Ou pas autant.

— C'est cette histoire de triathlon, dit Griff qui de toute évidence marchait sur des œufs.

À quatre-vingt-dix ans, il n'avait aucune envie d'entendre que son fils risquait de divorcer. Sa dépendance pratique et sentimentale à Serenata mise à part, un divorce signifiait du changement, or, aux yeux de Griff, même une disposition différente des figurines en porcelaine de sa défunte femme était inenvisageable.

— Même quand il ne s'entraîne pas, il lit des autobiographies de sportifs ou écoute des podcasts de recordmen du tri. Vous ne pouvez pas savoir comme j'en ai marre d'entendre la bande originale des *Chariots de feu*. Quand je pense qu'avant il lisait toutes les bios de Robert Moses ou le dernier Thomas Friedman. Le blues et les films qui finissent mal me manquent. Mais il refuse d'être exposé à quelque chose de triste ou de noir.

— Remy a toujours eu de la suite dans les idées. Il fut un temps où il n'avait qu'une obsession, toi. Depuis ce premier essai pour les annonces dans le métro, j'ai su qu'il avait décidé d'enrôler cette dame – celle avec la voix de velours. Il ne se confiait pas beaucoup à ses parents et comme il n'arrêtait pas de parler de toi, j'ai compris que cette fois-ci, c'était la bonne.

La stratégie de Griff n'était pas franchement subtile. Le souvenir de leurs premiers émois était censé raviver la flamme de leur amour.

— Je regrette aussi qu'il trouve si peu le temps de venir vous voir…

Griff laissa échapper un grognement.

— Plutôt pas de temps du tout, tu veux dire. Ce garçon n'a pas mis les pieds ici depuis des mois.

— Il pense que vous êtes hostile à son œuvre. Que vous polluez son cœur pur.

— Vraiment, il se couvre de ridicule. Dis-lui de se mettre au crib. Je lui donne ma planche. Passé la soixantaine, c'est une distraction respectable pour un homme.

— Je crains qu'on ne se soit disputés, dit Serenata en se tordant les mains. Ou plutôt, j'étais tellement en colère qu'on ne s'est pas disputés. Je pense qu'on ne pouvait pas se le permettre.

— Pas à cause de cette femme ?

— Non, pas cette fois. Mais vous avez raison, la coach qu'il a embauchée… Elle est plus jeune et physiquement parfaite. À côté d'elle j'ai l'impression d'être défaite, flasque et hideuse.

— Allons, mon chou, quel gâchis innommable. Tu es la plus jolie pouliche de tout Hudson.

— Je suis une jument, pas une pouliche, et si âgée que plus personne ne veut la monter.

Serenata piqua un fard ; l'allusion graveleuse était involontaire.

— Remy est passé une fois avec cette garce à l'automne dernier...

— Vous ne m'aviez pas dit que vous connaissiez Bambi Buffer !

— Je voulais pas faire d'histoires. Je n'étais pas sûr que tu savais qu'il faisait le beau dans toute la ville avec cette fille.

— Je suis malheureusement au courant. Elle passe chez nous à n'importe quelle heure.

— Elle ne m'a pas impressionné, dit Griff. Hommasse.

— Pour la plupart des gens, elle est une icône féminine. Les muscles sont à la mode.

— Plate comme une limande, rétorqua-t-il. Et elle fait sa cheffe.

— J'en sais quelque chose, soupira Serenata. Elle va directement à la cuisine se servir nos meilleures bières.

— Pire. Elle avait à peine passé la porte qu'elle me harcelait, comme quoi les « seniors » ne devraient pas se laisser aller à être « sédentaires ». Et la voilà qui bouge les meubles pour me montrer comment bondir de ma chaise et retomber dessus – comme si je me levais et que je ne me rappelais plus ce que je voulais et que je me rasseyais. Entraînement pour la sénilité, c'est comme ça que je l'ai appelé. Et après, elle a fait l'hélicoptère avec les bras pour que je fasse pareil et elle m'a montré comment rester debout sur une jambe pendant des lustres, comme une cigogne. Impertinente ; elle n'a même pas remis la chaise à sa place. Aucune considération pour l'effort que ça représente de se faire un sandwich pour un vieux de quatre-vingt-dix ans. Ils sont restés à peine cinq minutes et la douleur persistante que j'ai eue ensuite continue de m'épuiser.

— Elle est payée pour être rentre-dedans.

— Je paierais volontiers ce tyran pour qu'elle ne mette pas les pieds chez moi.

— Pendant que vous y êtes, payez-la pour qu'elle ne mette plus les pieds chez moi non plus.

— Cet arrangement avec Remy, dont je ne peux pas dire que je le comprenne – et je ne suis pas sûr de le vouloir –, tu t'es déjà demandé ce qu'elle en tirait ?

Il lui sembla déplacé d'évoquer les honoraires, gros comme le chèque mensuel de la Sécurité sociale que touchait Griff.

— Elle collectionne les gens. Elle a un besoin d'admiration inextinguible, alors elle s'entoure de disciples qui dépendent d'elle pour consolider l'estime qu'ils ont d'eux-mêmes. Elle persuade ses disciples qu'ils sont supérieurs à tous les mal lotis en surpoids, paresseux et qui font la grasse matinée. Ce n'est pas très différent de la scientologie.

Mais Griff attendait du lourd.

— Est-ce que mon fils couche avec cette femme ? Quand ces deux-là se sont pointés ici, je n'y ai pas fait attention. Au fait qu'ils soient ensemble. S'il te trompe, tu n'as qu'un mot à dire et je lui passe un savon. Je l'ai élevé mieux que ça.

— Il traverse une drôle de période, mais il a encore trop de classe pour venir voir son père accompagné d'une maîtresse. Il n'empêche, il est fou d'elle. Pas amoureux exactement, mais envoûté. Je suis la personne négative ; elle lui dit ce qu'il a envie d'entendre. Vous connaissez l'existence de ces gens qui murmurent à l'oreille des chevaux ? Eh bien, elle, elle murmure à l'oreille des sportifs. Il se peut qu'elle soit douée pour ça. Il est vrai que Remington a couru, nagé et fait du vélo plus loin et plus vite que jamais auparavant, poussé par Bambi.

— Tu me dis ça comme si j'en avais quelque chose à faire.

— Non, mais pour Remington, ça compte. Ou il la croit capable de faire de lui un autre homme – farouche, indestructible et optimiste –, ou elle en est réellement capable. J'ai sans doute peur qu'elle en soit capable. Je ne veux pas d'un tout nouveau mari stupidement prétentieux. J'aimais Remington tel qu'il était. Modeste, par exemple.

— Ça, je ne sais pas. Moi, je l'ai toujours trouvé puant. Il était tellement impatient de quitter Hudson et d'avoir tous ces diplômes.

— C'était un étudiant brillant et un professionnel sûr de lui. Mais il n'a jamais été un crétin insensible aux autres. Bien sûr, il ne va pas voir son père qui habite à dix minutes à pied de la maison et il ne taille plus ses haies – mais vous croyez que ça vous est réservé ? Maintenant, je dois tout faire. Les courses, aller le chercher en voiture, la cuisine, trouver un électricien pour remplacer la prise du rasoir qui est cassée dans la salle de bains. Me rappeler les anniversaires des petits-enfants, faire les paquets cadeaux et les poster à temps – même si je me moque des anniversaires, mais on doit éviter de fournir un autre prétexte à Valeria pour disparaître à nouveau de la surface de la terre pendant quatre ans. Je sais que Margaret faisait une bonne partie du boulot à votre époque, mais je travaille, aussi, et tenir à bout de bras la maison ne fait pas partie du contrat. C'est lui qui est à la retraite, à la fin, et il participait vraiment aux tâches ménagères quand il travaillait à plein temps.

— Tu m'as dit que vous vous étiez disputés ou presque. Tu t'es fâchée à cause du ménage ?

— C'était encore plus banal que ça. On s'est disputés à cause de l'argent. Mais de l'argent en trois dimensions. De l'argent qui prendrait de la place dans le garage, sauf qu'il fait trop humide dans le garage, alors il garde sa liasse inestimable posée contre la table de la salle à manger, comme un enfant récemment adopté à qui on ressert inlassablement du gâteau au chocolat.

— Je ne comprends rien, ma puce.

— Pardon, je ne suis pas très claire. Il a acheté un vélo.

— Je croyais qu'il en avait un.

— C'est exact. Mais celui-ci est… très cher.

— Quand il était gosse, je lui ai acheté un vélo 40 dollars – et il s'en est à peine servi. J'ai fini par piger : le vélo, c'était pour les femmelettes. Les durs roulaient à mobylette.

— Cette merveille en titane vaut plus de 40 dollars, dit-elle avec une formule d'un euphémisme vertigineux. Pendant des années, Remington a été celui qui avait les plus gros revenus. En théorie, c'est son argent et je ne suis pas censée dire quoi que ce soit. Ces derniers temps, je ne suis pas censée dire quoi que ce soit sur quoi que ce soit. Par exemple, je ne peux pas dire que je trouve ça minable d'essayer d'acheter l'excellence sportive.

Concernant l'examen des émotions profondes, Griffith Alabaster avait toujours été, au mieux, maladroit. Pourtant, à quatre-vingt-dix ans, il avait peut-être fini par comprendre qu'on n'abordait jamais ce qui comptait vraiment dans la vie si on continuait à se tenir à distance de l'essentiel.

— Dis, ma puce, tu l'aimes encore, mon fils ?

Pour honorer le courage dont son beau-père venait de faire preuve, elle lui répondit le plus honnêtement possible.

— J'aime l'homme que j'ai épousé. Mais je ne suis pas sûre qu'il soit encore l'homme que j'ai épousé. C'est le problème.

Les coudes appuyés sur les genoux, elle regarda le vieil homme droit dans les yeux – vieil homme qui ne serait plus là très longtemps, or, une fois qu'il serait trop tard, elle n'avait pas envie de s'en vouloir de ne lui avoir jamais parlé ouvertement.

— Mes parents étaient méthodistes, reprit-elle, mais je pense que leur foi était superficielle. Elle était surtout sociale et, parce qu'on déménageait si souvent, l'Église offrait un raccourci pratique pour se lier, surtout pour ma mère. Une fois ado, je leur ai annoncé que je trouvais cette histoire de Christ tirée par les cheveux. Je ne voulais pas continuer à faire semblant de croire à quelque chose auquel je ne croyais pas. Ils ont fait comme s'ils étaient déçus, mais ne m'ont pas forcée à continuer à aller à l'église. Je n'avais pas perdu la foi, je ne l'avais jamais eue. Je vous demande pardon parce que je sais que Margaret était une fervente catholique, mais la croyance religieuse m'a toujours été étrangère. De plus, je la trouvais ennuyeuse et un peu repoussante. Les histoires auxquelles on est censé croire sont absurdes. Pour moi, la religion est une forme d'hypnose de masse ou de psychose collective.

— Ce qu'on peut dire en faveur des Églises, dit Griff, c'est qu'elles nous font nous rapprocher les uns et les autres en période difficile. Je ne suis pas sûr que vous, les jeunes générations qui ne pratiquez pas, ayez trouvé mieux.

— Non, effectivement – et c'est ce à quoi je voulais en venir. Vous savez, Remington a toujours été rationnel. On adorait s'écharper sur plein de sujets, mais aucun de nous n'a jamais adhéré à un dogme. Sur la liste électorale, Remington est inscrit comme indépendant. Ce qui a toujours été important pour moi concernant votre fils, c'est qu'il est libre penseur. C'est, entre autres choses, parce qu'il a refusé de singer une version de la vertu imposée par les us politiques du moment qu'il a perdu son emploi. S'il avait courbé l'échine, il n'aurait sans doute pas été viré.

— Remy a du cran.

— Il en avait. Mais l'adhésion pleine et entière au credo de quelqu'un, ce n'est certainement pas cela, avoir du cran. Car si vous m'aviez demandé il y a des années quelle serait l'unique raison susceptible d'estropier mon mariage, je vous aurais répondu : qu'il se convertisse à une religion. Quelque chose d'inimaginable, en somme. Ce qui explique que celle de Valeria nous ait tant séparés d'elle. En théorie, nous avons renoué mais, à vrai dire, je n'ai plus la moindre idée de qui elle est. Toutes les conneries qu'elle débite sur Jésus ont quelque chose de malveillant et ça, je peux le comprendre. Mais s'abandonner à un groupe et gober en bloc les principes farfelus inventés par d'autres, ça, je ne le comprends pas du tout. Griff, MettleMan ne se résume pas à un programme sportif. MettleMan est une secte. C'est pourquoi je ne peux pas répondre à votre question, à savoir si j'aime encore votre fils.

Elle s'enfonça dans son fauteuil.

— L'homme dont je suis tombée amoureuse a été kidnappé.

— Et qu'en est-il des promesses que Remy t'a faites en tant que mari ? Tu n'as pas été « kidnappée ». Et tu es la meilleure chose qui soit jamais arrivée à ce garçon.

Elle leva les bras en l'air.

— Je suis… hors sujet ! Pour Remington, toute chose ou tout individu étranger au triathlon est hors jeu. À moins de refaire les stocks en vue d'un énième gueuleton de son club de triathlon, je ne suis qu'une enquiquineuse. Après tout, selon le guide MettleMan, le summum de la réussite spirituelle est l'égocentrisme total.

Serenata était incapable de rester assise tranquille, elle se remit à faire les cent pas.

— Syracuse, le mois prochain ? Il fait un « demi-Mettle » avec son club – ce qui signifie que la chose n'est pas totalement dingue, seulement à moitié mais quand même dingue à la base –, or je suis supposée y aller pour agiter des drapeaux. Mais je ne veux pas ! Je déteste non seulement cette saloperie de tri, mais surtout le fait d'entériner l'idée que mon rôle dans sa vie est maintenant d'être celle qui reste sur la touche. En plus, j'ai vraiment peur qu'il se blesse. Il devient vieux, ce n'est pas un athlète-né et son corps n'est pas habitué à ce type d'efforts. Mais pour Remington, je suis juste « sombre » et je tente de l'empêcher d'accéder au nirvana. La moindre inquiétude de ma part est interprétée comme une attaque virulente. D'un autre côté, sans doute suis-je responsable de ce qui m'arrive, de ce qui arrive à notre couple, parce que je suis rigide, insensible, amère à cause de mes genoux et que je défends mon territoire. Si je m'étais contentée dès le départ de lancer des hourras et des encouragements et de brailler des alléluias, on serait peut-être toujours heureux comme des papes.

Elle arpentait le salon en agitant les mains. L'éclat était démesuré. Mais elle ne pouvait plus se confier à Tommy maintenant que la jeune fille avait été convertie ; les quelques amis qu'elle avait étaient à Albany ; et Remington était la dernière personne à qui elle pouvait ouvrir son cœur.

Son beau-père se rembrunit.

— Dis, tu ne songes pas à faire quelque chose d'imprudent, hein ?

— Oh, je ne suis pas la première à me heurter à la question de savoir s'il vaut mieux ne pas être mariée qu'être mal mariée.

Elle se laissa retomber dans le fauteuil.

— Alors, dois-je ou non aller à ce demi-Mettle ? Rester à la maison serait considéré comme une trahison et, en plus, je le laisserais à la merci de Bambi.

— Ou tu fais confiance à un homme ou tu ne lui fais pas confiance. Si c'est non, le suivre partout n'apportera rien de bon. Une fois que cette ânerie de « Mr Metal » sera terminée – pas le petit bidule du mois prochain, mais le grand ramdam de juin –, tu ne crois pas que Remy en aura marre ?

— J'aimerais bien, mais c'est ce que je pensais du marathon de l'an dernier. Comme je me suis trompée ! Pour ce que j'en sais, il a décidé de se consacrer au triathlon pour le reste de sa vie. Il n'a pas d'autre projet.

— Il ne se fatigue pas ?

— Le vrai danger, c'est que je me fatigue en premier, Griff.

— S'il te plaît, ne me quitte pas, dit-il d'une voix tremblante.

— Jamais, répondit-elle en se levant pour prendre son visage entre ses mains et l'embrasser sur le front. Mais c'est ce que j'aimerais entendre de Remington, lui chuchota-t-elle à l'oreille.

Elle glissa au four les macaronis au fromage qu'elle lui avait préparés, puis elle régla le minuteur pour qu'il ne les oublie pas. Elle repêcha les courgettes ramollies et le chou-fleur desséché dans le frigo ; elle en ajoutait toujours un peu dans sa commande hebdomadaire chez Amazon Fresh, mais Griff n'avait pas trop de temps à consacrer aux légumes. Elle nettoya rapidement le sol de la cuisine parce que Tommy venait le vendredi suivant. Dans les toilettes, elle empila quelques rouleaux de papier à portée de main et lava la zone devant la cuvette où les vieux messieurs avaient tendance à laisser tomber des gouttes. Elle lui prépara ses médicaments et rafraîchit un verre d'eau avec une tranche de citron.

— Merci de m'avoir laissée me plaindre, lui dit-elle en rassemblant ses affaires. Et ne perdez pas le sommeil à cause de ça : ni vous ni moi ne pouvons rien y faire. Remington échappera aux griffes de sa secte. Ou pas.

Lorsqu'elle arriva chez elle, Remington était toujours à la salle de gym. À l'étage, les haltères superflus et le tapis de course avec tous ses gadgets étaient en train de prendre la poussière. Il préférait pratiquer sa religion en compagnie des autres fidèles.

Elle regarda d'un œil noir le vélo de tri appuyé contre le mur. Il était fait de tubes à section elliptique aux angles étranges et le guidon était conçu de telle sorte qu'on pose les avant-bras à plat dessus en se tenant à deux poignées retournées. Pour un objet inanimé, il dégageait quelque chose d'agressivement snob. En contraste avec les couleurs criardes de la tenue de running de Remington, l'engin était ostensiblement raffiné : gris ardoise avec un fini mat sablé et de fines allusions à la marque d'un rouge sang élégant. Un vélo devrait raconter une histoire, avoir été utilisé ; le truc était impeccable. Pas le genre de bicyclette avec laquelle on irait faire le tour du parc, mais plutôt un objet d'art qu'on exposerait dans un musée du design où l'on taperait sur la main des petits garçons qui essaieraient de le toucher. Avant que cet intrus dédaigneux n'arrive dans leur maison, elle n'aurait jamais cru qu'un vélo puisse coûter 10 000 dollars.

— Bon, je retire ce que j'ai dit, dit-elle à voix haute en consultant son téléphone. Finalement, il y a peut-être un Dieu.

Car l'e-mail dont elle venait de recevoir la notification était une proposition de travail : d'importantes séances d'enregistrement pour un nouveau jeu vidéo dans un studio du sud de Manhattan, avec des conditions généreuses. Si Remington balançait 10 000 dollars dans un vélo, elle devait accepter le boulot. Encore mieux, les dates d'enregistrement l'empêcheraient judicieusement de suivre les autres à Syracuse pour assister au demi-Mettle. Génial.

Le téléphone se manifesta de nouveau. Valeria.

— Merci beaucoup, mama ! hurla la jeune femme après que sa mère eut juste eu le temps de lui dire bonjour. Tu seras contente d'apprendre que Nancee est à l'hôpital.

— Qu'est-ce qui s'est passé ? Et pourquoi diable serais-je contente ?

— Elle a été admise pour épuisement. Et les médecins ont l'air de penser qu'elle est anorexique.

— Tu te rappelles qu'en avril, j'ai essayé d'attirer ton attention…

— Elle est difficile, mais elle ne s'affame pas, rétorqua Valeria. Je suis sa mère, je sais ce qu'il en est.

Valeria étant d'humeur vengeresse, partager le diagnostic de Tommy selon lequel Nancee était boulimique d'activité physique pourrait être mal perçu.

— Il s'est passé quelque chose ou elle est seulement en train de s'affaiblir ?

— Évidemment qu'il s'est passé quelque chose ! Il y a un château d'eau pas très loin de la maison et je ne sais pas comment ces jeunes ont réussi à abaisser l'échelle qui donne accès à l'escalier extérieur. L'idiote l'a empruntée et s'est mise à monter et à descendre l'escalier en courant. Heureusement, Logan était dans les parages, sans parler de Notre-Seigneur et Sauveur…

Serenata poussa un cri.

— Elle n'est pas tombée au moins ?

— Non, mais elle aurait pu. À un moment donné, elle s'est écroulée. Logan a été super, il a appelé les urgences. Et moi aussi, bien sûr. Il a fallu que je trouve quelqu'un à l'église pour garder les autres et donc, quand je suis arrivée sur place, les toubibs l'avaient déjà redescendue. La cause de son évanouissement serait la déshydratation.

— Ça lui est déjà arrivé ?

— Logan ne veut rien dire. Deacon n'a fait que me torturer – tu ne l'as jamais remarqué, bien sûr – mais Logan, lui, est très loyal avec sa sœur.

— Comment va-t-elle maintenant ?

— Sympa de ta part d'avoir trouvé le temps de demander, dit Valeria. Elle est sous perfusion pour la réhydrater et elle est nourrie par intraveineuse. Elle est tout à fait consciente et je crains qu'elle ne soit pas ce qu'on appelle une patiente idéale. Les infirmières sont persuadées qu'elle flippe à cause de la nutrition. Elles ont sans doute déjà vu des gamines maigrichonnes arracher leurs aiguilles. Mais ce n'est pas ça. Je connais ma fille. C'est simplement qu'elle n'aime pas rester au lit. Elle a promis de garder la perfusion à condition qu'on la laisse marcher dans le couloir dans un sens et dans l'autre en traînant le truc à roulettes. Mais le médecin a insisté pour qu'elle soit au repos complet et ça s'est terminé en bagarre.

— Je n'aimerais pas avoir à affronter Nancee. Elle est maigre mais féroce.

— Tu ne peux pas savoir comme c'est horrible de voir son enfant attachée, comme une personne folle. Mais j'ai réussi à lui faire avouer ce qu'elle avait derrière la tête. Il semblerait que, en montant et en descendant cet escalier en courant, elle tentait de battre un genre de record. Et devine de qui ?

Serenata laissa la question en suspens.

— As-tu, oui ou non, dit à ma fille que tu avais monté en courant deux cents marches en une fois ? demanda Valeria.

— J'ai pu dire que je l'avais fait quand j'avais vingt ans…

— Quelle grand-mère es-tu ? Lancer un défi pareil à une petite fille ?

— Je ne lui ai pas lancé de défi. J'ai remarqué qu'elle montait et descendait l'escalier en courant à la maison et j'essayais seulement d'établir le contact.

— Tu as bourré le crâne de ma fille avec la folle doctrine dans laquelle j'ai été élevée !

— Ma chérie, ça te va bien de parler d'endoctrinement.

— Les enfants sont très influençables ! cria Valeria. Tu ne peux pas t'amuser à leur mettre des idées dans la tête et ne pas en assumer les conséquences.

— Je te rappelle que, grâce à ta pause inopinée pour te retrouver, ton père et moi avons manqué les quatre premières années hautement formatrices de tes deux aînés. Quand tu as daigné reprendre contact avec tes parents, Nancee était déjà, selon tes propres termes, « une pile électrique ». Je n'ai pas non plus inventé cette addiction à l'effort physique, c'est dans l'air. À la télé, les films, la pub et partout sur Internet. Regarde ce qui est arrivé à ton père ! Tu me flattes, ma chérie, mais ce n'est pas moi qui ai soufflé à Nancee l'idée de se singulariser par l'épuisement.

Mais Valeria avait déjà raccroché.

Nancee, c'était juste le début.

En arrivant, Tommy avait quelque chose d'éteint. De fait, son enthousiasme à virevolter dans toute la maison avait quelque peu baissé depuis qu'elle s'était débarrassée de sa fausse Fitbit. (Incapable de comptabiliser le moindre kilomètre à vélo, et pas franchement étanche pour la piscine, l'objet ne remplissait plus sa fonction première, à savoir faire honneur à son utilisatrice.) Il n'était cependant pas dans les habitudes de Tommy de commencer à nettoyer un peu et de s'asseoir tout de suite après.

— Tu es sûre de vouloir faire le ménage ? demanda Serenata, un œil sur sa voisine tandis qu'elle lui préparait un thé. Tu as l'air crevée. On peut remettre ça à un autre jour.

— Je continue à essayer de ne pas avoir à payer l'abonnement à BruteBody... Alors les copains du club de tri s'arrangent pour me prendre en... en invitée. Je n'aime pas leur demander trop souvent. Alors quand j'y vais... j'en profite à fond.

Tommy s'avachit. Serenata ne voyait pas comment elle aurait pu briquer la salle de bains du premier alors qu'elle avait même du mal à parler.

— Ce qui veut dire ? demanda Serenata en sortant des biscuits.

La gamine était peut-être en hypoglycémie.

— Hier. Vélo stationnaire. Franchement... j'ai bossé. C'est Sloan qui m'a fait entrer cette fois et... il ne m'a pas... pas calculée un seul instant.

— Hum...

Serenata avait nourri quelques soupçons en ce sens.

— Pourquoi est-ce important que Sloan te remarque ?

Tommy lui lança un regard noir à travers ses cheveux blond filasse.

— Non, sans déc'. C'est le mec le plus sexy du club, sinon d'Hudson.

— Ou du monde, lâcha Serenata avec un sourire.

Avoir soixante-deux ans comportait son lot de désagréments, mais Dieu merci, elle n'avait plus vingt ans.

— C'est… carrément un dieu.

— Crois-en mon expérience, il vaut mieux éviter de sortir avec un dieu. Ils finissent toujours par se révéler de simples mortels avec un faux nez.

— Tu es vieille, marmonna Tommy. Tu ne te rappelles plus rien.

— J'ai plein de souvenirs de mes vingt ans que je préférerais oublier. Pardon d'être aussi rabat-joie, mais il est deux fois plus vieux que toi. Il est divorcé et ses enfants ont à peu près ton âge. Mais je sais, je sais : le cœur a ses raisons que la raison ignore.

— Hier, je suppose que j'essayais de l'impressionner, avoua Tommy dont les consonnes avaient épaissi. Une bonne heure, remontée… comme une pendule. J'ai transpiré comme…

Trouver une comparaison semblait au-dessus de ses forces.

— J'étais trempée. Ça m'a… détruite.

En posant le thé sur la table, Serenata poussa l'assiette de biscuits vers Tommy.

— Énergie.

— Pas de biscuits, dit Tommy. Je me sens grosse. Pantalon… serré.

Serenata dégagea le visage de Tommy en rabattant ses cheveux derrière une oreille.

— Tu n'es pas grosse. Tu es gonflée. C'est différent.

Elle avait aussi un teint bizarre mais lui faire remarquer qu'elle avait la peau jaunâtre risquait d'augmenter ses complexes.

— J'ai atrocement mal aux cuisses. Serrées. Je vais peut-être… zapper aujourd'hui.

Serenata la regarda attentivement.

— Le ménage ou l'entraînement ?

— … Les deux.

Avant toutes ces histoires de demi-Mettle, Tommy n'aurait jamais suggéré de sauter un jour d'entraînement. Tommy avait-elle été faire un tour dans les bois ? demanda Serenata. S'était-elle fait piquer par une tique ? Non. Avait-elle mangé quelque chose de nouveau ? Non. Avait-elle mangé tout court depuis hier ? Non.

— Tu n'es pas bien. Tu devrais voir un médecin.

— Hum. C'est pas grave. Juste besoin… de me reposer.

Dans le monde du tri, « se reposer » était généralement balancé dans la même poubelle que « limites » et « en faire trop ». Tommy se remit debout avec difficulté. En un rien de temps, ses cuisses d'adolescente étaient devenues des cuisses de femme ménopausée.

Serenata laissa partir la jeune fille – elle n'était pas sa mère – mais elle était perturbée de l'avoir vue ainsi. Plus tard dans la soirée, elle essaya de l'appeler sur son portable mais son appel fut dirigé aussitôt vers sa boîte vocale et son texto aussi resta sans réponse.

Cette nuit-là, Serenata dormit fort mal d'autant que Remington n'arrêtait pas d'aller et venir, de faire les cent pas et de s'étirer en se tenant au bois de lit pour tenter de détendre le faisceau de petits muscles contractés sur le dessus du pied. Les crises étaient devenues chroniques depuis qu'il avait augmenté le nombre de ses longueurs en piscine. La contracture irradiait jusque dans les orteils qui se raidissaient et se séparaient de façon peu naturelle, les tendons saillants. C'est son impuissance à pouvoir le soulager qui la tint éveillée. Il faisait son possible pour ne pas faire de bruit mais il ne pouvait empêcher son souffle d'être rauque. À travers les rideaux, le clair de lune dessinait en clair-obscur sur son visage le masque kabuki de l'angoisse : front plissé, yeux hermétiquement clos, comme si ne pas voir ses pieds allait les faire disparaître. Elle adorait les pieds de Remington, ses longs pieds fins à la peau douce – et détestait les voir transformés en instruments de torture. Sous cette lumière, aussi, sa silhouette toujours plus mince semblait moins musclée que ratatinée.

Au petit déjeuner, elle lui rapporta une nouvelle en provenance de l'Inde qu'elle venait d'apprendre.

— Une adolescente a été victime d'un viol collectif et ses parents n'ont pas apprécié – on veut bien le croire. Les anciens du village ont décidé de punir les violeurs d'une amende minime et d'une série de cent abdos. Fous de rage, les violeurs ont tabassé les parents, arrosé la fille de kérosène et l'ont brûlée vive.

— Les extrémités auxquelles les gens sont prêts pour échapper à des abdos, commenta Remington.

— Je me demande ce que ce village prévoit pour un meurtre avec préméditation. Des squats sur une jambe ?

— Uniquement des twists du bassin, dit Remington. Il ne faut pas qu'ils soient trop épuisés pour leur prochain massacre.

C'était ce genre d'échanges qui jadis caractérisait systématiquement leurs joutes du petit déjeuner, et elle lui en était reconnaissante – trop reconnaissante.

Sans nouvelles de Tommy, elle fureta sur Internet dans un état d'agitation toujours croissant avant de finalement se décider à aller chez les March. Il lui fallut tout son courage pour frapper à la porte. Les rares politesses qu'elle avait adressées à la mère avaient été accueillies avec méfiance. Qu'est-ce que la vieille dame prétentieuse de la maison d'à côté pouvait bien tirer d'une amitié avec une gamine de vingt ans à part un évier propre ?

— Oui ? dit la mère en entrouvrant la porte.

Forte, le teint brouillé, prématurément épuisée – pas étonnant que sa fille soit une fondue de sport.

— Tommy ne se sent pas bien.

— Je sais. C'est pour ça que je suis passée. Il faut que je lui pose une question.

— D'accord. Je peux lui répéter la question.

— Bien, dans ce cas, demandez-lui de quelle couleur est son urine.

— C'est un peu personnel comme question, dites donc. Qu'est-ce que ça peut vous faire ?

— S'il vous plaît. C'est important.

Après l'avoir mitraillée du regard, la voisine lui tourna le dos sans l'inviter à entrer.

Tommy finit par arriver à la porte en traînant les pieds et s'accrocha au montant pour tenir debout. Elle était tellement bouffie que pour la première fois sa ressemblance avec sa mère était frappante.

— C'est quoi, cette histoire de pipi ? C'est le dernier de mes soucis. Je suis en train de me transformer en baleine et j'ai mal partout.

— Quand tu fais pipi, de quelle couleur sont tes urines ?

Tommy fronça les sourcils.

— Maintenant que tu m'y fais penser, elles sont marron. Mais je croyais que c'était de nouveau la rouille dans les canalisations.

— Ta séance à BruteBody sur le vélo stationnaire. Jusqu'à un certain point, le truc, c'est de traumatiser le muscle pour le reconstruire en encore plus fort. Mais si tu exagères, les fibres pénètrent dans le système sanguin et tes reins se bloquent. Si j'ai raison, il ne faut pas prendre ça à la légère, Tommy. Ça peut te tuer. Je t'accompagne à l'hôpital !

Tommy n'avait pas l'énergie de protester. Quand Serenata proposa à la mère de l'emmener, la femme marmonna quelque chose à propos de factures d'hôpital avant de décliner l'offre. Or Tommy bénéficiait de la couverture Medicaid. La mère était juste irrécupérable. En outre, aux yeux de Mrs March, le fait que Serenata soit parvenue à établir un diagnostic faisait d'elle la responsable de l'état de Tommy.

— Tu ne serais pas alarmiste ? lui demanda Remington quand elle revint en trombe chercher le bip. Cette maladie est très rare.

— Plus aussi rare que ça.

— Et bien pratique, ça sert ta cause.

— Ma cause ?

— Tu m'as entendu. Et tu es en train de kidnapper un des membres de mon club.

C'était le verbe qu'elle avait employé à son sujet.

— Je ne veux pas paraître grandiloquente, mais je préfère penser que je la sauve.

— Ce n'est pas le bon moment pour le demi-Mettle. Elle devrait être à fond dans son entraînement.

— Tu ne l'as pas vue. C'est à fond dans le mur qu'elle va. C'est relativement connu, les problèmes de santé ne se programment pas à la convenance sportive d'un individu.

L'attente aux urgences fut interminable, et ni l'infirmière à la réception ni le médecin qu'elles finirent par voir ne connaissaient non plus le diagnostic.

— Putain, une rhabdo ! s'exclama familièrement Bambi à table, lorsque Serenata donna des nouvelles de Tommy deux jours plus tard.

— Elle restera hospitalisée environ une semaine, dit Serenata. Je suis sûre qu'elle serait contente que vous passiez lui dire bonjour. Ne lui dites surtout pas qu'elle a gonflé. Elle se trouve déjà assez moche comme ça.

— Je parie qu'elle ne s'est pas assez hydratée, avança Bambi avec aplomb.

— C'est possible, convint Serenata. Mais elle a aussi trop forcé et c'est pour cette raison que ses reins se sont complètement bloqués. Son taux de créatinine est énorme. Elle est sous perfusion et il se peut qu'elle soit dialysée. Il n'est pas question qu'elle participe au demi-Mettle.

— C'est toi qui le dis.

— Non, c'est l'hôpital. Se remettre d'une rhabdomyolyse peut prendre des semaines, voire des mois. Franchement, même si je n'en ai pas encore parlé avec elle, le MettleMan complet n'est plus d'actualité non plus.

— T'as déjà remarqué que t'avais l'air super contente quand t'annonçais une mauvaise nouvelle ? lança Bambi.

— Tommy est mon amie et je ne vois pas comment je pourrais être contente de l'état dans lequel elle est.

— Mais, Bambi a raison, ma chérie, dit Remington. Tu as vraiment l'air satisfaite. Tu as récupéré la gamine dans ton équipe.

— Dans ce club, les deux seules « équipes » envisageables sont les surhommes et les bons à rien, rétorqua Serenata. Ce qui fait de moi la reine des bons à rien. C'est ce que tu penses ?

— C'est toi qui le dis, pas moi, répondit Remington.

— C'est juste que tout est beaucoup plus facile quand le conjoint croit en l'autre, dit Cherry. Fie-toi à mon expérience. Et c'est tout ce que Rem veut dire, mon chou. On sait tous que tu n'es pas fan du tri. Mais personne ici ne pense que tu es contente que cette pauvre Tommy soit à l'hôpital.

Pendant ce temps, Ethan Crick se libérait discrètement d'une de ses chaussures de running. Puis il retira sa chaussette et alla trouver leur hôtesse en boitillant pour lui demander à voix basse un pansement. Ethan avait dû décider de faire oublier sa réputation de pleurnichard en s'efforçant vaillamment de se montrer indifférent à l'énorme ampoule sur son gros orteil. Celle-ci s'était manifestement ouverte et avait guéri plus d'une fois, pour être mieux abrasée l'après-midi même au cours des 22 kilomètres de running du club. La surface était collante et les bords saignaient.

Serenata accompagna Ethan à la salle de bains et fouilla l'armoire à pharmacie en quête d'un pansement assez grand. Avec son expression bienveillante et son visage rond, l'ophtalmologiste n'était pourtant pas grassouillet, mais les contours de son corps étaient flous.

Des contours qui, quels que soient les kilomètres courus et les poids soulevés, ne seraient pas mieux définis. Il n'aurait jamais le corps racé ni les muscles qui courent sous la peau d'un Sloan. Elle espérait qu'il s'en ficherait. Aucune chance !

— On va laisser sécher la transpiration sinon le pansement ne collera pas, dit-elle, et je vais retirer les petites peaux fripées. Elles durcissent quand elles sont mortes et s'accrochent partout.

Une fois les ciseaux à ongles trouvés, elle lui fit poser le pied sur le bord de la baignoire, un peu rebutée par l'odeur. La plaie gluante était de la couleur d'un jaune d'œuf baveux. Pire, le pied avait poussé à l'extrême l'aspect émoussé de son corps.

— L'ampoule est gravement infectée, Ethan. Ça ne te fait pas mal ?

— Si, un peu, sans doute.

— Comment as-tu pu courir 22 kilomètres avec le pied dans cet état ? Et pourquoi ?

Ils savaient tous deux pourquoi.

— C'était un peu compliqué.

— Je croyais que tu étais le raisonnable de la bande.

— Être raisonnable ne suscite pas beaucoup de respect dans le club.

— Je te mets un peu de bacitracine. Mais si ton pied gonfle autant, c'est peut-être que l'infection gagne ton système sanguin.

Il haussa les épaules.

— J'ai de bonnes défenses immunitaires.

— Mais enfin, tu es médecin !

— Médecin des yeux.

— Il faut que tu prennes des antibiotiques. Tu savais que le fils de Calvin Coolidge était mort d'une ampoule infectée au pied ?

— Et ça recommence, toujours ce catastrophisme !

C'était Bambi qui, en bonne propriétaire de ses sept nains, avait passé la tête dans la salle de bains.

Néanmoins, Serenata n'en démordit pas et insista jusqu'à ce qu'Ethan accepte de se rendre directement à la clinique du centre-ville qui recevait sans rendez-vous ; il avait juste le temps d'y aller avant qu'elle ferme.

— Vous avez remarqué comme il jouait bien le boiteux ? dit Chet dès que Ethan fut parti. Genre Quasimodo, quoi.

— Il a le pied dans un sale état.

Elle ne supporterait pas que Crick soit de nouveau dénigré pour qu'ils puissent tous se sentir invincibles en comparaison.

— Et la septicémie n'est pas un défaut de caractère.

Hank Timmerman proposa à la ronde une nouvelle tournée, subterfuge pour se servir un énième gin-to. Il ne savait jamais quoi dire à Serenata, dont la réserve chronique ne faisait qu'aggraver leur non-relation. Ayant compris que, de temps à autre, elle lisait tout haut des livres pour gagner sa vie, au moment où elle lui tendait son verre, il lui demanda :

— Dis, t'as déjà lu *Déroutes* de Lorrie Moore ? Je l'ai trouvé vachement bien.

Un effort de conversation parfaitement acceptable si ce n'était que Hank lui avait posé exactement la même question cinq fois en tout. Un exemplaire de ces nouvelles avait atterri dans un centre de désintoxication Dieu sait où, et elle était obligée d'en déduire que *Déroutes* était le seul livre qu'il ait jamais lu. La première fois qu'il lui avait demandé si elle connaissait le recueil, elle avait été touchée par sa tentative de rapprochement et avait réagi avec enthousiasme. Mais les cuites à répétition l'empêchaient de se rappeler qu'il avait déjà utilisé ce prétexte pour briser la glace et les réponses de Serenata étaient devenues de plus en plus laconiques.

— Ouiiiiiiiii, siffla-t-elle sur un ton glacial.

Il eut l'air blessé. Être un peu plus gentille ne lui aurait pas coûté grand-chose, mais l'état de santé de Tommy l'inquiétait et la mettait en colère. Tout cela était tellement inutile.

— La gamine va être laminée si elle est obligée d'arrêter, dit Chet tandis que Hank apportait d'autres bières. Elle est à fond dans le tri.

— Elle pourrait peut-être s'investir à fond dans autre chose, dit Serenata. Elle n'a été que jusqu'au lycée et, à part une vague envie de devenir interprète de voix off, elle n'a pas de projet de vie. Alors, finalement, je suis peut-être contente, moi, qu'elle soit à l'hôpital, Chet. Tant qu'elle n'est pas entièrement remise, la rhabdomyolyse pourrait être un mal pour un bien. Pour Tommy, MettleMan, c'est de la folie.

— Comment ça ? s'insurgea Bambi. Relever des défis est la raison de notre existence sur terre.

— J'ai lu un article sur une course qui se déroule quelque part en Angleterre, dit Serenata, pendant laquelle des dizaines de personnes courent autour d'une piste longue de 400 mètres pendant vingt-quatre heures d'affilée. Le dernier vainqueur a couru 257 kilomètres. Ce qui fait 604 tours de piste. Les concurrents finissent parfois par avoir des hallucinations. Ils se rendent littéralement fous. Un des coureurs a dit que le but de l'exercice était de « se sentir mort ». Ce genre d'événements prolifère à travers le monde occidental. On a inventé l'ordinateur et envoyé un homme sur la lune. Mais, aujourd'hui, on tourne frénétiquement en rond, comme les tigres de Helen Bannerman qui, à force de tourner, se transforment en flaque de beurre. Une civilisation jadis grandiose qui disparaît à l'intérieur de son cul.

— C'est dur de courir autour d'une ellipse plus de 600 fois, fit Bambi. Essaie pour voir.

— C'est dur d'enfiler 640 perles minuscules sur un fil mou.

— Écoute, on est au courant pour tes genoux, Sera, dit Sloan. Ça ne serait pas du dépit ?

— Je pense que vous pouvez survivre à la fréquentation d'une sceptique, répliqua Serenata. Toute la culture américaine vous y encourage.

— Ce n'est pas tout à fait vrai, objecta Bambi. Il y a des forces contraires – des forces carrément contraires – et elles nous détestent. Et le font savoir haut et fort.

— Sérieux, dit Sloan, tu aurais dû entendre mon ex. « Tu fais ça pour flatter ton ego et te regarder dans la glace. » Avant qu'on se sépare, chaque fois que je sortais m'entraîner, j'en prenais pour mon grade : j'aurais mieux fait d'emmener les gosses au parc. Mais pour les Mettle, il faut balancer sa famille sous un bus, autrement, elle vous entraîne vers le fond, à traîner en peignoir le dimanche matin avec des croissants, des compléments alimentaires et des jouets en plastique.

— La semaine dernière, au café, je me suis pas mal accroché avec un client, raconta Chet. Je parlais tri avec un habitué quand le mec à la table d'à côté est monté sur ses grands chevaux, comme quoi c'était une perte de temps. Genre, si on avait autant d'énergie à dépenser, on ferait mieux de travailler dans un refuge pour SDF...

— La vieille rengaine ! s'écria Bambi. Ce truc de « pourquoi vous n'êtes pas bénévole dans une banque alimentaire »...

— Ou pourquoi vous ne creusez pas des puits pour les Africains qui meurent de faim, proposa Chet.

— Non, moi, on m'a toujours dit que je ferais mieux d'aller rendre visite aux personnes âgées, ajouta Cherry. Annoncer les chiffres du loto dans les maisons de retraite.

— Mais pourquoi l'alternative logique à l'activité physique intense est-elle une posture altruiste ? demanda Remington. Franchement, qui se demande quoi faire sur le pas de la porte le matin : « Je vais courir ou bien je donne un cours d'anglais à des immigrés au centre socioculturel municipal ? »

— Je ne sais pas, mais j'entends ce genre de trucs chaque fois que je m'installe à un bar, dit Bambi. Vous savez ce qui me tue ? Que ces mêmes cons à la sensibilité éthique délicate soient outrés qu'on passe notre vie à faire ce qu'on a envie de faire. Merde ! Je vous parie qu'on n'est pas près de les voir, eux, dans un refuge pour SDF.

— Et les réunions sportives MettleMan lèvent beaucoup de fonds pour les œuvres caritatives ! dit Cherry.

— Vous avez remarqué que tous ces gens qui tapent sur le tri sont gros ? Je veux dire (Hank jeta un regard inquiet à Cherry), pas gros durs, mais, gros informes.

— Ce qui énervait vraiment mon ex, dit Sloan, c'est qu'elle commençait à faire son âge et pas moi.

— Les mollusques se sentent inférieurs... commença Bambi.

Hank donna un coup de poing en l'air.

— Parce qu'ils sont inférieurs !

— Et jaloux.

Comme toujours, Serenata s'était retranchée derrière la planche à découper de l'îlot de la cuisine, telle leur barmaid. Cette conversation était rebattue. Tout questionnement de leurs motivations était interprété comme une faiblesse personnelle. Pour pouvoir critiquer de façon convaincante à leurs yeux les mérites de MettleMan, il fallait sans doute en avoir couru un soi-même. Mais bon, elle ne pouvait pas prouver à ces gens qu'elle ne voulait pas faire ce qu'ils faisaient en faisant ce qu'ils faisaient !

— Je n'ai jamais compris, s'interrogea Remington, pourquoi certaines personnes masquaient leur jalousie en prétextant une tout autre émotion – parfois une simple aversion, mais plus souvent une réprobation morale.

Serenata se serait jointe avec courage au débat s'ils avaient été en train de dîner tous les deux. « Je ne pourrais jamais nier que je suis envieuse car le sentiment m'apparaîtrait sous une autre forme. C'est ce que tu avançais toujours quand quelqu'un était traité de raciste, non ? Plus on nie l'être, plus les gens sont convaincus qu'on l'est. Et aujourd'hui, le principe s'applique à toute personne qui se prononce contre MettleMan : tu n'as pas de cran, tu es paresseuse et faible. Voilà, ton projet douteux est à jamais au-dessus de tout reproche. » Mais Remington et elle n'étaient pas vraiment seuls.

— Je n'envie personne, dit Bambi en regardant Serenata de façon appuyée. Mais alors personne !

Serenata lui retourna son regard noir.

— D'après ce que vient de dire Remington, avança-t-elle, si tu étais jalouse de quelqu'un, tu le regarderais d'un mauvais œil. Si ça se trouve, tu nous envies secrètement, nous qui sommes sur le banc de touche, qui faisons la grasse mat', grignotons des Pringles et profitons de la vie pendant que tu souffres.

Son sourire en fin de phrase était forcé.

— Au fait, Remington, dit Hank, on dirait que tu as bien récupéré du dernier week-end. Tu as eu des problèmes depuis ? Tu as dû avaler un paquet d'eau…

— Ouais, et de l'eau sale avec ça, ajouta Cherry. Je voulais te demander, ça t'a rendu malade ?

Le hochement de tête contraint de Remington fut sans doute mal interprété.

— Le truc important, dit Chet, c'était de retourner à la piscine cette semaine, tu l'as fait ? Se remettre en selle. Histoire de ne pas devenir phobique ou je ne sais quoi.

— De quoi parlez-vous ? demanda Serenata.

Le club se tut.

— Tu ne lui as pas dit ? demanda Sloan entre ses dents.

— Dit quoi ?

— Il faut faire avec, dit Sloan. Ce n'était pas la fin du monde.

— Remington, qu'est-ce qui n'était pas la fin du monde ?

— Il est là, non ? intervint Bambi. Il a couru 22 kilomètres aujourd'hui et il va bien.

— Jusqu'à il y a une minute, je tenais pour acquis que mon mari allait bien. Alors que s'est-il passé pour que je doive être heureuse qu'il soit même « là » ?

— Je ne voulais pas t'inquiéter, expliqua Remington. Parce que, à l'évidence, il n'y a pas lieu de s'inquiéter.

— Tu me parles de samedi dernier, c'est ça ? Quand tu es rentré étrangement tard et que tu n'arrivais pas à te réchauffer. Il faisait 23 degrés dans la maison et tu voulais que je fasse du feu. Tu tremblais. Tu n'as pratiquement pas mangé et tu es allé te coucher tout de suite après. Pourquoi ?

— On est allés nager en eau libre, dans l'Hudson, répondit Remington. Je te l'ai dit. Je ne t'ai simplement pas parlé… des difficultés que j'ai rencontrées. Il se peut que j'aie pris froid.

— C'est ma faute, le coupa Bambi. La température de l'eau était limite, c'était une décision personnelle. Si je devais le refaire, on mettrait des combinaisons.

— Tu as nagé sur quelle distance ? demanda Serenata.

— Deux kilomètres, à peu près, répondit Remington.

— Tu avais déjà nagé autant ?

— Oui, mais en piscine. En eau libre, c'est un peu différent.

— En effet, dit-elle. Et tu as rencontré des « difficultés ». Es-tu en train d'essayer de me dire que tu as failli te noyer le week-end dernier ?

— Je n'essaie pas de te le dire. Je te le dis.

— Et pourquoi tu n'as pas coulé ?

— Je l'ai sorti de l'eau, Sera. Évidemment, dit Bambi. Je fais toujours une boucle pour voir où en sont les retardataires et j'ai mis le turbo quand j'ai vu que Rem était dans la merde. Ça fait partie de mon boulot. Mes compétences de secouriste sont au top. J'ai ramené Rem sur la rive. J'ai dit aux autres de sortir aussi. J'écourte rarement une séance d'entraînement mais je sais faire des exceptions si nécessaire vu que, malgré ce que tu penses, je ne suis pas complètement tarée.

— As-tu été obligée de lui faire du bouche à bouche ?

— Ouais. Mais t'inquiète, c'était pas vraiment ce qu'on pourrait appeler romantique.

— Je pense que c'est exactement ce que je pourrais appeler romantique. Je dois sans doute te remercier d'avoir sauvé la vie de mon mari.

— Ben, non. Comme je t'ai dit, je faisais mon boulot. Ça en fait partie.

— Sauf que tu l'as mis dans une situation d'où il a fallu le sauver.

— C'est moi qui me suis mis dans cette situation, dit Remington. Si j'ai surestimé mes capacités, c'est ma faute.

— Selon ta coach, il s'en est fallu d'un cheveu, je crois, que ces « difficultés » t'envoient patauger au fond du fleuve comme un vulgaire déchet à côté des roues de secours et autres Caddie… Si ta coach prétend que cet incident n'avait rien d'extraordinaire, qu'il faisait « partie de son boulot », pourquoi tu ne m'en as pas parlé ?

— Tu sais très bien pourquoi.

Quand elle avait environ huit ans et apprenait encore à nager, Serenata s'était retrouvée sans le faire exprès dans le grand bain d'une piscine publique, elle avait voulu se mettre debout et avait paniqué. Un maître nageur s'en était tout de suite aperçu, il ne s'était donc pas écoulé plus de trente secondes, pendant lesquelles elle s'était débattue et avait avalé de l'eau chlorée assaisonnée au pipi d'écoliers, avant que le jeune homme lui passe un bras autour du corps par-derrière et la tire jusqu'au petit bain. Mais ces trente secondes avaient été longues – toute une petite vie de terreur animale aveugle –, inscrites en lettres de feu dans sa mémoire avec une telle netteté que, des années après, elle pouvait revivre ces « difficultés » comme si elle les avait rencontrées la veille. Elle refusait de croire que l'expérience d'une quasi-noyade était moins traumatisante à soixante-cinq ans qu'à huit. Surtout que, à soixante-cinq ans, on était mieux armé pour comprendre ce qu'on était peut-être en train de perdre. Et pourtant, son mari était rentré sans lui dire qu'il avait frôlé la mort, tout cela pour ne pas lui donner des armes dans le différend qui les opposait sur sa participation à un triathlon. Si la raison de son silence était absurde, elle était aussi triste. Il avait tous ces nouveaux amis, mais quand ces derniers rentraient chez eux, elle n'était pas l'unique personne à se sentir seule.

9

— Tu ne m'as pas dit que Remington avait failli se noyer, dit Serenata.

Elle le dit avec douceur, de crainte que ce ne soit perçu comme une accusation de trahison. Déjà punie plus que de raison, Tommy n'avait pas besoin qu'on s'acharne sur elle en raison de dysfonctionnements qui affectaient un mariage deux fois plus âgé qu'elle.

— Alors, il te l'a dit, soupira Tommy en laissant sa joue s'affaler sur l'oreiller plat de l'hôpital avec résignation. Je ne voulais pas cafter.

Si la gamine était passée de Wonder Woman à limace dans la nuit, elle était de ces limaces sur lesquelles on aurait versé du sel. Elle donnait l'impression d'être en train de fondre. Même contraints par des manchons et des bas de compression, ses bras et ses jambes avaient gonflé, elle avait les doigts comme des saucisses – si gros et si boudinés qu'ils auraient éclaté dans une poêle. En perdant ses arêtes, son nouveau visage large et lisse avait aussi perdu son intelligence.

— Tu es très loyale, dit Serenata. Ce n'est pas grave si tu l'es envers quelqu'un d'autre que moi.

— Pendant un moment, on a vraiment cru qu'il allait y passer. Même quand il a recommencé à respirer, il ne pouvait plus s'arrêter de tousser et on aurait dit qu'il allait cracher ses poumons.

Elle aurait pu avoir de la bouillie dans la bouche. Son élocution relâchée ne devait rien à une incapacité physique de prononcer les mots. Tout son être n'était qu'apathie, une apathie accentuée par la chambre impersonnelle de l'hôpital. Elle ne parlait pas distinctement parce qu'elle s'en fichait, elle se fichait de ce qu'elle disait et de tout le reste.

— Je l'ai déjà vu nager. C'est un parpaing. Je ne voulais pas t'en parler quand je t'apprenais le crawl, mais ce type de nageurs existe. C'est une question de densité corporelle, pas de technique. Mais ne t'inquiète pas. Toi, tu n'es pas un parpaing.

Elle espérait que cette affirmation s'appliquerait de façon métaphorique à la vie hors norme de Tommy, dont cette dernière semblait croire qu'elle était terminée.

— Pas maintenant ! s'exclama Tommy sans gaieté. Je flotterais comme un ballon de plage.

— Le liquide a commencé à s'évacuer, non ?

— J'ai pas remarqué, répondit-elle d'un air sombre. J'ai l'impression que ça ne fait qu'empirer. Cette perf continue à me remplir de flotte…

— La myoglobine doit être éliminée. On t'a prévenue, cela prendra du temps avant que tu retrouves ta forme.

— Des semaines, paraît-il. Et j'ai mal dans tout le corps. Je suis là dans mon plumard alors que tous mes muscles se transforment en purée un par un. Je peux presque les entendre.

— Et quel bruit ça fait ?

— Comme quand il y a une poche d'air dans le tuyau d'évacuation de l'évier. L'eau sale remonte et ensuite une grosse bulle graisseuse rote à travers l'écume : *burp !*

— J'ai lu quelque part qu'on pouvait rester deux semaines sans faire de sport avant que les muscles ne faiblissent.

— C'est des conneries.

Serenata n'y croyait pas non plus.

— La seule chose qui compte, c'est que tu ailles mieux. Finalement, tes reins sont repartis. Tu pourras toujours retrouver la forme quand ça sera terminé.

— Mouais.

L'œdème lui fermait les yeux et elle avait le regard fuyant.

— Est-ce que ces salades de « faut que t'ailles mieux » te font au moins du bien à toi ?

— Bien sûr que non. Hé, c'est quoi ça ? demanda Serenata en changeant de sujet. Je ne l'avais pas remarqué.

Tommy retourna son poignet mais Serenata avait déjà repéré le bourdon. Sa facture n'était pas tout à fait à la hauteur – Serenata avait été tatouée par un expert – mais le motif plus récent débordait de vie.

— J'allais te le montrer, dit Tommy, mais j'avais peur que tu penses que je te copiais.

— Ne considérons pas cela comme une imitation mais comme un hommage. Je le prends pour un compliment.

— C'est vrai ? Tu n'es pas fâchée ?

— Vraiment. Je suis touchée.

Tommy se redressa contre son oreiller.

— Le demi-Mettle est dans trois semaines, si je peux reprendre seulement…

— Oublie, la coupa Serenata. Dans trois semaines, tu t'estimeras heureuse de pouvoir aller aux toilettes toute seule. Oublie MettleMan et ça veut dire juin aussi. Parce que, à ta place, voilà ce qui me ferait du bien : MettleMan est une franchise, une marque déposée. En revanche, il n'est pas propriétaire du fait de courir, de nager et de faire du vélo – pas plus que je ne le suis, ce qui explique que tu sois toujours en train de me ridiculiser, et à juste titre. Tu n'as pas besoin de MettleMan ou de son imprimatur…

— Imprimatur ? répéta Tommy avec dédain.

— De son approbation.

— Je veux le tatouage.

— Tu n'as pas besoin du tatouage. Tu as notre bourdon.

— Je vais perdre tous mes amis.

— Moi, tu ne me perdras pas, dit Serenata. Et si les autres membres du club de tri tiennent aussi à toi, ils ne vont pas t'abandonner sous prétexte que tu es tombée malade.

— Ne fais pas semblant d'être con. Si tu ne fais pas le tri, tu ne comptes pas. Tu les as assez fréquentés pour savoir comment ça marche. Tu es avec eux ou contre eux. Maintenant, je vais rejoindre les grosses feignasses dont ils se paient la tête.

— Mais c'est bizarre, non ? Si c'est vrai ? Et je fais partie du lot. D'après leurs critères, je suis une grosse feignasse.

— Je sais.

Elle le savait déjà, mais se l'entendre confirmer n'en était pas moins douloureux.

— Tu as eu des visites des membres du club ?

— Que Cherry, répondit Tommy. Et même elle n'avait qu'une envie, se tirer. Comme s'ils avaient peur d'attraper quelque chose.

— Ils ont peur de ce qui est déjà là : la possibilité de rejoindre le reste des branleuses que nous sommes en trébuchant sur un trottoir.

— Je suis repoussante. Je ne supporte pas de me voir dans la glace.

— Alors ne te regarde pas dans la glace.

— J'ai plus de raison de vivre, marmonna Tommy. J'aimerais être morte.

— Certainement pas.

— Cette rhabdo-chose est entièrement ma faute. Je n'ai jamais été à la hauteur et je ne le suis toujours pas. Si, pour commencer, j'avais eu des cuisses plus costaudes, je n'aurais jamais chopé ce truc. Tout ça, c'est parce que je n'ai jamais été assez en forme. C'est ce qu'ils disent aussi derrière mon dos. Ils disent que le problème, c'est que je ne leur arrive pas à la cheville.

— Si tes cuisses avaient été plus fortes, tu aurais forcé davantage en pédalant encore plus vite et encore plus longtemps pour impressionner Sloan Wallace, et tu aurais quand même bombardé ton quadriceps de déchets toxiques. Ta seule faiblesse a été de craquer pour une belle gueule. D'après mon expérience, c'est une grande faiblesse. Une faiblesse fatale.

— Mais tu m'as dit que Remington était sexy.

— Oui. On ne peut pas vraiment lui en attribuer le mérite bien sûr, mais il est joliment fait. Et puis, dès le départ, ce qui m'a attirée chez lui, c'était sa retenue – sa stabilité, sa concentration. Le fait qu'il soit contenu.

Enfin, cette même concentration semble avoir légèrement évolué. En ce moment, sur son visage je lis quelque chose que je n'aime pas.

— C'est quoi ?

— Du fanatisme.

Le mot plana un instant entre elles.

— Il faut être un peu cinglé pour se lancer dans un Mettle complet, dit Tommy. C'est un peu comme se lancer dans le djihad. Mais, à moins d'être vraiment flemmard, la seule autre option qui se présente à toi, c'est d'être moyen et normal. De dire des trucs de grand-mère, style : « L'important, c'est la modération. » Ne pas partir faire un running mais un jogging. Avoir une personnalité tiède comme le biberon d'un bébé.

— Non, l'alternative, c'est de se ressaisir, dit sèchement Serenata. Tu t'es laissé prendre par une mode et peut-être que tu n'en as pas fini avec cette mode, mais la mode en a fini avec toi. On peut recommencer à lire des scénarios ensemble. Tu as une voix puissante et il faut que tu apprennes à t'en servir. On n'a pas besoin de diplôme pour faire le genre de travail que je fais ; il faut seulement être doué. MettleMan te coûtait du temps et de l'argent. Apprenons à gagner de l'argent en faisant quelque chose de plus satisfaisant que de passer la serpillière. Puis, si tu as du temps libre pour faire des pompes, tant mieux. Tu penses qu'arriver au bout d'un MettleMan fera de toi quelqu'un de spécial, mais des tas de gens l'ont fait et ça n'a rien d'extraordinaire. Faisons en sorte que tu deviennes vraiment quelqu'un de spécial.

Hélas, il était trop tôt pour ces paroles d'encouragement et elles tombèrent dans l'oreille d'une sourde.

Une semaine après être rentrée chez elle, Tommy était capable d'aller chez sa voisine à petits pas et bientôt jusqu'au centre-ville. La sortir de chez elle signifiait au moins qu'elle s'habille normalement, même si elle n'entrait toujours pas dans ses vêtements ; se balader en chemise de nuit informe ne faisait que la déprimer davantage. Elle était parvenue à passer de foncièrement désespérée à démoralisée puis à simplement triste. À présent, la solide jeune fille était en bonne voie d'atteindre un sain mécontentement. Tandis qu'elle se préparait aux cinq jours d'enregistrement à Manhattan pour le jeu vidéo, Serenata avait plus de regrets d'abandonner Tommy à une éventuelle rechute sentimentale que de laisser Remington voler de ses propres ailes à Syracuse – ce dont il s'aperçut.

— Est-ce que tu es allée à la pêche au boulot pour ne pas être là le jour dit ? demanda-t-il en faisant son sac.

— Tu sais très bien que non et on en a déjà parlé. On a besoin de cet argent.

— N'empêche, tu es contente de ne pas avoir à y aller.

Elle écarta une série de réponses plus ambiguës avant de dire :

— Oui.

En triant un tas de linge propre, Serenata rangea trois caleçons dans le tiroir du haut de Remington. Il les prit pour les mettre dans son sac.

— Pendant l'épreuve de natation, il y aura des sauveteurs ?

Il lui jeta un regard glacial.

— Le lac Onondaga sera truffé de bateaux avec équipage au complet à intervalles réguliers.

— Je faisais part de mon inquiétude, ce n'était pas de la condescendance.

— Naturellement.

Ah, l'humour pince-sans-rire de Remington.

— Tommy m'a dit que tu avais failli mourir.

— À de nombreuses reprises dans la vie, on manque de mourir et on fait marche arrière. Hier, il s'en est fallu de peu en traversant la rue. J'ose espérer que tu ne m'en tiendrais pas rigueur.

— Je t'en tiendrais rigueur si tu étais renversé parce que tu as forcé le destin.

— Dois-je en conclure que tu comptes sécher le Mettle complet en juin ? demanda-t-il d'un ton aimable.

— Je te l'ai dit. J'y serai. Je te l'ai promis.

— Mais que se passerait-il si on te proposait autre chose ? Et qu'on ait toujours « besoin de cet argent » ?

— Je t'ai dit que j'y serai. Quant à Syracuse, Valeria y sera, tu auras ton comité de soutien. Je te rappelle que pendant toutes les années où j'ai couru, fait du vélo et nagé des milliers de kilomètres, pas une fois je n'ai insisté pour que tu viennes m'applaudir.

Le lendemain, afin de préparer son avant-dernière prouesse d'endurance, Remington partirait à Syracuse en voiture où il passerait trois nuits au Courtyard. Le prix de la chambre assécherait les revenus de la première journée de la session d'enregistrement de Serenata, laquelle coïncidait de façon si tragique avec le demi-Mettle. Ceux de sa deuxième journée seraient sacrifiés au profit des mirobolants frais d'inscription. Si d'aventure elle avait cherché dans quel domaine investir, MettleMan se présentait comme une valeur de croissance.

Mais elle ne voulait pas gâcher la soirée précédant leur séparation en ressassant une rancœur comptable, alors, quand Remington lui fit part de son hypothèse pendant le dîner, elle tint à se montrer partante.

— Exercice imaginaire, proposa-t-il. Disons que tu marches seule la nuit dans un environnement urbain un peu louche. Tu es inquiète parce que quelqu'un te suit. Tu jettes un coup d'œil derrière toi. C'est un homme, d'accord, mais il se trouve qu'il est blanc. Qu'est-ce que tu ressens ?

— Du soulagement.

— Pourquoi ?

— Je pourrais jouer de malchance, mais je suppose instinctivement qu'il n'est pas dangereux.

— Est-ce parce que tu te sens solidaire de ton « peuple » ? Parce que les Blancs se serrent les coudes et ne feraient jamais de mal à l'un des leurs ?

— Sûrement pas, je ne me sens pas solidaire des Blancs. Mais le nombre de Noirs incarcérés est beaucoup plus élevé… Ce qui est dû en partie à une justice biaisée, mais bon… J'ai entendu des Noirs reconnaître que, dans la rue, leurs frères pouvaient aussi les inquiéter.

— Que supposes-tu d'autre à propos de notre Blanc inconnu, en l'absence d'informations complémentaires ?

— Quel âge a-t-il ?

— Disons, vingt ans.

— On parle classe moyenne ou au-dessus ?

— Bien sûr. Tu n'es pas dans South Boston. Disons qu'il porte un sweat-shirt de Yale.

— Ce qui ne veut pas dire qu'il y soit allé.

— Ce qui veut dire qu'il veut au moins que tu croies qu'il y est allé. Ce n'est pas un gros subterfuge de ghetto.

— À moins qu'il soit vraiment baraqué, je dirais que c'est un faible.

Serenata se surprit elle-même mais c'était vrai.

— À tous égards, reprit-elle, maintenant que j'y pense.

— Et si tu pouvais te projeter de façon imaginaire dans la tête d'une personne de couleur – un jeune homme aussi, qui considère cette rue comme son territoire –, qu'est-ce qu'un représentant d'une population marginalisée penserait en voyant notre mec blanc ?

Serenata commençait à saisir l'esprit de l'exercice.

— Que l'intrus est naïf. Qu'il ne devrait pas être là et ne sait pas où il met les pieds. Qu'il est crédule et ne surveille pas ses arrières. Il serait capable de frimer si ses amis l'accompagnaient…

— Les hommes sont plus intimidants en bande.

— Mais tout seul ? C'est probablement un lâche aussi. Je n'aime pas aligner les poncifs mais dans l'hypothétique occurrence où cette personne de couleur ait une toute petite tendance prédatrice ? La chasse est ouverte. Un Blanc ne se défendra pas. On peut le voler facilement et le bousculer tout aussi facilement.

— Bien. Quoi d'autre ?

— Notre Blanc n'aime pas prendre de risques. Au moindre problème, son seul objectif sera de s'en sortir sans dommage. Il ne se battra pas pour préserver sa dignité ; il est prêt à subir toutes les humiliations pour sauver sa peau. Il est peut-être allé à Yale finalement, mais il n'est vraiment pas sûr de lui seul la nuit dans une rue. Il a extrêmement peur des Noirs ou des Latinos – mais peut-être pas des Asiatiques, ce qui prouve seulement qu'il est ignorant. Alors, oui, d'un point de vue théorique, il se peut qu'il soit instruit mais, quant à être à niveau en matière d'instinct de survie, il est analphabète. Il est timide et veut à tout prix éviter les conflits.

Il se fiche de ses objets de valeur – qu'il considère comme remplaçables. Candide. Il vit sans doute chez ses parents.

— Je pose comme postulat, dit Remington en levant sa fourchette, que les adolescents et les hommes de vingt ans sont les bêtes les plus dangereuses sur terre. Ils s'affrontent pour les femelles et s'efforcent d'imposer leur domination dans la hiérarchie des mâles. Partout dans le monde, ce sont les terroristes, les membres des gangs, les auteurs de la plupart des crimes non étatiques. Mais *a contrario*, les jeunes hommes blancs de toutes conditions ont effectivement pris des inhibiteurs de testostérone. Ils ont beau être des génies du codage ou de la sémiotique, en tant qu'animaux, ils ont été estropiés. Ils sont incapables de se prendre en charge dans une situation inhabituelle. Ils ne sont pas réactifs. Ils ont été élevés parmi des gens comme eux et par des femmes, et par des hommes sous l'influence de femmes. En groupe, ils sont perçus comme incompétents même en tant qu'animaux sociaux. Ils sont nuls en blagues et en reparties ; ils ne sont pas drôles. Ils sont incapables de gérer l'argent.

Serenata tambourina sur la table du bout des doigts.

— J'ai rencontré quelques exceptions. J'aime à croire que j'en ai épousé une. Mais globalement, ta déposition me semble assez juste.

— Mais j'ai une autre question, reprit Remington. Si nous répétions toutes ces généralités diffamatoires sur les jeunes hommes blancs « privilégiés » en compagnie d'autres gens, notre figure imposée serait-elle perçue comme incendiaire ou provocatrice ? Même si cette compagnie reflétait la « diversité », quelqu'un nous traiterait-il de racistes ? À un dîner, est-ce qu'un convive, quelles que soient sa couleur de peau ou sa confession, quitterait la table de consternation ?

— On se ferait plutôt applaudir, dit Serenata en se calant dans sa chaise. Mais pourquoi tu me dis tout ça ?

— Je ne sais pas exactement.

Cette drôle de conversation les avait étrangement rapprochés.

Au lit, chacun lisait – Remington un livre intitulé *Endurance. L'esprit, le corps et les exceptionnelles limites extensibles de la performance humaine*, et elle, un numéro récent du *New Yorker* – et elle profita de l'humeur cordiale.

— Le concept de cette nouvelle devrait t'intéresser.

— D'accord, dit Remington.

Sans doute heureux de ce rare adoucissement dans l'atmosphère conjugale, il posa poliment son livre sur le couvre-lit sans tarder.

— Dans un avenir lointain, les hommes peuvent se connecter à une machine appelée Morphatron. La machine développe chaque muscle du corps pendant le sommeil, comme quand on branche une voiture électrique sur une prise pour la recharger. Et donc, tout le monde est en excellente forme physique. On peut régler la machine pour qu'elle brûle les calories en trop. Et donc plus personne n'est gros non plus. En fait, après avoir traversé une phase où ils se sont empiffrés, manger est devenu ennuyeux et les gens se forcent à finir leurs repas. On peut régler le Morphatron selon ses envies : certains types veulent ressembler à Schwarzenegger ou préfèrent une silhouette de nageur ; les femmes ont la possibilité de choisir le corps d'une danseuse étoile ou celui de Michelle Obama. Les maladies héréditaires existent toujours mais, sinon, l'ensemble de la population mondiale est en excellente santé. Sauf que – tu l'as vu venir – un type tient absolument à se muscler à l'ancienne. Les salles de gym ont fermé et on ne fabrique plus de poids ni de tapis de course, alors il se bricole un équipement à base de sac à dos et de boîtes de conserve. Il court jusqu'à l'épuisement sur les pistes désormais désertes parce que les gens, de toute façon en forme, ont des choses plus intéressantes à faire. Tout le monde pense qu'il est dingue. S'il se connectait à la machine, il serait en bien meilleure forme qu'en souffrant et en « brûlant des calories ».

— *Le Meilleur des mondes* et son noble sauvage.

— Je suis d'accord, l'hypothèse sent *La Quatrième Dimension* à plein nez. Mais voilà ma question : si tu pouvais éviter toutes les souffrances et le temps passé et que tu obtenais les mêmes résultats, voire de meilleurs, est-ce que tu te connecterais ?

— Sûrement pas. Je suppose que c'est la morale de la nouvelle. La forme sans l'effort serait vaine. L'essence du tri, c'est le mental *versus* la matière, la volonté. C'est atteindre – mais, paradoxalement, ne jamais vraiment atteindre – le contrôle de soi… Excuse-moi mais je t'ennuie ?

Serenata avait pris son téléphone et entrait des chiffres sur l'appli de la calculette.

— Non, non… Pardon. C'est juste que ça fait des siècles que je voulais faire l'addition. Admettons que je me sois entraînée une heure et demie tous les jours depuis que j'ai huit ans environ… Ce qui nous fait un tout petit peu plus de 29 000 heures… divisées par 24… égalent 1 209 jours… ou trois ans et un tiers. Puisque, quand tu soustrais les repas, le sommeil, la cuisine, les courses et les visites aux toilettes, il te reste tout au plus peut-être douze heures sur vingt-quatre à disposition, faire du sport a monopolisé six ou sept ans de ma vie. Et je ne compte pas le vélo que je considère uniquement comme un moyen de transport.

— J'ai toujours eu l'impression que tu trouvais ce temps bien employé.

— J'en ai ras le bol de faire des burpees. J'opterais sans la moindre hésitation pour le Morphatron.

Pour prendre le train de 6 h 17 à destination de Penn Station, Serenata se leva à peu près à la même heure que Remington, à Syracuse, où la course commençait à l'heure typiquement barbare de 7 heures pile. Emporter son vélo à Manhattan comportait plus d'inconvénients que d'avantages mais, comme elle s'était toujours déplacée à vélo dans New York avant qu'ils emménagent à Albany, elle ne supportait pas la perspective de se retrouver coincée dans le métro avec tous les gogos.

Son fidèle destrier rangé dans le compartiment à bagages, elle prit une place près de la fenêtre avec vue sur l'Hudson. L'idée que Remington était en ce moment même en train d'enfiler sa combinaison de natation la tarabustait et l'empêchait de lire. En regardant le soleil se lever par la vitre, elle s'adonna à une distraction sous-estimée : la réflexion.

Elle avait décrit MettleMan à Griff comme une secte, cela valait peut-être la peine de se demander si l'engouement pour le sport d'extrême endurance étanchait une soif de religion, même chez les laïcs comme son mari. Le rejet de la chair était presque toujours présent dans le phénomène de la foi, dont les souches fondamentalistes encourageaient le jeûne, la flagellation, la chasteté et la négation de soi ; pendant le carême, on renonçait à quelque chose que l'on appréciait particulièrement. La religion a toujours été hostile au plaisir. Comme bien d'autres théologies officielles, MettleMan élevait la souffrance, le sacrifice et la conquête du courage au-dessus des envies et des doléances mesquines et avilissantes de l'enveloppe charnelle. Il débordait de saints (les pros) et d'habits ecclésiastiques (T-shirts sur la ligne d'arrivée). Il proposait des rites d'initiation – le demi-Mettle du jour en était un – et des baptêmes, avec onction baptismale sous forme du double M orange comme des montagnes tatoué sur le bras de Sloan Wallace. MettleMan invitait ses fidèles à intégrer une confrérie où tous étaient animés d'un même esprit et encourageait ainsi un sentiment d'appartenance. Plus important, il offrait aussi une non-appartenance – l'exclusion sur laquelle les religions reposaient souvent, voire plus souvent que sur la communauté des fidèles. Ainsi, à l'image des croyances traditionnelles qui rejettent les non-croyants, les hérétiques, les *kouffar*, la secte du tri magnifiait une élite chic en opposition aux mous, aux flasques et aux inactifs. Il faisait miroiter la perspective d'une rédemption, d'une résurrection, d'une renaissance, même aux pécheurs en série comme Hank Timmerman – il était possible que Bambi ait choisi ses disciples sur le seul critère de leur sanctification, son peuple élu, mais elle avait fait l'impasse sur cette notion commercialement utile qui voulait que toute feignasse était susceptible d'accoucher d'un champion au bout de neuf mois.

MettleMan dressait une échelle vers une révélation croissante – de profane à repentant, puis à aspirant jusqu'à la béatification suprême que Remington convoitait en juin. Cependant, plus elle montait vers le ciel, plus l'échelle se réduisait avant de disparaître au firmament. Car, tout au long de ce processus de purification, vous aviez toujours la possibilité de vous rendre à un autre pèlerinage et ainsi d'améliorer votre temps. Comme Remington l'avait souligné, vous vous en approchiez toujours et pourtant vous n'atteigniez jamais l'idéal sportif, il y avait donc à jamais quelque chose à faire. Encore mieux, contrairement à la plupart des rites sacrés, ces augmentations de sainteté étaient quantifiables : quatre minutes et onze secondes sur les 4,2 kilomètres de l'épreuve de natation.

Car l'Église de l'effort physique offrait de la clarté. C'est-à-dire qu'elle mettait en avant toute une série de vertus dénuées d'ambiguïté – effort physique, épuisement, négation de la douleur, mépris des limites ressenties, aucune distance qui ne soit supérieure à la précédente, aucune cadence qui ne soit plus soutenue –, ce qui avait le mérite d'éviter toute confusion sur ce qui répondait aux critères d'une journée productive. De même, elle désignait le mal : la paresse. Surtout, selon les affirmations de Remington, un rythme cardiaque élevé améliorait la santé des malades de Parkinson, l'insomnie, le diabète, la démence et la dépression : l'exercice seul permettait de déjouer la maladie, la dégénérescence et le déclin mental. Adepte des extrêmes, l'Église de l'effort physique promettait alors non seulement de mettre un terme à tout vieillissement et toute infirmité – sinon de les inverser –, mais aussi la vie éternelle.

C'était une escroquerie vieille comme le monde.

À 8 h 15, Serenata reprit son vélo (dont le nom, connu seulement de sa propriétaire, était Carlisle), accrocha la sacoche, poussa Carlisle dans le hall de la gare, puis s'engagea dans l'escalier, la barre transversale du vélo enfilée sur l'épaule – une manœuvre maintes fois pratiquée, qu'un claquement de mauvais augure dans le genou droit vint compléter de façon inopportune. Dehors, il faisait affreusement chaud, comparé au compartiment climatisé du train qui l'avait poussée à mettre un sweat-shirt. Ce qui annonçait un autre de ces étranges printemps dans le nord-est du pays, avec de soudaines vagues de chaleur dignes d'un mois d'août ; weather.com prévoyait un pic à Central Park à 32 degrés. Merde ! Elle aurait dû vérifier la température à Syracuse aussi.

Après avoir poussé Carlisle sur la Septième Avenue en direction du nord, elle enfourcha son vélo et pédala sur la 34e Rue Ouest vers la piste cyclable de West Side pour être aussitôt engloutie par des dizaines de cyclistes. C'était l'heure de pointe et, bien sûr, ils étaient odieux, pédalant frénétiquement pour dépasser la vieille dame sur son vieux vélo de route pour homme. Mais les cinglés de la pédale étaient aussi très imprudents, ils passaient à l'orange en bas de la côte et traversaient West Side Highway alors qu'il était vraiment rouge. Serenata avait un boulot qui l'attendait et se faire aplatir par un chauffeur de Uber qui démarrait au quart de tour contrarierait ses plans, et elle fut la seule à s'arrêter pour attendre le feu vert.

La piste cyclable qui faisait toute la longueur de l'île en longeant l'Hudson était la plus empruntée de tous les États-Unis. La Manhattan Waterfront Greenway avait jadis été une autoroute à deux voies pour vélos d'une largeur somptueuse mais souffrait désormais d'une invasion de trottinettes électriques, de gyropodes, de rollers, de vélomoteurs interdits, de skate-boards à batterie, de coureurs avec leur infernale affection pour la ligne médiane et de poussettes de la taille d'un bus de promenade à étage. Tout ça en plus de l'explosion du nombre de vélos proprement dits qui, selon les calculs à la louche de Serenata, avait été multiplié par dix ou vingt en vingt ans.

Entourée d'une nuée de convertis à un moyen de transport qu'elle avait entendu traiter de ringard à peu près toute sa vie, elle décida, comme toujours, de les ignorer. Elle garderait son calme. Elle s'efforcerait d'opposer une distance zen au manque de respect dont elle faisait l'objet, comme se faire effrontément couper la route ou doubler de façon dangereuse par la corde. Elle mettrait à profit la maturité que lui conférait l'âge pour s'adapter sereinement à la popularité grandissante du pédalage – qui était, après tout, dans l'intérêt de tous, puisqu'il conduisait à une amélioration de la qualité de l'air, à une baisse des émissions de CO_2, à moins d'obésité, à une réduction des coûts de santé et au bonheur d'une population plus énergique.

Comme toujours ? Elle n'y parvint pas.

Elle les détestait. Chacun d'entre eux. Ces bombes maigrichonnes en Lycra couvertes de noms de marque, montées sur des vélos de piste à pignon fixe sans freins, manifestement inadaptés à la conduite en ville. Ces traders avec sacoche de vélo pour ordinateur portable et chastes bandes Velcro serrées autour du bas de pantalon de leur costume. Ces familles de touristes à cinq de front sur leurs vélos de location identiques qui dérivaient sans réfléchir hors de la piste. Ces livreurs sous-payés, originaires d'Amérique centrale, qui roulaient à 50 km/h et avaient des notions d'anglais suffisantes pour comprendre PAS DE VÉLOS ÉLECTRIQUES en lettres de 30 centimètres de haut éclairées en rouge sur les panneaux d'affichage du National Park Service. Ces adolescents qui textotaient sur leur smartphone tout en tressautant sur les écorces qui couvraient le sol au voisinage de la piste. Ces jeunes prétentieux en tenue de sport siglée qui ne pigeaient toujours pas qu'ils n'avaient pas besoin de vous doubler parce que vous rouliez à la même allure qu'eux, voire un peu plus vite. Ces bandes de gamins sur des BMX qui faisaient des roues arrière en sens inverse de la circulation. Elle les détestait tous. Ils avaient envahi son territoire et ils la dérangeaient.

Les pires de tous étaient les Citibikes, des chevaux de trait fournis par la municipalité qui pesaient une tonne et se louaient pour une bouchée de pain. Ces biclous bleu marine représentaient la moitié du trafic sur la piste. Manœuvrer dans la mêlée générale impliquait de doubler en permanence ces débris quasi stationnaires – en plus de devoir contourner de justesse les gros blocs en béton qui jalonnaient le milieu de la piste tous les 45 mètres, ce qui se voulait une action préventive contre une attaque terroriste motorisée mais dont l'obstruction générerait toujours plus de terrorisme.

Peut-être y avait-il une certaine vanité à se montrer teigne lorsqu'on roulait sur un vieux clou. En l'occurrence, avant de dépasser cet adepte des Citibikes sur la ligne droite en approchant de Canal Street, elle aurait dû remarquer la rotation frénétique par minute du cycliste – la marque de ceux qui considèrent comme un affront personnel d'être doublé par quiconque et comme l'équivalent d'une castration en plein air d'être doublé par une femme. À peine quelques secondes après avoir dépassé le jeune homme – un type blanc quelconque d'environ vingt ans –, celui-ci mettait la gomme, les genoux pointant de chaque côté à un drôle d'angle, et reprenait sa place devant elle.

Elle aurait dû laisser tomber. Elle était une adulte. Elle avait parcouru à vélo l'équivalent de la circonférence de la Terre à de multiples reprises et n'avait rien à prouver. À ce train-là, elle arriverait au studio avant l'ouverture du bâtiment et devrait prendre un café. Elle pouvait relâcher ses efforts et savourer le reflet du soleil sur les gratte-ciel de l'autre côté du fleuve dans le New Jersey. Et pourtant, comme la plupart des gens, la petite fille de douze ans qui sommeillait en elle ne demandait qu'à sortir. Elle sortit.

Quand Serenata passa la vitesse inférieure puis repassa la supérieure, Carlisle réagit comme l'étalon qu'elle avait toujours imaginé secrètement qu'il était. Manquant d'accrocher un cycliste venant en sens inverse – cette rivalité la rendait idiote –, elle dépassa l'insolent en Citibike d'un grand bond en avant, avec la ferme intention de ne pas ralentir l'allure jusqu'à Vesey Street, sachant qu'un taré tel que ce tocard n'était pas près de renoncer.

Pop.

L'explosion de douleur dans son genou droit lui donna instantanément ce fameux sens des proportions qu'elle vantait toujours à Remington. Presque incapable de respirer sinon de voir, elle s'arrêta sur le côté. Le crétin passa devant elle à la vitesse de l'éclair.

Les gens qui se sentent bien se soucient rarement du fait que l'état de leur être tout entier – leur prétendue personnalité, ce qui leur tient à cœur, ce à quoi ils pensent et surtout ce à quoi ils ne pensent pas – est basé justement sur cette sensation de bien-être. En une seconde, Serenata devint une personne différente. Elle se fichait du type sur son Citibike, elle se fichait de savoir à quelle étape de son stupide demi-Mettle Remington était parvenu et, de façon horrible, en cet instant précis, elle se fichait du destin de son couple. Tandis que les vélos passaient à toute berzingue devant elle comme une pluie de météorites, l'accélération de l'engouement pour le vélo devenait le cadet de ses soucis. Elle n'était plus cette femme en forme bien conservée qui se rendait à un studio de Gold Street pour faire un travail grassement payé, mais un objet de pitié – même si, dans les grandes villes, les gens pitoyables échouaient à faire naître les émotions adéquates et disparaissaient tout simplement. Le professionnalisme ayant la vie dure, elle ne pouvait s'ôter de l'esprit la nécessité d'arriver à l'heure au studio. En revanche, les moyens grâce auxquels elle pourrait respecter cette ponctualité étaient très incertains. D'étalon, le fidèle Carlisle était passé à fardeau ; prendre un taxi devenait compliqué.

La douleur est de façon déconcertante une chose intime. Il semble inconcevable qu'elle ait pu vivre pareille épreuve sans que les centaines de sportifs amateurs qui empruntaient cette voie s'en aperçoivent. La douleur vous isole, car si on ne la ressent pas, on n'y pense pas et si on la ressent, on ne peut pas penser à autre chose. Cet état vous sépare à ce point des autres qu'on peut l'assimiler à une forme de confinement solitaire. Personne ne s'intéressait à ce qu'elle vivait et elle comprenait cette indifférence aussi, parce qu'elle était devenue une personne inutile, un fardeau plus lourd encore que Carlisle.

Elle glissa de la selle juste assez pour vérifier que prendre appui sur sa jambe droite n'allait tout simplement pas être possible. C'était l'autre aspect intéressant de la chose, ou celui-ci aurait été intéressant si tant est qu'elle ait eu la possibilité de s'intéresser à quoi que ce soit, or elle ne l'avait pas : Remington et ses copains du tri défendaient l'idée qu'il fallait « franchir la douleur », mais dans le cas de Serenata la douleur était à un stade avancé et méritait peut-être qu'on lui donne un autre nom. Cette douleur-douleur, si vous voulez, n'était pas une barrière susceptible d'être franchie. À ce compte-là, on pouvait aussi « franchir » le barrage de Grand Coulee.

Soufflant comme Remington soufflait lorsque les muscles de son pied se contractaient en pleine nuit – avait-elle assez compati ? oh, sans doute pas –, Serenata remonta en selle, le corps incliné vers la gauche. Traitant Carlisle en trottinette, elle fit avancer le vélo – qui n'avait plus rien d'un cheval – en poussant par terre avec le pied gauche. Rabattue humblement à l'extrême bord de la piste cyclable pour ne pas gêner ceux qui se sentaient bien, elle progressa péniblement en direction de Vesey Street.

Au moment où elle prenait Vesey Street, puis Ann Street pour tomber ensuite dans Gold Street en s'aidant toujours du pied, préférant emprunter les trottoirs et supporter les regards noirs, il n'était plus question de boire un café. Elle était en retard. Attacher son vélo quelque part se révéla le même cauchemar que d'habitude ; ces temps-ci, à New York, il était aussi difficile de garer un vélo qu'une voiture. L'explosion de douleur intense semblait refluer quelque peu, si bien qu'elle parvint à boiter, Dieu sait à quel prix, jusqu'à l'interphone. Serenata Terpsichore Personne Radicalement Différente ne prit pas l'escalier.

Lorsqu'elle salua Jon et Coca, un réalisateur et un ingénieur du son avec lesquels elle avait déjà travaillé, elle craignit que sa grimace leur donne l'impression que la journée de travail qui l'attendait la rebutait. Elle réussit à circuler à la périphérie du studio en s'appuyant sur le dossier d'un fauteuil moelleux, puis sur la console de mixage numérique le plus discrètement possible.

Jon était filiforme et sous-alimenté, avec le teint d'un homme qui n'a pas mis les pieds dehors depuis dix ans.

— Ça va ? demanda-t-il.

Ses embardées de meuble en meuble avaient attiré l'attention, finalement.

— Oui, bien sûr, répondit-elle. Enfin, j'ai eu un petit problème sur la piste cyclable de West Side en venant ici, c'est tout.

Même le réalisateur était deux fois plus jeune qu'elle. Elle ne prononcerait pas le mot « arthrose ».

— Depuis qu'ils ont mis tous ces blocs de béton partout, dit Coca, je ne la prends plus. Ce n'est pas seulement à cause des goulets d'étranglement. C'est que ça me rappelle qu'un salopard a écrasé sur son passage avec un camion tous ces gens qui voulaient passer un bon moment par une belle journée. Je préfère prendre la Dixième Avenue et penser à autre chose.

Âgé de vingt-cinq ans peut-être, Coca attirait tous les regards. Il était sans doute métis, brésilien peut-être, avec une touche de philippin ou de thaï et sans doute d'italien. Le mélange avait fonctionné de façon éblouissante comme ces recettes fortuites qu'on invente à la volée et dont les ingrédients aléatoires trouvent, par hasard ou par instinct, un équilibre parfait. Des recettes impossibles à réitérer quel que soit le nombre de fois où l'on essaie.

L'enregistrement du matin était une simple séance de doublage qu'elle effectuait en général debout dans la cabine insonorisée. Qu'elle préfère soudain s'asseoir ne ferait qu'attirer davantage l'attention sur son infirmité, et elle fit passer le poids de son corps sur la jambe gauche en se tenant à la table pour garder l'équilibre. Le postulat de *Kill Joy* était assez pervers dans la mesure où le but du joueur était de tuer le personnage que le scénario même avait construit comme étant d'une intrépidité bienveillante. Bien que le graphisme de son personnage lui donne l'air d'avoir seize ans, Serenata avait été choisie pour interpréter Joy parce que celle-ci était une « jeune femme forte » branchée, qui paraîtrait encore plus redoutable avec une voix plus âgée. En outre, Serenata était capable de restituer n'importe quel âge à leur convenance.

— Sauvage, mais vulnérable, lui indiqua Jon dans son casque, après que sa jeune assistante était arrivée pour lire les dialogues du personnage adverse de l'autre côté de la vitre.

Les dialogues de Serenata défilaient sur l'écran d'un ordinateur. Il n'était jamais bon de se pénétrer de l'idée que la plupart des répliques étaient stupides. Le fait que l'assistante débite les dialogues du personnage principal masculin pas encore enregistrés d'une voix atone rendait ces derniers encore plus stupides.

— Il faut que tu sois plus effrayée, dit Jon après la première lecture. Ça faisait combien, Coca ?

— Quarante-deux secondes.

— Plus serré. Un peu plus vite.

Afin de procéder à un minimum de modifications sur la vidéo, les timings de la bande-son et de l'animation devaient plus ou moins correspondre.

Elle leur donna ce qu'ils attendaient : « plus vif », « quelques années plus jeune », « horrifiée – une petite amélioration, serait, tu vois peut-être un peu, "Qu'est-ce… ?" ou "Qu'est-ce que… !" » Elle répéta la même réplique trois ou quatre fois avec un timbre différent chaque fois, de façon à ce que le producteur qui écoutait sur Skype depuis Chicago puisse choisir sa coloration préférée. Mais enfin, sa prestation de la matinée manquait de cette élégance qui la caractérisait. Sachant qu'elle était une vieille pro, ils avaient fait un nombre de prises étonnamment élevé. La douleur dans son genou était sinistre, désapprobatrice, pareille à un activiste perturbateur à qui on demandait d'interrompre son discours et qui, ensuite, se réfugiait au fond de la salle. Lorsqu'elle essayait de marcher dans la cabine l'air de rien, son genou la punissait avec de brèves résurgences de l'angoisse qui l'avait saisie sur la piste cyclable. Elle semblait incapable de s'en tenir à ses seules répliques, elle avait toujours une longueur d'avance sur les mots qui se formaient dans sa bouche.

Avachie sans complexe dans le studio au cours d'une pause, Serenata allongea les jambes et les croisa aux chevilles pour dissimuler le fait qu'elle ne pouvait plus plier le genou droit.

— Je suis heureuse que cette opportunité se soit présentée, dit-elle après que l'assistante fut partie chercher des cafés. Pour une raison obscure, mon activité de livres audio s'est tarie.

— Pas étonnant, dit Jon.

— Comment ça ? Je croyais que le marché du livre audio était en pleine croissance. Qu'il augmentait plus que le livre imprimé.

— Tu t'es fait une sacrée réputation.

— Après trente-cinq ans là-dedans, ça ne m'étonne pas. Et la séance de ce matin est peut-être une petite formalité, mais j'espère que ce qui me vaut cette réputation, c'est de bien travailler.

— Ouais, dit le réalisateur. Un peu trop bien.

— Il faut que tu m'expliques comment on peut trop bien travailler.

— Les accents, déclara-t-il comme si cela allait de soi.

— C'est quoi, le problème ?

— Tu es connue pour ces accents, non ? Et tout le truc s'est envenimé.

Serenata plissa le front en quête de ce que Tommy lui avait déjà dit un ou deux ans auparavant.

— C'est cette histoire d'« imitation » ?

— C'est le mot qui fait le buzz, répondit Coca. Bien vu.

— Les boîtes d'audio se sont tellement fait lyncher sur les réseaux sociaux pour avoir engagé des interprètes blancs pour lire les dialogues de personnages noirs, chinois, ce que tu veux, qu'ils ont jugé qu'il fallait arrêter les frais. Certains producteurs ont fait appel à, tu vois, des gens de couleur pour lire ces fameux dialogues, mais du coup, le budget a salement augmenté. Alors, si le livre comporte des trucs raciaux ou ethniques, ils trouvent plus facile d'engager une personne de couleur pour le lire en entier.

— Attends un peu, dit Serenata. Y compris les personnages blancs ?

— C'est peut-être dur pour quelqu'un de chevronné comme toi, lâcha Coca. Mais tout le raisonnement de la chose, c'est que les privilégiés ont fait leur temps.

— J'ai fait mon temps ?

De qui se moquait-elle ? Aujourd'hui, elle avait vraiment fait son temps.

— Tout le monde fait son temps, lança Jon avec légèreté. Ce qui veut aussi dire que chacun a sa chance.

— Ces lecteurs issus des minorités, dit Serenata, est-ce qu'ils prennent les accents des Blancs ? Comme le parler traînant d'un pauvre du Sud profond ? Ou celui lent et nasillard du Nebraska ?

— Hum… bafouilla Jon. Certains oui, d'autres non.

— Et pourquoi n'est-ce pas de l'« imitation » ?

— Chacun son tour, déclara Coca. Tu vas découvrir ce que ça fait quand les rôles sont inversés.

Sa jambe droite se raidit. Elle aussi inversa quelque chose, mais seulement le sens dans lequel ses jambes étaient croisées.

— Est-ce ainsi que l'on va résoudre le problème ? se demanda-t-elle à voix haute. En se traitant à tour de rôle comme de la merde ?

— Tu as une meilleure idée ? demanda Coca.

Tout ce domaine-là était celui de Remington et elle était paumée. Elle n'avait pas envie d'offenser l'ingénieur du son.

— Peut-être devrions-nous tous cesser de nous chauffer. Un accent restitué à la perfection rend hommage aux nombreuses façons de parler anglais, non ? Et certaines façons de parler sont particulièrement émouvantes ou expressives.

— Ouais, sauf que ces « façons de parler » ne t'appartiennent pas, dit Coca.

— Est-ce que la mienne m'appartient ?

— Pour autant que je sache, tu n'en as pas.

— Bien sûr que si. Un anglais neutre n'existe pas.

— Si c'est ce que tu appelles un accent, alors, tu peux le garder.

Les deux semblaient trouver désopilante l'idée que Serenata ait un « accent ».

— Toutes ces nouvelles règles… lâcha-t-elle, mélancolique.

— Il y en a toujours eu, dit Coca. Elles sont juste différentes aujourd'hui.

Heureusement, Jon commanda des sandwichs, ce qui lui évita de s'exhiber en train de boiter pour sortir déjeuner.

La séance d'enregistrement de l'après-midi était consacrée à la capture de mouvement. Les scènes d'action pures ultrasophistiquées seraient enregistrées avec le concours de cascadeurs de jeux vidéo, qui feraient les roulés-boulés, se battraient dans la fange et sauteraient d'une hauteur vertigineuse. En revanche, les mouvements moins exigeants physiquement intégrés aux dialogues étaient réservés à l'interprète du rôle et les péripéties prévues ce jour-là auraient été dans ses cordes – en temps normal. Le simple fait d'enfiler la tenue de capture de mouvement dans la cabine d'essayage fut douloureux. Remonter la combinaison collante en néoprène noir sur sa jambe droite impliquait de plier celle-ci et, même dissimulée sous le costume, l'articulation boursouflée était parfaitement visible. Tandis que l'assistante de Jon fixait les capteurs ronds lumineux sur des bandes Velcro le long de ses bras et de ses jambes, sur son torse, dans son dos, sur le petit bonnet au sommet de son crâne, même la position debout, les bras écartés, exigea d'elle la détermination de fer qu'elle parvenait à mobiliser d'ordinaire pour faire son entraînement fractionné.

Le studio de capture de mouvement était vaste, découvert et entouré de caméras pour enregistrer les mouvements de son corps, traduits plus tard à Joy, son avatar. Le décor était comme toujours rudimentaire : deux chaises attachées ensemble et un disque de bois monté sur un pieu, supposés représenter les sièges avant d'une voiture et un volant. Les décors de capture de mouvement rappelaient le modernisme minimaliste souvent employé dans les mises en scène de Samuel Beckett ; toute la luxuriance et les détails étaient laissés aux animateurs. Dans cette scène, Joy était censée avoir une dispute homérique au téléphone avec le personnage principal masculin. Alors que leur divergence d'opinions s'exprimait de façon de plus en plus houleuse, elle ne faisait plus attention à la route et perdait le contrôle de son véhicule.

Serenata serait violemment ballottée entre les deux sièges et finirait par terre, pendant que la voiture s'écraserait dans un ravin et qu'elle serait éjectée par la portière. La routine, quoi. En temps ordinaire.

Sa première version était censée être la meilleure – et il était dommage qu'elle n'ait pas eu aussi des capteurs sur le visage car ses expressions de peur, d'inquiétude et de souffrance étaient ô combien plus vraies que nature. Le problème survint lorsqu'il fallut qu'elle se remette debout et recommence.

— Serenata, dit Jon dans son casque après avoir ordonné l'interruption de la deuxième prise. Tu ne devrais pas avoir l'air d'être en train de mourir *avant* que la voiture quitte la route.

Agacé, il mit fin à la séance à 4 heures.

De retour sur le trottoir brûlant, elle commanda un grand Uber à l'intérieur duquel le chauffeur chargea Carlisle pour aller à Penn Station. La honte de recourir à une voiture venait s'imbriquer dans la déception qu'elle s'inspirait en raison de sa prestation du jour. Elle était toujours très pointilleuse concernant son travail, critique, convaincue que certains dialogues sonnaient plat, ou elle se maudissait d'avoir laissé passer une toute petite erreur sur une consonne quand elle aurait dû insister pour redire la réplique, mais cette honte plus englobante était nouvelle. C'était un sentiment pénible.

Ne sachant pas quel trajet les gens à mobilité réduite devaient emprunter, elle poussa Carlisle au sommet des escaliers de la gare et s'appuya sur le cadre, désarmée, jusqu'à ce qu'un jeune homme costaud se propose de porter le vélo jusqu'au hall. Peu habituée à la gentillesse d'inconnus, elle n'était pas à cent pour cent convaincue que Carlisle ne soit pas volé jusqu'à ce qu'elle voie le garçon attendre qu'elle ait terminé de descendre l'escalier une marche après l'autre en sautillant sur un pied et en s'aidant de la rampe.

— L'idée n'est pas de vous insulter ni rien, dit-il, mais il me semble que vous auriez plus besoin d'une canne que d'un vélo.

— C'est une canne sur roues, répondit-elle (Carlisle serait outré).

Même si on l'avait prise pour quelqu'un de plus jeune que soixante-deux ans il y a encore peu – comme tôt, ce matin –, son sauveteur la considérait manifestement comme une vieille dame. Un regard au miroir de la cabine d'essayage du studio cet après-midi lui avait confirmé que sa personnalité relookée par la douleur lui dessinait un nouveau visage : gris, les traits tirés, ridé et asymétrique.

Elle ne pouvait rouler en s'aidant du pied comme elle l'avait fait dans Vesey Street car cela serait considéré comme pédaler dans la gare, chose interdite. Elle soutint donc son côté droit en agrippant le guidon de la main gauche tout en appuyant de tout son poids sur la barre transversale.

Se sentant désormais responsable d'elle, le bon Samaritain était réticent à la laisser.

— Ça va aller ?

Une réponse honnête aurait sans doute été : non. Elle opta pour :

— Mon mari est train de courir un demi-triathlon aujourd'hui alors que je peux à peine marcher.

— Il fait un des Mettle ?

Comme elle acquiesçait, il remonta la manche de son T-shirt. Une pointe tatouée en orange disparaissait derrière son biceps. Lorsqu'il sourit en boxant l'air en guise d'au revoir, elle surprit l'éclat de sa dent de devant en or.

— C'est super pour lui ! J'en ai fait cinq.

Bon sang, était-ce comme ça à Berlin dans les années 1930 ? On en voyait un, puis un autre un peu plus tard, jusqu'à ce qu'en un rien de temps, ces hommes en chemise brune soient partout.

Après avoir laissé Carlisle dans le compartiment à bagages, elle accepta l'aide d'un machiniste pour monter dans son wagon, puis elle gagna son siège d'une brusque embardée en se tenant aux appuie-tête. Une fois le train parti, elle vérifia de nouveau si elle avait des messages. Même à son rythme le plus lent, Remington avait forcément terminé la course à cette heure-ci. Il était fou de rage qu'elle ne l'accompagne pas à Syracuse mais ne pas lui envoyer ne serait-ce qu'un texto était grossier. Elle ne pouvait espérer que, pendant qu'il faisait le zouave au lac Onondaga, il ait eu l'intuition télépathique qu'il était arrivé quelque chose d'épouvantable à sa femme. Pourtant, ils habitaient tous deux des corps, un habitat notoirement dangereux qui ne pouvait répondre aux critères modernes de santé et de sécurité. Qu'il s'inquiète de son sort de temps à autre n'était pas trop demander.

« Tu as fini ? écrivit-elle. Ça va ? Je t'ai acheté le célèbre steak de chez Delmonico ! Je parie que tu l'as mérité. Appelle-moi quand tu es installé. »

Pas de réponse. Peut-être dormait-il à l'hôtel comme après le marathon. À 6 heures, elle décida finalement d'envoyer un message à Valeria. « Comment va papa ? » Le téléphone sonna immédiatement.

— Je vais te le dire, moi, comment va papa, tonna Valeria. Il est à l'hôpital Saint-Joseph.

— Quoi ?

Quel que soit le problème, Valeria avait la capacité remarquable de sous-entendre en quelques mots que Serenata en était responsable.

— Tu as peut-être remarqué qu'il faisait chaud !

La température était sans doute aussi la faute de Serenata.

— Beaucoup trop chaud et papa n'y est pas habitué.

— Non, il n'est pas au top quand il fait chaud.

Il n'était pas au top non plus quand il ne faisait pas chaud.

— Est-ce qu'il s'est arrêté ? A-t-il renoncé ?

— Non, il a été fantastique ! On aurait cru qu'il avait enfin trouvé le Dieu en lui, comme Bambi l'avait prédit…

— Valeria, tu veux bien, s'il te plaît, pour l'instant oublier toutes ces conneries de « Louons le Seigneur » et me dire ce qui est arrivé à ton père ?

— C'est ce que j'essaie de faire si tu voulais bien être un tout petit peu plus patiente. Je me suis débrouillée pour être là sur la ligne d'arrivée parce qu'il ne restait plus beaucoup de coureurs.

— Tu veux dire qu'il était le dernier.

— Sans doute, oui. Mais il y a une forme d'héroïsme à ça, non ? demanda Valeria sur un ton de défi. D'accord, il était lent. J'aurais sans doute pu marcher plus vite que lui, si tu veux la vérité. Mais il faisait chaud ! Quand les derniers spectateurs l'ont vu passer à l'ultime virage, ils sont devenus dingues ! Ils criaient et ils applaudissaient et ils tapaient ces espèces de bâtons gonflables contre les barrières ! À mesure qu'il approchait cahin-caha, j'ai remarqué que son visage avait une drôle de couleur, qu'il ne tenait pas bien sur ses jambes, comme s'il avait du mal à garder l'équilibre. Il avait les yeux vitreux et on aurait dit qu'il ne voyait rien du tout. Mais il ne s'est même pas arrêté. Je n'ai jamais assisté à quelque chose d'aussi courageux de ma vie. Je n'ai jamais été aussi fière. Je n'ai jamais senti avec cette force que le Seigneur était à ses côtés…

— Ça suffit, la coupa sa mère. Pourquoi ton père est-il hospitalisé ? (Une question plus judicieuse aurait été : tout le monde est à l'hôpital ?)

— Quand c'est toi qui racontes une histoire, tu veux que les gens soient suspendus à chaque détail. Mais quand c'est quelqu'un d'autre, tu veux qu'on se taise et qu'on en vienne aux faits.

C'était de la pure torture.

— Allons-y pour les détails.

— À la fin – si ça t'intéresse, ce dont je doute, sachant que tu n'étais pas là –, il était tout mou et titubait et il ne courait pas vraiment droit. L'équipe et le personnel médical étaient hésitants mais je suppose qu'ils ne peuvent pas t'aider sinon tu n'as pas ta médaille ou je ne sais quoi… Donc, il zigzaguait et on l'encourageait tous, mais on était aussi terrorisés que, si près du but, il n'y arrive pas… Tu ne vas pas le croire, mais juste après la ligne d'arrivée, il y a cette barre et si tu ne fais pas cette dernière traction, théoriquement, tu n'as pas fini. Et tu sais comme papa est à cheval sur le truc, ou on fait les choses ou on ne les fait pas. Alors il a levé les mains en l'air en tâtonnant et il a même eu du mal à trouver la barre mais, il a fini par l'agripper, et là, bon sang, il tremblait comme une feuille et on était tous à se demander : Seigneur, est-ce que cet homme ahurissant qui est allé si loin va trébucher au dernier obstacle ?… Et là, les bras secoués de tremblements, il a tout juste, tout juste, levé le menton au-dessus de la barre. On est devenus complètement hystériques et j'ai éclaté en sanglots. Je n'ai jamais été aussi émue… aussi touchée… aussi bouleversée depuis que je suis née.

— Formidable, dit Serenata d'un ton pincé. Et ?

— Ben, il s'est écroulé. Par terre, totalement évanoui. Le personnel médical s'est grouillé de l'envelopper dans des serviettes humides et froides et quelqu'un a trouvé de la glace et quelqu'un d'autre a apporté du jus d'orange pendant qu'on lui prenait le pouls – j'essayais de m'approcher et c'est comme ça que j'ai entendu un médecin dire que son rythme cardiaque était irrégulier et beaucoup trop rapide. Et je sais que tu as un problème bizarre avec elle, mais Bambi était sur le coup et tu devrais t'en féliciter. Elle a posé les pieds de papa en hauteur et elle l'a éventé avec des journaux et elle lui a passé du brumisateur sur le visage pendant qu'un médecin de garde lui glissait un thermomètre sous le bras. Il a commencé à retrouver ses esprits avant l'arrivée de l'ambulance mais ça m'a foutu les jetons parce qu'il reconnaissait Bambi mais il n'avait pas l'air de savoir qui j'étais ou même où il était ou qu'il venait de terminer un demi-MettleMan.

— Valeria, faut-il que j'y aille ce soir ? Je suis dans le train pour Hudson, mais je peux descendre à Albany pour en prendre un pour Syracuse…

— Inutile d'en faire des tonnes, trancha Valeria. Il va s'en sortir. Sa température est déjà bien descendue.

Ils le gardent cette nuit, histoire de ne pas prendre de risques, mais ils ont l'air de penser qu'il sera en état de conduire demain pour rentrer à Hudson.

— Ça ressemble à une insolation.

— Ouais, un truc du genre.

— Si tu es absolument certaine qu'il ne veut pas que je le rejoigne…

— Ça dépend des horaires de train, mais tu arriverais à Syracuse à 23 heures, voire minuit. Papa dormira et tu ne le verras que le lendemain matin juste pour le ramener à Hudson en voiture. Ce serait une énorme preuve de dévouement qui ne servirait d'autre but que te donner le beau rôle.

Pour une fois, Valeria avait raison. Syracuse n'était pas vraiment sur le chemin de son deuxième jour d'enregistrement le lendemain, et le fait que Serenata ait quand même éprouvé le besoin de faire cette vaine proposition était mauvais signe. Autrefois, ni son mari ni elle n'aurait songé à voler de façon grandiloquente au côté de l'autre si cela n'avait été d'aucune utilité ; quant à « se donner le beau rôle », cette notion aurait été étrangère à deux individus qui avaient déjà chacun le beau rôle aux yeux de l'autre.

— Pas de problème, dit-elle. Mais – pardon si ça te paraît sans importance – est-ce que tu pourrais récupérer son mug MettleMan ? Il le voudra sûrement. Et aussi…

C'était gênant d'avoir à demander ça à sa fille.

— … tu peux lui demander de m'appeler ? S'il s'en sent capable.

— Oui, pourquoi pas. Mais, pour l'instant, par précaution, ils lui font des analyses. Et puis, en ce moment, tu n'es pas exactement sa personne préférée au monde.

Serenata ne prit pas la peine de lui faire remarquer que sa « personne préférée au monde » aurait dû être par définition la personne avec laquelle il était marié.

— Non, théoriquement, c'était de l'épuisement dû à la chaleur. Pour que ce soit une insolation, il aurait fallu que la température de mon corps dépasse 40 degrés.

Remington n'était resté que quelques minutes à la porte mais, au-delà d'une embrassade rituelle, elle ne voyait pas l'intérêt de tourner autour du pot.

— Et quelle était la tienne… ?

— Seulement 39,4.

À part quelques couleurs dues au soleil de la veille, son teint était normal, même si elle sentait en lui une fragilité nouvelle. D'ordinaire, il ne se serait pas laissé tomber sur une chaise de la table de la salle à manger après avoir conduit trois heures.

— Seulement 39,4, répéta-t-elle. Si je me souviens bien, 40 de fièvre est précisément la température à laquelle ton cerveau risque de subir des lésions.

— Avec les poches de glace et la réhydratation, ma température interne est très vite descendue.

— As-tu réfléchi au fait que tu n'étais peut-être pas taillé pour ce genre de truc ?

— Le triathlon n'est pas quelque chose pour quoi on est ou non taillé. C'est un défi que tu décides de relever.

Pour aller lui chercher de l'eau gazeuse dans le frigo, elle réussit à couvrir la petite distance en s'appuyant sur l'îlot central de la cuisine. Il ne remarqua rien.

— Hier, l'État de New York a battu des records de chaleur à cette période de l'année, dit Remington dans son dos. Je ne vois pas en quoi ce serait honteux d'avoir souffert d'hyperthermie.

— J'ai dit ça ?

— Tu es d'humeur sermonneuse.

Elle ne voyait pas comment elle aurait pu rassembler les moyens nécessaires pour être sermonneuse. À son réveil, tôt, ce matin, l'inflammation du genou droit s'était étendue et, en ce moment même, elle était en train de monter et descendre le long de sa jambe – sur toute la longueur du tibia, à travers la cheville jusqu'au cou-de-pied, avant de passer par l'arrière de la cuisse pour atteindre les muscles profonds de la fesse. Les anti-inflammatoires délivrés sans ordonnance n'avaient eu aucun effet. Quand les fluctuations de la brûlure atteignaient des sommets comme c'était le cas à l'instant, la douleur était sensible jusque dans ses yeux, dont les pupilles étaient réduites à des têtes d'épingle.

— Tu es en train de projeter, dit-elle en versant l'eau dans le verre, en équilibre sur sa jambe gauche. Tu imagines que je te sermonne alors que c'est toi qui le fais, en réalité.

— Excuse-moi mais je déduis de tes remarques que le fait d'avoir eu trop chaud aurait dû me donner une leçon : je ne suis pas « taillé pour ce truc ». Et ton défaitisme serait une de mes inventions ? Et tu n'essaies pas non plus de me pousser à abandonner ? Non, tu renforces ma confiance en moi : « Allez, vas-y ! Certes, tu as été un peu rouge, mais maintenant, fonce ! »

— Tu as déjà une pom-pom girl rigoureusement inconsciente des risques que tu prends et qui t'a maintenant sauvé la vie par deux fois si je ne me trompe. Ça n'est pas censé créer une sorte de lien particulier indéfectible ?

— En tant que ma femme chérie et mon soutien, tu aurais très bien pu être celle qui m'éventait, me passait le brumisateur, me faisait boire des gorgées de jus d'orange et me couvrait de serviettes humides. Mais il aurait fallu que tu sois là. Tu ne peux pas désapprouver mon intimité avec quelqu'un d'autre et, en même temps, boycotter toute occasion de stimuler la nôtre.

En glissant sur sa main droite autour de l'îlot, elle lui apporta son verre d'eau.

— Par exemple, tu ne crois pas avoir oublié quelque chose ? demanda-t-il.

— Le citron ?

— Des félicitations. Malgré quelques difficultés, j'ai terminé la course.

— Tu veux dire : « Félicitations pour avoir encore une fois été près de mourir. » Je ne savais pas que ça faisait partie des usages en vigueur.

— Ça en fait absolument partie après que ton mari a accompli un exploit aussi exigeant que ce demi-Mettle ou toute autre chose approchant. Des tas de gens se font embrasser, se voient offrir des fleurs, reçoivent des tapes dans le dos pour avoir terminé une course amateur de 5 kilomètres.

— Félicitations, dit-elle froidement.

— OK, cet exercice n'a aucun sens.

— C'est ce que tu voulais.

— Non, je voulais autre chose.

— Pendant toutes ces années où je suis allée courir, nager ou faire un grand tour à vélo, est-ce que je suis rentrée une seule fois à la maison en réclamant des félicitations ?

— Désolé si tu me trouves insultant, mais le niveau de tes exploits sportifs n'a jamais été susceptible de mériter une reconnaissance exceptionnelle.

— Tu ne t'es pas trompé, tu es effectivement insultant.

Cela ne servirait à rien de faire valoir son point de vue avec force, mais elle devrait bientôt s'asseoir. Une des nombreuses révélations indésirables de la dernière journée et demie : la douleur était fatigante. Elle semblait même requérir une certaine forme de compétences sportives.

— Tu fais des pieds et des mains pour me priver d'un quelconque sentiment de réussite, après que je me suis donné aux limites extrêmes de mes capacités. En fait, au-delà de ces limites.

— Si tu finis un demi-Mettle dans cet état lamentable, qu'est-ce qui te fait croire que tu pourrais en courir un entier ? Dans à peine deux mois ? En juin, quand il pourrait faire encore plus chaud ?

— Il est vrai que j'ai affronté – et surmonté – un épisode médical. Je rentre chez moi et ma seule récompense est un verre d'eau gazeuse. Malgré tous mes efforts, je ne me rappelle pas une fois où j'aurais rejeté avec mépris quelque chose sur quoi tu aurais jeté ton dévolu, que tu aurais mis tous tes efforts à obtenir et que tu aurais fini par décrocher. Je ne me rappelle pas avoir jamais craché sur quelque chose qui comptait pour toi.

— Ce que tu attends de moi est manifestement indisponible, dit-elle en se laissant enfin tomber sur une chaise. Et ne l'a jamais été, dès le début de ce truc, et tu savais que ce serait le cas. Alors, si tu voulais susciter mon admiration, tu aurais dû te mettre en tête d'accomplir autre chose. C'est injuste de dire : « Je fais un truc idiot. Mais tu n'auras jamais au grand jamais le droit de faire remarquer à quel point ce truc est idiot. Je n'accepterai même pas non plus que tu fasses semblant de ne pas le trouver idiot. Tu dois être persuadée au fond de toi-même que ce truc n'est pas idiot. » En exigeant de moi des félicitations enthousiastes et pleines d'adoration, tu me demandes de renoncer entièrement à mon propre jugement – de renoncer à moi-même. Soudain, sous prétexte que tu es mon mari, je suis censée adopter n'importe quel concept crétin qui te plaît.

— Tu es censée, dit-il calmement, être un tout petit peu moins égoïste.

— Et ça, c'est égoïste ? Comment va ton tendon ?

C'était affreux de lire clairement sur son visage qu'il hésitait à lui mentir.

— Il est douloureux.

Il avait opté pour un euphémisme grotesque.

— Ça fait combien de temps déjà ? Neuf mois ?

— À peu près.

— Et tu n'as jamais guéri.

Elle aurait dû s'enquérir sans relâche de ce fameux tendon, mais seule sa récente intrusion de la veille dans l'univers stupéfiant de l'extrême douleur lui révélait la souffrance des autres. C'était comme si elle avait soudain regardé le monde à travers une lunette infrarouge – et qu'en tournant le viseur vers son mari, elle avait vu son corps entier se découper en écarlate.

— Ce qui signifie, continua-t-elle, que chaque fois que tu vas courir, toutes les deux foulées, tu as mal. Impossible de gambader par monts et par vaux en baignant dans une félicité sans nom. Tu serres les dents pendant le supplice en rêvant qu'il se termine. Cette entreprise tout entière manque de joie ! C'est quoi, l'intérêt ?

— L'intérêt n'est évidemment pas la joie.

Il prononça le mot avec le même mépris dont Tommy avait entouré « imprimatur ».

— Alors, je répète : c'est quoi, l'intérêt ?

— Si tu ne le comprends pas maintenant – et je suis sûr que tu comprends ; je trouve ton incompréhension factice –, alors rien de ce que je pourrais ajouter ne te fera comprendre quel est mon but. Donc, mettons un terme à cette conversation, OK ?

En guise de conclusion, il monta son sac à l'étage.

— Au fait, je suis surpris de te trouver à la maison, dit-il une fois redescendu. Je pensais que tu serais toujours en train d'enregistrer à Manhattan.

L'ancien Remington aurait tout de suite remarqué sa présence imprévue. Il ne manquait pas d'air de lui reprocher d'être égoïste, quand le monde du nouveau Remington s'arrêtait à lui et qu'il avait à peine conscience, sinon pas du tout, et avec retard, des déboires qui affligeaient la vie des autres. Fallait-il qu'un message dans une bouteille : « Votre femme ne devrait pas être là » soit balancé dans leur cour par un drone d'Amazon ?

— J'ai été virée, annonça-t-elle.

— Tu as frappé sur le bureau de qui ?

— Pour une fois, on m'a envoyée balader pour une bonne raison. J'ai pris le train mais je n'arrivais pas à me concentrer et ma prestation a été médiocre. Et puis, l'aspect physique de la voix off en jeux vidéo ne semble plus être dans mes cordes. Ils vont prendre quelqu'un d'autre pour mon personnage. Ils seront obligés d'enregistrer à nouveau ce que j'ai fait hier mais le réalisateur n'a pas d'autre choix. En fait, je suis d'accord avec lui. Alors, j'ai repris illico le train dans l'autre sens.

Remington plissa les yeux.

— Qu'est-ce qui ne va pas ?

On aurait dit qu'il la voyait pour la première fois de l'après-midi, mais de très loin.

— Mon genou droit a explosé. Dans le creux, un gros nœud dur de la taille d'un œuf a poussé et, maintenant, l'inflammation a gagné toute la jambe, des fesses aux doigts de pied. Je ne suis plus en état de fonctionner. Et, oui, bien sûr, j'ai pris rendez-vous même si je sais ce qu'il va m'annoncer. Churchwell m'avait dit que j'avais tout au plus un an et demi. C'était il y a un an et demi.

— Arthroplastie du genou.

— Il n'est plus question de reporter l'opération. Je ne peux plus faire d'exercice.

— Je suis navré.

— Moi aussi.

10

L'arthroplastie du genou était devenue ordinaire – même si un chirurgien orthopédiste ordinaire avait informé avec désinvolture sa patiente ordinaire que la génération d'après la sienne bénéficierait certainement, en lieu et place de l'opération, d'injections de cellules souches pour réparer les tissus conjonctifs. Moyennant quoi, sous peu, mais pas à temps pour qu'elle en profite, sectionner l'extrémité des os des jambes à la scie à métaux et enfoncer des bouts de métal étrangers dans les moignons à l'aide d'un maillet de polo – c'est-à-dire, s'attaquer aux dysfonctionnements du corps humain comme on s'attaquerait à un vulgaire chantier de menuiserie, comme on réparerait un abri de jardin ou la rampe d'un porche – serait considéré comme le summum de la barbarie. Merci, docteur. Je me sens beaucoup mieux.

Il n'y avait donc pas lieu de s'inquiéter ni de se plaindre. Des tas de gens avaient subi cette même chirurgie brutale, étaient passés par la même récupération éprouvante (ou n'avaient pas récupéré), avaient lancé le même dé médical qui, pour peu qu'ils aient tiré un double un, les empêcherait non seulement d'accomplir une heure et cinquante-huit minutes d'entraînement fractionné intensif mais aussi d'aller jusqu'à la boîte aux lettres. On attendait donc des candidats à l'arthroplastie la même nonchalance apaisée que vis-à-vis du vieillissement et de la mort : cela arrivait à tout le monde, et alors ?

Et alors, à titre personnel, Serenata Terpsichore n'avait jamais auparavant envisagé que ce corps tendrement préservé pendant des décennies – « curaté » pendant des décennies, depuis que le néologisme à la mode s'appliquait désormais à tout, des boutiques solidaires à la salade – puisse, malgré tous ses efforts, tomber en ruine. Comparée au cycle monotone et prévisible de renouvellement et de dépérissement du monde, à l'échelle microscopique, la structure tragique de la vie humaine étonnait encore et toujours. Dans la mesure où elle avait compris dès l'enfance que le corps n'était pas conçu pour durer, elle n'aurait pas dû être surprise que son propre corps ne dure pas non plus. Pourtant elle était surprise. Même la surprise la surprenait.

Elle était d'autant plus dépitée que les altérations constantes de la chair étaient particulièrement extraordinaires chez un individu de son type. Même si elle remettait en question l'affirmation de Bambi selon laquelle plus on soumettait son corps à des exigences extrêmes, plus il se développait – et même si elle soutenait pour la forme l'idée qui voulait que les parties mobiles du corps s'usent –, elle-même avait adhéré sans condition au mythe adulé de sa génération, celui du corps qui ne s'épanouissait qu'en étant utilisé. Elle s'était entraînée dur toute sa vie, longtemps et presque tous les jours. À en croire la légende, elle avait du coup gagné un sursis sur les maladies sordides qui affectaient les mortels sédentaires – dont beaucoup étaient, en fait, mieux préparés physiquement pour tenir la distance vers le grand âge que ne l'était Serenata aujourd'hui. La raison pour laquelle la secte de MettleMan lui tapait autant sur les nerfs était que, en tant que vaste religion générique, elle était aussi son Église. Les époux n'étaient tout simplement pas d'accord sur certaines subtilités du catéchisme, un peu comme un méthodiste et une pentecôtiste.

Le moi ne faisait-il qu'un avec le corps ou bien se baladait-il dans un corps comme le passager d'une vieille caisse décapotable ? C'était une question sans réponse mais, selon Serenata, c'était soit l'un, soit l'autre. On ne pouvait déambuler dans un corps magnifique et se sentir soi-même magnifique en minishort à dix-sept ans, puis, comme par hasard, tracer une ligne distincte entre son image et son moi intérieur quand des poignées de cheveux dues à l'alopécie postménopause étouffaient l'aspirateur. On ne pouvait s'identifier aux pouvoirs du corps sans s'identifier aussi à ses déficiences et même à la laideur quand ses pouvoirs déclinaient.

Elle ne se faisait aucune illusion quant aux autres ; à savoir que si, d'un œil paresseux, elle associait l'homme à son apparence sans faire de distinction, cela signifiait que les autres aussi associaient Serenata, la recluse, l'obstinée, la férocement réservée, à une brune de 1,73 mètre au nez un brin romain et à l'arête aiguë. Après tout, il fallait faire un effort intellectuel pour séparer le corps de l'esprit ; il fallait de l'affection, de l'attention et une vision à long terme. Même Remington, elle devait se concentrer pour le voir comme une présence durable – quelqu'un qui n'avait pas beaucoup changé et s'était plutôt amélioré, malgré les deux dernières années –, et non comme un homme qui vieillissait progressivement, sinon comme un vieil homme qui, à force de sueur et de démence, et ce, à parts égales, s'était décharné, exhibant de petits muscles secs qui ne dureraient pas un mois quand lui aussi serait frappé par l'arthrose. Mais, s'agissant d'elle-même, bien sûr, et c'était sûrement universel, corps et esprit étaient distincts ; ils devaient l'être s'ils voulaient *se rencontrer*.

La plupart des gens détestaient leur corps et, hélas, cette aversion se transformait parfois en bataille d'une vie, comme un mauvais mariage dans un pays où le divorce est interdit. À cet égard, Serenata avait eu de la chance. Jusqu'à il y a peu, son corps et elle avaient la plupart du temps fait équipe. La relation était agréable, même s'ils se disputaient les rênes du pouvoir. Par vanité, le moi était le chef et c'était un mythe ; si Serenata était là, tout court, c'était sur ordre du corps. Il n'empêche, elle se sentait responsable d'un organisme qui était à la fois robuste et fragile. Malgré son kilométrage conséquent, il se détraquait volontiers en raison d'un faux pas dans l'escalier ou d'une huître pas fraîche. Cette espèce d'idiot de service devait être entretenu, alimenté mais pas trop, il devait se reposer et, en l'absence du Morphatron miraculeux, être vérifié à la main ; parfois ces soins quotidiens prodigués comme à des animaux d'élevage ne fonctionnaient plus. Mais du point de vue de la patronne, la relation avait été immensément tendre.

D'une certaine façon, la tristesse que le spectacle de l'affaiblissement et de la dégradation de cette charge robuste et depuis toujours à son service avait engendrée n'était pas de même nature que celle ressentie à l'idée qu'elle aussi périrait bientôt. Même si cela en avait tout l'air, affirmer qu'elle habitait une créature bien faite n'était pas de la frime. Ce corps était venu à elle. Ce n'était pas elle qui avait fabriqué la créature. Elle lui avait été confiée. Si elle s'était globalement bien comportée avec elle, on ne pouvait pas non plus qualifier cela de frime. Bien sûr, elle ressentait une certaine fierté à avoir poussé son corps à faire des choses pour son bien, à l'avoir nourri avec des aliments plus sains que des nachos au fromage à tous les repas, mais c'était la fierté d'une gardienne, pas si différente de la satisfaction du fidèle concierge devant l'éclat de ses sols briqués.

Certaines parties du corps lui inspiraient davantage de tendresse que d'autres. D'infimes parcelles étaient la cible de la même hostilité qu'elle savait que Valeria ressentait à l'endroit de l'ensemble qu'elle composait. Serenata détestait ses cuticules. Elle ne comprenait pas la finalité d'un film transitoire qui ne faisait que se fendre, sécher et accrocher. Livrées à elles-mêmes, ces prédatrices épidermiques auraient à l'évidence envahi ses ongles jusqu'aux extrémités, étouffant la kératine de la même manière que la prolifération d'algues toxiques asphyxiait l'intégralité des Grands Lacs. De dégoût, elle avait pris l'habitude de retirer lesdites cuticules par lambeaux de ses doigts et de ses orteils, après quoi leurs vestiges sanguinolents tachaient la taie d'oreiller et ses chaussettes. Les plaies étaient douloureuses et mettaient des semaines à cicatriser, mais Serenata considérait cette chirurgie amatrice comme des représailles. Alors qu'elle aurait pu avoir honte de cette automutilation miniature, elle ne ressentait rien de la sorte. Les cuticules s'étaient soumises à la discipline et la conquête avait été gratifiante.

Ses jambes étaient une tout autre paire de manches. Les pilotes essentiels du « déplacement du corps à travers l'espace », pour citer Remington, constituaient l'aspect le plus fort de l'organisme et pouvaient être qualifiés de belles selon les critères définis par la culture de Serenata. Elles étaient proportionnellement longues. Tendues, les cuisses étaient compactes. De profil, les tibias descendaient en pente douce à partir des genoux, pareils à des pistes de ski. Lorsqu'elle mettait des talons hauts, les muscles de ses mollets dessinaient des virgules ombrées. Ses chevilles étaient idéalement fines. Les jours où elle portait une jupe courte, elle ne se sentait jamais offensée par les sifflets admiratifs. Les tiges sur lesquelles elle était juchée traçaient les lignes où convergeaient le moi et la chair. Si d'aventure un des sens du mot « âme » avait été synonyme de « corps », Serenata ne faisait qu'un avec ses jambes. Et voilà qu'elle les offrait en un grotesque sacrifice humain.

Naturellement, l'accélération des dysfonctionnements ne s'arrêtait pas aux genoux. Une douleur récurrente dans le poignet droit l'avertissait que ses pompes étaient comptées. Par ailleurs, elle pouvait bizarrement se fouler la cheville en descendant d'un trottoir bas à un mauvais angle. Elle était souvent sujette à des spasmes musculaires dans le dos, arbitraires, paralysants et qui n'étaient provoqués ni par quelque chose qu'elle faisait ni par quelque chose qu'elle se retenait de faire. Depuis les six derniers mois, sa colonne vertébrale faisait un drôle de bruit chaque fois qu'elle se redressait pendant sa série habituelle de cinq cents abdos – un glissement effrayant dû à une défection qui annonçait sans aucun doute des tractions lombaires. Les grincements, les claquements, la tension des haubans, le grondement de sa coque nourrissaient de concert un suspense digne du *Titanic* juste avant le naufrage.

Pire, de façon abrupte, la prédiction de Tommy March se révélait exacte : le genou droit avait pratiquement cessé de fonctionner. Tout en continuant de qualifier son implosion de « poussée » arthritique, le docteur Churchwell reconnaissait que, à un certain stade, une poussée ne parvenait pas à diminuer et installait la douleur permanente comme nouvelle norme. Sur le plan sportif, elle était aux arrêts.

Parce qu'il considérait qu'une double arthroplastie équivalait pour les patients à se retrouver dans un carambolage impliquant six véhicules, ce chirurgien orthopédique recommandait de procéder à l'opération du deuxième genou trois ou six mois plus tard – ce qui offrait la joyeuse perspective de se remettre à peine de la première épreuve pour revivre aussitôt le film d'horreur en entier. Au vu de l'état critique de son genou droit, le chirurgien avait prévu son intervention au Columbia Memorial Hospital à la fin mai, prétendant avoir remué ciel et terre pour Serenata. Mais de son point de vue à elle, cela signifiait six longues semaines à fondre comme une savonnette dans un porte-savon inondé.

Pendant ce temps, Remington avait atteint la dernière ligne droite de son entraînement pour le Mettle complet. Désormais, il se conformait à un régime de course à pied, vélo et natation, les trois sports, un jour sur deux, plus de la musculation chez BruteBody entre-temps. Désormais, son mari et elle partageaient seulement une adresse postale. À tous égards, leurs univers parallèles se croisaient rarement. Jusqu'à ce qu'elle soit brutalement éjectée du monde de la dépense énergétique, elle ne s'était pas rendu compte à quel point leur mariage avait, ces derniers temps, tenu à un maigre diagramme de Venn d'habitudes qui se chevauchaient. Il se peut que les excès du converti aient réduit les soins quotidiens qu'elle se prodiguait à l'étage à une simple gestuelle, mais jusqu'ici, le fait de continuer à franchir avec succès ce que, jadis, elle considérait comme une barre sportive élevée avait contenu son extravagant sentiment d'infériorité. Mais aujourd'hui, la barre était au sol. Elle avait rejoint la cohorte des légumes avachis sur les canapés des salons.

Cette impression de total effondrement physiologique était ridicule. Même une savonnette gorgée d'eau ne se transformait pas en flaque gélatineuse en une nuit et un corps féminin plutôt mince, joliment tonique pour son âge, progresserait vers la liquéfaction à pas encore plus mesurés. Et pourtant sa désintégration émotionnelle fut instantanée.

Le soir, pour se déshabiller, elle tournait le dos à son mari, retirait son jean précipitamment et se débarrassait de son chemisier en un seul et même geste désespéré qui faisait se coincer l'étiquette des conseils de lavage dans sa barrette. Même si, auparavant, elle aurait posé le chemisier sur un cintre de sorte qu'elle puisse le porter une deuxième fois, désormais, elle ne le remettait même pas à l'endroit et le balançait sur le tapis avec le jean, pour mieux arracher sa brassière de running et plonger sous les draps. Bien qu'en cette fin de printemps la température ait été assez clémente pour que, comme à son habitude, elle s'affale nue sur le lit, jambes étendues, bras écartés, savourant la brise du ventilateur en position basse, aujourd'hui, elle remontait le drap jusqu'au menton. Pour autant, autrefois, elle ne tirait pas de fierté de son corps et ne l'exhibait pas non plus, mais elle ne s'était jamais sentie obligée de le couvrir. À présent, elle se cachait à la fois de son mari et d'elle-même, détournant le regard du miroir en pied si elle se retrouvait à cavaler en boitant pour aller faire pipi. Elle ne s'était pas rendu compte à quel point elle était à l'aise avec son corps nu jusqu'à ce qu'elle en ait honte.

En revanche, et mis à part le fait que lui aussi était affligé d'une claudication qu'il tentait de dissimuler, Remington se baladait à poil entre la chambre et la salle de bains avec une aisance déconcertante. Qui plus est, avant de se glisser au lit, il pouvait vagabonder gaiement cul nu dans toute la maison pendant une heure ou plus. Il était déjà très bronzé, un bronzage qui s'arrêtait de manière abrupte quelques centimètres au-dessus du genou et donnait toujours l'impression qu'il avait gardé son cycliste. Son petit ventre adorable ayant fondu depuis belle lurette, il n'avait pas une once de gras, si bien que, lorsqu'il marchait, les ondulations des muscles de ses jambes et de ses fesses formaient un spectacle lumineux permanent, tels les anciens panneaux d'affichage exotiques de Times Square. Et pourtant, il venait d'avoir soixante-six ans. Même si elle ne le lui dirait jamais, il les faisait, et même plus. Son corps était devenu cadavérique. Plus ridé encore à cause du soleil, son visage avait une expression traquée, les yeux écarquillés, le regard presque fou.

Il lui arrivait souvent de se demander si elle avait encore un véritable appétit pour le reste de sa vie (et cela signifiait-il, en l'absence de causes naturelles, qu'elle menaçait de se suicider ?), mais elle avait une conscience aiguë du caractère outrancier de tout son cinéma, même si c'était surtout en esprit qu'elle se couvrait de cendres. Assimiler la fin des squats à la fin du monde était humiliant : planant au-dessus d'elle, une intelligence supérieure la prenait de haut dans tous les sens du terme. Non que ce soit sa faute – du moins le pensait-elle –, mais sa fonctionnalité avait été compromise. Cela dit, malgré tout le bon sens dont elle était capable, elle ne pouvait rien changer au fait que cette paresse imposée l'avait fait plonger. Ce qui avait été blessé en elle était plus profond que de la vanité. De la même manière qu'elle accomplissait de façon machinale les tâches quotidiennes au profit de Remington, le sport était devenu, contre toute attente et de façon absurde, indissociable de sa personne ; privée de sport, elle se sentait diminuée et totalement perdue. Après l'opération qui la transformerait en infirme à proprement parler, la dissociation ne ferait qu'empirer.

Elle qui critiquait la désorganisation des priorités de Remington était tout aussi névrosée que lui. Au cours du mois de mai, les signes devinrent peu à peu évidents : sommeil excessif ; difficultés à s'acquitter d'enregistrements même mineurs de quelques lignes ; tendance à rester assise sans rien faire étrangement longtemps ; abandon de corvées sans intérêt comme la lessive, désormais insurmontable ; réticence à voir Tommy ou Griff – en réalité, réticence à quitter la maison tout simplement. Il était clair qu'elle avait sombré dans une profonde dépression. Tout cela parce qu'elle ne pouvait plus se lancer dans la série de cinq cents burpees que la plupart des gens sains d'esprit auraient tout fait pour éviter.

Deacon n'aurait pas pu choisir pire moment pour leur rendre visite, ce qui devait le réjouir.

Au téléphone, leur fils avait prétendu qu'il était entre deux apparts et qu'il avait besoin d'un lit pour faire la soudure, même si, comme d'habitude, il était resté vague sur la date à laquelle son supposé appartement serait disponible. Quand elle lui avait demandé ce qu'il comptait faire de ses affaires, il lui avait répondu qu'il n'avait « pas beaucoup de trucs ». C'était peut-être matérialiste de juger peu fiable un individu en possession de trois fois rien, sauf que, à vingt-neuf ans, si vous étiez incapable de prendre soin de quelques assiettes et d'une lampe de bureau, de quoi étiez-vous capable de prendre soin ? Avec beaucoup d'appréhension, Remington et elle s'étaient mis d'accord pour l'accueillir pour un très court séjour. Malgré les soupçons de Valeria sur la nature du gagne-pain de son frère, ils n'en avaient aucune preuve et il demeurait leur fils.

Deacon était resté évasif au sujet de la date de son arrivée, mais ce flou devait en réalité signifier « demain ». Ce soir-là, Remington avait ébauché une déclaration pleine d'aigreur selon laquelle le garçon ne l'empêcherait pas de s'entraîner, que ce soit cinq minutes ou 5 mètres. Et dès le lendemain après-midi, Deacon était devant la porte. Ou plutôt ouvrait la porte, puisque lors de son séjour prolongé aux frais de la princesse lors du premier été que Remington et Serenata avaient passé à Hudson, ceux-ci lui avaient remis une clé qu'il ne leur avait pas rendue.

— Tu aurais pu frapper, dit Serenata qui équeutait des haricots verts pour ce qui ne serait pas, semblait-il, un dîner aux chandelles en tête à tête avec son mari.

Couper quoi que ce soit, assise sur une chaise à la table de la salle à manger, continuait de lui paraître bizarre. Elle ne coupait bien que debout.

— La famille, dit Deacon en haussant les épaules.

La parenté était un concept dont il se servait quand cela l'arrangeait.

— Tu ne frappais jamais quand tu déboulais dans ma chambre.

— Au début, si. Mais ça te laissait le temps de cacher les choses que tu volais.

— Ravi de te revoir aussi, dit-il en faisant glisser de son épaule un sac qui aurait tenu dans le coffre à bagages d'une compagnie low cost.

Comme toujours, le jeune homme était un petit peu maigre, si bien que son T-shirt surdimensionné en rayonne et son pantalon à la coupe élégante habillaient sa silhouette avec la même fluidité chic que des vêtements sur un mannequin. Il portait manifestement la même tenue depuis plusieurs jours. Avec une prédilection pour la gamme subtile des teintes de laurier, artichaut, sauge et bleu sarcelle dont les nantis peignaient désormais leurs maisons, il achetait toujours des vêtements coûteux, mais il était paresseux.

— C'est tout ce que tu possèdes sur terre ?

— Ça va, ça vient.

L'expression aurait pu avoir été inventée à l'intention exclusive de Deacon Alabaster. Il trouvait facilement du travail mais démissionnait tout aussi facilement. Avec ses hanches étroites et basses, son regard à la fois provocateur et insondable, il avait la beauté naturelle et l'attitude distante qui aimantaient de jolies filles pas très sûres d'elles dont il se lassait très vite. Serenata n'aurait pas été surprise qu'il ait conçu en chemin plus d'un enfant « ça va, ça vient », abandonné sans réfléchir avec la négligence de celui qui se débarrasse de ses déchets génétiques.

— Où est papa ?

— À ton avis ? Il arpente les pistes avec sa pouffe.

— Quoi ? Il fait du jogging ?

Comme ils n'avaient de nouvelles de Deacon que lorsqu'il voulait quelque chose, les informations qu'il avait n'étaient pas à jour. L'un des deux avait forcément évoqué le projet puisque le tri était l'unique sujet de conversation de Remington, mais si c'était le cas, leur fils n'avait pas écouté. Il avait toujours donné l'impression de n'être intéressé par aucun de ses parents, surtout pas son père. Deacon avait l'élégance de Remington jeune homme, mais aucunement sa profondeur. Par voie de conséquence, il suffisait que Deacon entre dans une pièce pour que son père se sente ridiculisé.

— Il court un triathlon dans quinze jours.

— Pourquoi ?

Cette simple question bloqua Serenata.

— Je le lui ai déjà demandé. Ses réponses n'ont jamais été satisfaisantes. Il a l'air de penser que ses motivations vont de soi.

— Ouais, Windham est envahi par ces masos.

N'ayant jamais nourri d'ambitions qui l'auraient entraîné à New York, depuis qu'il avait vingt ans Deacon se laissait porter d'une ville en difficulté du nord de l'État à une autre – Dormansville, Medusa, Preston-Potter Hollow –, où les loyers étaient bas et la vie ni dure ni agréable. Il semblait apprécier l'arbitraire de vivre n'importe où.

Deacon alla prendre une bière et s'expliqua.

— Toujours dans le passage, à trotter sur la chaussée vu qu'il n'y a pas de trottoirs. Les poings serrés, le visage violet avec des plaques, on dirait des aubergines pourries. Ils vont crever d'un jour à l'autre et ces cons font tout ce qu'ils peuvent pour souffrir dès qu'ils en ont l'occasion.

Leur fils était atteint de mépris chronique. Et pourtant, il n'avait pas fait grand-chose dans la vie – sinon rien, auraient dit la plupart des gens, à part survivre de façon précaire –, alors d'où lui venait ce sentiment de supériorité, mystère. C'était, avait conclu sa mère, le mépris de l'outsider, de celui qui ne participe pas. Il ne s'était pas abaissé à définir un objectif et à s'efforcer de l'atteindre, ce qui le protégeait de tout sentiment d'échec et de toute déception. Il restait à l'écart de cette idiotie qu'était le dur labeur, des obstacles dérisoires à surmonter, des efforts vains et des petits échecs lamentables qui ponctuaient l'agitation stérile de tous les gogos du coin, et cela lui donnait un air d'être au-dessus de tout qui fascinait les gens de son âge.

— Il faut que je te prévienne aussi que je me fais opérer du genou droit demain.

— Pourquoi tu t'embêtes à faire ça ?

— Merci de ta sollicitude, répondit Serenata. J'ai mal et je peux à peine marcher.

— Alors ne marche pas.

— Docteur, ça fait mal quand je fais ça.

Deacon la regarda sans comprendre.

— C'est une vieille blague de Henny Youngman. Le docteur répond : « Alors ne le faites pas. »

— Elle est nulle.

— Je suis nulle. C'est bien ça, le problème.

On aurait pu croire qu'ils appréciaient d'être ensemble. En fait, jusqu'ici, elle appréciait la compagnie de son fils. De manière assez curieuse, qu'elle n'arrivait pas à s'expliquer, en cette période où la peur le disputait à l'affliction, Mr Qu'est-ce-qu'on-en-a-à-foutre était l'hôte idéal.

— Donc, tes deux parents sont, comme on dit, stressés, continua-t-elle. Je ferais mieux de t'avertir aussi avant qu'il ne rentre que ton père n'a aucun sens de l'humour quand il s'agit de son triathlon. Je te suggère d'éviter même les petites moqueries. Il a peur de ne pas avoir les capacités nécessaires pour terminer la course. Et il a raison. Nager 4,2 kilomètres ; pédaler plus de 180 kilomètres ; un marathon et une dernière traction au cas où tu aurais réussi à faire ces conneries sans t'effondrer. Je pense que j'en aurais été incapable, même du temps de ma splendeur.

Elle s'interrompit ; elle ne l'avait encore jamais formulé à voix haute.

— Et si d'aventure, les choses tournaient mal à Lake Placid, ne dis absolument rien. Jure-le-moi. Rien du tout.

— Tu veux dire, genre : « Salut, p'pa, j'ai appris que tu participais à cette course de neuneus et que tu t'étais étalé ! » Comme ça ?

Elle rit.

— Comme ça. Il a beaucoup trop investi dans ce truc. Si ça ne lui rapporte rien, il s'effondrera.

Tout en roulant une cigarette, Deacon la jaugea du regard avec insistance.

— Tu trouves ça débile.

Elle laissa échapper malgré elle un autre rire bref. Mère et fils avaient toujours aimé être de connivence, même si elle s'en défendait. Il n'avait aucun sens moral. Et pourtant, elle se réjouissait de sa tendance anarchique. (En fait, c'était davantage qu'une tendance.) Il traitait les autres de façon épouvantable, mais traçait sa route personnelle. Il n'était pas un suiveur.

— Tu ne peux pas fumer ce truc dans la maison. Et ce que je pense du projet de ton père n'a aucune importance.

De nouveau ce regard scrutateur, la tête inclinée de côté. C'était une chance que Deacon soit si nonchalant. Quand il se donnait du mal, il était futé.

— Je parie au contraire que c'est important. Je parie que ce que tu penses de tous les efforts de papa, c'est ça qui compte vraiment.

Un peu troublée, elle lui indiqua la cigarette non allumée d'un signe de tête.

— À propos de règles de la maison, je voudrais te poser une question.

— Règles de la maison ? Franchement, m'man, je ne me souvenais pas que tu étais aussi rabat-joie.

— Je veux que tu me dises comment tu gagnes ta vie.

C'était toujours difficile de poser une question directe à Deacon. Il était fuyant par nature ; il maîtrisait l'art de l'esquive. Si on l'épinglait d'emblée, c'était une invitation au mensonge. Il mentait avec toupet, mais elle trouvait très pénible de le voir la berner, si bien que, d'ordinaire, elle évitait les questions pour se passer des fausses réponses.

— Je suis un entrepreneur, répondit-il avec un sourire.

— Qui vend ou qui fabrique quoi ?

— Les gens ont besoin de choses, je les obtiens.

— Comme quoi ?

— De tout. Ça dépend du marché.

— Ta sœur pense que tu deales.

— Valeria pense beaucoup de choses. Elle pense que Jésus s'occupe personnellement d'elle et de sa famille de tarés nécessiteux. Elle pense qu'elle a survécu à des mauvais traitements étant enfant. Valeria est la dernière personne à qui je demanderais des infos sur qui que ce soit.

— Par conséquent, tu ne deales pas ? L'herbe, ça m'est égal. Je parle d'opioïdes ou d'héroïne.

— Ça m'intrigue que ça t'intéresse. En théorie. Je connais plein de toxicos. L'offre et la demande : il faut bien qu'ils se procurent leur dose quelque part. À Hudson même, c'est plein de zonards. Est-ce que, tant que ce n'est pas moi qui les fournis, tu te sens pure ?

— Si on te surprend à dealer depuis la maison, on te jette dehors.

Il éclata de rire.

— Écoute, si j'étais dans le business, je ne me baladerais pas en tirant derrière moi une valise remplie de petits sachets bien fermés. Je me situerais plus haut dans la chaîne d'alimentation.

— Parce que tu es si débrouillard. Si fonceur.

— Non, parce que mon but est de m'en sortir et pas d'avoir des emmerdes. Il se trouve que ça n'est pas trop difficile. Faut pas attirer l'attention sur toi. Tu te contentes de saisir les opportunités qui se présentent. Tu gardes juste la tête hors de l'océan de merde, histoire de respirer, comme si tu faisais la nage du petit chien dans la cuvette des toilettes.

Elle ne parviendrait à obtenir de Deacon que de la langue de bois. Au moins, comme elle l'avait promis à Remington, elle avait posé leur ultimatum.

— Et pas de consommation de drogue dans la maison non plus.

— Est-ce qu'il faut aussi que je range ma chambre et que je mette la table ?

— Réflexion faite, ce serait gentil.

Suivant ce soudain élan, elle expérimenta la carte de l'honnêteté.

— Deacon, j'ai horriblement peur de l'opération. Et la rééducation qui suit est atroce. Les chirurgiens se montrent optimistes, mais les gens que j'ai rencontrés qui sont passés par là continuent à boiter un an après. Ils ne peuvent pratiquement plus faire de sport et grossissent.

— Et alors ? Tu n'en as pas fait assez ? Nom de Dieu, toute mon enfance, pendant des heures… à courir dans Albany ou à t'enfermer dans ta chambre de torture secrète avec des instruments pour te supplicier ou je ne sais quoi. Relax !

Deacon en profita pour poser les pieds sur une chaise.

— J'aurais cru que tu serais soulagée d'avoir une excuse pour tout envoyer balader.

— Je le suis un peu, reconnut-elle.

Il pourrait être son confesseur.

— Les journées sont beaucoup plus longues. Et je n'ai plus cette punition qui m'attend à la fin. Peut-être qu'en refusant de goûter aux plaisirs de la léthargie, j'ai raté quelque chose. Tu ne fais rien, toi ? Je veux dire, comme sport ?

— Sortir du lit. Aller aux chiottes. Me rouler une clope pour récupérer de mes efforts. Puisqu'on en parle, dit-il en faisant pendouiller son œuvre.

— Oh, vas-y. Prends une soucoupe. Ça m'est égal.

Elle ignorait quelle malice s'était emparée d'elle, mais Deacon avait une mauvaise influence et elle était d'humeur à subir une mauvaise influence. Elle se sentait bonne à rien, et puis merde, légère.

— Franchement, dit Deacon en allumant sa roulée avec un plaisir qui fit envie à Serenata, pourquoi ne pas laisser tomber ? Tu as passé la soixantaine, non ? Quoi que tu fasses, tout ton machin physique va partir en sucette – ou plutôt dans le cercueil. Arrête d'essayer de te mesurer à des minettes de vingt ans qui peuvent te battre à plate couture juste en marchant dans la rue vêtues d'un sac à patates. Lève le pied et jette-toi dans les bras de l'inévitable. Il doit bien y avoir des avantages à devenir une vieille peau gâteuse.

— Merci.

— Écoute, tu as été au top, d'accord ? Mes copains t'ont toujours trouvée canon. Alors raccroche tant que tu as de l'avance ! T'es encore pas mal comme meuf pour une grand-mère de… Désolé, j'ai arrêté de compter. Elle en a quatre ou cinq, maintenant ? De toute façon, tu peux en ajouter un autre. Valeria dit qu'elle est de nouveau enceinte.

— Quoi ? Tu me fais marcher.

— Quand je raconte une blague, je ne me sers pas toujours de la même chute.

— Tu veux bien prendre la bouteille de vouvray dans le frigo ? Tu me donnes envie de boire.

Deacon versa la moitié de la bouteille dans un verre ballon.

— Maintenant, sans rire, dit-il en prenant une deuxième bière. Je ne comprends pas les femmes comme toi. Je vois ça tout le temps, ces femmes lessivées qui s'essoufflent sur des tapis de course. Elles gâchent un après-midi correct, elles restent moches et elles ont l'air pitoyables. Elles se ridiculisent publiquement, c'est très gênant. Alors que plein de ces nanas sont pétées de thune et pourraient se lâcher et s'éclater. M'man, tu as assuré. Tu as été canon pendant quoi, quarante-cinq ans ? Alors arrête de t'affamer. Arrête de compter les unités d'alcool. Lâche tout. On l'emmerde, l'opération du genou. Achète-toi un déambulateur à roulettes avec un petit panier pour faire tes courses. Ou ne va nulle part. Et rattrape les épisodes des *Simpson*.

— Tu es un serpent, dit-elle en trinquant avec lui. Mais cette femme, celle avec qui ton père passe désormais la plupart du temps… Tu ne sais pas à quoi ressemble sa coach ?

On entendit une clé tourner dans la serrure de la porte de la cuisine donnant sur l'extérieur. Au brouhaha de voix, Serenata comprit avec incrédulité que ce soir entre tous, son mari avait invité son club de tri. La maison étant toujours la sienne en théorie, il entra en premier et se figea aussitôt.

— Débarrasse-toi de ça tout de suite !

Deacon aurait sans doute suscité une réaction plus amène s'il avait tenu un fusil de chasse.

— Je vais bien, merci de t'en inquiéter, dit-il en tirant longuement sur sa cigarette avant de l'écraser à regret dans une assiette. Et comment vas-tu, monsieur ?

Remington se tourna vers sa femme.

— Depuis quand ? Qu'est-ce qui ne tourne pas rond chez toi ?

— Par quoi veux-tu que je commence ?

— Et retire tes pieds de la chaise, ordonna Remington à son fils. On va en avoir besoin.

— Génial !

Deacon s'exécuta de nouveau au ralenti.

— Encore une de ces chaleureuses réunions de famille, dit-il.

— On n'est peut-être pas démonstratifs, mais on peut au moins rester civils.

Remington fit un effort pour lui tendre la main et Deacon la serra mollement.

— Content de te revoir, dit Remington.

Le club entra à la queue leu leu. Ils terminaient une énième journée natation/vélo/running à laquelle les membres qui travaillaient ne pouvaient s'adonner que le week-end. À mesure que le MettleMan approchait, le groupe devenait fébrile et prompt à se quereller. Cherry DeVries avait parfois la larme à l'œil. Hank Timmerman s'était plus d'une fois éclipsé. Chet Mason les abreuvait de longs topos que personne n'avait demandés concernant leur attirail, quand ils en avaient déjà fait l'acquisition. Ethan Crick avait perdu le peu d'humour qui lui restait à propos de sa réputation d'hypocondriaque. Même Remington avait abandonné l'autodérision qu'il maniait avec facilité et, ce soir, il réagissait avec irritation aux reproches de Chet, à savoir que le reste du club avait dû attendre à plusieurs reprises, et parfois des heures, qu'il termine chaque phase de la course.

— J'y suis arrivé finalement, non ?

Alors que, jadis, il aurait fait une plaisanterie à ses dépens. Avec déjà plusieurs Mettle à leur actif, seuls Bambi et Sloan conservaient leur insouciance, même s'ils gardaient un œil sur leurs petits. Plus tôt dans l'année, le groupe rentrait fatigué et bouffi d'orgueil ; aujourd'hui, il rentrait fatigué et fâché.

Remington présenta les membres du club à Deacon, dont l'expression placide sous-entendait qu'il ne ferait aucun effort pour se rappeler leurs noms. À une exception près :

— Bambi ? Sans déc' ? Dans ce cas, tu dois pouvoir m'appeler Panpan.

— D'accord, Panpan, répondit-elle en délaçant sa chaussure de running sur la chaise libérée par les pieds de Deacon.

Bambi dressait un piédestal pour exposer ce que Remington appelait son œuvre.

— Tu fais partie de ces meufs hyper musclées.

— On peut dire ça, répondit Bambi en délaçant sa deuxième chaussure.

Elle lui jeta un rapide coup d'œil.

— Par contre, toi, tu ne fais pas partie de ces connards hyper musclés.

— Non, renchérit Deacon avec un sourire. Je suis juste un connard.

L'esprit taquin qui régnait jadis au sein du club et qui les faisait se disputer le titre du plus rapide avait laissé place à une rivalité acerbe dont les enjeux étaient plus élevés.

– Si j'ai galéré dans la montée, c'est que mon dérailleur n'arrêtait pas de sauter, alors ferme-la, siffla Chet en s'adressant à Hank et en lui faisant un doigt d'honneur.

Alors que Bambi redoublait d'efforts dans le but de pulvériser son propre record à Lake Placid, elle ne faisait apparemment plus demi-tour pour vérifier où en étaient les retardataires mais moulinait au coude à coude avec Sloan, qui finissait toujours par prendre une belle avance dans les trois disciplines. Pour Bambi, cette compétition se teintait désormais d'une goutte d'acide. Elle jouait de son sexe comme d'un avantage tout-terrain. Mais, finalement, elle n'aimait plus vraiment être une fille.

Ce soir-là, c'est la présence de Deacon Alabaster qui les secoua. L'inconnu ne manifestait pas le moindre intérêt pour leurs temps. Chaque fois qu'ils citaient des distances extraordinaires avec la décontraction feinte de ceux qui égrènent des noms connus au cours des dîners, il ne sourcillait pas. Réflexion faite, lorsque Serenata avait décrit les exploits auxquels son père s'attaquerait dans quinze jours, Deacon avait joué le flegme à la perfection. Elle aurait annoncé que Remington s'était inscrit à un concours de haïkus, la réaction aurait été la même. Le club était immunisé contre les individus du genre « pourquoi vous ne travaillez pas dans un refuge pour SDF » virulents et qui manquaient manifestement d'assurance.

Mais il y avait pire, il y avait ce type qui n'avait jamais fait de sa vie ni un lever de mollet, ni un dip des deltoïdes, ni une flexion du biceps – un type pour qui faire du sport signifiait porter un pack de bières et un paquet de tacos de la supérette à sa voiture. Et pourtant, grâce à l'effet esthétique multiplicateur de deux parents séduisants, il était beau – d'une beauté à se damner, d'une beauté « mais putain, c'est qui, ce mec ? ». Autrefois, sa mère trouvait cette dissociation déconcertante ou même un peu énervante. À l'instant présent, elle la trouvait géniale.

Encore pire pour ces gens, Deacon était classe, une qualité mystérieuse que son fils incarnait depuis qu'il avait onze ou douze ans, à l'époque où, à l'école, il était aussi entouré que sa sœur était solitaire. Au cours de son adolescence délinquante (à supposer qu'il en soit sorti), sa pose imperturbable et distante avait été horripilante. Ce que recouvrait le terme de « classe » était difficile à cerner. Il allait sans dire que si le sens de « classe » devait vous être expliqué, c'est que vous ne l'étiez pas. Et si vous ne l'étiez pas, vous ne pouviez pas le devenir non plus. La classe n'était pas disponible en magasin et ne s'apprenait pas.

Par conséquent, Deacon était une bonne distraction pour le club de triathlon. Ils étaient tous acteurs de leur propre réalisation et voilà que ce client insaisissable était l'incarnation parfaite d'une qualité qu'ils ne pourraient jamais gagner. Le seul parmi eux à évoquer une once de cette classe était le père de Deacon – même si dans le cas de Remington, il s'agissait d'une version démodée de William Powell, aux manières et à l'expression policées. Sloan passait pour classe à Hudson grâce aux voitures anciennes qui lui servaient d'accessoires. Même Bambi avait trop soif d'attention pour être classe – et elle n'obtiendrait jamais de Deacon l'estime dont elle rêvait, Deacon dont l'indifférence totale à tout ce à quoi elle accordait de la valeur n'était manifestement pas une pose. Qui plus est, Bambi détestait perdre, or il n'existait pas de meilleure tactique pour s'assurer de la victoire à n'importe quel jeu que de refuser d'emblée de jouer.

Pour ses parents, les visites de Deacon se résumaient globalement à des migraines hors de prix ; la coutume voulait qu'ils le paient pour partir. Mais ce soir, il donnait aux penchants sceptiques de sa mère une claque salutaire. Afin de tirer parti de cette exceptionnelle présence de plusieurs apostats, elle envoya un texto à Tommy l'invitant à se joindre à eux. Ce premier été à Hudson, lorsqu'elle avait vu Deacon somnoler dans le hamac du jardin, Tommy s'était pâmée. Dès qu'elle apprit qu'il était là, elle débarqua dans les cinq minutes. Leur trio s'installa à une extrémité de la table, les chahuteurs du fond de la classe.

— Au fait, Bambi, dit Serenata en brandissant le livre à la moitié duquel Remington était. Tu as lu la nouvelle bio de ce coureur d'ultrafond très connu ? Remarque, il est mort, en fait.

— Donald Ritchie ? Ouais, quelqu'un à BruteBody m'a dit qu'il était aux abonnés absents depuis l'an dernier.

— J'ai trouvé intéressant qu'il meure à seulement soixante-treize ans.

— Pourquoi intéressant ? demanda Bambi prudemment. C'est plutôt vieux.

— Plus de nos jours. Et il n'était vraiment pas en forme. Diabète. Problèmes pulmonaires. En réalité, il avait complètement arrêté de courir à soixante-six ans. L'âge de Remington.

Serenata n'avait parcouru que la fin du livre : la partie intéressante.

— Et alors ? Encore une occasion de ricaner sur le sort de Jim Fixx ? Ha ! Ha ! L'auteur de *The Complete Book of Running* qui s'écroule à cinquante-deux ans en faisant son jogging ? Conclusion : bouger son cul peut être mauvais pour la santé. Courir tue.

— Pour établir une corrélation entre le sport d'endurance et la morbidité prématurée, expliqua Remington à Serenata, une mort disons précoce est aussi significative d'un point de vue statistique que « je connais un type qui… ».

Il se tourna vers sa coach.

— C'est comme si ma femme ici présente prétendait que « tous les gens qu'elle a rencontrés » qui se sont fait opérer du genou pouvaient à peine marcher et prenaient du poids. Elle te dira elle-même qu'elle est misanthrope et asociale. Alors de combien de gens parlons-nous ? Deux, peut-être. Trois, maximum. Je n'appelle pas ça de la rigueur scientifique.

— Nombre de coureurs de fond meurent de façon prématurée, dit Serenata. Surtout d'infarctus.

— Pas à une fréquence supérieure à celle de la population générale, répondit Remington. Par ailleurs, qui dit que le but du sport de haut niveau est d'accroître la longévité ? Même si une existence moins éprouvante signifiait vivre plus longtemps… pour faire quoi ? Franchement, à quoi bon vivre cent dix ans ? Je ne suis pas très chaud pour dépasser soixante-dix.

— C'est dans quatre ans, dit doucement Serenata.

— Je sais compter, répondit-il d'un ton sec.

Si elle avait été d'humeur généreuse, Serenata aurait pu imputer l'agacement de son mari à la possibilité que, sachant qu'elle-même était folle d'inquiétude en raison de l'intervention du lendemain, Remington s'inquiétait aussi pour elle. Mais elle n'était pas d'humeur généreuse.

— Hé, écoutez ça ! dit Tommy qui s'était emparée de la biographie et lisait la quatrième de couverture. Cet Écossais a couru 160 kilomètres d'affilée en moins de douze heures ! Ce qui fait…

— Une moyenne de 1 kilomètre en cinq minutes, la coupa Bambi. Médiocre pour un marathon, mais pas mal pour quatre de ces enfoirés bout à bout.

— Ce n'est rien, intervint Remington. Ritchie a couru toute la longueur de la Grande-Bretagne – 1351 kilomètres – en onze jours.

— C'était quoi, le problème ? demanda Deacon. Les trains étaient en grève ?

— Tu n'as aucun respect, dit son père.

Deacon lécha le papier d'une nouvelle cigarette.

— C'est pas faux.

— « Durant cette longue course en Angleterre, lut Serenata par-dessus le bras de Tommy, il a pris froid, il a eu de la fièvre et il a dû affronter des vents contraires violents ainsi que du grésil. Son rhume s'est transformé en bronchite… Il a souffert de maux de ventre, de pertes de sang par l'anus, d'un mal de bouche, de saignements du nez à répétition, de douleurs à la poitrine et de pluies torrentielles. » Certains savent prendre des vacances.

— Ne me dis pas que tu ne l'admires pas, lui reprocha Remington.

— Donc…

Deacon leva le couteau dont sa mère s'était servie pour équeuter les haricots verts.

— Si je m'écorche vif, j'obtiendrai enfin l'admiration de papa.

— En quoi ce serait admirable ? s'exclama son père.

— Souffrir pour souffrir… C'est quoi la différence ? dit Deacon.

— Donald Ritchie a établi des records !

Historiquement, seule la retenue, fruit des coups qu'il avait reçus enfant, avait empêché Remington de lever la main sur son fils.

— Mais des records pour quoi faire ? insista Deacon du même ton indifférent, avachi avec indolence, mais sans céder.

Tripotant sa cigarette non allumée d'une main, il tenait toujours le couteau dans l'autre.

— Je pourrais établir le record du type qui saigne à mort le plus longtemps.

Serenata se leva aussi brusquement que son genou le lui permettait.

— Deacon ne fait que poser une question légitime, quelle est la finalité de courir toute la longueur d'une grande île par mauvais temps et en mauvaise santé ?

Elle tendit la main pour reprendre le couteau. La discussion est close.

Son téléphone sonna : Valeria. Elle prit l'appel sur le perron à l'arrière de la maison.

— Mama, j'avais bien noté dans mon agenda que tu te faisais opérer demain.

— C'est très gentil de t'en souvenir.

— Je me suis renseignée à l'église et tout le monde m'a dit que c'était épouvantable. Genre, tu souffres comme une dingue pendant des mois et des mois ou même des années ! Et sur Internet, j'ai vu qu'un patient sur cinq avait mal tout le temps et pour le reste de sa vie !

— Merci, Valeria. C'est très utile.

— Ben oui, je pense que c'est utile. Un vieux monsieur de notre congrégation m'a raconté que la seule chose qu'il aurait aimé qu'on lui dise à l'avance, c'est qu'il allait souffrir à mort. Il a dit que sa foi en avait été ébranlée. Il ne comprenait pas pourquoi Jésus lui faisait traverser une telle épreuve. Il marche encore avec une canne et pourtant il s'est fait opérer il y a dix ans.

— C'est gentil de me préparer.

— Et ce n'est pas tout, continua Valeria.

— Formidable, dit sa mère.

— Courir sur place et sauter à qui mieux mieux, comme tu le fais – tu peux oublier. Tu pourras sans doute faire un tout petit peu de vélo et marcher pas trop longtemps. Mais c'est à peu près tout.

— En fait, avec les dernières prothèses, on peut jouer au tennis, au golf et même skier.

— C'est ce que les médecins te disent avant pour avoir le fric, mama. Après, tu as plein d'exceptions – à vrai dire, presque tout le monde –, sans parler des phlébites et du matériel défectueux, et ça, ils ne t'en parlent pas. Tu savais qu'en cas d'infection profonde, ils t'arrachent à nouveau tout le truc et qu'ils te coupent peut-être la jambe ?

— Je suis touchée que tu aies fait ces recherches approfondies pour moi.

— Je vais prier pour toi, mama.

— Ça va sûrement tout changer. Deacon m'a dit que tu allais avoir un enfant, toutes mes félicitations.

— C'est vrai, dit Valeria d'une voix tendue. Vers Noël, comme Jésus en personne. On est très heureux.

Mais pour une fois, elle ne transpirait pas le bonheur. Merde, l'espace d'un instant, Serenata crut que sa fille allait pleurer.

— Et comment va Nancee ?

— Je crois qu'elle est en pleine forme. Mais ces emmerdeurs de thérapeutes l'ont mise au « régime sans exercice », comme ils l'appellent. C'est complètement idiot ! Je suis censée la surveiller si elle monte à l'étage pour voir si elle ne monte pas une deuxième fois.

Après avoir mis fin à ce coup de fil familial rassurant, Serenata rentra dans la cuisine.

— Au fait, Sera, dit Ethan, Rem vient de nous annoncer que tu te faisais opérer demain. On voulait tous te souhaiter bonne chance.

— Ouais, renchérit Chet. Mais j'ai entendu dire que si, au départ, tu es à peu près en forme, tu t'en sors beaucoup mieux.

C'était la première fois qu'un membre du club reconnaissait du bout des lèvres que la femme de Remington n'était pas tout à fait une grosse feignasse.

— J'allais te dire « merde », dit Bambi. Mais je suppose que dans la merde, tu y es.

Cherry intervint avec la fausse assurance débridée de ceux qui sont armés de bonnes intentions.

— Tu seras remise en un clin d'œil !

Après que Sloan et Hank eurent aussi exprimé leur soutien, le groupe passa à d'autres sujets avec un soulagement évident. Le dîner simple qu'elle avait envisagé sans enthousiasme lui apparut soudain insurmontable et elle rangea les haricots verts dans le frigo. Alors qu'elle se préparait à une mutilation, elle n'avait rien à donner à ces gens.

Un nouveau coup de fil lui remonta brièvement le moral. C'était Griff, dont l'hésitation même sur les paroles à prononcer était curieusement émouvante. Il lui promit de lui apprendre à jouer au crib quand elle serait remise sur pied. Marché conclu, dit-elle. La fin de la conversation fut pénible – aucun des deux ne maîtrisait les bonnes manières : depuis quand, lorsque vous aviez déjà dit au revoir, vous restiez encore au téléphone (il ajouta : « Je penserai à toi, mon chou ! » et elle répondit : « Merci, votre appel m'a fait très plaisir ! ») alors que vous aviez épuisé votre arsenal de conclusions ? À son grand dam, elle finit par crier : « Au revoir, Griff ! » et par raccrocher aussi vite qu'il était humainement possible.

— Tu as repris l'entraînement, ma puce ? demanda Cherry à Tommy. Parce que tu as une mine superbe !

Tommy la regarda d'un œil noir.

— Je ressemble toujours à une méduse. J'ai couru un peu mais je suis lente et ça ne m'a pas plu. Le truc bizarre, c'est que les petites distances sont plus dures. Elles n'impressionnent personne, à commencer par moi. Je suis censée « y aller mollo » mais je déteste y aller mollo. Alors la moitié du temps, j'y vais vraiment mollo et je regarde la télé à la place. Au final, le ciel ne m'est pas tombé sur la tête. Comme elle est au repos forcé aussi, Serenata m'a fait lire à voix haute ses scénarios publicitaires. Je commence à faire des progrès en lecture. Avant, j'avais besoin de répéter, mais avec les voix off, surtout dans le monde du jeu vidéo, il faut être capable de lire à froid.

Dès que Tommy avait cessé de parler de running, l'attention de Cherry s'était relâchée.

— J'ai honte de dire ça, ma puce, mais ça fait plusieurs fois maintenant que Sarge me... me frappe. Il ne l'avait jamais fait auparavant. La dernière fois, il m'a fait tomber par terre. Je me suis même demandé s'il n'espérait pas me faire assez mal pour que je ne puisse pas aller à Lake Placid.

— Putain, ça craint, Cherry, dit Tommy. Mais est-ce que ça vaut vraiment le coup ?

— Bien sûr. Qu'est-ce que tu veux dire ?

— C'est clair que Sarge est un connard et je suppose que tu peux toujours le quitter. Peut-être que tu devrais. Mais si tu ne veux pas... Est-ce que ça vaut le coup de mettre en danger ton mariage pour un Mettle ? Tu as trois gosses quand même.

Cherry se leva.

— Je sais que tu es déçue, Tommy, mais je ne pensais pas que tu deviendrais amère. Je n'en reviens pas que tu essaies de me dissuader de faire mon MettleMan.

— Je pensais juste, tu vois, à long terme... commença Tommy en battant faiblement en retraite. Genre, après, qu'est-ce qui te reste quand tu n'as plus ta famille ?

— Il me reste mon mug du Mettle, mon T-shirt du Mettle et ma dignité du Mettle, déclara-t-elle avant de retourner auprès des premiers de la classe.

Pendant ce temps-là, Hank avait découvert le fond de vouvray. Bambi posa la main sur son verre.

— Je croyais qu'on était tous d'accord : on ne picole plus à partir de maintenant et jusqu'à ce que ce soit fini.

— Je croyais que c'était : « Quand on bosse, on bosse, quand on s'amuse, on s'amuse », lâcha Hank.

— Dans la dernière ligne droite, répondit-elle, on ne fait plus que bosser. Maintenant, si tu veux t'éclater, tu as le tri.

Serenata déboucha une bouteille de cabernet. Deacon passa au whisky et Tommy l'accompagnait. Attiré par les bouteilles, Hank s'approcha des voyous à l'autre extrémité de la table.

— J'envisage de me mettre aux ultras l'an prochain, annonça Sloan. Je suis partant pour Lake Placid, mais je commence à en avoir marre de faire un Mettle et de me reposer.

— Tu veux dire les deux ou trois Mettle d'affilée ou les cinq ? demanda Chet.

— La question est de savoir si on fait d'abord un double ou un triple ou si on va direct au quintuple, pontifia Sloan. Le truc, c'est de se dépasser, d'accord ?

— J'ai déjà du mal à imaginer courir tout un triathlon, dit Cherry. Ça me sidère que quelqu'un puisse se lever le lendemain matin pour en refaire un autre.

— Merde, Cherry, dit Chet. Je ne sais plus très bien quel est le record aujourd'hui, mais la dernière fois que j'ai vérifié, il y avait au moins un mec qui en a fait trente – trente Mettle en trente jours.

— Ça me paraît beaucoup d'emmerdes et pas mal de dépenses, dit Deacon. Alors que tu peux obtenir le même résultat en trois secondes avec juste une balle de revolver.

Les « winners » l'ignorèrent.

— On devrait tabler sur trente et un, alors ! déclara Hank, les joues empourprées par le cabernet qu'il avait bu cul sec dans un mug.

— Sloan, tu n'as pas peur de démoraliser tes camarades en parlant d'ultras ? demanda Serenata. Tu donnes l'impression qu'un MettleMan n'est pas grand-chose.

Il ne venait à l'esprit de personne que vanter des prouesses de force et d'endurance lointaines devant une femme à la veille d'une intervention chirurgicale invalidante pouvait aussi être de mauvais goût.

— Il est toujours bon de songer à une autre montagne. Sinon, tu te heurtes à ce problème de platitude. Tu as un flash géant en franchissant la ligne d'arrivée et même le lendemain, au bout de quinze heures de sommeil, tu es toujours gonflé à bloc. Sauf qu'après, t'es en mode « C'est quoi, la suite ? ». Tu as besoin d'un plan d'action à plus long terme. Sans un nouveau but, tu peux déprimer, tu vois ? Style, tout est terminé et le meilleur de ta vie est derrière toi.

— J'y crois pas, dit Deacon en se resservant. Pour vous les mecs, cette merde, c'est « le meilleur de votre vie » ? Vous me faites vraiment pitié.

— Et pour toi, Panpan, c'est quoi, le meilleur de ta vie ? demanda Bambi.

— Baiser une gentille petite minette qui a pile l'âge du consentement et lui arroser de nouveau sa petite touffe étroite le lendemain matin. Me taper un sandwich pain de seigle-pastrami avec supplément moutarde. Me booster le moral en prenant un raccourci qui me fait faire des économies et ne m'oblige pas à faire cinquante tours de lac. Aller à Hudson me payer une cure d'amour maternel.

Le regard sincèrement reconnaissant qu'il lança à Serenata éloigna le spectre du sarcasme.

— J'adore ! s'exclama Tommy en choquant son verre contre celui de Deacon avant de le descendre d'un trait. Mais j'aimerais un peu de gruyère râpé sur ce pastrami.

— Chacun ses goûts, bande de losers, dit Bambi.

— Je commence à penser que tu as raison, dit Chet à Sloan. C'est forcément aux ultras qu'il y a le fric. Le Mettle de base paraît déjà presque minable, non ? Pour attirer les gros sponsors, je parie qu'il faut faire au moins le quintuple. Et en un temps record aussi. Pas en arrachant la dernière traction juste avant les douze coups de minuit…

— Chet, tu pourrais arrêter de frimer ? l'interrompit Ethan.

Assis à équidistance des chahuteurs et des fayots, l'ophtalmologiste avait à peine ouvert la bouche de la soirée.

— Tu n'as pas encore couru un seul MettleMan.

— Je sais, dit Chet. Mais Sloan a raison. Il faut continuer d'exiger plus de soi-même. Comme il a dit, faut trouver sa nouvelle montagne.

Deacon se mit à fredonner « Climb Ev'ry Mountain », une chanson de *La Mélodie du bonheur*.

— Je n'ai pas besoin d'une autre montagne, protesta Ethan après que Deacon eut sauté chaque ruisseau et avant qu'il ait eu le temps de suivre un arc-en-ciel. Merde ! On n'en a pas encore fini avec ce cauchemar de Lake Placid et vous êtes déjà en train de parler d'en faire trois d'affilée ou cinq ou trente. Pourquoi pas soixante ou cent pendant que vous y êtes ? Pourquoi ne pas nager, courir et pédaler toute la journée, tous les jours, jusqu'à ce que… jusqu'à ce que quoi ? Je regrette d'avoir à le dire, mais en ce qui concerne la finalité de tout ça, Deacon a raison.

— Putain ! s'exclama Deacon. C'est la première fois que j'entends ça dans cette maison.

— Au départ, je me suis mis au tri pour être en meilleure forme, reprit Ethan. Pour me sentir bien et avoir une meilleure opinion de moi-même. Mais je ne me sens pas mieux. Je tombe malade et je suis censé malgré tout continuer à m'entraîner et je suis encore plus malade. En gros, je me sens mal tout le temps. Il y a toujours quelque chose qui ne va pas : une entorse, une foulure, un tendon enflammé.

— Attends d'avoir soixante ans, dit Serenata. C'est comme ça même sans sortir de ton lit.

— Enfin, pas tout le temps mais la moitié du temps. Je me sens vieux. Tous mes os craquent. Je suis courbatu. J'ai mal. Sur le papier, je suis sans doute plus solide, mais le plus souvent, je suis lessivé. Vous passez votre temps à vous moquer de moi en disant que je suis une gonzesse, mais j'ai un travail à plein temps. Pour suivre le programme de Bambi, j'ai dû me lever à 5 heures du matin et dernièrement à 4 h 30, voire 4 heures. Je manque de sommeil en permanence. Et je commence à me demander s'il est vraiment prudent de faire ce Mettle. Les distances sont déraisonnables…

— C'est l'idée, lança Bambi.

— Oui, Ethan, renchérit Remington. Tout le concept est volontairement un peu fou.

— Il y a le fou de « foufou » et il y a le fou de « dangereusement détraqué », répondit Ethan en reculant sa chaise avant de se lever. Parce que, je l'avoue, je ne comprends plus le sens. Je pensais le connaître mais, ces temps-ci, je ne vois plus pourquoi on fait ça. Chet a raison sur un point : aucun d'entre nous n'établit de records. Et Deacon a raison aussi : même si on en établissait, et alors ? Ce truc a fini par me prendre énormément de temps et une somme considérable d'énergie mentale et, en même temps, avec toutes ces blessures, ma santé a décliné. Et voilà que je vous entends vous faire avoir par l'idée de franchir encore un autre niveau sans savoir si vous serez capables de faire même un seul Mettle. Voilà, je viens de me rendre compte ce soir que ce truc n'est pas dans mes cordes. J'aime l'idée du sandwich au pastrami avec du gruyère râpé. J'aime l'idée de courir 8 kilomètres à une allure modérée, histoire de me mettre en appétit pour le dîner. J'aime l'idée de prendre une douche et de parler de quelque chose d'autre avec ma femme. En résumé, les amis : j'arrête.

Personne ne prononça le moindre mot tandis qu'Ethan prenait ses affaires et partait.

— La vache ! dit Cherry.

— La vache ! dit Tommy.

— Regardons les choses en face, il n'a jamais eu l'étoffe du tri, déclara Bambi. Avec tous ses doutes, il avait NPF tatoué sur le front. Que ce soit une leçon pour vous tous. Je vous ai déjà prévenus : la seule chose que vous ne devez jamais vous permettre de remettre en question, c'est la raison pour laquelle vous avez décidé de faire du tri. C'est carrément la mort. En moins de deux, vous vous recroquevillez sur votre nombril. Vous ouvrez les vannes de la paresse du corps et vous vous noyez dans les jérémiades. C'est comme si vous écoutiez un petit diablotin sur votre épaule. Total, on est mieux sans cette lavette. Dès le début, il a été un frein à notre détermination. Ethan Crick est un faible.

Le moral des fidèles restants semblait malgré tout ébranlé de façon inexplicable.

— Ils ne seront plus jamais pareils, dit Serenata, encore au lit, tôt, le lendemain matin.

Cela faisait des heures qu'elle était réveillée.

— Ils n'auront plus le même aspect ni le même toucher, même si, en théorie, l'opération se passe bien. Je déclencherai tous les détecteurs de métaux. Je vais devenir partiellement machine. Encore un peu et je passerai dans la catégorie objet inanimé.

— Tu es encore loin de Robocop, dit Remington. Par ailleurs, tu ne veux pas des mêmes genoux. Ils te font horriblement mal.

— Après avoir été charcutés, ils me feront encore plus mal.

— Pourquoi tu es toujours aussi catastrophiste ? Le but de l'opération est d'améliorer ta mobilité. C'est pour ça que les gens envisagent l'arthroplastie avec optimisme et bonne humeur.

— Alors, ça veut dire que j'ai un problème d'attitude ?

Elle se leva et agrippa un peignoir mais elle n'avait aucune raison de descendre ; elle n'avait pas le droit de manger ni de boire depuis minuit la veille. Ne pas pouvoir se faire un café privait la matinée de toute sa structure. Elle n'arriverait pas à se concentrer sur le journal. Il n'y avait rien d'autre à faire qu'attendre.

— Tu as quand même décrété que cette opération signifiait que ta vie était finie et que tu préférerais être morte, dit-il. À ton avis, qu'est-ce que j'ai ressenti ?

— La même chose que ce que j'ai ressenti quand tu as annoncé à ton club que tu ne voulais pas vivre au-delà de soixante-dix ans.

Il leva la main en signe de reddition.

— OK. Disons soixante-douze ans.

— Depuis ton histoire de marathon, tu t'es entièrement focalisé sur les compétences physiques. Il est donc monstrueusement hypocrite de ta part de te demander pourquoi je pourrais considérer le fait de devenir une infirme inutile comme la fin des festivités.

— Si ça se trouve, ton attitude pourrait affecter les résultats de l'intervention.

— Foutaises New Age, dit-elle en nouant rageusement son peignoir. Tu te crois vraiment capable de me persuader d'être « optimiste et de bonne humeur » ? Pourquoi le fait que cette opération me meurtrisse dans ma chair, détruise la représentation que je me fais de moi-même et menace de me transformer en quelqu'un dont je ne veux pas – pourquoi est-ce un tel affront pour toi ? Pourquoi faut-il que mon humeur se conforme à tes desiderata ? Parce que ce qui ressort de cette discussion est que cette chose ne t'arrive pas à toi.

— En ce moment, on est sur deux planètes différentes.

— Tu savais que cette opération me pendait au nez. C'est toi qui as choisi d'aller sur une autre planète. Tu t'es éloigné de moi pour t'enfuir chez les Tri. Peter Pan sur l'île des Garçons perdus. Je pense que tu as eu peur de traverser cette épreuve avec moi. Comme si je pouvais t'aspirer à l'intérieur de mes horribles problèmes de vieillesse. J'en veux pour preuve hier soir. Tu as ramené tout ton club à la maison pour ne pas rester seul avec ta femme flippée. Si tu imagines notre couple comme une pièce, sache que tu es parti à l'autre bout. Tu m'as laissée toute seule. Au début, j'ai cru que tu t'étais jeté dans ce tri par réaction colérique contre Lucinda Okonkwo, mais maintenant, j'ai compris : c'est un abandon conjugal, pur et simple. Sauf que tu n'as pas besoin de chercher un autre appart.

— Je comprends que tu sois angoissée, mais tu n'es pas rationnelle.

— Deacon l'a vu en une seconde. Cette quête perverse que tu mènes ne concerne que moi. Devenir moi ou me remplacer ou me dépasser.

— Elle ne concerne que toi dans la mesure où, au début, je pensais obtenir ton estime.

— Tu l'avais déjà.

— Mais j'ai besoin de ma propre estime, moi. Et, à mon âge, il ne me reste plus beaucoup de temps. Si je dois faire un triathlon, c'est maintenant ou jamais.

— Quel mal y a-t-il à ne *jamais* faire un triathlon ?

À l'étonnement de Serenata, il alla effectivement se planter à l'autre bout de la chambre, nu, les mains sur les hanches.

— Il m'est arrivé d'imaginer ce que ça ferait d'avoir une femme à mes côtés « quand je marche dans la vallée de l'ombre de la mort » pour « ne craindre aucun mal, car Tu es avec moi ». Une femme qui me souhaiterait bonne chance et m'attendrait sur la ligne d'arrivée avec un baiser et du champagne.

— C'est vrai, je pencherais davantage pour du cava.

— La proximité entre ton opération et mon MettleMan n'est pas idéale.

— Ah bon. Tu crois ?

— Mais la date de Lake Placid a été décidée il y a presque un an.

— Cette quasi-concomitance est donc ma faute.

— Ce n'est la faute de personne. C'est simplement malheureux.

— Pour qui ?

— Pour nous deux. Je ne pourrai pas t'aider autant que je le voudrais pendant ta convalescence.

— Je dirais que c'est plutôt malheureux pour moi. Quant à la coïncidence, il n'y en a pas. C'était prévisible. Tu l'as quasiment organisée.

— Certainement pas. Et j'aurais aussi organisé la venue de Deacon en ce moment précis ? Je suis désolé. C'est une charge domestique supplémentaire, or il n'est pas particulièrement sympathique.

— J'ai trouvé en lui un réconfort surprenant. Et puis, si j'ai du mal à gérer la douleur, je sais au moins où trouver des opioïdes.

— Ce n'est pas drôle.

— Il n'y a pas si longtemps, tu aurais trouvé ça drôle. Tu es définitivement victime du virus de la gravité… Qu'est-ce que tu fais ?

— J'enfile ma tenue de vélo, ça ne se voit pas ?

— Je croyais que tu m'accompagnais à l'hôpital.

— C'est prévu. Mais avant, je retrouve Bambi dans une demi-heure. On va travailler ma technique de changement de vitesses pour faire diminuer la résistance et augmenter mon nombre de tours par minute. Comme tu ne dois pas être au Columbia Memorial Hospital avant midi, je peux faire 48 kilomètres entre-temps.

Ils avaient toujours été un couple bavard, mais le danger de tous ces mots était de parler des sentiments, d'en discuter ou d'en débattre pour éviter de les ressentir vraiment. Les moments importants qu'ils partageaient se glissaient dans les interstices entre les mots. Cet interstice-là était plus qu'une fissure ; c'était en train de devenir un gouffre.

— Écoute, dit-il, voyant qu'elle ne répondait pas. Ce n'est quand même pas le Jardin de Gethsémani…

11

— Mais où est-il ? Il est midi moins dix !

Deacon ramassa les miettes de pain dans son assiette du bout de l'index avec un petit bruit de bouche.

— Dans mon souvenir, papa détestait être en retard.

— Il ne répond pas au téléphone et je refuse de lui laisser un autre message vocal humiliant. Je n'en reviens pas qu'il ait décidé de passer précisément cette matinée avec cette femme.

Cette architecture familiale reconfigurée était manifestement au goût de Deacon. Quelles que soient les divergences qui avaient opposé ses parents pendant son adolescence quant à la manière d'affronter un délinquant, leurs différences de l'époque étaient purement méthodologiques. De façon générale, ils présentaient un front commun – pire, ils formaient un tandem sarcastique qui s'autoconsolidait, voire s'autofélicitait, ils se confirmaient mutuellement qu'ils avaient en tout point raison et étaient du même avis. Ainsi que Serenata s'en était rendu compte récemment, les blagues spirituelles dont ils faisaient assaut avaient été exaspérantes. Les enfants considéraient leurs parents comme une bulle étanche alors que Serenata voyait son couple autrement : ils étaient simplement très heureux en ménage. Ils n'avaient pas assez besoin des autres – d'amis, de connaissances ni, hélas, de leurs enfants. Ils s'étaient grandement satisfaits de la compagnie l'un de l'autre, ce qui apparaissait comme de l'autosatisfaction aux yeux d'étrangers, que leur contentement excluait. Finalement, la bulle avait éclaté. Si elle était honnête avec elle-même, Serenata était plus à l'aise avec Deacon aujourd'hui parce que, jusqu'ici, par loyauté envers son mari, elle s'était tenue à l'écart de son fils. Le garçon rendait Remington fou de rage.

— Cette Bambi est un cas, dit Deacon. Tu ne devrais pas t'énerver à cause d'elle. Elle fait exprès de t'attaquer.

— Loin de moi l'idée d'être insultante, mais je ne comprends toujours pas ce qu'elle trouve à ton père. J'ai l'impression d'avoir fait le lien et puis je les regarde tous les deux, assemblage pour le moins hétéroclite, et ma théorie s'écroule.

— Tu m'as dit qu'elle était accro à la gagne, dit-il. Pour ces gens-là, peu importe le prix. Elle se battrait comme une chienne pour un sifflet en plastique.

— Je sais que les opérations commencent rarement à l'heure, mais il faut absolument que j'y sois à midi pour l'admission. Si je suis en retard, je risque de perdre le créneau.

— Ce n'est pas ton rêve secret, de toute façon ?

— Toute ma vie, je me suis enorgueillie de faire des choses que je n'avais pas envie de faire. En revanche, va savoir pourquoi, j'avais vraiment envie de faire mes abdos. Je n'ai pas envie d'être opérée. Il se trouve que j'éprouve les mêmes difficultés que n'importe qui quand il s'agit de m'obliger à faire quelque chose dont je n'ai pas envie. Il faut y aller.

Galamment, Deacon porta son sac pour la nuit – un petit geste qu'il n'aurait jamais fait du temps où la bulle était intacte – et lui tint la portière de sa Mercedes cabossée.

— Même pas fichu de rentrer à l'heure…

Elle se baissa, la main agrippée à la portière pour soutenir sa jambe droite.

— Qui sait, c'est peut-être bon signe, qu'il puisse encore me blesser.

— Ton chéri n'est peut-être plus capable de te faire fondre, dit Deacon. Par contre, il est capable de te foutre en l'air – c'est le dernier pouvoir magique qui lui reste.

— Je ne suis pas sûre que ce soit très réconfortant. En tout cas, merci d'être là.

— *De nada*, dit-il en faisant marche arrière.

— Si on se fie à la défection de ce matin, je vais avoir besoin de ton aide. Je ne pourrai évidemment pas faire de vélo. Mais si j'en crois ce que j'ai entendu à la réunion préopératoire à laquelle j'ai été obligée d'assister et où, soit dit en passant, il n'y avait que des gros, une compagnie pas très flatteuse, je ne pourrai pas conduire non plus. On ne peut pas bouger la jambe assez vite pour passer de l'accélérateur au frein. En ce qui concerne les incapacités, ce n'est qu'une mise en bouche.

— Tu peux toujours annuler si tu veux.

— À mon grand déplaisir, je dois reconnaître que la coach de ton père avait raison sur un point hier soir : il ne faut jamais s'autoriser à questionner le postulat de départ. Se demander pourquoi.

— Ce serait plutôt le premier truc à faire.

— Ça peut te paraître contre-intuitif. Et c'est particulièrement déconcertant pour quelqu'un comme ton père, qui est un contemplatif de nature. Mais une fois qu'on a pris un engagement, se forcer à revenir sans cesse dessus est une grave erreur. Mon genou me fait un mal de chien. Et il continuera à me faire un mal de chien à moins que je me laisse scier en morceaux comme une étagère.

Pendant le court trajet, elle ne cessa de guetter Remington – pédalant frénétiquement vers leur maison, se maudissant d'avoir laissé sa coach le pousser à faire 16 kilomètres supplémentaires. En tournant dans le parking du Columbia Memorial Hospital, elle l'imagina déraper dans l'allée, jeter n'importe comment son cher vélo de tri sur la pelouse et tambouriner à la porte de la cuisine en espérant qu'ils ne soient pas partis sans lui. Tandis qu'elle remplissait les formulaires d'admission, elle continua de jeter des coups d'œil vers l'entrée par laquelle son mari pouvait passer en trombe d'une minute à l'autre. Quand elle rendit les formulaires à la réceptionniste, celle-ci lui indiqua la salle d'attente de la chirurgie où, l'avertit-on, elle pouvait inviter un membre de sa famille ou un ami à l'accompagner.

— Il se peut que j'attende quelques minutes comme quelques heures, dit Serenata à son fils. Tu as fait ce qu'il fallait. Tu peux partir si tu veux.

Jadis, Deacon serait parti. Il était tout sauf altruiste.

— Non, répondit-il. J'ai pris ton Scrabble de voyage.

Elle demanda à la réceptionniste de bien vouloir indiquer où était la salle d'attente à son mari pour peu que celui-ci daigne se montrer, elle se changea, enfila la blouse informe et les chaussons antidérapants et rangea ses vêtements ainsi que ses objets de valeur dans un casier. Chaque personne du service, y compris celle qui lui fournit la couverture pour le brancard qui lui avait été attribué, lui demanda son nom, sa date de naissance et la partie de son corps à opérer. En dépit de la monotonie des réponses, elle s'attacha à les délivrer de façon aimable : ces gens étaient seulement prudents. Deacon et elle eurent droit à un semblant d'intimité grâce à un rideau tiré autour d'eux. Lorsque le docteur Churchwell se pointa armé d'un feutre avec lequel il écrivit « ATG » sur l'articulation de son genou qui serait bientôt jetée à la poubelle, elle fut un peu interloquée : après tous leurs rendez-vous, avait-il encore peur d'oublier ce qu'il y avait à faire et de lui retirer la rate à la place ?

Le Scrabble de voyage se révéla être une aubaine. Cela lui permit de se concentrer sur quelque chose. Ils n'avaient pas à parler. Surtout, cela l'empêcha de réfléchir au fait que, bien qu'elle ait accusé Remington d'« abandon conjugal », elle n'avait jamais vraiment cru qu'il ne voulait pas l'aider à traverser cette épreuve, ni jamais vraiment cru qu'il passait plus de temps avec Bambi Buffer qu'avec sa femme parce qu'il s'était entiché de sa coach, ni jamais vraiment cru ce qu'elle avait soutenu à son beau-père : à savoir que son mariage n'était d'aucune façon en péril ou en perte de vitesse ou malheureux comme celui de la plupart des gens. Peut-être faisait-elle ces confidences à d'autres pour éviter de se les faire à elle-même. Elle avait lancé ces terribles affirmations et lorsque rien de terrible ne s'était produit, elle avait eu l'impression d'obtenir ainsi la preuve que, après tout, lesdites affirmations n'étaient pas si terribles ni même vraies. À mesure que les minutes s'égrenaient, elle finit par poser le mot E-X-S-U-D-E-R avec lettre compte triple sur le X, pas si mal vu les circonstances, puis l'anesthésiste vint lui demander si elle avait déjà pris de la drogue.

— Vous vous trompez de client, répondit-elle avec un petit coup d'œil à Deacon – pas si mal non plus vu les circonstances.

Après interprétation de sa tension artérielle, de son rythme cardiaque et de sa saturation en oxygène, Deacon et Serenata purent encore faire trois parties. Lorsqu'il fut question de piquer son bras pour la perfusion, elle s'y opposa, arguant que la partie n'était pas terminée et qu'elle était en train de gagner. Ni l'anesthésiste ni son assistant ne sourirent. Elle sentit que, à leurs yeux, elle était passée de « qui » à « quoi ». Non qu'ils soient insensibles mais, pour atteindre leurs objectifs professionnels, le fait qu'une personne vive dans cet objet était devenu accessoire, sinon peu pratique.

À la montre de Deacon, deux heures étaient passées depuis leur arrivée. Ils attendaient toujours Remington. Les lettres retournèrent dans leur petit sac. Serenata ne pouvait plus s'échiner à trouver comment marquer un maximum de points avec six voyelles dont quatre *a*. En lieu et place, elle se trouva bombardée de pensées qu'elle avait refoulées non seulement aujourd'hui mais depuis des mois, voire toute l'année écoulée.

Pour la première fois, elle se demanda qui garderait la maison. Pour la première fois, elle envisagea qu'aucun des deux n'en veuille, maintenant qu'elle avait été le théâtre d'une impressionnante débâcle tardive, à moins que, faute de moyens, ils soient obligés de la vendre et se partagent le montant. Pour la première fois, elle hésita, ne sachant si elle resterait ou non à Hudson et elle pensa au terrible chagrin de Griff si elle quittait la ville. Et, pour la première fois, elle reconnut s'être menti effrontément en prétendant adorer la solitude, un état qui n'était somptueux que par contraste avec un autre ; la solitude continue ne s'appelait pas « solitude ». Ces élucubrations fâcheuses auraient pu apparaître comme une préparation inadéquate à une intervention chirurgicale d'importance, mais l'intervention en elle-même rendait ces réflexions pertinentes. Si on consentait au sacrifice d'être coupée en morceaux, toute séparation était plausible.

L'infirmière lui posait le masque d'anesthésie sur le visage quand Serenata se mit à pleurer. La vague la prit au dépourvu, comme si, face au rivage, une déferlante lui avait frappé l'arrière du crâne. Elle n'aurait pas su dire exactement ce qui l'avait cueillie, l'étonnant abandon de Remington ou le fait de ne pas vouloir en passer par cette opération et de souhaiter rentrer chez elle.

— Il y a quelque chose qui ne va pas ? lui demanda l'infirmière.

Cette fois encore, la question n'était pas détachée à proprement parler mais machinale. Tout ce qui comptait, c'était ce que le corps ressentait, pas elle.

— Excusez-moi, glissa-t-elle entre deux sanglots. Je ne crois pas avoir été aussi puérile étant enfant.

Deacon lui tenait la main et même si elle aurait préféré que ce soit son mari, elle ne se rappelait pas avoir jamais vu son fils se comporter aussi bien et, alors qu'elle sombrait doucement dans l'inconscience, elle se dit, chose rare, qu'elle n'avait pas toujours été une mère épouvantable.

Émerger de l'anesthésie générale ne fut pas tant un réveil qu'une résurrection. Cette distinction révélait à quel point l'expérience du sommeil était riche et pleine de rebondissements et comme une nuit de repos donnait à chacun conscience du passage du temps. Le sommeil n'était en aucun cas une absence, il était donc idiot d'imaginer que mourir puisse s'apparenter de quelque façon à un assoupissement. En revenant à elle, Serenata était arrivée à la conclusion embrumée qu'il s'était produit quelque chose après que Deacon lui avait tenu la main. Mais ce temps manquait. Il avait été retranché de sa vie, scié.

En voyant l'infirmière lui administrer un antiémétique, elle se demanda si l'aller et retour au pays de la non-existence provoquait une sorte de mal de mer spirituel. L'infirmière avait un visage ravissant, ombres mauves et terre de Sienne mêlées, qui respirait la chaleur et la sagacité ; le brun de ses yeux était si profond que les pupilles semblaient s'enfoncer jusqu'au fond du crâne. Serenata fut bouleversée qu'une inconnue s'inquiète des mouvements de son ventre. La même reconnaissance débordante l'envahit lorsqu'une autre infirmière vint vérifier ses fonctions vitales. Serenata se confondit en remerciements et assura à l'infirmière que, oui, elle était bien installée, c'était très gentil de sa part de s'en soucier. Son état était manifestement au centre de leurs préoccupations, alors que rien ne les y obligeait et c'était terriblement touchant, humain et vrai.

Les murs étaient striés de nuances d'un gris doux, qui faisaient naître un tableau – un tableau subtil qu'on pouvait regarder pendant des heures en y découvrant toujours quelque chose de nouveau. Une fenêtre au fond de la pièce projetait une unique barre lumineuse dont le jaune sursaturé était propre au soleil de tout début de soirée en milieu d'année ; les photographes ne vivaient que pour cette lumière sous laquelle les sujets semblaient être nimbés d'or et élus de Dieu. Être. Ayant quitté depuis peu le statut de non-être, elle développait une nouvelle sensibilité au luxe absolu que constituait le fait de respirer – quelle merveille de pouvoir inspirer l'atmosphère elle-même, d'en extraire ce dont on avait besoin et d'en restituer une grande partie avec reconnaissance. Quel étonnement d'être présente. Elle se reprocha – gentiment, tendrement – de toujours questionner la peine et le trouble inhérents au fait de demeurer dans cet endroit énigmatique et éblouissant, avec ses couleurs, ses formes, ses odeurs et ses goûts, pour encore de nombreuses années. Le simple fait de témoigner du monde physique valait le coup.

Elle repensa à Remington prétendant ne pas vouloir vivre au-delà de soixante-dix ans, à moins que ce ne soit soixante-douze, et, bien sûr, elle fut amenée à penser à Remington de façon plus générale. Elle gardait en mémoire la trace d'une déception qu'il lui aurait infligée, mais ce souvenir était avalé par l'impression plus vaste de l'avoir aussi déçu. Elle n'avait pas été gentille avec lui, à de nombreuses reprises, et elle s'était retenue. Il voulait quelque chose dont la nature n'était pas tout à fait claire, pour lui non plus d'ailleurs, et il avait peu de chances de l'obtenir ou du moins pas en s'y prenant comme il s'y prenait. Mais elle devait le laisser faire ses propres erreurs, puis revenir à elle, parce que, sinon, il ne reviendrait pas. Il faisait quelque chose qui n'appartenait pas à leur vie commune mais qui ne faisait pas de mal à Serenata. Il faisait quelque chose que des tas d'autres gens faisaient aussi et, à cet instant, il lui sembla vraiment bizarre que des activités partagées par un très grand nombre de gens lui aient posé un problème. Comme ceux qui faisaient du vélo. Elle avait adoré sa vie à vélo, il n'y avait donc aucune raison pour qu'elle ne veuille pas que chacun puisse jouir aussi de la libération, du souffle de l'air, de l'inclinaison vertigineuse du vélo dans un virage.

Et c'est alors qu'elle comprit qu'elle était shootée.

Le docteur Churchwell passa en coup de vent, cavalier et brusque comme d'habitude. À environ soixante-cinq ans, il continuait de teindre sa tignasse juvénile en blond. Elle comprit en une seconde, en voyant qu'il se tenait plus près de la porte que de son lit et au ton désinvolte et plat avec lequel il lui annonça la réussite de son opération, que, au moment où elle poserait les questions qui lui tenaient à cœur, il serait déjà parti depuis longtemps. À vrai dire, elle n'avait jamais vraiment apprécié le docteur Churchwell, même s'il avait la réputation d'être le meilleur chirurgien du Columbia Memorial Hospital, un établissement de taille moyenne dans une petite ville. Elle n'avait donc pas vraiment le droit de faire la fine bouche. Constamment hautain, il avait passé une bonne partie de leurs rendez-vous à se vanter de ses exploits de champion de squash. Avec la même agressivité commerciale qu'un télévangéliste vedette, il se vantait également de continuer à recevoir des cartes de vœux pleines de remerciements de la part de joueurs de la Fédération nationale de football américain et de membres de l'équipe olympique qu'il avait opérés – et il ne berçait Serenata d'aucune illusion : une malheureuse adepte de dérisoires runnings, 16 kilomètres à peine, ne verrait jamais ses cartes de vœux à elle orner la cheminée de son salon.

Même shootée, derrière l'expression espiègle et le teint brouillé, Serenata devinait le fringant étudiant en médecine que tant de mères auraient voulu comme gendre. La sophistication du chirurgien servait à dissimuler une banale peur de vieillir. Plus il traitait de près l'infirmité de ses patients, plus il s'acharnait à maintenir entre lui et eux une différence et à exister en tant qu'exception – une exception à des lois qui n'autorisaient aucune exception, comme le savaient mieux que quiconque les médecins. Fatalement, d'ici cinq ans à peu près, il devrait prendre sa retraite et personne ne s'intéresserait à ses trophées de squash. Il rejoindrait la foule des vieux, comme le reste d'entre nous, mais avec plus d'argent. Quant à sa vantardise, son travail était respecté mais machinal. Il avait besoin d'accorder un statut spécial à certains patients pour se sentir lui-même spécial et c'était peut-être bon signe que ces patients spéciaux soient à ses yeux des individus et non des meubles. Par ailleurs, les chirurgiens étaient l'objet d'une déférence exagérée, si bien que leur narcissisme fréquent n'était pas leur faute.

— L'opération s'est déroulée normalement, dit-il après qu'elle s'était efforcée d'obtenir plus de détails.

— Pardon, je vous ennuie.

— J'en fais cinq par jour, dit le chirurgien. Mais je dois avouer que votre rotule ainsi que la surface articulaire de votre condyle latéral avaient l'air d'avoir été passés au marteau-pilon. Vous auriez dû vous faire opérer de ce genou plus tôt – comme je vous l'avais conseillé. Vous êtes venue me trouver à la dernière minute du créneau que je vous avais donné. Je ne suis pas certain que nous parvenions à une extension complète quand vous aurez récupéré.

— Au cas où quelque chose se passerait mal, j'ai voulu profiter de mes vrais genoux aussi longtemps que possible.

— Oui, oui, j'entends ça à longueur de temps. Vous êtes tous effrayés à l'idée de ne pas pouvoir faire un parcours de croquet complet. Très bien, mais si le fait d'avoir repoussé cette intervention parce que vous en aviez peur entraînait une claudication, vous ne pourriez vous en prendre qu'à vous. Je vous garde sous Oxycontin encore trois jours, puis nous passerons aux anti-inflammatoires non stéroïdiens. Soyez assidue aux séances de kiné sinon vous n'aurez aucune chance de retrouver cette extension.

Elle était un peu blessée que son chirurgien orthopédiste ne comprenne pas mieux sa patiente après l'avoir vue pendant deux ans.

— Je ne suis pas paresseuse. J'ai plutôt tendance à en faire trop.

— N'en faites pas trop non plus, dit-il d'un ton agacé. Vous pourriez endommager le tissu cicatriciel et provoquer une inflammation de la taille de l'incendie incontrôlable de l'an dernier en Californie. Pire, vous pourriez desceller le ciment et il faudrait tout recommencer. Ça, ce serait ennuyeux.

Et il partit sans lui dire au revoir.

— Vous avez une visite, Mrs Terpsichore, annonça un infirmier quelques minutes plus tard en passant la tête par l'entrebâillement de la porte.

Il avait massacré son nom mais Serenata s'en fichait. Sans l'intervention des médicaments, elle aurait été anéantie que ce ne soit pas son mari qui lui rende visite. À la place, elle fut enchantée de voir Tommy approcher timidement du lit.

— Salut ! dit Tommy. Comment ça va ?

— Je plane complet, répondit Serenata. Je me sens sûrement horriblement mal mais je n'en ai pas la moindre idée.

— Ça s'est bien passé ?

— Oui, même si j'ai l'impression que le docteur Churchwell trouve mon cas un peu ennuyeux.

— Être intéressante est le truc dont personne n'a envie, dans ce machin médical, dit Tommy. Tu as regardé à quoi ça ressemblait ?

— Non.

Ensemble, elles jetèrent un œil sous la couverture.

— Oh, la vache !

Recouvert d'un épais rectangle blanc, l'objet tubulaire boursouflé raccordé à l'abdomen de Serenata semblait ne pas appartenir à son corps.

— Ça me rappelle ces gros rôtis de porc de supermarché, dit Serenata, enroulés dans une tranche géante de barde fendue par endroits et tout ficelés, qui suintent dans une barquette en polystyrène en poussant sur le film cellophane qui les recouvre. Même le pansement ressemble à la petite couche glissée sous la viande mais à l'envers.

— Je suis passée par là, dit Tommy. Genre : « Je ne reconnais pas ce gros tas ! »

— Tu étais toute tourneboulée. Tu n'arrêtais pas de dire : « Je n'ai même pas mangé de pizza ! »

— Tu as été la seule à être gentille avec moi.

— Je suis soulagée d'entendre que j'ai été gentille avec quelqu'un. Je n'ai pas l'impression d'avoir été très gentille avec Remington, dit-elle, la gorge sèche. Je ne me rappelle absolument pas pourquoi non plus.

— Ça te reviendra, dit Tommy. Il faut juste que tu redescendes des opioïdes.

— Dans ce cas, je ne suis pas sûre de vouloir redescendre.

— Réponse courante. Pourquoi tu crois qu'ils sont addictifs ?

— Je ne savais pas…

Serenata avait du mal à formuler ses pensées.

— Je suis surprise par les sensations qu'ils procurent. Je suis réconfortée de découvrir que ces médicaments vous mettent dans les meilleures dispositions à l'égard d'autrui. Je suis heureuse que beaucoup de jeunes comme toi rêvent essentiellement de bienveillance. Ce pays regorge manifestement de gens qui se damneraient pour faire l'expérience de la générosité et de l'optimisme. C'est étrangement émouvant – qu'ils se mettent en danger, eux et leur santé – qu'ils deviennent fauchés ou même volent – uniquement pour continuer à trouver les autres merveilleux et généreux. Ce n'est pas une mauvaise chose à laquelle être accro. Deacon n'est peut-être pas aussi dépravé que je le craignais.

Tommy rit.

— Ça fiche un peu la trouille, mais pour un changement, je t'aime plutôt bien comme ça. Toute philosophe et sentimentale. Alors je regrette de te décevoir mais cette bouffée de joie on ne l'a qu'au début. Après, tu continues à prendre le truc juste pour éviter de te buter.

— Je préfère ma version de l'addiction aux opioïdes.

— Écoute…

Tommy s'interrompit.

— On en a parlé. C'est-à-dire, Bambi… – pardon – elle m'a appelée. Et on a décidé de te le dire après. On a pensé qu'il ne fallait pas te stresser avant l'opération.

— Me dire quoi ?

Les antidouleurs n'annihilaient pas la faculté de s'inquiéter.

Tommy leva les mains.

— Arrête de flipper ! Il n'est pas mort, mais il a eu un accident de vélo.

— Grave ?

— En fait, dit Tommy en penchant la tête de côté, sans doute pas assez grave pour servir tes intérêts.

L'insinuation passa au-dessus de la tête de Serenata.

— Où est-il ?

— Ici. Donc, on peut officiellement considérer qu'il est venu à l'hôpital pendant que tu te faisais opérer du genou. Sauf qu'il a passé les quatre premières heures dans la salle d'attente des urgences. Il a finalement pu voir quelqu'un et je crois qu'ils sont en train de vérifier s'il n'a pas de traumatisme crânien. Et il passera sûrement des radios. Il a sacrément dégusté pendant qu'on était avec lui dans la salle d'attente et il était tout retourné. Mais ils ne vont sûrement pas le garder en observation cette nuit. Il a des coupures et des bleus et il s'est fait de longues éraflures sur un bras et une jambe en glissant par terre. Mais Bambi pense qu'il n'a rien de cassé.

— Elle lui a encore sauvé la vie ? Ce serait la troisième fois. Tu parles d'un porte-bonheur !

Sous la barbe-à-papa de la bienveillance opiacée affleurait une pointe d'ironie mordante.

— Voilà, je retrouve l'ancienne Serenata ! Il n'y a pas eu de bouche à bouche cette fois, mais je suppose que c'est elle qui a appelé l'ambulance.

— Non que ce soit vraiment important, mais… c'est de Carlisle que je m'inquiéterais.

— Qui ça ?

— Je me demandais ce qui était arrivé à son vélo. Ce Petit Lord Fauntleroy a beau être puant, c'est l'amour de Remington.

— Fichu. Il a plié le cadre. Fatal.

Serenata soupira. Il ne fallait pas trop se réjouir de la mort de son rival.

— Qu'est-ce que c'est que 10000 dollars jetés à la poubelle ? – à condition que je continue à prendre ces médicaments.

— Il a toujours son vieux vélo, lui rappela Tommy.

Après un petit coup à la porte, une kiné entra dans la chambre avec un déambulateur.

— Fini de papoter, les filles ! C'est l'heure de travailler.

Sortir du lit fut long, compliqué et bizarre. Sous la surveillance de la kiné, Serenata s'appuya lourdement sur le cadre. Elle ne pouvait pas plier le genou droit, mais elle n'eut pas mal en faisant le tour de chambre obligatoire et cela lui remonta le moral. Elle se demanda même si tout le monde n'en faisait pas trop avec cette histoire de récupération effroyable, jusqu'à ce qu'elle comprenne : sa grosse jambe était encore insensible. Oh. Peu après, Deacon passa en se plaignant que ses parents étaient désormais deux épaves. Personne ne l'avait prévenu que son séjour à Hudson impliquerait de se transformer en « aide-soignant à plein temps d'une maison de retraite ». La récrimination manquait clairement de bonne humeur.

Enfin, la porte s'entrebâilla sur lui en personne. Il portait un T-shirt et un short dépareillés qu'une des filles avait dû aller chercher chez eux – des vêtements vieux de quelques années, trop grands pour lui désormais. Sa tenue de vélo en Lycra était sans doute fichue aussi. Il avait une compresse sur le front ; sa joue était écorchée, avec des petites marques rouges dessus. Il avait tellement de pansements sur les bras et les jambes qu'on aurait dit un dessin humoristique.

— Nous voilà tous deux revenus de la guerre.

— Ce n'est pas aussi méchant que ça en a l'air, dit Remington. Mais je suis affreusement navré pour ce matin…

— Ce n'est pas la peine. Je comprends maintenant. Mais c'était important pour moi que tu m'accompagnes. C'est important que ce soit resté important.

— Ça va sans dire.

— Rien ne va sans dire. Pas en ce moment.

Elle rabattit la couverture pour lui montrer le rôti de porc et indiqua le pansement sur sa cuisse d'un signe de tête.

— Regarde-toi. Tu me copies.

— N'est-ce pas ce que tu m'as reproché toute l'année ? De te copier ?

— Je n'ai jamais vraiment su laquelle des deux hypothèses était la plus inquiétante : que ta renaissance sportive tardive ait tout à voir avec moi ou n'ait rien à voir avec moi. Tu veux bien t'asseoir ? Tu me fatigues à rester debout.

Il grimaça en s'asseyant.

— Tommy m'a dit que l'opération s'était bien passée.

— Autant que je sache. Et toi ? demanda-t-elle. Rien de cassé ?

— Des bleus, des œdèmes, des estafilades. Une légère commotion cérébrale. Ces casques…

— C'est de la camelote, l'interrompit Serenata. Et on ne serre jamais les lanières assez fort parce qu'on ne veut pas avoir mal à la tête. Quand tu trouves le juste réglage pour que ce soit à peu près confortable, le casque descend sur le front. Puis il saute carrément par-dessus le guidon, autant porter une casquette des Mets. Vu l'engouement pour le vélo dans ce pays, je ne comprends pas pourquoi les casques de vélo sont toujours aussi durs à ajuster, ont toujours l'air aussi bizarres et ne fonctionnent toujours pas.

Cette bienveillance alimentée par sa volubilité post-opératoire avait manqué à leurs échanges depuis le fameux « J'ai l'intention de courir un marathon ».

— On m'a dit que j'avais eu de la chance, avoua Remington.

— Tu n'en as pourtant pas l'air. Qu'est-ce qui s'est passé ?

— J'étais sur une nouvelle route, pour ne pas arranger les choses. Si elle, enfin tu vois…

— Ça fait un an qu'on prononce son nom débile, je ne vois pas pourquoi tu hésites maintenant.

— Bon, d'accord. Bambi m'aurait mis en garde, mais elle n'avait jamais pris cette route secondaire non plus. Elle était loin derrière moi parce qu'elle voulait que j'apprenne à doser mes efforts, sinon elle aurait pris la même gamelle. On descendait une pente et le revêtement était une sorte de macadam gris délavé incrusté de gravillons. Il était donc impossible de savoir qu'au bas de la pente, le revêtement ne serait plus que gravillons. En voiture, le changement n'aurait pas été trop gênant. À vélo… Plus aucune adhérence. J'ai dérapé puis j'ai carrément été éjecté du vélo qui est allé s'écraser contre un arbre.

— Les gens de notre âge ne devraient pas dévaler des pentes à pleine vitesse, dit Serenata. Les gens de l'âge de Tommy non plus sauf que nous, les anciens, on connaît les risques.

— Si on réfléchissait aux risques, on ne ferait jamais rien.

— Alors on devrait peut-être ne jamais rien faire.

C'est alors que quelque chose en lui céda. Il laissa retomber sa tête et s'avachit. Serenata avait eu des accidents de vélo et, comme dans tous les cas de trauma, le contrecoup était tardif. Elle progressa prudemment jusqu'au bout du lit et rabattit le drap. Il tenait tout juste contre elle, la tempe nichée au creux de son épaule, tandis qu'elle l'entourait de son bras. Il glissa une main sous la blouse d'hôpital et la posa sur son sein, qui s'emboîtait parfaitement dans sa paume.

Si jadis la fin de journée avait été teintée d'appréhension, désormais cela s'appliquait à la journée tout entière. À son retour après deux nuits au Columbia Memorial

Hospital, son travail à plein temps consista à récupérer, puisque toute activité lucrative était inenvisageable. Rétrograder de l'Oxycontin au paracétamol s'apparentait à la dégringolade d'un P-DG au service courrier. Chaque fois que le kiné se pointait pour une heure d'exercices, chaque fois qu'elle se forçait à les refaire plus tard dans la journée, chaque fois qu'elle s'extirpait d'un fauteuil du salon pour gagner la cuisine d'une embardée (seulement après s'être demandé pendant un quart d'heure si une tasse de thé valait le déplacement), *zoum !* c'était parti pour la même courbe d'apprentissage vertigineuse expérimentée sur la piste cyclable de West Side – le même cours intensif en accéléré sur la douleur, le même « Surprise ! C'est donc à ça que ressemble l'extrême douleur et voilà pourquoi personne n'en veut ». Très vite, elle en vint à considérer que monter à l'étage ou déménager à Cleveland demandait le même niveau d'engagement.

Dès le départ, Serenata fut contrainte de renoncer à cette vanité chérie qui voulait qu'elle ait un « seuil de tolérance à la douleur très élevé ». Ledit seuil était aussi bas que celui de n'importe qui, aussi bas qu'il était possible ; c'est-à-dire au niveau du sol. Sa fameuse « discipline » s'avéra inutile pour faire des exercices qui, avant qu'on ne lui scie les os, n'auraient pas du tout compté comme des exercices. Par ailleurs, si les gens relativement en forme faisaient une expérience de la douleur minime en pratiquant un sport, c'étaient ceux qui n'étaient pas en bonne condition physique qui souffraient vraiment. L'outrecuidance qui l'avait en premier lieu aidée à programmer l'intervention – outrecuidance qui lui permettait d'affirmer qu'elle avait l'habitude de « repousser ses limites » et « se remettrait » donc en un clin d'œil – se révéla instantanément et dès le premier jour un mensonge éhonté qu'elle se servait à elle-même. Forcer sa jambe droite à plier de 110 degrés à 109 degrés, un élastique passé autour de la cheville, la faisait pleurer. Devant le kiné, devant Remington, et elle n'avait pas honte de pleurer, car la honte, comme les larmes, ne l'aidait en rien.

L'affaire tout entière lui infligeait une magistrale leçon d'humilité et lui fit rapidement perdre jusqu'à la dernière once de dignité. Elle était une femme vieillissante fatiguée et démoralisée dont l'utilité pour l'humanité était proche de zéro, dont l'idée du bonheur s'était figée et dont les rares ruminations sur sa situation avaient déjà fait l'objet de précédentes réflexions : la solitude effrayante de la douleur, son aspect irréel pour les gens qui ne la ressentaient pas ; la rapidité avec laquelle les individus se lassaient de la douleur des autres après avoir fait preuve d'une compassion à deux balles ; l'étrange incapacité à se rappeler avec exactitude l'extrême douleur, qui avait dû servir de mécanisme de survie primitif car, si vous en aviez gardé un souvenir précis, vous n'auriez plus jamais renoncé à la sécurité de votre tanière même pour aller chercher de la nourriture. Le caractère répétitif de ces réflexions constituait une énième torture.

Que Remington soit également patraque n'arrangeait rien. Les pansements qui protégeaient les éraflures sur ses bras, où les gravillons avaient laissé des trous profonds, devaient être changés régulièrement et les plaies douloureusement badigeonnées d'une crème antibiotique. Sur le côté du corps qui avait encaissé le choc, l'épaule était gonflée et lui faisait mal. Vu le peu de mouvements dont il était capable, il avait peut-être été meurtri au niveau de la coiffe des rotateurs. Remington avait un énorme hématome au coude et le sang bloqué à l'intérieur dessinait des ramifications violettes sur toute la longueur et autour de son avant-bras. Sa jambe n'était qu'œdèmes, bleus et autres creux forés par les mêmes gravillons, et l'écorchure sur sa cuisse n'avait pas plutôt commencé à cicatriser que, dès qu'il marchait, la croûte s'ouvrait et du sang s'en écoulait. La cheville ayant été tirée d'un coup sec dans une direction non prévue par la nature, la traction sur le tendon d'Achille le faisait souffrir à chaque pas. Non seulement les chutes brutales provoquaient des réactions émotionnelles tardives mais il en allait de même des réactions physiques. Après un jour ou deux, une douleur qui prenait tout le corps s'installait, comme si ce dernier devenait une maison rescapée d'un tremblement de terre : les encadrements étaient de guingois, les bardeaux tiraient sur les clous et les portes et fenêtres n'étaient plus d'aplomb.

Ils trouvèrent une certaine camaraderie. Et pourtant, fatalement ils s'engagèrent dans une tiède compétition pour désigner celui qui méritait le plus de compassion, même si l'objet de la compétition n'avait aucun sens. La compassion n'était pas un sentiment à somme nulle. Quant à Deacon, il n'éprouvait pas vraiment de peine pour ses parents, si bien que la seule compassion disponible était celle que Remington et elle éprouvaient à l'égard l'un de l'autre, et ils auraient pu simplement accepter d'échanger leur sort. Par ailleurs, à l'image d'une eau de Cologne bon marché dont le parfum fleuri s'évaporait instantanément, la compassion ne leur faisait aucun bien.

Un des problèmes agaçants était qu'ils souillaient les draps de sang et autres sécrétions plus claires. Aucun des deux n'avait l'énergie de les frotter le matin et si Deacon râlait pour aller faire des courses au supermarché, il ne s'escrimerait sûrement pas à nettoyer les draps dégoûtants de ses parents dans l'évier comme pour effacer des preuves. Par conséquent, les taches restèrent. Ils se mirent à changer de draps tous les soirs jusqu'à ce que Serenata décide que, tant qu'ils n'avaient pas cessé de suinter de toutes parts, ils devraient dormir dans des draps déjà tachés. Très vite leur lit prit l'allure d'un lit de camp de la Croix-Rouge au temps de la Première Guerre mondiale.

Chose curieuse, peut-être, ils n'en parlaient pas. Les déambulations sombres et silencieuses de Remington dans la maison pouvaient être interprétées comme, oui, un comportement tout en retenue après avoir frôlé la mort, ce qui se comprenait aisément, mais aussi comme le cafard qui aurait accablé n'importe qui après plus d'un an d'entraînement pour un événement sportif auquel il ne lui était plus possible de participer. (Hélas, il était trop tard pour se faire rembourser l'acompte mirobolant versé à MettleMan.) Il faudrait du temps à Remington pour se résigner à la déception, la stratégie semblait donc être d'éviter le sujet sensible. Il s'attellerait sans doute à sa désillusion quand il serait fin prêt. Avec le temps, il pourrait sûrement juger l'expérience de façon positive, même si elle n'avait pas abouti au triomphe escompté. Il devait forcément avoir retiré quelque enseignement de toutes ces séances d'entraînement en elles-mêmes. Sous les pansements, il était en meilleure forme. Plus doué que sa femme pour s'entendre avec des gens issus de milieux différents, il s'était épanoui en la compagnie de son club de tri. En temps voulu, il considérerait sans doute cette période comme instructive d'un point de vue introspectif et riche d'un point de vue social. S'il échappait au déshonneur de ne pas terminer la course, elle n'en ferait sûrement pas mention. Toute allusion au fait qu'un retrait de la course pourrait être synonyme de répit serait vécue comme une accusation de lâcheté. Il se retirait de la compétition parce qu'il avait été victime d'un terrible accident. Dans le monde du tri, c'était une excuse bien plus respectable que la soudaine crise de sagesse d'Ethan Crick.

Avec le recul, Serenata lui en voudrait sans doute moins de son exaspérante faiblesse pour cette traînée (ce qualificatif démodé était parfait). Il avait soixante-six ans. Les attentions d'une femme plus jeune étaient flatteuses. Une fois qu'il aurait pansé ses plaies et retrouvé son énergie, ils referaient peut-être l'amour, et avec un enthousiasme renouvelé auquel, pourquoi pas, ne seraient pas étrangers les vestiges de fantasmes inspirés par son ancienne coach – à condition que Remington ne lui propose pas un plan à trois avec cette femme épouvantable.

Maintenant que le Mettle complet avait été dégagé des sujets d'actualité, le plus grand défi de Serenata était de dissimuler son soulagement.

— Qu'est-ce que tu fais ?

Cela faisait une semaine qu'elle s'était fait opérer et que Remington avait eu son accident. Elle faisait des flexions-extensions à la table de la salle à manger si grotesques à voir qu'on aurait pu les confondre avec un syndrome des jambes sans repos.

— À ton avis ? dit Remington en tirant sur ses lacets. Je sors courir.

Le cœur de Serenata se brisa. Elle avait espéré qu'il renonce à tout exercice physique. Mais rester actif lui serait profitable et elle était mesquine de réagir avec autant d'aigreur. C'était l'arthroplastie qui parlait. La version actuelle du marathon de Serenata se résumait à descendre les quatre marches de la porte de la cuisine donnant sur l'extérieur et à boitiller jusqu'au coin de la rue penchée sur son déambulateur. Mais elle était quand même obligée de demander à Deacon de porter le déambulateur jusqu'à l'allée ; elle ne pouvait pas le porter et se tenir à sa canne et à la rampe en même temps. Elle devait faire attention à ne pas devenir la méchante qui empêche son mari de faire ce qu'elle-même ne peut pas faire. C'était déjà assez horrible de récupérer ; il ne fallait pas qu'elle devienne une mégère.

— Ce n'est pas un peu tôt ?

— C'est un peu tard. Le Mettle est dans six jours.

Elle entendit la moustiquaire claquer derrière lui puis une voix de femme qu'elle connaissait bien crier du bout de l'allée :

— Salut, champion ! Prêt à courir ?

Serenata resta assise sur sa chaise. Deacon rentra des activités mystérieuses qui l'occupaient une grande partie de la journée. Avec un intérêt inhabituel pour la statue familiale qu'était sa mère, il lui demanda :

— Qu'est-ce qui se passe ? C'est quoi cette tête ?… On dirait que quelqu'un vient juste de te couper l'autre jambe.

— Ton père ne renonce pas à courir le triathlon, dit-elle d'une voix blanche.

— Ce n'est pas une surprise. Tu ne veux pas qu'il le fasse. C.Q.F.D.

— Passé la soixantaine, on est pas censés se comporter comme des ados.

— Crois-moi, laisse tomber. Qu'est-ce qui pourrait arriver de pire ?

— C'est marrant, c'est précisément ce que j'étais en train de me demander.

— Si tu as raison et qu'il n'est pas capable de le faire, alors, il ne le fera pas, dit Deacon. Simple.

— Deacon, je regrette d'avoir à te le demander puisque tu viens de rentrer, mais tu veux bien ressortir un moment ? Il faut que je parle à ton père à son retour et en privé.

— D'accord, mais tu sais que tu n'arriveras pas à le dissuader.

— Entendu. Je prends ça comme un défi.

Au retour de Remington, elle était prête à l'affrontement.

— C'est clair que ta chute t'a un peu ralenti, disait Bambi derrière lui quand le duo rentra.

Malgré les 26 degrés dehors, sa brassière de running rose était impeccable ; pas une goutte de transpiration.

— Salut, Sera ! Je t'ai pas revue depuis la grande boucherie. Comment va la prothèse ?

— Elle est en pleine forme. C'est le reste autour qui en bave.

Elle s'efforça de garder le même ton détaché pour faire remarquer à Remington :

— Mon chéri, tu saignes.

La sueur avait décollé les pansements qui étaient constellés de taches rouges. Les plaies devaient rester au sec, c'est pour cette raison que, au lieu de prendre une douche, il faisait sa toilette à l'aide d'un gant mouillé au lavabo.

— Les croûtes craquent, dit-il en se frottant le visage et le cou. C'est inévitable. Vous voudrez bien m'excuser, mesdames, je monte me changer.

Les deux femmes étaient rarement seules toutes les deux. C'était embarrassant.

— D'ici un an ou deux, tu te baladeras dans les allées du supermarché sans canne, dit Bambi. Je peux t'indiquer quelques exercices qui pourraient t'aider.

— Merci, répondit Serenata. Mais je suis entre les mains d'un kiné et je n'ai vraiment pas besoin de faire davantage d'exercices. Écoute, tu permets que je te pose la question ? Est-ce ton idée que Remington fasse quand même le Mettle complet malgré son accident ? L'as-tu poussé d'une manière ou d'une autre ? Tu l'as mis au défi ? Tu lui as dit que c'était une honte que d'abandonner ?

— Chérie, tu n'as rien compris au tri. Il faut que ce soit son idée à lui. Si tu fais le tri pour faire plaisir à quelqu'un, tu ne tiens pas plus de 3 mètres.

Serenata se ressaisit.

— Je me demandais simplement si, à ton avis professionnel, Remington était suffisamment remis de ses blessures pour participer. Ton jugement compte beaucoup pour lui, plus que le mien.

Bambi haussa les épaules.

— Il est toujours entier. Mais qu'il soit apte à le faire, Rem en est seul juge.

Alors à quoi tu sers ?

— Tu ne te sens pas responsable ? Pas de l'accident, bien sûr, mais de blessures éventuelles qu'il pourrait s'infliger s'il persistait à courir le tri ?

— Je n'encourage pas mes clients à me tenir responsable de leurs décisions ou de leurs performances. C'est contre tout ce que j'enseigne. En plus, c'est dans le contrat.

— Je me demandais si tu envisagerais... de lui demander... de lui suggérer au moins qu'il devrait peut-être reporter et ne pas participer avant l'an prochain.

— Tu étais dans les parages, tu as forcément une idée du temps et des efforts que demande l'entraînement au Mettle. Et Rem en a fait plus que la plupart – pas neuf mois, mais quatorze. En toute bonne conscience, je ne peux pas pousser un client à foutre tout ça à la poubelle, sauf si vraiment, il ne peut pas finir. Mais ton mari a un cœur énorme. C'est l'ingrédient secret qu'aucun coach ne peut fournir à un client, parce qu'il faut qu'il l'ait dès le départ. Je suppose que vous vous entendez bien depuis que vous êtes mariés, et ça fait un sacré bail. Mais je ne peux pas m'empêcher de me demander si tu connais vraiment ton mari.

— Ça ne me surprend pas qu'il soit têtu comme une mule. Bambi secoua la tête.

— Voilà, toujours cette façon de parler... Tu ne pourrais pas dire « déterminé » ou « courageux » ? Il est un peu cabossé en ce moment, et ça rend le Mettle encore plus héroïque.

— Je croyais que l'héroïsme impliquait de se livrer à des actes périlleux pour le bien de quelqu'un d'autre...

La coach fronça les sourcils.

— Non, finit-elle par dire après un instant de profonde réflexion. Le truc du tri, c'est d'être un héros pour soi-même, pour son bien.

— Dans ce cas, que les choses soient bien claires. Tu n'as pas envie d'inciter Remington à revenir sur sa décision. Tu ne feras aucun effort pour lui rappeler ce qu'il a exigé de son corps après avoir dévalé une deux-voies en gravillons à 30 km/h. Tu ne le convaincras pas que, vu les circonstances, son abandon n'aurait rien à voir avec de la faiblesse. Tu te fiches de le persuader qu'il y a effectivement du courage – de l'héroïsme selon tes mots – à accepter une déception à court terme au profit d'une détermination à long terme.

— Je suis une intermédiaire au service des ambitions de mes clients, répliqua Bambi. Personne ne m'engage pour dire aux gens ce qu'ils ne peuvent pas faire. Il y a plein de rabat-joie qui s'en chargent gratis – je donnerai pas de noms. C'est pas mon boulot. Et tu sais quoi ? Je ne suis pas mariée et je ne devrais peut-être pas faire du conseil conjugal, mais je tente le coup quand même. Si j'avais un mari, je ferais tout pour faire émerger le meilleur de lui. J'attendrais même plus de lui que lui-même…

— Tu as raison, tu ne devrais pas faire du conseil conjugal, dit Serenata en continuant à parler à voix basse de crainte que celle-ci ne porte jusqu'à l'étage. Désolée, mais c'est une mise en garde. Je crois qu'en continuant de rester esclave de ta pensée de gogo lobotomisée, tu t'exonères de ton devoir en tant que professionnelle. D'un coup d'œil à Remington, n'importe quel imbécile te dira que sa place est au lit. Si tu avais la moindre colonne vertébrale morale, tu lui ordonnerais de se détendre et d'oublier le MettleMan ou n'importe quel entraînement jusqu'à ce qu'il ait récupéré. J'ignore si tu appartiens à un quelconque organisme professionnel ou si tu as un genre de charte à respecter. Mais si tel est le cas et que tu n'essaies pas de façon convaincante de stopper Remington, sachant son état de santé actuel, je te dénoncerai. J'écrirai tout en détail, photos des blessures à l'appui. Et je te ferai radier ou tout autre mot qui signifie que tu ne pourras plus jamais faire fructifier ton petit commerce amateur dans l'État de New York. J'irai sur ton site et je laisserai une critique cinglante. J'irai sur tous les sites que je trouverai – tous les magazines de sport, tous les blogs de muscu, toutes les salles de sport dans un rayon de 150 kilomètres, y compris BruteBody – et je pourrirai ta réputation dans les commentaires. Histoire que tu ne puisses plus jamais mettre en danger la santé de quiconque, je serai même capable d'oublier ma haine des réseaux sociaux.

Bambi se leva.

— J'apprécie moyen les menaces. Et tu n'es pas franchement en forme pour en lancer. Qu'est-ce que tu penses de celle-là : je peux tout répéter à Rem. Il appréciera moyen aussi.

— Quoi donc ? demanda Remington depuis l'entrée.

— Le chantage, répondit Bambi au moment où Remington entrait dans la cuisine. Rem, je te vois à la piscine demain à 3 heures si j'arrive à trouver ces combinaisons étanches. Pour l'instant, je crois que je vais zapper l'ice tea mais merci de l'avoir proposé.

— De quoi elle parle ? demanda Remington une fois qu'elle a claqué la moustiquaire.

— D'une divergence d'opinions.

— Sur quoi ?

— À ton avis ?

Remington se prépara un sandwich ; soit il avait faim, soit il était pressé de s'occuper. Il n'imaginait quand même pas échapper à cette conversation.

— Ton œdème n'est toujours pas résorbé, commenta-t-elle tandis qu'il séparait des tranches de dinde fumée. Tu ne peux pas lever le bras au-dessus de l'épaule. Tout comme ton muscle ischio-jambier, ton tendon d'Achille est claqué ou inflammé, les deux sur la même jambe. Tes hématomes continuent de foncer à mesure que le sang affleure, ce qui veut dire que les blessures sont profondes. Chaque fois que tes croûtes se craquellent, tu ouvres de nouvelles voies à l'infection. Ça t'a fait mal de courir ?

— C'est hors sujet.

Il aimait ça. Il aimait avoir mal.

Serenata ne pouvait pas le harceler, cela signerait son arrêt de mort. De même qu'il serait ridicule d'essayer de gagner. Elle s'était trompée sur la façon d'aborder le problème.

— Mon chéri. Mon amour.

Cela lui servait à quelque chose que son métier consiste à savoir moduler sa voix. Mieux encore, parler avec tendresse, c'était ressentir de la tendresse.

— Tu viens t'asseoir ?

Il apporta son assiette à contrecœur, il n'avait pas touché au sandwich.

— Je comprends très bien pourquoi tu ne me fais pas confiance, dit-elle. Je sais que j'ai donné l'impression d'être dans la compétition. De défendre ce qui avait toujours été mon territoire. De t'en vouloir de surpasser mes propres prouesses d'endurance. D'être en colère de devenir soudain une épave. Et si je trouve un peu de réconfort au fait que tu sois dans la même galère que moi, il n'y a pas de mal à ce que je veuille me sentir proche de toi, non ?

— Non, à moins que ce rapprochement soit étouffant.

— Et je regrette d'avoir qualifié ton projet de « stupide ». C'est vrai, je ne peux pas refréner mes pensées. Mais il ne s'agit pas des mérites du triathlon désormais. Même d'après Bambi, tu as failli te noyer. Tu as frôlé l'insolation.

— Tu ne vas pas recommencer !

— Je ne brandis pas tes trois expériences de mort imminente comme un argument massue. Mais des trois, c'est Syracuse qui m'inquiète le plus. On peut mourir d'une insolation. Les organes intérieurs cessent de fonctionner. Et pourtant, tu ne t'es pas arrêté. Tu voulais que je sois impressionnée que tu finisses la course malgré tout et je l'ai été mais pas comme tu l'espérais. Le fait que tu aies continué à courir alors que tu délirais signifie que je ne peux pas te faire confiance. C'est officiel : tu ne sais pas t'arrêter. Essaies-tu de te tuer ?

— Bien sûr que non. Bien qu'il y ait pire façon de tirer sa révérence.

Elle se pencha en avant.

— Je suis ta femme. Tu as prononcé des vœux quand tu m'as épousée. Je suis censée partager ta vie dans la durée. Je n'ai que soixante-deux ans. Je n'en ai peut-être pas l'air pour l'instant, mais il n'est pas impossible que je vive jusqu'à quatre-vingt-dix ans. Je sais qu'aucun de nous deux n'est très emballé par le grand âge. Personne ne l'est. Mais il y a une alternative pire que décliner ensemble. Tu as reçu des avertissements très clairs, par trois fois. On pourrait discuter de ta participation à cette course même si tu étais au mieux de ta forme, mais regarde-toi ! Couvert de pansements, de bleus et d'ecchymoses ! À la façon dont tu te déplaces dans la maison, je sais que tu as mal partout – chaque muscle, chaque articulation, jusqu'aux os. Cet accident a été effroyable. J'ai compris que tu n'en étais pas responsable. Sans panneaux pour indiquer le changement de revêtement, n'importe qui aurait dérapé sur les gravillons. Mais oublier ce que cet accident a causé à ton corps, c'est montrer bien peu de reconnaissance à l'égard du miracle d'y avoir survécu.

— Ce qui manquerait de reconnaissance, c'est de ne pas profiter pleinement d'en être sorti relativement indemne. Prendre quelques égratignures et bleus comme excuse pour abandonner, ce serait lâche, et je me sentirais lâche. Je ne comprends pas pourquoi tu voudrais vivre avec moi en état d'émasculation.

— Je veux vivre avec toi, un point c'est tout et dans quel état importe peu ! Alors, je t'en supplie, je t'en supplie, ne fais pas le triathlon. Je dirai à tout le monde que c'est ma faute si tu abandonnes, que je t'ai forcé. Je sais que tu es méfiant et que je t'ai donné des raisons de l'être mais, cette fois, je n'essaie pas de t'arrêter parce que je suis jalouse ou parce qu'on n'était stupidement pas d'accord sur cette course pendant des mois et que je voulais me faire entendre ou même t'éloigner de Bambi Buffer. Non, c'est parce que je t'aime et que cette course est dangereuse. S'il te plaît, je t'en supplie.

Alors, elle fit la dernière chose à faire étant donné les circonstances : elle tomba à genoux.

— Relève-toi ! cria-t-il en se levant d'un bond. Lève-toi, bordel !

— Je t'en supplie.

À supposer qu'elle ait été manipulatrice, elle n'aurait jamais trouvé meilleur moyen de provoquer à coup sûr de véritables larmes qu'avec la position dans laquelle elle se trouvait à l'instant.

— Ne fais pas ce MettleMan. Je sais que c'est un sacrifice mais je ne te demande jamais grand-chose. Alors, consens à ce sacrifice pour moi. De toute façon je suis au désespoir de vieillir ; mais je ne supporte pas l'idée de vivre ça seule.

Remington la souleva par les aisselles pour la remettre debout et la laissa retomber sur sa chaise.

— Tu es toujours indépendante, tellement sur ton quant-à-soi, tellement inutile. Tu traites de haut le réconfort qu'apporte la compagnie des autres. Tu méprises leur soutien. Tu juges avec mépris l'enthousiasme collectif au motif que c'est du conformisme débile. Je suppose que cela signifie que j'ai une place particulière, que c'est important pour toi que je sois là, une vraie personne que tu peux supporter. Entendu. J'en suis heureux. Et c'est vrai. Je suis d'accord, tu ne me demandes jamais grand-chose. C'est donc méchant, très méchant, au moment où tu te décides enfin à le faire, de me demander la seule chose au monde dont tu sais pertinemment que je ne peux pas te l'accorder.

12

– Si tu dénigres ma coach sur Internet, dit Remington d'un ton calme où perçait une menace, je retrouverai tous les sites sur lesquels tu as entré son nom en faisant une recherche Google. J'ajouterai en commentaire que ma femme vieillissante et sédentaire est coincée à la maison et qu'elle est physiquement inquiète après une récente arthroplastie. Je dirai qu'elle m'en veut parce que je me suis découvert de nouveaux objectifs et de nouveaux partenaires ; et que le physique de ma coach l'impressionne. J'expliquerai que ma femme s'est employée pendant des années à m'empêcher de réaliser mon destin sportif. Je te citerai avec précision quand tu as traité l'ensemble du mouvement tri de « crétin », de « petit », d'« indigne de moi » et – oh, mon préféré – de « cent pour cent blanc ». Je connais cette communauté mieux que toi puisque tu ne connais pas le sens du mot « communauté ». Je peux te certifier que je sais quel commentaire sera le plus convaincant. Tout ce que tu auras gagné, c'est d'améliorer la visibilité de Bambi, de mettre les gens de son côté et de lui procurer de nouveaux clients.

Ce fut tout ce qu'il dit pendant les trois heures de route pour aller à Lake Placid le vendredi matin. Pendant des mois, Serenata s'était démenée pour ne pas avoir à assister à cet exercice absurde d'hystérie collective. Ces derniers jours, elle avait imploré qu'on la laisse venir.

Aux abords de la ville, les rues étaient noyées sous les banderoles : LAKE PLACID ACCUEILLE LES CHAMPIONS DU METTLEMAN ! Des oriflammes frappés du logo orange aux quatre pics flottaient au vent sur chaque lampadaire. Des panneaux numériques avertissaient les automobilistes du risque d'attente le dimanche suivant lorsque les cyclistes jouiraient du droit de passage au cours de leur double boucle de 93 kilomètres. Tandis qu'ils longeaient l'artère principale de la ville touristique, pare-chocs contre pare-chocs, sur le toit des véhicules voisins, les galeries croulaient sous les vélos. Sur les pare-brise arrière, des autocollants clamaient : METTLE À FOND et RÉUSSIR OU MOURIR AU TRI. Des hommes-sandwichs vantaient les offres spéciales de snacks réservant des remises aux concurrents porteurs de l'accréditation orange. Les commerces pittoresques et accueillants de la ville – boutiques de pop-corn, d'huiles d'olive parfumées, d'onguents – étaient certains de profiter d'une légère hausse d'activité.

Leur hôtel s'avéra tenir davantage du motel que des somptueux quartiers qu'un cœur vaillant aurait été en droit d'attendre. Mais entre la franchise de la mutuelle, la réduction des revenus de Serenata due à ce nouveau tabou de l'« imitation », les émoluments scandaleux de Bambi et le montant faramineux de deux accréditations pour le MettleMan, il était indispensable de faire des économies. En outre, la seule chose qui importait à Serenata, c'était de pouvoir accéder à leur chambre depuis le parvis de l'hôtel sans avoir à monter un escalier.

À la réception, l'aimable propriétaire demanda à Remington s'il participait à la course du dimanche. Contrairement à Saratoga Springs, personne dans la queue ne prit Serenata – penchée sur sa canne en aluminium, le pansement de son genou dépassant d'un short informe, le mollet droit gros, raide et décoloré – pour une concurrente.

Sa présence était un inconvénient. Pour que sa femme puisse l'accompagner à la réunion d'information des concurrents cet après-midi-là, Remington avait été obligé de retourner en ville avec les mêmes difficultés de circulation pour la déposer au site officiel de MettleMan, une grande place couverte de tentes blanches. Sans une invalide dans son sillage, il aurait pu se rendre à la réunion à vélo. Mais elle avait fait des pieds et des mains pour assister aux réjouissances, mêmes secondaires, parce qu'elle mourait ostensiblement d'envie de participer à « l'expérience tout entière ».

Assise sur un gradin pendant les quarante-cinq minutes qu'il fallut à Remington pour trouver une place de parking, Serenata réfléchit : effectivement, elle tenait à l'avoir à l'œil. L'idée de passer le week-end dans un climat d'hostilité permanente lui répugnait. Et puisqu'il s'était entêté à participer à cette farce, elle était dans l'obligation de lui fournir un soutien moral.

Toutes les autres voitures qu'ils croisèrent en chemin débordaient d'amis et de familles. Elle avait bien invité Griff, sans conviction, mais l'opposition qu'il manifestait à l'endroit de la bouffée d'orgueil sénile de son fils était implacable. Lorsqu'elle avait proposé à Deacon de les accompagner, il avait éclaté de rire. Tommy ne supportait pas la perspective d'applaudir un événement sportif auquel elle aurait dû participer derrière la barrière du public. Brian, l'austère mari de Valeria, était arrivé à la conclusion que l'agitation physique incessante de Nancee prouvait qu'elle était possédée par le démon. Le culte de la perfection sportive étant une forme d'« idolâtrie », il avait même obligé Valeria à abandonner son cours de vélo en salle au YMCA. Quant au triathlon, c'était « une arrogante confusion entre l'homme et le divin ». Il avait rigoureusement interdit à sa femme enceinte de réitérer la frénésie dont elle avait fait preuve sur la ligne d'arrivée à Syracuse. Hank Timmerman, qui avait réussi à convaincre une petite boîte de production locale de filmer un documentaire sur sa trajectoire, de sa déchéance à sa renaissance, profitait du véhicule de l'équipe. Les autres membres du club de tri venaient en voiture séparément avec leur propre cargaison de supporters.

Remington était donc arrivé à Lake Placid avec un comité de soutien composé d'une personne, qui plus est, en piteux état et lugubre. Tandis que les tribunes se remplissaient de « meufs hyper musclées » et de « connards hyper musclés », comme aurait dit leur fils, l'aversion de sa seule fan frisait la nausée.

Remington la repéra sur le gradin du bas juste au moment où la réunion à destination des novices allait commencer. La température avoisinant les 25 degrés, il avait abandonné son pantalon et sa chemise pour un short de running et un débardeur. Une des transformations parmi les plus spectaculaires du vieillissement était la lenteur effrayante avec laquelle on cicatrisait, comme si les cellules rechignaient à dépenser l'énergie nécessaire au remplacement sur un organisme en voie de finir à la décharge. La plus petite brûlure que Serenata se faisait en cuisinant mettait désormais trois semaines à peler jusqu'à ce que la peau rose apparaisse, et elle laissait une cicatrice. Raison pour laquelle Remington continuait de ressembler à un évadé des soins intensifs. Les gens se retournaient sur lui.

Un jeune d'environ vingt ans haussa un sourcil à la vue des pansements et des bleus qui commençaient tout juste à jaunir.

— Accident de vélo - à pleine vitesse, marmonna Remington.

— La vache ! s'écria le jeune. Et vous courez quand même le tri. C'est fantastique !

Si Serenata avait mis sa menace à exécution et dénigré Bambi Buffer sur Internet parce qu'elle n'obligeait pas un client à reconnaître son infirmité, avec ces gens-là, elle ne serait arrivée à rien.

— Mon coach dit que le truc principal dans le Mettle, c'est « de rester concentré sur soi », poursuivit le jeune en regardant droit devant lui.

Étrangement pâle et frêle, on aurait dit qu'il s'adressait surtout à lui-même.

— Il dit que la plus grosse erreur des débutants, c'est de se laisser embarquer dans l'allure de quelqu'un d'autre. Et ensuite de ne pas tenir. « Ne cours jamais plus vite que ton rythme », me dit Jason.

L'agitation compulsive de sa jambe secouait tout le gradin. L'événement ne se déroulait que dans deux jours mais le pauvre gosse était déjà pétrifié.

Toutes les informations fournies par un jeune animateur plein d'entrain étaient clairement expliquées dans le dépliant. Mais, à l'image du cours sur l'arthroplastie de Serenata qui se contentait de répéter le contenu du guide, nul ne faisait plus confiance à personne pour lire. Sur Internet, le texte cédait la place au podcast. Notre civilisation était en train de régresser au stade de la tradition orale autour du feu de bois.

La plupart des recommandations concernaient la pléthore de sacs pour les transitions entre chaque discipline ou pour combler des « besoins personnels particuliers » comme des chocolats fourrés au beurre de cacahuètes ou des chaussettes sèches. L'animateur insista sur l'importance de bien accrocher son numéro de concurrent sur chaque sac et de déposer le sac de la bonne couleur au point de collecte correspondant. Il était primordial d'arriver à telle heure à tel endroit, à telle autre à tel autre et de se présenter pour se faire marquer (âge, numéro) dans le créneau fixé. Pendant la course, jeter des détritus au sol et uriner dans des jardins privés au lieu d'utiliser les toilettes mobiles était sanctionné par un « carton rouge » ; deux cartons rouges et vous étiez disqualifié. Des stands proposant de l'eau, du gel énergétique, des bouteilles de Gatorade et des bananes étaient disposés tous les 16 kilomètres sur le trajet de la course à vélo et tous les 1,6 kilomètre sur celui du running – le bouillon de poule ne serait servi qu'après la nuit tombée. Les vélos pouvaient être récupérés jusqu'à 1 heure du matin le dimanche soir et à partir de 6 heures le lundi matin. Faire en sorte que des milliers de gens s'épuisent tous en même temps requérait manifestement une solide organisation.

— Contrairement à nos concurrents, conclut le jeune animateur, les Mettle n'ont pas de temps limite imposé pour les deux premières disciplines, vous ne serez pas éliminé si vous avez une crampe et que vous nagez plus lentement que d'habitude. Certains sont de sacrés coureurs mais sont un peu moins bons à vélo et on ne veut pas que vous soyez pénalisés à cause de niveaux d'aptitude différents. Par contre, l'ensemble du Mettle a un temps limite et celui-ci est très strict. Si votre menton ne touche pas la barre sur la ligne d'arrivée aux douze coups de minuit, *pouf*, votre carrosse se transforme en citrouille. Pigé ? Le Mettle se termine donc à minuit, si vous êtes encore sur le parcours, nos équipes viendront vous chercher. Nos bénévoles seront alors obligés de bosser dur pour vos beaux yeux. Il sera tard, ils ont des familles et ils ont le droit de rentrer chez eux. Si vous n'avez pas fini à temps, vous pouvez toujours retenter le coup l'année prochaine. Ces limites sont indispensables pour que le MettleMan signifie vraiment quelque chose. Si on vous laissait trois semaines pour finir la course, ce mug orange et or qu'on donne à ceux qui terminent le Mettle ne servirait qu'à boire du café. Et maintenant, montrez-nous ce que vous avez dans le ventre !

Durant le temps qu'il leur restait avant la cérémonie d'ouverture, Remington et Serenata traînèrent parmi les stands où étaient vendus non seulement des vêtements de sport haut de gamme mais aussi des chaussettes de compression musculo-veineuse ; des doses de poivre de Cayenne, de gingembre et de miel pour parer aux crampes ; et des vélos de tri artistiquement tordus avec système d'hydratation intégré relié à des tubes d'alimentation en vinyle.

Les vélos, proches parents de l'étalon nerveux qu'il avait envoyé valser contre un arbre, rendirent Remington mélancolique, et lui et Serenata s'éloignèrent vers la tente de la franchise Mettle. Sous un panneau FIERTÉ DE TOUTE UNE VIE ! étaient entassées des piles de T-shirts marqués : TRI MAINTENANT, VIN PLUS TARD ; DÉTECTEUR DE METTLE ; JE SUIS MEILLEUR QUE TOI (ET JE PEUX LE PROUVER) ; SOI EST L'ULTIME FRONTIÈRE ; LAISSE LES LIMITES AUX LOSERS ; TU ES DANS L'AIR DU TEMPS. Frappés du logo de MettleMan étaient proposés torchons, verres à shot, bouchons de baignoire, chopes de bière, sacs à main, besaces, boîtes-repas, bracelets de cheville, napperons, montres, corbeilles à papier, calendriers du sportif, vapoteuses, presse-papiers, cadres photo, boîtes de crayons, claquettes, coques pour smartphone et brosses à dents, ainsi que des nounours BébéMettle et des bavoirs. Sur un présentoir très apprécié du public, des coupe-vent orange portaient la mention FULL METTLE JACKET au dos.

— Qu'est-ce que je t'avais dit ? « N'achetez rien », lança Serenata en citant une réplique des *Affranchis*.

Alors qu'ils remontaient la côte, la lenteur de Serenata agaça Remington.

— On aurait dû prendre le déambulateur, lâcha-t-il.

Remarque qu'elle n'aurait jamais pensé entendre de la bouche de son mari alors qu'elle avait à peine dépassé la soixantaine.

Dans le parc public au bord du lac, une scène avait été dressée à côté d'un écran géant qui diffusait des publicités pour encore d'autres équipements au son d'un hip-hop craché par la sono. Devant, des enfants faisaient assaut de prouesses, de poiriers et de roulades. Sur le flanc de la colline, des groupes installés sur des couvertures sirotaient des boissons électrolytes et grignotaient des burritos au blé complet. La scène aurait pu être bucolique, mais la nervosité ambiante était palpable. Les bribes de conversations audibles étaient largement consacrées à la météo et il ne s'agissait pas de banalités. Le risque de pluie le dimanche avait grimpé de 50 % et la plupart des gens qui étaient là n'auraient pas la possibilité de rester à l'abri faire des mots croisés.

Serenata agita la main, heureuse de constater que Cherry DeVries était venue accompagnée de toute sa famille – pas seulement ses trois enfants mais aussi un homme costaud, trop couvert pour la chaleur, assis à l'extrême bord de leur couverture, en train de manger un énorme sandwich d'un air rageur.

— Sera, il me semble que tu ne connais pas mon mari, Sarge, dit Cherry.

Détonant au milieu des créatures élancées et souples dispersées de tous côtés, sa silhouette surdimensionnée le rendait notablement plus sympathique.

— C'est vraiment gentil d'être venu soutenir votre femme, dit Serenata.

— Sur autoroute, Cherry est une anguille, répondit-il. J'allais pas laisser mes gosses trois heures sur l'I-87 avec Cherry au volant.

— Alors, comment va ce genou ? demanda Cherry.

Ce que cette question fréquente était censée arracher comme réponse n'était jamais très clair. « Le fait de me tenir debout ici fait-il de moi une suicidaire ? »

Elle se contenta d'un sobre : « Très bien. »

Voilà ce que la question induisait comme réponse.

Remington retrouva Chet, Sloan et Hank avec force claques dans le dos et tapes dans la main. Après l'usure et la rivalité qui allaient s'amplifiant, le tout petit club semblait s'être ressoudé autour de la notion de tous pour un. Voletant parmi ses poussins, leur mère poule se penchait vers chaque membre à tour de rôle pour lui prodiguer un conseil de dernière minute.

— Écoute, je sais que tu es remonté à bloc. Mais rappelle-toi, il s'agit pas d'une fête. Et empêche l'équipe du film d'être dans les pattes des organisateurs.

— Bon, Sloan, ne relâche rien. Ce n'est jamais facile. Je me fiche qu'on l'ait déjà fait.

— Chet, ce soir, tu te couches tôt. À 10 heures max. Et demain, je veux que vous dormiez à 8 h 30, dents lavées ou pas.

Quant à Remington, Bambi lui parla à l'oreille, si bien que Serenata n'entendit rien.

La coach était dans son élément. Même en cette compagnie, son physique se démarquait. Elle allait d'un ancien client à un autre en la jouant copain-copine, prenant son temps, accordant sa bénédiction (« Tu as l'air en pleine forme, Rex ! ») ou distribuant des remontrances taquines (« Je te l'ai dit combien de fois, Paul ? Arrête la calzone ! »). Le cameraman du documentaire ne s'en lassait pas.

— Dis donc, je croyais que ce film était sur moi, s'insurgea Hank. Vous deviez m'interviewer sur mon passé.

— Plan de coupe, répondit le cameraman en continuant son pano.

Le « plan de coupe » avait choisi sa tenue de cérémonie d'ouverture avec soin : body couleur saumon à fines bretelles dont la texture invitait à la caresse, short vaporeux de couleur crème que la brise soulevait, découvrant les fléchisseurs de ses hanches, et stilettos qui, pour une raison inconnue, ne s'enfonçaient pas dans la terre. Son corps avait dû lui faire économiser un sacré budget publicité.

Pour s'épargner de marcher dans l'herbe avec un genou qui ne pliait pas au-delà de 90 degrés, Serenata s'installa sur un rocher au bord du lac. Sur la scène, les témoignages se succédaient: des organismes caritatifs qui levaient des fonds pour d'obscures maladies ; le plus âgé des concurrents de l'année qui, à quatre-vingt-cinq ans, en était à son sixième Mettle complet ; le vainqueur de l'an passé, un pro au visage candide d'une beauté standard et d'une taille impressionnante, venu chanter les louanges de sa femme, une « veuve tri », et de ses enfants, des « orphelins tri » qui jamais ne se plaignaient qu'il ne soit pas là pour les gaufres du week-end. Effectivement, d'un coup d'œil autour d'elle, Serenata n'eut aucun mal à repérer les pros. Ils dominaient les autres concurrents, à croire qu'ils appartenaient à une autre espèce. Ils avaient les épaules larges mais tout dans le reste du corps était étroit: leur microscopique taille basse, leurs hanches minuscules, leurs petites fesses bien dures. Ils avaient les pieds plutôt longs et de grandes mains. Mais l'aspect le plus mystérieux de cette espèce distincte était son absence totale de sex-appeal. Personne n'avait envie de baiser avec un homme qui se désirait si fort lui-même.

Même si l'animateur vantait la multitude de nationalités, la gamme des âges ainsi que les nombreux débutants et anciens militaires parmi les inscrits de l'année, le tableau que Serenata avait sous les yeux était sans grande surprise. Elle repéra deux sportifs noirs dont l'attitude insouciante laissait supposer qu'ils avaient grandi dans un milieu aisé. Un Chinois : ça, c'est fait ; un Indien : ça, c'est fait. Bien que les femmes soient largement représentées, la grande majorité des participants étaient des hommes blancs.

Quant aux âges, une fois les supporters écartés (plus gros, plus rougis par le soleil, plus discrets), les bataillons semblaient se regrouper. À l'image de Tommy March, la légion des moins de trente ans faisait partie d'une génération pour qui le concept de « développement personnel » était indissociable d'un régime alimentaire et du sport, alors que pour les contemporains de Griff, l'expression signifiait enrichir son vocabulaire et apprendre le français. Puis venait la cohorte des plus de cinquante ans qui s'offraient une seconde vie – bronzés, minces et grisonnants, les cheveux coupés court pour dissimuler la calvitie. Ils avaient dans les yeux cette expression ardente qu'elle avait été amenée à reconnaître chez Remington, le regard vague fixé à mi-distance. Ils avaient peut-être monté des entreprises ou fait fortune, mais les résultats n'avaient pas été satisfaisants. Les jeunes étaient en quête de statut, les anciens de sens.

Enfin, le fondateur de MettleMan prit le micro – un ours d'homme du nom de Doug Rausing dont la bedaine trahissait sa préférence actuelle pour l'administration. Il remercia les sponsors et invita les cent meilleurs arrivés à participer au vingtième anniversaire du MettleMan, le Mettle des Mettle, en Alaska.

— Cela peut paraître incroyable, tonna Doug Rausing, mais au départ du Mettle, il y a dix-huit ans, pour notre première course, nous n'avions que soixante-dix-sept malheureux participants déterminés. Depuis, nous nous sommes développés et le mouvement s'étend maintenant au monde entier. Si vous n'avez jamais passé ce test pour savoir de quoi vous êtes vraiment faits, vous serez peut-être impressionnés de voir près de quinze mille concurrents. C'est pourquoi je tiens à dire un mot en particulier aux débutants. Vous allez avoir l'impression d'être au cœur d'une foule, et c'est sûr que vous pourrez compter sur vos frères et sœurs, vos compagnons d'infortune, pour surveiller vos arrières. Mais, au bout du compte, vous serez seuls, parce que le but du Mettle, c'est ça : affronter sa nature profonde, affronter le fait qu'on soit armé ou pas. Quel que soit le nombre d'athlètes que vous verrez autour de vous quand vous plongerez dans ce lac froid dimanche matin à l'aube, vous serez, et il faut le reconnaître, parfois de façon troublante, profondément seul. Je parie qu'une bonne partie d'entre vous sont inquiets, voire morts de peur. Mais une des raisons pour lesquelles vous luttez contre vos démons intérieurs, ce sont tous les démons *extérieurs* que vous avez combattus depuis le jour où, pour la première fois, vous avez eu le cran d'annoncer publiquement que vous vous étiez engagé à faire quelque chose qui, à première vue, était irréalisable. À chaque étape, on vous a minés. On s'est même moqué de vous. C'est pas vrai ? C'est pas vrai ?

Le public rit, tous se reconnaissaient.

— Parce qu'on vous dit que c'est impossible, poursuivit Doug Rausing. On vous dit que c'est dingue. On vous dit que les humains ne sont pas censés couvrir de telles distances, dans l'eau, à vélo, à pied, l'une après l'autre sans se reposer. On vous dit que vous allez vous écrouler. On vous dit que vous allez massacrer votre corps de façon irréversible et que vous finirez votre vie démoralisé, mal en point et perclus de regrets. Mais, quoi qu'il se passe dimanche, le seul regret que vous voulez éviter, c'est d'abord de ne pas avoir couru ce tri. Vous regretterez d'avoir écouté les rabat-joie, les trouillards et les poules mouillées. Vous regretterez d'avoir écouté la petite voix geignarde, pleurnicheuse, que vos bourreaux – les défaitistes, les trouveurs d'excuses, les pétochards, les cyniques en pantoufles, les pisse-froid – ont réussi à planter à l'intérieur de votre tête ! Alors vous dites à cette petite voix de foutre le camp. Cette voix est celle de l'échec, de la faiblesse et de la résignation. C'est la voix d'Alice au pays des cauchemars. C'est la voix de l'instit de CE2 qui vous a collé un 2 sur 10, du parent qui vous envoyait dans votre chambre, du conseiller d'orientation qui vous disait que vous ne feriez jamais Princeton. Du psy qui voulait vous mettre sous Prozac, du prof qui prétendait que vous n'auriez jamais votre diplôme, de l'employeur qui a jeté votre CV, de l'éditeur qui a rejeté votre Grand Roman américain sans l'avoir lu au-delà de la page trois. C'est la même voix qui vous dit que votre pays est sur le déclin, que vos compatriotes sont tous toxicomanes et que l'avenir appartient – avec toutes mes excuses à Bao Feng qui est parmi nous et qui est un honnête citoyen des États-Unis – aux Chinois. C'est la voix du démon, mes amis. C'est la voix du démon. N'écoutez que votre moi profond. Ne pensez qu'à atteindre cette prochaine bouée, puis la suivante. Qu'à arriver au sommet de la prochaine côte, puis de la suivante. Qu'à gagner la prochaine borne kilométrique, puis la suivante. Vous avez mal ? La douleur est le feu grâce auquel nous avons été fondus et, passé cette fournaise, nous sommes en acier trempé. Nous sommes la race humaine Mach 2. Nous sommes les membres de l'espèce humaine les plus forts, les plus sveltes, les plus méchants, les plus féroces, les plus puissants et nous prouverons que les limites n'existent pas et qu'il n'existe rien non plus que nous ne puissions accomplir, parce que NOUS... SOMMES... DES METTLEMEN !

Le public explosa de joie, et les cris étaient suffisamment forts pour couvrir le murmure de Serenata :

— Leni Riefenstahl, où es-tu ?

— Si tu me dis encore une fois que je ne suis pas obligé de le faire, dit Remington en regardant le parking trempé à travers les rideaux de la chambre du motel, je crains de devenir vraiment méchant.

Il était 3 h 30 du matin. La veille au soir, allergique à l'idée de se coucher à la même heure qu'un enfant de huit ans, Serenata s'était réfugiée dans la salle de bains en prenant soin de boucher la lumière à l'aide d'une serviette de toilette poussée au pied de la porte et avait lu, assise sur le couvercle des toilettes. Elle ne s'était endormie à côté de lui qu'une heure et demie auparavant, si bien qu'elle aussi aurait volontiers frappé quelqu'un. Mais, du moins en apparence, elle décida de se montrer enjouée. Depuis que Bambi l'avait balancée, elle ne s'était jamais plainte, n'avait jamais critiqué, jamais fait de remarques désobligeantes. C'était le moment de gloire de son mari. Elle avait mené une bataille courageuse et l'avait perdue.

Elle s'aventura sur le pas de la porte. Il faisait nuit noire. L'air était frais et humide.

— Pour l'instant, c'est de la bruine, constata-t-elle.

— Là, on parle de 60 % d'humidité à 7 heures, dit-il en pianotant sur son téléphone, et ensuite ça ne fait que monter.

— Mais il y a pluie et pluie, non ? Parfois, un léger crachin est rafraîchissant.

Heureusement, elle avait apporté un réchaud de camping et du café. Et merde aux barres énergétiques et aux gels : elle avait aussi apporté une boîte de minibeignets au sucre.

— Tu n'étais pas obligée de te lever en même temps que moi.

Ce fut une sorte de soulagement de constater qu'il ne pouvait résister à un beignet.

— Il faut que j'y sois à 5 heures. Tu n'auras rien à faire. Et comment tu vas descendre au lac pour regarder ?

— Je prendrai un Uber. À moins que tu m'emmènes. Je pourrais t'aider à enfiler ta combinaison. C'est compliqué avec tes pansements et ton épaule.

— Les bénévoles sont là pour donner un coup de main aux transitions et ils le font très bien.

Il semblait culpabiliser d'avoir repoussé sa proposition.

— En revanche, j'aurai besoin de vêtements secs à la fin des épreuves. Ce ne serait pas du luxe que tu m'apportes ce sac sur la ligne d'arrivée. Et puis… non, laisse tomber, ça ne fait rien.

— Qu'est-ce qui ne fait rien ?

— J'allais te proposer de récupérer le vélo aux râteliers pendant que je cours le marathon, ce qui nous ferait gagner du temps pour éviter les embouteillages lundi matin. Mais avec ton genou…

— Un vélo, ça peut être un déambulateur formidable. Je pourrais le rapporter ici avec un autre Uber. De toute façon, je suis censée faire marcher mon genou et vendredi, j'ai loupé ma séance de kiné.

Il lui remit la carte de retrait.

— Mais si c'est trop compliqué, on le retirera lundi matin ; il faudra simplement faire la queue un bon moment. Ne te fais pas mal.

Tandis qu'il enfilait sur son épaule le cabas contenant sa combinaison de natation, imitation peau de requin, elle se creusa la tête pour trouver une formule d'adieu – mais tout ce qui lui venait à l'esprit, c'était qu'il n'était pas obligé de faire ce tri. Judicieusement, elle le serra fort dans ses bras sur le parvis et ne pipa mot.

Il n'y avait rien à faire au motel à part manger encore des beignets, si bien que Serenata arriva au promontoire réservé aux spectateurs assez tôt pour être aux premières loges et voir la plage où les nageurs s'élançaient au détour d'une courbe. Le ciel était plombé, elle eut besoin de s'éclairer avec son téléphone pour planter son tabouret pliant sur une surface plane. Jadis, elle restait debout douze heures par jour. Mais elle était en train de se rendre compte qu'on pouvait aisément changer de camp. Une fois que vous aviez émigré au pays de la lassitude, tous ces sauts, pirouettes et frétillements de derviches tourneurs devenaient incompréhensibles.

Lorsqu'un organisateur frappa le gong en cuivre, caractéristique des franchises Mettle, à l'aide d'un bâton orange rembourré et que la première tranche de nageurs, tous des pros, se jetèrent à l'eau, Serenata ne regretta pas de ne pouvoir se joindre à eux. D'autant que la bruine du petit matin laissait place à un déluge. Des rideaux de pluie oblique balayaient la surface du lac qui se levait en réponse, donnant l'impression qu'il pleuvait à l'envers. Les gouttes tambourinaient sur les bouées en plastique orange comme sur des timbales. Elle avait emprunté un parapluie à la réception du motel, et même les éclaboussures qui rebondissaient de la toile de nylon sur ses genoux étaient agaçantes. Le confort laissait à désirer – le repos, l'agrément. Elle était loin d'être au sec, à l'abri, de n'avoir ni trop chaud ni trop froid et d'être bien nourrie. Certes, un certain nombre de ses compatriotes faisaient une overdose de leur propre bien-être. Néanmoins, au cours de l'existence humaine, l'objectif de l'espèce était non pas de travailler dur, mais d'arrêter de travailler dur ; non pas de souffrir, mais d'arrêter de souffrir. Il aurait été ingrat vis-à-vis de tous les ancêtres qui avaient contribué à l'évolution vers de solides parapluies et de petits sièges pliants bien pratiques de ne pas apprécier le fait que, au lieu de nager 4,2 kilomètres soutenus sous une pluie battante, elle pouvait simplement être assise là.

Nager le crawl sous des hallebardes devait probablement vous donner la sensation de vous noyer ; la distinction entre l'air et l'eau se brouillait. Voir les pros fendre l'eau de bouée en bouée était saisissant. Tout le monde à peu près savait faire du vélo et tout le monde savait courir. Mais nager était un don et leurs mouvements étaient merveilleux.

Pourtant les spectateurs qui entouraient Serenata étaient insouciants et dissipés. Les pros venaient manifestement seuls ; si bizarre que cela puisse paraître, c'était un travail et s'ils laissaient la famille à la maison, cela présentait l'avantage de réduire les dépenses. Personne sur le promontoire ne les encourageait. Au contraire, une femme non loin d'elle se plaignit à son compagnon.

— George dit que les pros flinguent ce sport. Non seulement ils humilient les gens mais, quand ils sont à la retraite, ils s'inscrivent en tant qu'amateurs. Et ils gagnent – sans déc'. Ce n'est pas exactement de la triche, mais ça y ressemble.

Autoclassés selon leur temps, les groupes de nageurs partaient toutes les cinq minutes. Le dernier bataillon, supposé terminer l'épreuve en un peu plus de deux heures, entra dans l'eau à 6 h 35, juste après que les pros avaient entamé leur deuxième segment. Sans doute pour éviter que les lambins ne se fassent faucher.

Il était là : Remington était le dernier. Son crawl était facilement reconnaissable. Chaque fois que le bras en avant touchait l'eau, c'était avec un grand *ploc*. La lourdeur avait toujours caractérisé son style et sa blessure à l'épaule rendait les mouvements du bras droit encore plus laborieux. Il n'avait pas évoqué sa douleur de toute la semaine, ce qui était mauvais signe. La pluie tombait désormais avec constance. Il ne s'agissait pas d'une averse passagère mais d'un jour pluvieux.

Serenata était aux aguets. Des bateaux étaient stationnés à intervalles réguliers, mais le concurrent 1083 n'était qu'un numéro pour ces sauveteurs et elle ne leur faisait pas confiance.

Vers 7 heures, les hommes pros ne ménageaient pas leurs efforts pour rejoindre la rive avant de s'élancer sur le sable en courant. Toutes les femmes pros étaient sorties de l'eau dix minutes après celle qui était en tête.

Serenata régla ses jumelles. Remington n'était toujours pas parvenu à l'autre bout de la courbe qui marquait son premier demi-segment.

Au moment où son mari l'atteignit enfin, un groupe d'amateurs le doubla en effectuant leur deuxième segment. Il était déjà 7 h 15. Remington devait affronter la présence des autres nageurs, qui n'étaient pas forcément d'humeur bienveillante. Ils avaient leurs propres problèmes, des crampes ou des crises de panique, des lunettes peut-être embuées et même s'ils se montraient polis, sous cette pluie torrentielle, ils ne voyaient pas grand-chose. Les collisions étaient manifestement fréquentes. Les éclaboussures soulevées par les concurrents voisins venaient s'ajouter à la pluie ; ce devait être déstabilisant de se voir bousculé de tous côtés, dépassé en permanence par des nageurs qui avaient déjà couvert les trois quarts de la course, démoralisant.

Lorsque Remington contourna enfin le radeau à proximité de la rive et entama son deuxième segment, il était 7 h 55. Il avait mis une heure et vingt minutes pour nager 2 kilomètres, un temps que la plupart des gens étaient capables de battre à la brasse. La majorité des concurrents étaient sortis de l'eau, même si trois dizaines de nageurs continuaient de se donner à fond, tous devant lui. À mesure que le temps passait, la distance entre Remington et l'avant-dernière nageuse s'allongeait. À 8 h 50, cette concurrente pataugea jusqu'à la rive avant de franchir l'arche de couleur orange en chancelant. Avec encore presque un demi-segment à faire, Remington était seul dans le lac.

Il avait ralenti. Le précédent demi-segment ne lui avait pas pris quarante minutes mais cinquante, l'allure de la nage du petit chien. Le rythme des *ploc* de ses bras avait décéléré. Un des canots pneumatiques motorisés se porta à sa hauteur. Un sauveteur se pencha vers lui, sans doute pour lui demander s'il était en difficulté ou peut-être s'il voulait monter à bord et arrêter là. Elle espérait qu'il accepte leur proposition. *Tu n'as qu'à leur dire : « Excusez-moi mais j'ai eu un grave accident juste avant cette course et je ne me suis pas rendu compte du lourd tribut qu'il me faisait payer. » C'est la vérité et ce n'est pas déshonorant. S'il te plaît, sors de l'eau et de sous la pluie. On n'a qu'à rentrer au motel et tu prendras une longue douche brûlante. Je te ferai un chocolat chaud avec les moyens du bord, j'ajouterai du lait et du sucre pour le rendre plus fortifiant. Quand tu seras bien réchauffé, que tu auras repris des forces et remis des vêtements secs, on trouvera un petit endroit agréable où prendre un vrai petit déjeuner avec saucisses et pancakes. Tu n'auras même pas à parler. Et jamais au grand jamais, je ne dirai que je te l'avais bien dit.*

Le canot pneumatique s'éloigna – même s'il continuait à le suivre consciencieusement à quelques mètres de distance.

Tous les spectateurs avaient quitté le promontoire. Serenata commençait à être trempée, mais elle était hors d'elle et presque incapable de tenir son parapluie. Elle lui fit des signes de la main, des signaux de sémaphore en ouvrant et en fermant son parapluie, mais Remington semblait ne rien remarquer et, de toute façon, ce n'était vraiment pas une bonne idée de le distraire.

Enfin, il atteignit les eaux peu profondes, puis, tel Lazare, la rive. Il était 9 h 41 : trois heures et six minutes, ce qui établissait sûrement un record, mais pas de ceux qu'il convoitait. Elle aurait dû être fière de lui et peut-être l'était-elle. Mais cette fierté était teintée d'effroi.

Elle plia son tabouret, le glissa dans son cabas et mit le cabas sur son épaule. Sa canne dans une main, son parapluie dans l'autre, elle s'aventura prudemment dans la boue au risque de glisser. Elle se dirigea à petits pas vers le toboggan sous lequel tous les autres concurrents étaient passés en courant vers la « T1 », pendant que, derrière les barrières, les spectateurs avaient encouragé amis et parents et avaient brandi des pancartes. À cet instant, Serenata était la seule spectatrice. Des membres de l'organisation en T-shirts orange assortis et ponchos transparents bon marché attendaient sur les côtés avec impatience, pressés de commencer à rouler la moquette en gazon artificiel détrempée et de mettre un terme à cette malheureuse épreuve. En avançant vers la tente où un bénévole lui retirerait sa combinaison et l'aiderait à enfiler sa tenue de vélo, Remington marchait d'un pas lourd en direction de sa femme, pieds nus, éclaboussant le gazon artificiel.

Lorsque leurs regards se croisèrent, l'expression de son mari était vide. Il semblait ne pas la reconnaître. Hormis un lointain grondement de tonnerre et le *floc-floc* de ses pieds, le silence était sépulcral. Il aurait été pervers d'applaudir ce spectacle d'autodestruction. Elle réussit à s'arracher un sourire d'encouragement et détourna les yeux.

Parvenue en boitillant à une route qui surplombait le site du MettleMan, elle put contempler l'océan de râteliers à vélos, chacun pouvant en accueillir mille cinq cents. Et pourtant celui de Remington était facile à trouver : c'était le seul qui restait. Quand son mari émergea de la tente « T1 » et qu'un bénévole lui tendit son vélo, Serenata lui fit un signe de la main, mais il avait d'autres chats à fouetter que de chercher sa femme du regard. Elle était loin et ne fut pas certaine que ce soit seulement son imagination qui la fit le voir tanguer quand il enfourcha son vélo et s'éloigna en pédalant.

Peut-être était-ce dû à la pluie, à moins que, après avoir accueilli les festivités dix-huit ans d'affilée, les gens du coin se soient lassés, en tout cas, sur les bas-côtés, les supporters étaient rares. Les conditions météo maussades enveloppaient l'événement d'un voile de qu'on-en-finisse-avec-ce-truc. Mais soudain des cris d'encouragements, des sifflets et des bruits de crécelles créèrent un semblant d'effervescence. Dévalant la pente avant de prendre le virage à la corde, leurs pneus chassant des nappes d'eau, les pros terminaient les premiers 93 kilomètres de l'épreuve de cyclisme.

Serenata s'en fichait. Pour elle, le cyclisme n'était pas un sport de spectateurs ; c'était comme regarder de la peinture en train de sécher. Même si, compte tenu des circonstances, s'apitoyer sur son sort était malvenu, il n'en demeurait pas moins qu'elle était trempée, qu'elle avait froid et que son genou hurlait. Elle remonta la pente vaille que vaille sur le côté bordé de commerces et trouva un restaurant avec des tables en terrasse protégées par d'énormes parapluies. En arrivant, elle eut la surprise de découvrir l'équipe du documentaire, cernée d'assiettes d'œufs et de galettes de pommes de terre.

— Comment se fait-il que vous ne soyez pas en train de tourner des images d'une renaissance miraculeuse ?

— Contrairement à ce qu'on nous apprend en cours de sciences, dit le cameraman au look de hipster, il arrive que les papillons redeviennent chenilles.

— Hank se serait-il défilé ?

— On est sortis assez tard hier soir, tout compte fait, dit le réalisateur prognathe. Mais il nous a affirmé qu'il s'était entraîné pour ce truc sans dormir beaucoup.

— Si vous étiez tous « de sortie » hier soir, est-ce que ça signifie qu'il s'est torché ? demanda-t-elle.

— Je n'ai pas suivi, glissa le réalisateur avec diplomatie, sous sa casquette OBAMA 2008.

— Vous a-t-il, par hasard, demandé si vous aviez lu les nouvelles de Lorrie Moore ?

— Maintenant que vous en parlez, répondit le réalisateur, oui.

— Alors, il était torché, dit Serenata.

— Quand on a frappé ce matin à la porte de sa chambre au motel, expliqua le cameraman, il n'a pas ouvert. Putain ! Debout à 4 heures pour rien. Une fois qu'il a eu raté l'enregistrement pour l'épreuve de natation, on est tous retournés se coucher.

— On s'est levés en pleine nuit et c'était finalement inutile, dit le producteur, mais ce n'est pas tout. Le doc est mort, alors qu'est-ce qu'on fout au juste à Lake Placid sous un déluge ? Motel, repas, essence, on est carrément dans le rouge.

— Je doute que ce soit d'un grand réconfort, mais si mal que vous vous sentiez, pour Hank ce sera encore pire, dit Serenata. Ça fait des mois qu'il s'entraîne pour cette course.

— Si ça se trouve, ce voyou de Hank ne se voyait pas affronter le mauvais temps, supposa le réalisateur. Non, mais regardez ces mecs, dit-il en indiquant le flot de cyclistes, sur lequel le restaurant avait une excellente vue, tandis que les derniers des pros passaient. Ils sont dingues.

— Au moins, et pour une raison qui m'échappe, les pros gagnent de l'argent avec ce truc. Quant à tous les autres, dit-elle sur le ton de la confidence (elle se pencha au-dessus des œufs du cameraman), ils n'ont absolument aucune raison de faire ça.

— Mais votre mari en est, non ? demanda le réalisateur.

— Oui. Je le crains.

— Ha ! s'exclama le réalisateur. C'est le premier avis négatif que j'entends depuis qu'on est arrivés ici. Prenez une chaise.

Serenata commanda des pancakes et des saucisses.

Le cameraman hocha la tête d'un air approbateur.

— J'ignore pourquoi, mais depuis qu'on a atterri au milieu de cette foule de demi-dieux, je ne pense qu'à manger, à dormir, à boire et à regarder la télé. N'importe quoi, du moment que ça n'implique pas de faire un effort ou d'être mouillé.

— L'année dernière, quand mon mari courait le marathon de Saratoga Springs, dit-elle, j'ai dépensé un paquet de fric en vêtements dont je n'avais pas besoin, j'ai fait un déjeuner pantagruélique et je suis allée à la piscine de l'hôtel où j'ai refusé de me fatiguer et de faire autre chose que flotter.

— J'ai hâte que le balancier penche à nouveau vers l'hédonisme et la provoc, dit le cameraman. Je pense que je suis né à la mauvaise génération. La mienne, aujourd'hui, n'en a que pour la rédemption, vous avez remarqué ? Gagner, se donner du mal et être sanctifié.

Tous les étudiants avec lesquels j'étais à l'école de cinéma à NYU sont amoureux de la purification. Ils renoncent à la viande, aux laitages, aux glucides, aux produits qui ne sont pas de saison et au plastique. Ils n'ont pas la moindre fibre indulgente ou rebelle dans le corps. Et ils ne sont pas seulement dingues de la rédemption. Ajoutons la rectitude. Ils veulent tous être kapos.

— Quand j'étais jeune, on transgressait les règles. Autant que je sache, les gens de votre âge adorent les multiplier.

Elle eut un mouvement rapide de la main en ajoutant :

— Et faire marcher leurs semblables à la baguette.

Il lui toucha le poignet.

— Pas mal. Même si je suis surpris. Tout le monde se fait tatouer.

Les cas particuliers se reconnurent.

— Cincinnati, 1973. Ils me copient.

Ils flirtaient un peu. C'était agréable. Ses pancakes arrivèrent. La pile était énorme.

— Vous ne pourriez pas faire quelque chose avec ce que vous avez déjà tourné ? proposa-t-elle. Un documentaire plus général sur l'engouement croissant pour le triathlon ?

— Trop tard, dit le cameraman. Ce genre de courses d'endurance bizarres inonde le pays. Et maintenant, les vrais durs sont à fond dans des trucs hyper-ultra-limite-je-me-mets-carrément-minable, dans la toundra au mois de janvier ou dans la Vallée de la Mort en juillet. En comparaison, la course d'aujourd'hui est pitoyable. On avait donc besoin de l'angle du toxico qui se réhabilite. Tout ce que je pourrais garder, c'est quelques plans de la meuf Bambi, en guise de, euh, d'inspiration dans les moments d'introspection…

— En parlant du loup.

Au moment où la coach passait comme une flèche, Serenata fut ravie de constater que sa tenue de cycliste préférée bleu pâle et jaune canari était constellée de boue et ne s'en remettrait probablement jamais.

— Ce connard de Rausing, dit le réalisateur en levant les yeux de son téléphone, annonce qu'il y a déjà eu trois chutes de vélo, dont une impliquant plusieurs coureurs. Adhérence de merde. Un des accidents est assez grave. Le mec s'est ouvert le crâne.

Inquiète, Serenata sortit son téléphone. Pour les épreuves de vélo et de course à pied, les concurrents étaient équipés du même bracelet d'identité électronique à la cheville que Remington avait porté à Saratoga Springs, elle pouvait donc suivre sa progression sur l'appli MettleMan qu'elle avait téléchargée au motel. Sur l'ensemble de la course, le numéro 1083 était toujours dernier, mais le point bleu continuait de progresser plus vite qu'un homme avec le crâne fracassé.

Quand ils eurent fini de manger, les membres de l'équipe de tournage décidèrent de rendre leurs chambres et de rentrer à Hudson – de façon punitive, sans Hank. Ils raccompagnèrent Serenata à son motel, où elle prit ce qui aurait dû être la douche brûlante de son mari et enfila des vêtements secs dont il avait bien plus besoin qu'elle. Vers midi, le numéro 1083 avait passé le point à mi-parcours du premier tour. Inquiète, elle revint en ville en Uber et s'acheta un gros sweat-shirt ; il faisait beaucoup plus froid qu'elle ne s'y était préparée. Elle goûta de l'huile d'olive parfumée aux champignons sauvages et du vinaigre balsamique à la fraise sur des morceaux de pain. Elle s'arrêta à la boutique de pop-corn et choisit un nouveau parfum censé évoquer la saveur du poulet à la bière.

Au moment où le point bleu avait presque fini son premier tour, elle retourna dans le même restaurant avec vue somptueuse sur la course, et commanda une assiette de beignets de calamars pour justifier l'occupation de sa table. L'équipe de tournage lui manquait. Elle avait été soulagée de partager une certaine solidarité avec des collègues « rabat-joie, trouillards et poules mouillées ».

Juste en contrebas de là où se trouvait Serenata, une femme d'une maigreur effrayante en tenue de sport trop estivale pour la température s'était postée derrière la barrière du public, armée d'une cloche à vache affreusement bruyante. Les amateurs les plus rapides étaient déjà en train de boucler leur deuxième tour. Chaque fois qu'un connard de cycliste passait, la pom-pom girl autoproclamée était prise d'une frénésie de cris et d'agitation de cloche sans oublier les habituelles inepties hurlées à pleine voix : « Vas-y, fonce, Doudou ! Montre-leur ! T'avoue pas vaincu, Doudou ! On est tous derrière toi ! T'es un champion ! Tu vas le faire, ton tour ! » Le son de la cloche était une torture.

L'appli finit par montrer le point bleu prenant le virage. Serenata abandonna ses calamars pour se pencher par-dessus la rambarde en bois qui courait le long de la terrasse du restaurant. Il arrivait, tête baissée, avec cet imbécile de casque sur la tête et, à l'image de tous les autres coureurs, couvert de boue. Ses pansements suintaient de toutes parts. Profitant de deux secondes pendant lesquelles la supportrice décharnée n'agitait pas sa cloche, Serenata mit toute la sensualité qui avait fasciné le client de chez Lord & Taylor pour crier :

— RE-MING-TON !

Il se tourna dans sa direction et la gratifia d'un signe de tête.

Ce qui allait devoir lui suffire pour tenir encore combien de temps ? Elle vérifia l'heure à sa montre. Il avait bouclé le tour en quatre heures et neuf minutes. Sa moyenne était donc de… 22 km/h, ce qui, compte tenu de son état pitoyable après l'épreuve de natation, était bien. Conclusion : il ne s'était pas noyé. Il n'avait pas eu d'autre accident de vélo. Et s'il continuait à la même vitesse, il débuterait le marathon dans deux heures, à environ 18 heures, ce qui lui laissait une toute petite chance de terminer avant minuit. Quant à ce qu'elle ressentait personnellement, c'était de l'admiration et du dégoût à parts égales. Un seul sentiment ne souffrait pas d'ambivalence : elle n'avait pas le moindre désir de passer ce qui leur restait de vie avec une santé à peu près correcte à assister à ce genre d'événements. Ce que lui inspirerait le fait qu'il franchisse la ligne d'arrivée avant minuit était entièrement lié à ce que Remington ferait de son succès, à savoir, s'en satisfaire ou en vouloir davantage.

Le cameraman avait vu juste lorsqu'il avait évoqué la réaction naturelle des impies à l'égard de cette répudiation de la chair. Elle finit ses calamars.

D'après l'appli, le vainqueur arriverait aux alentours de 15 h 40. Elle était loin d'être captivée par le fait qu'un total inconnu prenne la première place, mais elle n'était pas très chaude non plus pour faire un énième aller et retour au motel. Elle redescendit donc la pente cahincaha pour rejoindre la ligne d'arrivée où les derniers mètres de la piste du marathon contournaient les rangées de râteliers à vélos, qui se remplissaient de nouveau. Une foule assez compacte s'était massée derrière les barrières du public. Toute honte bue, elle se servit de son infirmité pour obtenir un traitement de faveur et réussit à poser son pliant sur le devant, instaurant ainsi un premier rang. Sa jambe droite partiellement étendue, elle jouissait d'une excellente vue sur l'arche de la ligne d'arrivée dont la couleur orange commençait à passer sous les trombes d'eau incessantes. Entre les deux montants verticaux, la fameuse barre de traction était posée à l'horizontale.

Pour passer le temps, elle vérifia la position des autres membres du club de tri. Hank Timmerman avait disparu ; des amateurs ambitieux jetaient déjà leur vélo entre les mains de bénévoles et se précipitaient dans la tente « T2 », mais Cherry DeVries avait encore pas mal de kilomètres à parcourir. Serenata se surprit à la soutenir ; si elle échouait, Sarge se chargerait de l'enfoncer un peu plus. Sloan Wallace n'avait pas le niveau des pros mais il avait déjà couru les trois quarts du marathon ; son degré d'excellence aurait pu lui permettre de terminer en bonne place pour peu que les pros, jeunes et retraités dont se plaignait la femme sur le promontoire, n'aient pas occupé le créneau. Il lui fallut une sacrée détermination pour vérifier la position de Bambi, dont le point bleu, à sa grande satisfaction, se trouvait loin derrière celui de Sloan. La coach n'en décolérerait pas.

— Nom d'un chien ! s'exclama Serenata.

Chet Mason était marqué « NPF ». Curieusement, elle eut soudain beaucoup de peine pour le jeune homme.

Des bénévoles distribuèrent à la ronde des bandes orange que Serenata accepta avec perplexité. On aurait dit des préservatifs pour chevaux. Autour d'elle, des spectateurs plus expérimentés les gonflèrent. Ce n'est qu'en entendant des rugissements retentir de l'autre côté de la courbe qu'elle comprit la marche à suivre : les spectateurs se penchèrent au-dessus des minces barrières en Plexiglas contre lesquelles ils frappèrent en rythme et à l'unisson ces saucisses gonflables orange en hurlant : « Vas-y ! Vas-y ! Vas-y ! Vas-y ! » au moment où le premier coureur arrivait. Cela s'apparentait à un concert de percussions tribal et primitif à base de plastique.

Bien qu'il se soit flagellé pendant neuf heures et quarante minutes, le spécimen en tête, dégoulinant de pluie et couvert de boue, courut jusqu'au bout. Il agrippa la barre d'un bond, hissa le menton au-dessus d'un même mouvement fluide, puis il leva ses longues jambes derrière sa tête et les balança en arrière en cambrant le dos avant d'atterrir avec une sortie de gymnaste. Une pirouette longuement répétée et, de fait, assez impressionnante.

— Tu… es… MettleMan ! beugla la sono.

Des bénévoles se précipitèrent sur le vainqueur avec des serviettes et une couverture de survie, tandis qu'un autre lui enfilait une médaille clinquante autour du cou. Puis on le conduisit auprès des photographes qui attendaient à proximité.

Trente secondes plus tard, un deuxième concurrent terminait la course – pour le moins impressionnant : une femme. Une grande gigue, le corps noueux, plate comme une limande et tellement légère que la cerise sur le gâteau que constituait la traction sur la barre sembla facile. Mais quand ses pieds touchèrent terre accompagnés d'un autre : « TU… ES… METTLEMAN ! » – le sacre étant unisexe –, ses jambes cédèrent et elle s'effondra dans la boue. Cette fois, les bénévoles déposèrent la coureuse dans une chaise roulante et la poussèrent en vitesse entre les pans d'une tente marquée d'une croix blanche.

Le passage par l'infirmerie avant la séance photo s'imposait plus pour la forme qu'autre chose. Après avoir accompli la dernière ligne droite, la plupart des pros tremblaient et avaient du mal à tenir debout, voire n'y arrivaient pas du tout. C'est un spectacle rare que ce moment où quelqu'un arrive au bout de sa dernière once d'énergie, de force et de volonté, cet instant précis où *tout* est parfaitement dépensé.

Le tambourinement des bâtons en plastique donnait mal à la tête à Serenata. En tant qu'invalide, elle se sentait un brin menacée par l'attroupement. Elle renonça donc à son excellente place, fendant la foule, tel Moïse les eaux, à l'aide de sa canne. Elle se hissa sur les gradins où la vue plus lointaine sur la ligne d'arrivée était parfaite, sachant qu'elle s'en fichait éperdument. Chaque fois qu'un nouveau concurrent arrivait, l'annonceur lui accordait le même baptême tonitruant : « TU… ES… », etc., avec un enthousiasme renouvelé invraisemblable. En vérifiant de nouveau la position de Remington, elle fut troublée de constater qu'il n'avait pas beaucoup avancé dans son second tour de vélo.

Elle arracha l'étiquette de prix de son nouveau sweatshirt et l'enfila avant de revêtir le poncho imperméable à capuche qu'elle avait acheté dans le même magasin : le bras qui portait le parapluie commençait à fatiguer. Bien enveloppée dans son poncho, les gouttes de pluie frappant la visière de la capuche, elle se prépara à la longue attente : loyale assistante, fidèle épouse, piètre supportrice. On dit que le temps passe plus vite quand on est vieux. En fait, pas toujours.

Vers 17 heures, un visage familier fendit la carapace de sa catatonie : Sloan Wallace venait d'arriver. En supposant qu'il soit entré dans l'eau à 6 h 10, il avait terminé le tri en moins de onze heures. Ces gens n'avaient que leurs temps à la bouche, elle avait donc bien conscience que « passer sous la barre des onze » n'était pas le moteur du seul Sloan, mais aussi celui de Bambi. Serenata vérifia la position de la coach avec un sourire diabolique : cette salope n'y parviendrait jamais.

En revanche, elle n'avait rien contre Sloan, elle descendit donc des gradins et boitilla pour se mettre à l'abri dans la « tente des arrivés ». À l'intérieur, les pros étaient assis seuls, chacun à une table pliante séparée, sans se parler, le regard vide et morne, semblables à des robots qu'on aurait éteints. Ils ne se servaient pas dans les corbeilles à disposition débordant de biscuits et de barres de céréales. La dizaine d'amateurs qui avaient terminé la course se reconnaissaient à leur groupe d'amis et de parents enthousiastes. Cependant, lorsqu'elle fit signe à Sloan, qui venait de descendre un litre de Gatorade, il était seul et il eut l'air content de la voir.

— Je suis venue te féliciter, dit-elle. Quelle horreur, ce temps. Ça a dû être éprouvant.

— Oui, et dire qu'on s'était surtout inquiétés de la chaleur !

— Où est ta famille ?

— Mon ex n'a pas voulu laisser venir les gosses, dit-il. J'ai la garde un week-end sur deux. C'est son week-end.

— Ce n'est pas très gentil de ne pas avoir échangé.

— À qui le dis-tu.

Ils discutèrent des difficultés de la course, et Serenata affirma que Remington se donnait toujours à fond, puis elle lui demanda :

— Tu sais ce qui est arrivé à Chet ? D'après l'appli, il est NPF.

Le visage de Sloan s'assombrit. Chet était plus ou moins son protégé.

— Merde, c'est dommage. Je n'arrive pas à croire qu'il ait abandonné. Hé, Patti ! cria-t-il à l'adresse d'une bénévole. Tu sais ce qu'il est arrivé à Chet Mason ? Petit, costaud, trente ans et qui a dû abandonner ?

— Ah, lui, dit Patti.

Les malheurs de ce concurrent avaient semblait-il fait le tour du site à toute allure.

— Spasme musculaire dans le mollet. Spasme et pas crampe, et je suppose que ça fait une grosse différence. Il paraît qu'il a essayé de continuer à courir et que c'était affreux à voir. Genre…

La jeune fille mima quelqu'un en train de courir, plié en deux.

— Je l'ai vu quand il a été transporté à la tente infirmerie. Il y a des mecs qui font semblant d'être blessés parce qu'ils sont largués. Mais là, ça crevait les yeux avec ce gros nœud dégueu sur le muscle du mollet. Il ne pouvait pas faire peser de poids dessus. Pas besoin d'aller à l'hôpital pour ça – il faut juste que ça se résorbe tout seul –, mais il n'a pas eu le droit de reprendre la course. La vache, je n'avais jamais entendu un adulte pleurer comme ça. En mode braillements de bébé.

— De douleur ? demanda Serenata.

— Je ne crois pas, répondit Patti.

— Regardez-moi qui se pointe ! s'exclama Sloan. Mais qu'est-ce que tu faisais ?

— À ton avis ? Je me suis arrêtée pour acheter des muffins, grogna Bambi qui avançait vers leur table en se débarbouillant à l'aide d'une serviette. Je n'ai même pas battu mon propre record, sans parler de passer sous la barre des onze. À voir ton expression de faux cul, je suppose que tu l'as fait.

— Dix heures, cinquante-six minutes et quatorze secondes, dit Sloan avec un sourire. Pas mal pour une course dans la boue.

— J'apprécie moyen de me taper toute cette merde pour au final me sentir comme une conne, se plaignit Bambi.

La déception avait retiré une couche de son personnage comme du décapant. Le vernis joyeux s'était envolé. Elle respirait la malveillance et la rancœur, comme une personne normale.

Elle se tourna vers la bénévole.

— Hé, qu'est-ce que tu as dit à propos de Chet ?

Patti avait l'air ravie de se retrouver au centre de l'attention (question : pourquoi être bénévole si c'était seulement pour faire l'esclave ?) et elle répéta son petit numéro.

— Putain, mon premier NPF ! dit Bambi. Et à l'enregistrement pour l'épreuve de natation, j'ai croisé le mec du docu qui m'a dit que Hank avait déserté. Quelle bande de cons. Hé, donne-moi ça.

Sans même lui avoir dit bonjour, elle s'empara du téléphone de Serenata sur lequel celle-ci était évidemment en train de suivre Remington.

— Rem a beaucoup trop de retard. C'est un coureur de merde. Ce con n'a aucune chance de terminer. Je vais adorer les stats de cette année : un abandon, un blessé, deux NPF et un lapin.

Bravo pour la pensée positive.

Serenata repartit vers les gradins. À 18 heures, tandis que la lumière commençait à baisser, elle reconnut que Bambi avait raison. Si Remington avait conservé son rythme de départ, il serait déjà passé à l'épreuve de course à pied. Les cyclistes qui l'entamaient en ce moment même se réduisaient à une poignée. À 19 heures, le numéro 1083 était le seul cycliste sur la piste.

L'appli de suivi éliminait tout suspense, à 19 h 40, elle était donc prête à l'accueillir au moment où il apparaîtrait au détour du virage. L'attente lui avait permis de réviser ses maths. La vitesse moyenne de Remington avait chuté de 22 à 16 km/h. En comptant le changement de tenue, il allait devoir maintenant courir la distance en moins de quatre heures vingt, distance que le gagnant avait sans doute parcourue en trois heures quatorze mais que, l'année précédente, l'ensemble des coureurs avait couverte en quatre heures cinquante-sept en moyenne. Enfin, en ce qui concernait la course à pied du jour, la bienheureuse Bambi Buffer avait été chronométrée à quatre heures dix. Quelle était la probabilité que Remington puisse courir 42,5 kilomètres en seulement dix minutes de plus que son Amazone de coach quand, à Saratoga Springs, il lui avait fallu sept heures et demie pour courir 42,195 kilomètres ? AUUUUUUUCUNE !

Il n'y avait rien de tel pour être près d'exploser de dégoût que de rester des heures dans le froid et l'humidité en n'ayant strictement rien à faire. En prenant appui sur sa canne, elle grimpa sur un gradin plus élevé – d'où elle pouvait le voir pédaler péniblement sur les derniers 100 mètres de la course, mais surtout où il pouvait la voir aussi. À un volume que tout coach vocal aurait considéré comme susceptible d'endommager la voix, elle hurla :

— Remington Alabaster, ça suffit ! Laisse tomber et allons dîner ! Tu n'arriveras pas à temps !

Trois minutes après, ce con sortait de la tente « T2 » en tenue de running.

Après un troisième repas au même restaurant – c'était le plus proche du site –, elle retourna vers la ligne d'arrivée en boitant. Les distances étaient courtes, mais cumulées, elles représentaient un nombre trop important de mètres en une journée pour son genou. Elle avait gobé ses anti-inflammatoires comme des bonbons.

Bien sûr, elle n'avait aucune raison de se presser. Il était près de 23 heures quand elle paya l'addition, or le point bleu de Remington n'en était pas encore à la moitié du parcours. Sa moyenne kilométrique par heure était de 5,6 : celle d'une marche rapide. Si d'aventure il courait les 24 kilomètres restants en une heure – dans une joyeuse profusion d'écorchures, de tendon d'Achille détendu, de muscle ischio-jambier claqué, de coiffe de rotateur abîmée et de contusions qui avaient sans doute amoché les muscles –, il serait en mesure de rivaliser avec le record de Hicham El Guerrouj, établi quinze fois d'affilée.

N'était son piètre état, Remington courait de toute façon d'une drôle de manière. Il levait haut les pieds, toute son énergie semblait dirigée vers la verticalité. D'où qu'on se place, on aurait dit qu'il courait sur place. Même s'il était mince pour sa taille, il frappait le sol du pied avec le même *ploc* qui caractérisait son crawl au moment où le bras frappait l'eau. En fait, il réussissait à importer son style parpaing de la piscine à la terre ferme.

Au début de la compétition, il était physiquement éprouvé. Sur le plan émotionnel, elle ne pouvait prévoir avec exactitude comment il prendrait son incapacité à la terminer – à part mal.

La courbe décrite par la dernière ligne droite était désormais éclairée par des ampoules multicolores. La pluie ayant cessé de tomber, le public était plus nombreux. Cette foule était notablement plus excitée que celle qui avait accueilli les pros. Les coureurs qui arrivaient tout au long de la dernière heure étaient probablement de ceux que le reste du monde considérait comme des « gens ordinaires » tentant l'extraordinaire, auquel ils avaient convié à assister des hordes de supporters enragés. Serenata n'avait pas plus tôt installé son pliant d'infirme qu'une virago aux cheveux bruns la poussait avec force, manquant de la faire tomber.

— J'en ai trois qui arrivent. Faut que je sois devant.

À l'apparition de chaque concurrent débouchant du virage – qui ne pouvaient pas tous être de ses « trois » –, la spectatrice autoritaire hurlait avec un coffre que la plupart des femmes en train d'accoucher sans péridurale ne seraient pas parvenues à égaler.

Il est vrai que les coureurs en queue de peloton offraient un spectacle émouvant. C'étaient les femmes au foyer, les pompistes, les instituteurs et les types du câble qui n'étaient pas habitués au feu des projecteurs. Parfois petits ou un peu ronds, ils n'avaient rien des modèles parfaitement proportionnés qui vendaient des chaussures de running à 200 dollars dans une boutique de Madison Avenue. La plupart des participants de 23 heures ne possédaient ni l'argent ni la prétention nécessaire pour se payer un coach privé. Ils s'en étaient sans doute remis à des sites Internet ou à un manuel. La détermination qui les conduisait jusqu'à la ligne d'arrivée était forcément implacable. À l'instar d'Ethan Crick, beaucoup avaient dû se lever à 4 ou 5 heures du matin, et ce, pendant des mois, pour aller nager, faire du vélo ou courir avant d'entamer une journée complète de travail. Certaines femmes avaient dû supporter d'être copieusement ridiculisées par leur famille en se fabriquant petit à petit et dans la douleur une musculature qui leur permettrait de lever le menton au-dessus de la barre suprême. Ce n'était pas à Serenata de décider si ce couronnement – « Tu… es… MettleMan » – pouvait ou non être le grand moment de leur vie.

Un sous-groupe de ceux qui terminaient juste avant le temps réglementaire était constitué de ceux qui s'étaient sans doute attendus à passer la ligne d'arrivée des heures plus tôt. Minces, grands, mordus et tous des hommes, ceux de ce contingent visiblement compétent avaient dû être choqués par la difficulté de la course. Même motivés par l'arche orange à portée de vue, certains en bavaient pour mettre un pied devant l'autre à une allure à peu près similaire à celle de Serenata marchant avec une canne après son opération. Il ne faisait aucun doute qu'ils étaient un peu gênés de terminer en même temps que des gens comme… Cherry DeVries !

Serenata n'avait pas encore hué, sifflé ou frappé une barrière à l'aide d'une saucisse gonflable orange et encore moins poussé des cris stridents comme cette dingue à sa gauche. Et pourtant, lorsque la silhouette familière de la mère de trois enfants apparut, un large sourire barra son visage et elle hurla :

— Bravo, Cherry !

— CHERRYYYY ! CHERRYYYY ! Ça, c'est une femme ! Tu l'as fait ! On t'aime comme des fous, ma puce ! CHERRYYYY ! CHERRYYYY !

C'était Sarge.

Les épaules en arrière, la tête haute, Cherry alla chercher une dernière pointe de vitesse. Elle se jeta sur le tabouret en plastique à disposition, sacrifiant trois secondes de son temps pour savourer la clameur avant de saisir la barre pour exécuter lentement une traction parfaite, les yeux clos. Lorsqu'elle se laissa tomber au sol tandis que le présentateur la nommait officiellement MettleMan, il était impossible de savoir si elle riait ou si elle pleurait.

Serenata céda le peu d'espace que la hurleuse lui avait accordé et se faufila jusqu'à la tente des arrivés. Au moment où elle trouva Cherry, Sarge avait passé un bras autour des épaules de sa femme et posait devant les enfants qui prenaient des photos avec leur téléphone.

L'homme était aux anges. Cherchez l'erreur. Les triathlons n'étaient peut-être pas si mauvais finalement.

Serenata interrompit la séance pour embrasser la femme couverte de boue : et tant pis pour le sweat-shirt neuf.

— Tu es un exemple formidable pour tes filles, murmura-t-elle à l'oreille de Cherry.

— Où en est Remington ? demanda cette dernière.

— Il est un peu à la traîne.

Cherry vérifia l'heure à sa montre.

— Oh, non ! Il ne va pas y arriver ?

— J'en ai bien peur. Mais il sera touché que tu te sois inquiétée de son sort, sachant dans quel état tu dois être.

— Fais-moi un bisou, championne ! Je ne te l'avais pas dit, que tu pouvais le faire ?

À présent en jean skinny et pull rose moulant, Bambi attrapa Cherry par le cou d'un geste possessif.

— Je viens de percuter que tu es ma seule réussite de débutant de l'année. Ta photo va direct sur mon site. J'attends ton témoignage écrit pour la fin de semaine.

Profitant de ce que Sloan embrassait l'improbable triomphatrice (« Bienvenue au vrai club, Cherry ! Passe au garage, on se fera tatouer ensemble »), Serenata s'écarta pour vérifier où en était Remington sur l'appli.

— C'est bizarre ! s'exclama-t-elle.

— Quoi donc ? demanda Cherry.

— Son point n'a pas bougé depuis vingt minutes.

— Il s'est peut-être arrêté pour boire. Laisse-moi voir…

En constatant le nombre de kilomètres que Remington avait encore à parcourir, Cherry fut visiblement déconcertée.

— À moins qu'il, tu vois... qu'il ait compris que c'était cuit. Il est minuit moins dix, mon chou.

Mais Remington n'abandonnerait que contraint et forcé. Certes, il avait laissé son téléphone, mais il avait une montre. En commençant cette dernière épreuve, il savait pertinemment qu'il n'aurait pas le temps de la terminer avant l'heure dite. Au moment où le gong résonna aux douze coups de minuit, Serenata ressentit la vibration dans son ventre.

De nombreux coureurs arrivèrent après et bien qu'ils se soient pliés à la formalité de la traction, le présentateur resta odieusement silencieux. Ils étaient fatigués, ils étaient mouillés, ils étaient à peu près aussi affûtés qu'un ours, mais ils n'étaient pas MettleMan. Le personnel médical ainsi que les bénévoles qui distribuaient les couvertures de survie restaient sur place, mais toute la tension qui entourait l'événement se relâcha. Les membres de l'équipe commençaient même à ramasser les détritus.

Voyant que plusieurs solides buggys étaient sur le point de partir, Serenata s'approcha d'un conducteur.

— Je suis inquiète pour mon mari, le numéro 1083, dit-elle en montrant le point bleu sur l'appli. Il est à 20 kilomètres de la ligne d'arrivée et ça fait une demi-heure qu'il est à la même place.

— Ne vous faites pas de souci, on part chercher tous les retardataires.

— Je peux vous accompagner ?

— Désolé, mais on garde les sièges libres pour les gens qu'on récupère. Ils auront beau ne pas avoir réussi, ils seront fatigués et – euphémisme – pas dans le meilleur état d'esprit.

— Pourriez-vous au moins m'appeler quand vous l'aurez trouvé, comme ça, je saurai qu'il est sain et sauf.

— Pas de problème.

Elle donna son numéro de téléphone au jeune homme serviable. Il l'appela une demi-heure plus tard.

— M'dame, dit-il, on a trouvé le bracelet de cheville du numéro 1083 mais pas le type qui va avec. Il l'a retiré.

— Il est toujours dans la nature. Vous devez le trouver.

— Je suis vraiment désolé, mais je ne peux pas faire ça. C'est le règlement. Vérifiez les mentions en tout petit sur la décharge qu'il a signée. Notre équipe n'assume aucune responsabilité en cas d'incident. En plus, il a retiré son bracelet, ce qui est contraire au règlement. Franchement, on ne peut plus rien.

— Mais on parle d'un homme âgé, d'un vieil homme, sérieusement blessé, qui n'a jamais couru de tri auparavant, tout seul dehors...

— M'dame, coupa le jeune homme, la journée a été longue pour tout le monde. Votre mari ou du moins son bracelet était notre dernier retardataire et on rentre à la base. Vous voulez mon conseil ? S'il ne se pointe pas, faites la tournée des bars. Ces types prennent vraiment très mal de ne pas terminer avant l'heure limite, vous n'avez pas idée. Il y a un rade sur la 86 qui s'appelle « Le NPF ». Très apprécié des gens du coin.

— Le seul bar vers lequel mon mari se dirige est une barre de traction. Il ne veut probablement pas que vous le récupériez. Je parie qu'il s'est caché en voyant les phares de votre buggy.

Le jeune homme avait déjà raccroché.

Désemparée, elle retourna dans la zone qui se trouvait derrière la ligne d'arrivée, où l'atmosphère était froide et lugubre comme à la fin d'un concert de rock. Elle se pencha pour entrer dans la tente des concurrents qui avaient terminé, laquelle s'était transformée en une espèce de bar. Cherry et sa famille avaient quitté les lieux. La seule personne qu'elle reconnut était Bambi, qui lui tournait le dos, ses santiags rose et noir posées sur une table. Elle était en train de descendre une grande chope de bière en plastique remplie à ras bord de vin rouge en compagnie d'une autre jeune femme musclée à l'air coriace.

— T'es coach, tu sais ce que c'est qu'un vrai nase, disait Bambi. Et celui-là, je peux te dire que c'est un cas d'école, d'accord ? Genre, ton projet pour le concours de sciences sur le thème « comment faire d'une buse un épervier ». Il partait de zéro, le plus lamentable de tous les mecs que j'ai coachés de ma vie. Tu sais combien il a fait au marathon de Saratoga ? Sept heures vingt-six.

L'autre femme s'esclaffa.

— Donc, tu me connais. Je résiste pas à un défi. En fait, c'est carrément compulsif. Quand j'ai repéré le phénomène à Saratoga, impossible de résister. Je me suis dit que si je réussissais, je pourrais m'en vanter pendant des décennies au moins. Une renaissance à cette échelle pouvait attirer des paquets de clients. J'avais même parié un peu de fric dessus avec Sloan – encore une autre compète que ce connard a gagnée aujourd'hui. Si ce mec ne baisait pas comme un dieu, il serait insupportable.

— C'est vrai que… s'autorisa l'autre femme en fronçant les sourcils.

— Le seul truc plus dur que ses deltoïdes, c'est sa bite. Je vais encore me taper des tonnes de : « Je te l'avais bien dit, qu'il ne pouvait pas le faire. » Bref, trop cool que je me sois fait un paquet de blé sur le dos du vieux. Compensation pour sa femme, si tu veux savoir la vérité. Le plus gros handicap du mec. Cette connasse est enroulée autour de sa cheville comme une chaîne avec un boulet. Quel bonnet de nuit et quel cul serré. Une de ces femmes qui font dix abdos par jour et s'imaginent ensuite qu'elles sont comme nous. Et jalouse, avec ça.

— Je connais la chanson, dit la collègue en buvant directement au goulot de la bouteille. Tout ce que t'as à faire, c'est de te pointer.

— Et elles se sentent faibles, grosses et minables.

— Parce que c'est ce qu'elles sont.

Les deux trinquèrent.

— Et ce mec, poursuivit Bambi, il me suivait comme un toutou. Je l'ai laissé faire une fois. Juste me tripoter. Il n'y a pas de mal à ça. Tu vois, avec tout cet entraînement, des fois, t'es un peu tendue.

— Ces vieux sont toujours tellement reconnaissants. Comme si tu les avais laissés tenir une pièce de musée. Tu vois celui de quatre-vingt-cinq ans qui en est à son sixième Mettle ? C'est un client. Je l'ai laissé passer sa main sous mon T-shirt, j'ai cru qu'il allait pleurer.

Serenata en avait assez entendu.

— Bambi, Remington a disparu. Il a retiré son bracelet et on a perdu sa trace.

Bambi se retourna, pas du tout gênée d'avoir été prise sur le fait.

— Une grande partie du trajet du marathon se fait hors routes. Je ne peux pas prendre de taxi. Quelqu'un doit remonter la piste pour le retrouver.

— D'abord tu me menaces et maintenant tu veux que je te rende service ?

— Oui, répondit simplement Serenata.

— Pendant que tu sirotais de la limonade tranquille, tu t'es peut-être dit que le tri était une promenade de santé. Ben, non. Je suis fatiguée. Je suis pas mal bourrée. Je ne te dois rien. Je ne vais aller nulle part sauf à mon motel pour m'envoyer en l'air.

Ce n'était pas le moment de réfléchir au peu qu'il pouvait y avoir de surprenant dans ce que venait de dire Bambi.

Dans le déroulement de ses séances de kiné, Serenata venait tout juste de commencer le vélo stationnaire. Ce qui signifiait qu'elle était à peine capable de pédaler sur un vélo qui irait quelque part. À 0 h 40, il lui restait vingt minutes avant l'heure limite. Après avoir revérifié le numéro de concurrent en le comparant à celui de la carte de retrait, un bénévole lui rendit le vélo de Remington avec un coup d'œil à sa canne.

— Ça va aller ?

— On verra bien.

Appuyée contre le guidon et le cadre comme elle l'avait fait avec Carlisle à Manhattan, elle poussa le vélo jusqu'à la ligne d'arrivée. À l'aide d'une clé Allen trouvée dans la trousse à outils incorporée, elle baissa la selle. Elle sortit le dépliant remis à la réunion d'information et étudia la carte topographique du marathon en s'efforçant d'en mémoriser au mieux les détails. Abandonnant siège pliant, poncho et parapluie, elle glissa l'extrémité recourbée de sa canne bien au chaud entre les vêtements de rechange de Remington à l'intérieur du cabas, elle enfila les longues anses dudit cabas sur ses épaules et positionna correctement le sac sur son dos. En appui sur la jambe gauche, elle pencha le vélo vers le sol et fit passer sa jambe droite par-dessus la selle. L'extension nécessaire fut insoutenable. Au moment où elle lançait de façon instable le vélo, elle se rappela que la seule séance de vélo stationnaire qu'elle avait faite chez le kiné avait été douloureuse et courte.

Elle s'engagea sur la piste de course à pied en sens inverse. Après les hurlements stridents de la mégère, le silence était magnifique.

Hormis le silence, rien n'invitait au plaisir. À chaque rotation de la pédale droite, en position haute comme en basse – flexion et extension maximales –, le choc faisait se dilater ses pupilles. Appliquer une torsion à l'angle d'articulation du genou droit était une torture, elle utilisait donc de façon disproportionnée sa jambe gauche. Pas facile, dans la mesure où les pédales étaient à clip et qu'elle n'avait pas de chaussures à crampons. Le cadre était trop grand et les freins chatouilleux. Ne serait-ce qu'à cause de la boue, elle y alla lentement. Au moins, le parcours était bien éclairé et balisé par des drapeaux orange déchiquetés qui claquaient au vent tous les 3 mètres.

Elle avait vraiment le droit d'être en colère et elle l'était sans doute quelque part au fond d'elle-même. Remington était manifestement résolu à terminer la course officieusement même après avoir raté l'heure limite ; il s'était imaginé faire cette ultime traction au clair de lune, après que tous les gens étaient rentrés chez eux. Il ne faisait aucun doute qu'il s'était caché des voitures-balais. Mais, à l'allure à laquelle il « courait », il ne parviendrait pas à la barre de traction, si tant est qu'elle ait été laissée en place, avant 4 heures du matin. D'abord, il n'aurait jamais dû participer à l'événement d'aujourd'hui, mais cela importait peu. Le désastre qu'était ce triathlon avait malmené leur mariage au moment précis de leur vie où ils avaient absolument besoin de compter l'un sur l'autre. Quoi, elle allait sortir par la grande porte et trouver un autre mari à soixante-deux ans ? Et qu'est-ce qui lui avait pris d'aller tripoter la chatte de Bambi ? Elle était à n'en pas douter le genre à se faire épiler jusqu'au dernier poil au laser. Peut-être que la nouveauté lui plaisait, cette abominable douceur prépubère.

Mais, en temps de crise, la colère était une phase et elle semblait l'avoir sautée. Remington était blessé et il était vieux. Il n'avait pas perdu son apparence d'homme raisonnable, même si la manifestation de ce caractère raisonnable tenait plus de l'habitude de toute une vie ; ces derniers temps, en matière de rationalité, tout était dans la forme et rien dans le fond. Il était devenu un peu dingue. Le fait qu'il soit toujours dans les bois à cette heure de la nuit alors que la course était de fait terminée prouvait qu'il était plus qu'un peu dingue. La fureur aurait été hors sujet. Elle était inquiète et elle avait peur.

Une des caractéristiques propres au Mettle était son parcours de course à pied tout-terrain. Les marathons des franchises concurrentes se couraient sur macadam. Un chemin de terre étroit représentait un défi supplémentaire. Pas simple de garder l'équilibre sur une piste semée de cailloux et de racines. Doubler s'avérait plus difficile encore. Si vous ne profitiez pas des tronçons plus larges, vous restiez coincé derrière des groupes de coureurs plus lents, qui – horreur – ruineraient votre temps. Reste que ce n'était probablement pas dans les intentions de Doug Rausing que cette piste de course à pied soit aussi plus risquée pour un vélo. Elle remerciait intérieurement la multitude de coureurs d'avoir aplati le circuit et d'avoir maintenu la boue au sol, et les organisateurs d'avoir jalonné le parcours de lampes aussi puissantes puisque la queue du peloton y passerait forcément de nuit (pour une fois, elle était à fond pour les LED). Il n'empêche, pédaler sur un chemin de terre était plus compliqué que sur une route, et les côtes étaient assassines.

À de nombreux endroits, la piste croisait une route en dur où des bénévoles avaient dû arrêter la circulation en agitant des drapeaux pour que les coureurs puissent traverser. Le plan était le suivant : trouver Remington et, vu le prix effroyable qu'elle payait à cause de son genou, le convaincre – et c'était la partie du plan en laquelle elle croyait le moins – d'arrêter. Se diriger ensemble vers l'intersection la plus proche et appeler un Uber.

Sachant qu'ils étaient installés tous les 1,6 kilomètre, elle compta les stands à eau désertés pour avoir une idée de la distance qu'elle avait parcourue. Le vélo était équipé d'un compteur kilométrique mais, sans ses lunettes pour voir de près, elle ne distinguait pas les chiffres. Après avoir dépassé le cinquième stand, elle se mit à crier : « REMINGTON ! » toutes les minutes ou toutes les deux minutes.

Elle arriva au croisement d'une autre route à deux voies. Elle regarda à droite et à gauche, puis elle traversa en roue libre pour rejoindre les oriflammes et les lumières de l'autre côté, et grimpa la petite côte à travers bois en utilisant le plus petit braquet. « REMINGTON ! » Gagnée par l'impatience, une fois arrivée au sommet, elle s'autorisa une vitesse légèrement supérieure dans la descente.

Tout devint noir. Le pneu avant heurta un obstacle. Le pneu arrière dérapa sur le côté et sous elle. Lorsqu'elle s'étala, quelque chose glissa avec un petit bruit.

À mesure que ses yeux s'habituaient à l'obscurité, elle fit le point. Les lumières avaient été éteintes. Bien sûr. Pourquoi les garder allumées puisque l'événement avait pris fin ? Par bonheur, elle avait atterri sur son côté gauche. L'épaule et la hanche avaient encaissé le choc. Elle n'allait pas très vite. Elle s'assit prudemment. Pour l'instant, tout semblait en état de marche.

Cette maudite météo étant finalement passée à autre chose, le ciel était dégagé. Mais la lune n'était pas d'une grande utilité sur un tronçon comme celui-ci sous le couvert des arbres. Dans le noir, sa progression serait ralentie et, avec ce genre d'environnement, elle serait sans doute obligée de pousser le vélo en s'éclairant à l'aide de son téléphone. Elle ramena le cabas sur le devant et farfouilla à l'aveuglette dans le sac où se trouvaient les vêtements de Remington, la canne, les reçus des restaurants, l'ibuprofène, le dépliant de la réunion d'information. Des doigts, elle repéra la barre de céréales qu'elle avait chipée dans la tente des arrivés. Son portefeuille. Ses lunettes pour voir de près. L'omniprésente bouteille d'eau.

Pas de téléphone.

Ce glissement caractéristique.

Tâtonnant dans le noir complet, elle chercha autour d'elle en balayant méthodiquement le sol du regard par cercles concentriques de plus en plus larges. Terre. Cailloux. Feuilles. Vélo. Sans la lumière du téléphone, elle ne trouverait pas ce putain de téléphone.

C'était un incontournable du thriller moderne, non ? Pour empêcher le public de lancer des cris hostiles : « Mais pourquoi elle ne se sert pas de Google Maps ? », il fallait se débarrasser du téléphone.

Serenata passa dix bonnes minutes à palper ce qui l'entourait. Mais la seule chose qu'elle ne pouvait pas faire à cause de son genou, c'était ramper. En fait, le guide de l'arthroplastie évoquait la possibilité de ne plus jamais pouvoir s'agenouiller de façon confortable. Dans les environs immédiats de l'endroit où elle était tombée de vélo, il faisait assez noir pour que le halo du téléphone soit visible ; il ne devait pas être allé loin et, pourtant, elle ne le voyait toujours pas.

Résignée, elle essuya ses mains boueuses sur la toile du cabas avant de le remettre dans son dos. Elle redressa le vélo – elle n'avait pas l'habitude qu'un vélo soit sans nom – et s'en servit comme d'un déambulateur à roulettes pour se frayer un chemin à petits pas vers la tache lumineuse dessinée par le clair de lune au bas de la côte. « Remington ! »

Ce fiasco était en train de devenir exponentiel. Sur les tronçons mieux éclairés, elle parvenait encore à pédaler, mais, dès qu'elle se trouvait en zone boisée, la seule option était de plus ou moins marcher ou de se servir du vélo comme d'un skate-board géant. « Remington ! » Les oriflammes orange qui flottaient au vent étaient joyeusement moqueurs.

Enfin, elle déboucha dans une clairière où la piste, qui traversait une étendue d'herbe, était large, lisse et plate.

Elle s'apprêtait à enfourcher le vélo pour prendre la ligne droite quand un pli dans le panorama accrocha son regard. Un pli en forme de personne.

Il était allongé en plein milieu du chemin dans la pose de la crucifixion qu'il avait adoptée après ses premiers 32 kilomètres de course à pied – une posture qu'elle avait trouvée comique à l'époque. Patinant comme une furie, elle se débarrassa du vélo et se pencha. Sous le clair de lune, il avait le teint bleu. On aurait dit qu'il était mort.

Elle trouva son pouls. Mais il était faible et irrégulier. Elle lui tapota les joues et embrassa son front sans obtenir de réaction. Elle souleva ses paupières, sans trop savoir ce qu'elle devait chercher.

Elle n'aurait jamais dû se lancer dans cette folle expédition. Elle n'était pas habituée à sa nouvelle et grandiose inutilité, le pur fardeau de son moi postchirurgical. Elle aurait dû appeler les urgences depuis le PC de MettleMan et laisser les professionnels organiser les secours. Mais les regrets ne servaient à rien maintenant.

Un des croisements avec une route secondaire se trouvait à un peu plus de 1 kilomètre en arrière. Elle couvrit Remington de la laine polaire qui se trouvait dans le sac de ses habits de rechange et glissa son sweat-shirt en boule sous sa tête en guise de coussin. Elle lui laissa la barre de céréales et la bouteille d'eau. En pédalant vers le croisement, sur un des tronçons sombres, dans sa hâte, elle fit une nouvelle chute. Cette fois, la roue avant était pliée et ne tournait plus au-delà des freins. Elle prit la canne dans le cabas et se dépêcha de parcourir les derniers 100 mètres en courant par à-coups. Ô surprise, on pouvait effectivement franchir la barrière de la douleur, pourtant infranchissable ; lorsque les enjeux étaient assez hauts, il était possible de traverser comme une flèche l'édifice inébranlable du barrage de Grand Coulee. Avec le recul, il était étonnant que la voiture qui venait en sens inverse se soit arrêtée, plutôt que de faire un écart pour contourner la femme déchaînée au milieu de la route – femme qui agitait entre autres choses une canne, ce qui suggérait qu'elle avait été hospitalisée – et d'appuyer sur le champignon. Elle avait dû avoir l'air d'une folle.

Épilogue

Ce qu'on appelait « génération » était un artifice conceptuel. Le terme plantait de robustes guillemets autour d'un continuum qui s'écoulait sans frein, comme pour tenter de contenir les bras secondaires d'un fleuve. Un contingent aussi important que celui de la génération de Serenata comprenait une telle variété de populations que toute homogénéité perçue aurait été forcément imposée : encore un autre artifice. Pourtant, les baby-boomers, comme on les désignait, s'étaient vus affublés de la réputation douteuse de pratiquer le déni face au vieillissement. En s'accrochant à une jeunesse fugace, ils étaient devenus la cible de nombreux humoristes de stand-up plus jeunes – mais il était fort probable que Tommy March ou Chet Mason n'aiment pas davantage la décrépitude que les baby-boomers. Qui l'appréciait ?

Aujourd'hui, Serenata trouvait injuste le concept historique selon lequel les baby-boomers s'illusionnaient bizarrement quant au caractère inexorable de leur déclin. Pour que l'existence humaine reste foisonnante, personne ne vieillissait. On mourait. Le vieillissement de masse était un phénomène récent, et en rejoignant les « vieux-vieux », à n'importe quel niveau, les gens de son âge et elle seraient des pionniers. Par ailleurs, Serenata Terpsichore n'était jamais devenue vieille auparavant, par conséquent, il n'était pas si insensé qu'elle ne s'y entende pas très bien.

La qualité requise était semble-t-il l'humilité. Mais ce type d'humilité n'était pas de celles qu'on embrassait de bonne grâce. Elle vous était imposée. On devenait humble parce qu'on avait reçu une leçon d'humilité. Le vieillissement était une expérience à laquelle on succombait et, si on s'adaptait à la nouvelle situation, ce n'était pas tant qu'on était futé mais qu'on n'avait pas le choix. *Eh bien, vas-y*, disait son large sourire devant ses camarades plus jeunes. *Moque-toi de notre aveuglement, de notre inaltérable vanité. Ton heure viendra.*

Son mari et elle avaient reçu une leçon d'humilité. Même si Remington s'était remis de sa crise cardiaque, le cardiologue lui avait interdit de courir. Il pouvait nager la brasse ou le dos crawlé et faire un tout petit peu de vélo (mais, depuis Lake Placid, il s'était pris d'une étrange aversion pour son vélo sans nom, que Sloan avait eu la gentillesse d'aller chercher sur le parcours ; son propriétaire avait fait réparer la roue avant voilée uniquement pour le mettre en vente sur eBay). Pourtant, Remington n'avait repris aucune de ces activités édulcorées. Tommy avait raison : une fois qu'on avait goûté aux extrêmes, l'idée de revenir à une modération plan-plan était moins attirante que celle d'arrêter tout simplement.

Récupérer de la réparation de son arthroplastie fut encore plus difficile pour Serenata qu'après sa première intervention et les résultats moins satisfaisants. L'extension et la flexion de la jambe furent encore réduites. L'effroyable douleur chaque fois qu'elle empruntait un escalier était manifestement permanente. Mais, au bout de deux ans, ils purent aller marcher. Des promenades parfois paresseuses et contemplatives au cours desquelles la démarche de Serenata trahissait encore un léger handicap, et ce, jusqu'à ce que le genou gauche subisse aussi une arthroplastie, stade auquel ses jambes raccourcirent un poil. Le dessin des muscles ne fut plus visible sur les bras de Remington, et son petit ventre refit son apparition, mais ce n'était pas la fin du monde ; en revanche, à mesure que leur fragilité augmentait, une compassion entre époux vit le jour. Au cours de leurs promenades dans le quartier, le paysage restait immuable, mais ils discutaient, et le long du fleuve les bateaux, la faune et la flore offraient davantage de diversité qu'un entraînement fractionné n'en avait jamais procuré.

Ils vivaient modestement – encore une fois, par nécessité. La mutuelle et les dépenses liées à l'obsession passée de Remington avaient rogné une part considérable de ce qui restait de la vente de la maison d'Albany. À mesure que le boycott pour cause d'« imitation » prenait de l'ampleur, le filon juteux des livres audio s'était tari. Pendant un certain temps, avant que Serenata touche sa retraite, elle en avait été réduite à rédiger des dissertations pour l'admission à l'université de certains étudiants fraudeurs. Travail scandaleux en un sens, mais qui lui avait permis de s'instruire sur l'apiculture, *Le Roi Lear* et les plantes invasives. Sujets de conversation pour les promenades.

De nouveau désœuvré, Remington mena la campagne pour le changement d'éclairage public d'Hudson en faveur des LED à kelvin bas, protection maximale et boîtier en adéquation avec l'architecture XIXe siècle du centre-ville.

Remplaçant sur le plan social le club de tri, le petit comité de bénévoles d'une mixité rafraîchissante comptait au nombre de ses membres Ethan Crick qui avait le sens civique chevillé au corps et, plus surprenant, Brandon Abraham qui, en retraite anticipée du SDT d'Albany, était venu s'installer à Hudson en compagnie de son éblouissante épouse ; Brandon et Remington étaient rapidement devenus copains de beuverie. Parce qu'il avait appris de ses erreurs, Remington avait poussé le comité à aborder le conseil municipal dans un esprit de camaraderie et d'intérêt partagé.

Une fois le nouvel éclairage public économiseur d'énergie mis en place, le tourisme fit un bond notable, et la vie nocturne locale jusque-là balbutiante prit un petit coup de fouet. D'autres municipalités dépêchèrent des émissaires pour étudier les séduisants équipements, et ces derniers revinrent enthousiasmés par l'ambiance chaleureuse diffusée par les faux éclairages au gaz. Quand, par la suite, le conseil municipal d'Hudson se résolut à transformer en ateliers d'artistes les cabanes de pêcheurs en ruine au bord de l'eau, dans lesquelles Margaret Alabaster avait nettoyé des esturgeons, il se tourna immédiatement vers Remington pour l'étude des plans. Au cours d'une réunion concernant une proposition moins respectueuse du caractère historique des bâtiments, Remington s'emporta et tapa sur la table. Il se confondit en excuses devant le conseil municipal qui fut estomaqué par ces excuses. Puis il leur raconta sa vieille mésaventure au SDT, et taper sur la table pour rappeler à l'ordre le groupe dissipé devint une blague récurrente.

Entièrement remise de sa rhabdomyolyse, Tommy se mit à mépriser gentiment le sérieux avec lequel ses contemporains suivaient leur programme de mise en forme. Cette phase fut marquée par la répudiation de la fausse Fitbit derrière sa tête de lit (sur laquelle figurait toujours : « NE PAS DOUTER » – une maxime à géométrie variable), où elle resta au milieu des moutons. Histoire de se dépenser, un cours de tango se révéla vraiment agréable. Sous la houlette de Serenata, elle devint une interprète de voix off pour jeux vidéo très demandée ; elle avait le corps idéal, dégingandé et souple, pour des rôles de plus en plus physiques. Depuis que ses genoux lui interdisaient ce travail, chaque fois qu'un ancien contact lui proposait un boulot, Serenata le transmettait aussitôt à sa voisine. Très vite, Tommy déménagea à Brooklyn, ce que Serenata vécut comme une perte, mais la jeune fille venait assez souvent voir sa mère malade pour que les deux voisines restent amies.

La fois où Serenata tomba sur Cherry DeVries au supermarché, le Caddie de cette dernière débordait aussi bien de brownies et de chips que de soda light et de tourtes au poulet Weight Watchers – le yin et le yang américains. Les contours de Cherry avaient été redessinés sur le modèle de sa photo d'avant le tri. Mais elle se montra si éloquente à propos de l'année qu'elle avait consacrée au triathlon que le côté éphémère de l'effet de ce dernier sur son corps semblait sans importance.

— Franchement, dit-elle avec enthousiasme après avoir remercié Serenata pour sa généreuse hospitalité à l'époque, tout ce truc, et pas seulement la course en elle-même mais l'entraînement, a été, je te jure, l'expérience la plus merveilleuse de ma vie. Depuis, mes enfants me traitent différemment et Sarge aussi. Il me respecte. Il n'a plus jamais levé la main sur moi.

— Il a peut-être peur de toi, répondit Serenata. Tu as déjà envisagé d'en courir un autre ?

— Surtout pas, lança Cherry en lui montrant son avant-bras gauche tatoué du double M orange. J'ai prouvé ce que j'avais besoin de prouver, à ma famille et à moi-même. Tu ne peux pas savoir à quel point je suis plus heureuse depuis. Prends soin de toi, mon chou.

Un point pour MettleMan.

Remington reprit ses visites à son père qui, avec tact, s'était retenu de lui mettre le nez dans le désastre de Lake Placid. Ils disputaient de nombreuses parties de crib. Le retour sur investissement en temps et en tendresse se traduisit par l'achat d'une assurance-vie qui, lorsque Griff mourut de sa belle mort à quatre-vingt-quatorze ans, fut payante. Il allait leur manquer, mais ils n'auraient pas à se reprocher d'avoir négligé le vieil homme acariâtre, mais bonne pâte au fond, lorsqu'il était en vie.

Le frère de Remington était richissime et vivait à Seattle, il accepta donc avec joie que son frère hérite de la maison. Maison qui fut une bénédiction dans la mesure où Valeria, qui avait fini par quitter son mari rabat-joie, avait besoin d'un refuge abordable où élever six enfants. Les grands-parents baby-sitters étaient compris avec la maison, un test en quelque sorte, mais le contact avec des adultes raisonnables et laïques ne pourrait que contribuer à empêcher les enfants de devenir tarés.

Cependant, après avoir abandonné l'enseignement à domicile en raison d'un épuisement massif, Valeria fut déçue par l'Église, dont la branche « nouveaux chrétiens » d'Hudson était plus sectaire que le Sentier lumineux de Rhode Island et lui rappelait les cours de récréation d'antan où on lui battait froid. Après une brève mais intense période d'alcoolisme, la section locale des Alcooliques anonymes déploya une dose d'évangélisme suffisante pour combler le vide, tout en lui procurant un mélange idéal d'apitoiement sur soi-même, de supériorité et de prosélytisme sermonneur à l'égard de ses parents (en théorie, sa mère buvait trop de vin). Mince ! La deuxième secte se substituait si bien à la première que Serenata se demanda si sa fille ne s'était pas forcée à devenir alcoolique pendant six mois uniquement pour pouvoir l'intégrer. Au moins, les anecdotes que Valeria rapportait des réunions, anecdotes pleines de détails sordides sur les abîmes au fond desquels les alcooliques coulaient, battaient haut la main les insipides « Joie, joie, joie, joie, dans mon cœur ».

Hélas, ses deux aînés avaient été un peu trop bien endoctrinés et passaient leur temps à menacer leur mère égarée de finir en enfer si elle n'adoptait pas de nouveau le Christ comme son Sauveur. Valeria était éternellement ramenée à Jésus, ce qui était dur mais juste.

Nancee resta méfiante, introvertie et difficile concernant la nourriture, mais elle réussit à entrer à l'université d'État de New York à New Paltz grâce à une bourse de course sur piste, même si un don remarquable pour courir en rond la conduirait fatalement à quelque chose de l'ordre de l'impasse professionnelle. En revanche, son frère Logan put bénéficier d'une admission précoce à l'Institut polytechnique Rensselaer ; en tant qu'ingénieur chimiste, il aurait l'embarras du choix pour trouver un poste. Néanmoins, il demeurait mystérieux qu'un gamin aussi brillant persiste à croire que la race humaine partageait la Terre avec les dinosaures.

Deacon perdit trop de clients aux urgences, mais, au lieu de se remettre en question moralement, il s'inquiéta seulement de la viabilité d'une entreprise hasardeuse dont le socle de clients s'autoéliminait. Lorsque Chet Mason devint le bras droit de Sloan au garage où il restaurait des voitures de collection, Deacon prit le poste de barista laissé vacant par Chet. Le travail était idéalement peu fatigant et permettait à Deacon de parader paresseusement. Mais, entre une perte de cheveux précoce et la baisse de régime de son métabolisme propre aux trentenaires, Deacon grossit un peu et il faillit perdre sa beauté. De façon incroyable, après être sorti avec Bambi Buffer pendant quelques mois, ne serait-ce que pour faire enrager son père, Deacon attrapa le virus du sport.

La relation entre Bambi et Deacon ne dura pas, bien sûr. Mais, chaque fois que la coach s'arrêtait dans son café après leur molle rupture, il glanait des informations censées procurer un plaisir mauvais à sa mère. Bien qu'elle soit plutôt jeune pour avoir des problèmes de dos, que les courses effrénées infligées à son corps pendant des années avaient dû hâter, on lui avait diagnostiqué un « spondy-machin-truc dégénératif » : une vertèbre s'était déplacée hors de l'alignement, et la pression sur le nerf sciatique qui en découlait provoquait une douleur invalidante qui lui interdisait de courir, de nager, de faire du vélo et de soulever de la fonte – tout, en fait, à part rester assise ou couchée. Son état ne ferait qu'empirer. Si elle finissait par se faire opérer, la fusion vertébrale renverrait brutalement au passé marathons, triathlons et sans doute sa petite affaire. Voilà une bonne leçon.

Mais Serenata ne se réjouit pas de ce retournement de situation, absolument pas. Même éphémère, en tant que sculpture vivante, Bambi avait fait ses preuves, la coach avait créé un objet de beauté, or la disparition de quelque beauté que ce soit n'avait rien de réjouissant. Cette femme serait forcément malheureuse à cause de la douleur mais aussi de la destruction de son œuvre d'art. Une augmentation du malheur en ce bas monde n'avait rien non plus de réjouissant.

Serenata avait elle-même dû faire un deuil similaire, elle avait donc tendance à s'identifier à elle plutôt qu'à exulter. À première vue, elle n'avait pas changé de façon drastique depuis qu'elle ne consacrait plus tous les soirs quatre-vingt-dix minutes fastidieuses à rester en forme. Mais elle connaissait la différence. Elle avait très légèrement forci. Lorsque, debout, elle posait le bout des doigts sur sa cuisse, celle-ci n'était plus ferme. La lumière qui jouait sur les muscles de ses épaules lui manquait mais l'arthrose avait attaqué ses poignets et lui interdisait les pompes. Deux cicatrices verticales dénaturaient ses jambes. Contractés, ses mollets ne dessinaient plus de virgules. Elle se rappelait son corps d'il y a quelques années avec la tendresse mélancolique et un brin déconcertée que lui aurait inspirée une amie proche avec laquelle elle aurait perdu le contact sans que ce soit la faute de l'une ou de l'autre.

L'échange dans le studio de Gold Street lui revenait parfois en mémoire, le moment où l'ingénieur du son lui avait dit qu'elle avait « fait son temps » et où elle lui avait répondu : « J'ai fait mon temps ? » d'un ton joyeux qui masquait la blessure. Oui, elle avait fait son temps. Elle avait eu de la chance d'avoir de la force, de l'énergie et même du charme, et ce, pendant des années ; comme le lui avait fait remarquer le réalisateur, elle avait eu de la chance d'avoir même *eu* son temps. Mais cette partie de sa vie, qui impliquait d'être regardée, sinon surtout de se regarder, était terminée. C'était équitable. À d'autres d'avoir leur moment aujourd'hui. Que le sien soit derrière elle était décevant, mais ce n'était pas dramatique.

Car la clé de la *bucket list* n'était pas de cocher les choses à faire, mais d'arriver à balancer la liste à la poubelle. C'était excitant d'envoyer balader tout ce bazar – avec réticence d'abord, puis avec joie. C'était excitant de mourir graduellement. Elle avançait vers l'apathie les bras grands ouverts. Elle n'allait pas le crier sur les toits – ça ne valait pas la peine de se disputer pour si peu –, mais Serenata ne se sentait pas obligée d'être concernée par le changement climatique, les espèces en voie de disparition ou la prolifération nucléaire. Elle gardait un œil sur la porte de sortie et avait bon espoir d'échapper au jour prochain où l'humanité devrait certainement rendre des comptes. La fois précédente où c'était arrivé datait vraiment, et la nouvelle mise au point n'avait que trop tardé. Toutes les civilisations produisaient les graines de leur propre effondrement, et l'espoir d'esquiver les ravages meurtriers qui se profilaient au coin de la rue, juste parce qu'on était née un peu plus tôt que les malheureux petits nouveaux, était sans doute un peu sournois. Elle ne se battait plus contre une misanthropie de plus en plus joyeuse, voire fantasque, et qui, à mesure qu'elle approchait de son propre néant, perdait de son hypocrisie. La meilleure chose dans le fait de vieillir était de se vautrer dans ce grand rien-à-cirer. Les plus jeunes, comme Tommy, diraient que son joyeux ennui, vu les menaces imminentes qui pesaient sur eux, était criminellement irresponsable et d'une insensibilité impardonnable. Mais Serenata avait mérité son ennui. De façon merveilleuse, rien de ce qu'elle faisait n'exerçait d'influence notable sur le reste du monde. Rien de ce qu'elle avait enregistré à titre professionnel n'avait changé quoi que ce soit ni qui que ce soit d'un iota. Son inconséquence rendait la planète plus sûre pour tout le monde. Elle n'aimait pas beaucoup les gens et ils le lui rendaient bien. Elle n'avait pas l'intention de s'inquiéter du sort de ses semblables alors que sa fin était proche. Vieillir, c'était comme prendre de longues vacances. Elle était inoffensive – même si elle aurait été la première à reconnaître qu'elle et les insouciants de son acabit ne devraient sans doute pas avoir le droit de vote. L'avenir n'avait pas besoin d'elle ni elle de lui. D'autres après elle découvriraient bien assez tôt le bonheur de la sublime indifférence.

Leurs vies touchaient presque à leur terme et ce point final avait quelque chose de suave. Un poids avait été retiré. Il restait peu de décisions à prendre. Si l'histoire principale était terminée, il ne restait plus qu'à emballer – profiter du luxe et de la gratuité de nouer les bouts, comme on entourerait un écrin de chez Tiffany d'un ruban satiné. De façon bien inutile, Remington avait fini par être convaincu qu'il avait quelque chose à prouver à l'âge précisément auquel il aurait dû rejeter l'idée imbécile d'avoir à prouver quelque chose à quelqu'un. Parce que, franchement : on s'en foutait. En temps voulu, personne ne se rappellerait qu'ils avaient même vécu, encore moins qu'ils avaient accompli quelque chose ou échoué à l'accomplir. (Pour cause d'épidémie, d'astéroïde ou de soleil qui aurait brûlé au point de devenir un géant rouge, la même amnésie engloutirait inexorablement Madonna, Abraham Lincoln, Stephen Hawking, Léonard de Vinci, Aristote, le dernier vainqueur de *Danse avec les stars* et – pardon, Logan – Jésus-Christ. Il n'y avait donc aucune raison d'être vexé par la perspective d'être oublié.) Accepter que leurs vies soient en grande partie derrière eux n'était pas nécessairement déprimant non plus. Cela permettait de réfléchir, de s'émerveiller, de chérir tout ce qui avait disparu auparavant.

Bien que Serenata trouve étonnant le fait de vieillir, elle savait que ce sentiment était ordinaire ; en revanche, ce qui était extraordinaire, c'étaient les rares vieux qui acceptaient leur désintégration comme inéluctable. Par ailleurs, ne pas avoir existé avant d'avoir été conçu était étonnant aussi ; exister alors qu'on n'existait pas auparavant était étonnant ; puis ne plus exister : d'accord, oui, bon, c'était étonnant aussi. Allez savoir si le néant n'était pas l'état le plus facile à concevoir, l'état le plus naturel – celui qui n'exigeait pas d'imagination. Auquel cas, ne pas avoir existé auparavant n'était pas étonnant alors que le fait d'exister l'était ; et, par la suite, ne plus exister de nouveau n'était pas étonnant non plus. Le passage difficile se situait entre les deux : la longue et lente expiration qui allait du fait d'exister au néant. Il aurait été tellement plus gentil de pouvoir tourner le bouton comme sur un appareil. L'interminable altération graduelle du corps alors que son hôte restait toujours prisonnier à l'intérieur était comme une torture qui aurait pu être imaginée à Guantanamo ou à Bergen-Belsen. Tout grand âge était une nouvelle d'Edgar Allan Poe.

Par conséquent, elle compensa son chagrin par une simple gratitude. L'organisme qui l'abritait continuait d'assurer ses besoins primaires d'animal. À l'aide de nouvelles lunettes de vue, il pouvait voir : les oiseaux s'envoler tandis que l'Hudson miroitait dans le soleil couchant, le visage de son mari où elle discernait encore le jeune ingénieur en génie civil qui vanterait avec fièvre « les transports, qui ne sont qu'émotion ! ». Il pouvait entendre : « Kind of Blue » de Miles Davis ou Remington donner son avis sur les ronds-points, avis qui était toujours bien plus intéressant que celui qu'il avait eu sur le tri. Même si ce n'était pas avec la rapidité d'antan, il l'emmenait partout ; à une énième production épouvantable du théâtre d'Hudson ; à une dégustation de vins ; à la maison. Il pouvait sentir : la brise soulever les poils sur ses bras juste avant que la température ne l'oblige à aller chercher un sweat-shirt ; le corps de son mari qui s'était érodé en un tandem parfait avec le sien, de sorte que, au lit, les parties continuaient de s'emboîter impeccablement, comme la cassette de pignons et la chaîne d'un vélo, qui s'usaient avec un tel ensemble que si on remplaçait l'un il fallait remplacer l'autre.

Même si, au-delà de cinquante ans, personne n'aurait dû considérer comme acquise une fonctionnalité même aussi sommaire, la culture de l'époque s'entêtait à appliquer des normes toujours plus élevées en matière de performance. Plus que jamais, le statut social était déterminé par le calcul de la masse graisseuse par rapport à la masse musculaire, la détermination et l'accumulation des prouesses d'endurance, si bien que les événements sportifs extrêmes de toutes sortes ne cessaient de se multiplier. À en croire Deacon, les triathlons – même les ultras – étaient passés de mode. Les courses à obstacles, ou OCR, étaient « bien plus cool », disait-il.

— Ramper sous des câbles électriques. Trimballer des sacs de sable de 45 kilos en montant une pente à 50 %. Grimper à la corde, lancer le javelot. De la boue jusqu'aux yeux. À la fin de ces courses, on est tellement lessivé qu'on ne peut littéralement plus penser. Sans rire. Après ma dernière Spartan, j'ai voulu me connecter à mon compte en banque et je n'ai même pas pu répondre aux questions de sécurité. J'ai passé cinq minutes à essayer de me rappeler le nom de mon lycée.

— Ça a l'air génial, dit-elle.

L'ironie échappa totalement à Deacon.

Pendant ce temps, l'utilisation de l'intelligence artificielle s'intensifiait, exactement comme l'avait prévu la Silicon Valley. Des robots capables d'apprendre, de créer et de faire des choix éclairés avaient supprimé les quelques emplois industriels restants en Nouvelle-Angleterre et avaient réduit les emplois agricoles à une poignée d'exploitants dans la région. La dernière génération d'IA reproduisait le travail de professionnels : médecins, comptables, juristes. Toutes sortes de tableaux, de tubes et même de romans générés par des algorithmes pointus étaient devenus des succès commerciaux.

— J'avais un peu honte, dit Serenata au cours d'une de leurs promenades rituelles au bord du fleuve un soir au début de l'été, donc, je ne pense pas t'avoir dit que j'avais commandé *Amygdala*, le best-seller produit par un ordinateur. J'étais curieuse.

— Ça se comprend, dit Remington. Comment tu l'as trouvé ?

— Je ne sais pas si je dois m'en réjouir ou être gênée mais, en toute honnêteté, j'ai été happée. J'étais bien sûr consciente que tout reposait sur une formule, mais la formule marche. J'avais envie de savoir la suite.

— J'ai le test qu'il faut : as-tu été surprise par la résolution de l'intrigue ?

Elle tourna vers lui un visage vaincu.

— Oui.

Il rit. Avec ses traits toujours plus marqués, il ressemblait de plus en plus à Samuel Beckett.

— Et le style ?

— Pas mal du tout, répondit-elle, consternée. Je ne qualifierais pas ça de grande poésie, mais je n'ai pas vu de boulette. Pas de : « Oh, mon Dieu, quelle effroyable métaphore », pas de dialogue du style « personne ne dirait ça dans la vraie vie ». On lui a appris à écrire une prose à laquelle on ne fait pas vraiment attention. En fait, je suppose qu'on a fait avaler les classiques à l'IA, et les ordinateurs ont appris à fournir des styles différents. Ça, pour le coup, c'est de la véritable « imitation ». En moins de deux, on va se retrouver avec un nouvel Hemingway, un nouveau Graham Greene, un nouveau Dickens. On ne pourra plus faire la différence.

— Je suis certain que l'IA serait capable d'élaborer un système de régulation de la circulation plus efficace que ceux que j'ai conçus. L'IA pourrait remplacer la totalité du SDT d'Albany.

— Une employée en particulier, ajouta Serenata. Bref, je réfléchissais à Deacon et à ses OCR. Non que je veuille aborder un sujet sensible comme toi et MettleMan. Je réfléchissais aux pubs pour les corps musclés, aux rues commerçantes prises d'assaut par les salles de gym. Je trouve que ça démontre une certaine logique stupide, non ? On dirait qu'on est en train d'échanger nos places. Les machines sont devenues de meilleures personnes. Qu'est-ce qu'il reste à faire ? Que les gens deviennent de meilleures machines ?

Il lui serra l'épaule.

— Tu tiens peut-être bien quelque chose. Tu sais quoi ? Je commence à avoir faim et la lumière baisse. Et si on faisait demi-tour ?

Lorsqu'elle accepta, il scruta son visage et, soudain, lui dit :

— Tu es toujours très, très belle.

— Toi aussi.

— C'est le plus important.

Ils s'embrassèrent. Des coureurs les contournèrent à toute vitesse, l'air agacé ; le couple de vieux en plein milieu du chemin allait flinguer leur temps.

— On les dégoûte, dit Serenata.

— Les jeunes ne font plus l'amour. Ils sont trop fatigués.

— Tu peux parler. Pendant deux ans, tu m'as à peine touchée, espèce de con.

— Pas faux. J'ai pas mal de retard à rattraper.

Ils rentrèrent chez eux, main dans la main. Ils virent un héron et des tortues. Au menu, il y aurait de la bavette qui marinait déjà au frigo et un bourgogne plus cher que d'habitude, qu'elle avait mis de côté : de quoi se réjouir d'avance et rien à redouter. Le crépuscule était précisément le moment de la journée qu'elle avait souvent gâché à l'étage, grognant et soufflant avec *The Big Bang Theory* en fond sonore. À la ménopause, Serenata avait été ravie d'être débarrassée de ses règles. Bordel, être trop âgée pour les burpees avait aussi ses bons côtés.

Cet ouvrage a été composé par
Fr&co - 61290 Longny-au-Perche

Imprimé en France par CPI
en janvier 2023
N° d'impression : 2069645

Pocket – 92 avenue de France, 75013 PARIS

S32341/02